DREAM SNAKE

梦蛇

[美]冯达·N.麦金泰尔 著 — 齐如君 译

Vonda N. McIntyre

天 地 出 版 社 | TIANDI PRESS

图书在版编目（CIP）数据

梦蛇 / (美) 冯达·N.麦金泰尔著；齐如君译. ——
2版. —成都：天地出版社，2022.1
ISBN 978-7-5455-6686-4

Ⅰ. ①梦… Ⅱ. ①冯… ②齐… Ⅲ. ①科学幻想小说—美
国—现代 Ⅳ. ①I712.45

中国版本图书馆CIP数据核字（2021）第239159号

Dreamsnake
Copyright © 1978 by Vonda N. McIntyre
Published by agreement with Frances Collin Literary Agency through The Grayhawk Agency Ltd.
Simplified Chinese copyright © 2018
By Beijing Huaxia Winshare Books Co., Ltd.
All rights reserved.

著作权登记号 图字：21-2018-180

本书译者稿酬已委托中国文字著作权协会转付，敬请相关著作权人联系。
电话：010-65978917，传真：010-65978926，E-mail: wenzhuxie@126.com 。

梦蛇
MENGSHE

出 品 人	杨 政
著 者	[美] 冯达·N.麦金泰尔
译 者	齐如君
责任编辑	陈文龙
内文排版	挺有文化
封面设计	梁立煌
责任印制	王学锋

出版发行	天地出版社
	（成都市槐树街2号 邮政编码：610014）
网 址	http://www.tiandiph.com
	http://www.天地出版社.com
电子邮箱	tiandicbs@vip.163.com
经 销	新华文轩出版传媒股份有限公司

印 刷	天津文林印务有限公司
版 次	2022年1月第2版
印 次	2022年1月第1次印刷
成品尺寸	145mm×210mm 1/32
印 张	12
字 数	279千
定 价	48.00元
书 号	ISBN 978-7-5455-6686-4

咨询电话：（028）87734639（总编室）
购书热线：（010）67693207（市场部）

如有印装错误，请与本社联系调换

第一章

　　小男孩吓坏了。舞蛇温柔地抚摸他发烫的额头。在她身后，三个大人紧紧地靠在一起，满脸不可置信地看着，除了眼底流露的关心，视线不敢游移。他们对舞蛇的恐惧，与他们对独生子死亡的恐惧无异。帐篷内一室昏暗，灯笼里蓝色的奇异火苗也安定不了人心。

　　这孩子目光无神，视线朦胧，几乎看不见瞳孔，舞蛇不禁担心起他的安危。她轻抚他长长的头发——发色很淡，发质干枯，末梢参差不齐地贴着头皮，和他黝黑的肤色形成强烈对比。假如舞蛇几个月前就和这群人在一起，她早就会察觉到这孩子生病了。

　　"请把我的袋子拿过来。"舞蛇说。

　　孩子的父母们听到她轻柔的说话声，吓了一大跳。也许他们原本以为会听见一只鲜艳的松鸦尖声啼叫，或是一条光滑的蛇嘶嘶作响。这是舞蛇第一次在他们面前说话。当这三个人远远地在一旁观察，窃窃私语，讨论着她的职业，且讶异她的年轻，她一直只用眼神审视；终于他们上前请求援助，她也仅是颔首聆听。也许他们还以为她是个哑巴。

梦 蛇
Dreamsnake

留着一头金发且年纪较轻的男子拿起她的皮革袋子。他的身体与袋子保持距离，当递袋子给她的时候，身体还在微微倾斜，鼻翼张开，微弱地呼吸着沙漠干燥空气中那股淡淡的麝香味。像他如此不安的表现，舞蛇早就已经司空见惯，习以为常了。

舞蛇才伸出手，年轻人就猛然后退，丢下袋子。舞蛇往前冲，勉强接住，然后轻轻地把袋子放在地板的毛毡上。她责难地觑了他一眼，他的配偶赶紧上前安抚他，以减轻他的恐惧。"他曾被蛇咬过，差一点就丢了性命。"这名肤色较深的美丽女人说。她并非道歉的口吻，而是宣判的语气。

"我很抱歉，那是因为——"年轻人朝她比着手势。他全身发抖，但看得出他极力在控制自己。舞蛇瞥向自己的肩膀，她一直隐隐约约感觉到那里微微的重量和活动。一条纤细如婴儿指头的小公蛇在她的颈间滑动，从她深黑色的短发鬈绺里露出它狭小的头。它三叉状的舌头探向空气中，随心所欲地上下吐舌，品味着各种气味。"它叫青草，不会伤你的。"舞蛇说。假如体型大一点，它可能会很吓人。它的身体是青绿色的，只有嘴巴四周泛着血红，宛如一头厮杀过后刚饱餐一顿的哺乳动物，事实上它的手法干净多了。

这个孩子在呜咽，但他不再发出痛苦的呻吟。也许有人曾告诉他，舞蛇也很讨厌听到哭声。她只是很遗憾，他的族人竟然拒绝这么简单的克服恐惧的方法。她转身背对大人，惋惜他们对她的惧怕，但并不想浪费时间说服他们信任她。"不用怕，"她对那个小男孩说，"青草摸起来很光滑，柔软又干燥，而且只要我愿意让它守护你，就算是死神也不能侵入你床边。"青草溜进她纤细肮脏的手中，她把它摊直展示给那孩子看。"轻轻地。"他伸出一根手指头，抚摸着光滑的鳞片。就算是这么简单的动作，舞蛇都能察觉出小男孩的吃力，然而他几乎展开笑靥。

"你叫什么名字？"

他很快地看向他的父母亲，他们终于点头同意。

"史达宾。"他细声地说。他气若游丝，没有力气说话。

"史达宾，我是舞蛇。再过一会儿，天亮的时候，我会弄伤你，你可能会感到一阵剧痛，你的身体也会因此痛上好几天，但在那之后，一切就会好转的。"

他一脸严肃地看着她。虽然他明白也惧怕她即将做的事，但舞蛇看得出来他已经不那么害怕了。要是她不对他说实话，他会更恐慌。他的病症越来越明显，疼痛一定也剧烈增强，但大家似乎只能安抚他，然后祈求病痛消失，要不就是希望病魔尽速带走他。

舞蛇将青草放在男孩的枕头上，然后将她的袋子拉近。大人们对她仍存有恐惧，他们没有时间或理由去对她产生信任。那名女性年纪已大，无法再生育，除非他们再去寻找配偶。从他们的眼神中流露出的关切，舞蛇知道他们极爱这个小孩，他们别无他法，只有到这个地方来找她。

狂沙缓缓地从袋子内滑出，移动着它的头和舌，又闻又尝，探测着这些人的温度。

"这不是——？"年纪最长者声音低沉睿智却惊恐万分，狂沙察觉出他的害怕。这条公蛇退回到引人注目的位置，轻轻地发出嘎嘎声。舞蛇的手轻敲地面，让震动分散它的注意力，然后把手一抬，

梦 蛇
Dreamsnake

伸出臂膀，这条菱纹背响尾蛇倏地松弛，一圈圈地缠绕在她的手腕上，仿佛一串黄黑褐色相间的手镯。

"不，"她说，"你的孩子太虚弱了，不能让狂沙帮他。我知道很困难，但请试着保持冷静。这对你们来说很可怕，但我只能这么做。"

她必须激怒白雾让它出来。舞蛇敲击袋子，最后还戳了这条母蛇两次。舞蛇察觉到鳞片的滑动，刹那间，一条白色眼镜蛇猛然扑进帐篷内。它的动作相当迅速，似乎不会终止。它身体往后一屈，突然高耸，呼吸急促地发出嘶嘶声。它一张开它宽阔的颈部，它身后的大人们霎时倒抽了口气，仿佛只因为瞧了一眼白雾颈背部的眼镜图案，身体就会遭受攻击。舞蛇并不理会这些人，径自对这条大蛇说话，让它专注于她的话语中。

"凶猛的生物啊，躺下来吧！现在是猎取晚餐的时候了。跟这个孩子说话，触摸他，他叫史达宾。"

慢慢地，白雾收起它的颈并允许舞蛇碰它。为了让它看史达宾，舞蛇牢牢地从它的背后紧抓住它的头。这条眼镜蛇银白色的眸子里耀动着灯火中的蓝色光芒。

"史达宾，白雾现在只会满足你的要求。我保证这次它会温柔地碰触你。"

当白雾碰到史达宾瘦小的胸膛，他还是忍不住颤抖起来。舞蛇并未松开这条蛇的头，但任由它的身体在男孩身上滑动。这条眼镜蛇长达史达宾身高的四倍。它全身缠卷成醒目的白色圆圈，横躺在他肿大的腹部上，头部极力伸展，努力从舞蛇的手中挣脱，想更接近男孩的脸。史达宾一直不曾合眼地注视着它，双眼满是惊恐。舞蛇允许它再靠近他一点。

白雾轻弹蛇信，欲品尝这孩子的滋味。

那位年轻人发出微弱的有些干扰的惊吓声响。史达宾因而退却，白雾也把头缩了回去，并张大嘴巴露出它的毒牙，喉咙里还不断挤出听得见的呼吸声。舞蛇蹲着，叹了一口气。在别处，病人的亲属偶尔可以在她工作的时候待在一旁。

"你们必须离开，白雾若受到惊吓会非常危险。"她温婉地说。

"我不会——"

"抱歉，你们必须在外面等候。"

也许这位年轻的金发丈夫，甚至是史达宾的母亲本来都想顽强地反对，并提出一些她不得不答复的疑问，但那个白发苍苍的男人制止了他们，并牵起他们的手离开室内。

"我需要一只小动物。"当他掀起帐幕时，舞蛇说话了，"毛要多，而且要是活的。"

"我这就去找。"他说，然后三个为人父母者便没入星光灿烂的夜色中。舞蛇还听得见外头他们行走在沙子上的脚步声。

舞蛇将白雾放在膝上安抚。这条母眼镜蛇缠绕在舞蛇的腰际取暖。饥饿使得这条眼镜蛇比平常更为紧绷，而现在的它跟舞蛇一样饥肠辘辘。横跨这块黑沙漠地，他们找到了足够的水源，但舞蛇布下的陷阱却收获甚微。此时正值酷暑，天气炙热，狂沙和白雾嗜食的珍馐美味都因躲避暑气不见了踪影。既然是舞蛇大老远将它们从家乡一块带来沙漠里，她也早就开始一同节食了。

她歉疚地看着现在愈加害怕的史达宾。"很抱歉赶走了你的父母亲，他们很快就会回来。"她说。

他泪眼婆娑，但他拼命抑住泪水："他们告诉我对你要百依百顺。"

"如果你想哭的话，你就哭吧。那并不是一件多糟糕的事。"舞蛇说。但史达宾似乎没有听懂她的话，舞蛇也不逼他。她猜想他的族人为了对抗这块严酷的大地，一定训练自己不哭泣，不悲吟，更没有笑容。他们拒绝悲伤，几乎不容许自己感受快乐，而他们竟如此存活至今。

白雾一副死寂的平静。舞蛇将它从腰间拿开，然后把它放在史达宾旁边的木板床上。只要这条眼镜蛇一有动静，舞蛇就会引导它的头，她可以感觉到那肌肉下惊人的紧绷。"它会用它的舌头碰你，"舞蛇说，"你可能觉得痒，但绝不会痛。它的嗅觉是靠舌头，就像你用你的鼻子闻气味一样。"

"用她的舌头闻？"

舞蛇微笑着点头。白雾吐出蛇信舔舐史达宾的双颊，史达宾没有退缩。他专注地看，孩子获得新知的喜悦很快就取代了痛苦。当白雾长长的舌头掠过他的脸颊、眼睛和嘴巴时，他躺着一动也不动。"它在诊查你的病。"舞蛇说。白雾不再试图挣脱她的控制，并且缩回了头。舞蛇蹲了下来，放开这条眼镜蛇，它便沿着她的手臂盘旋而上，横搭在她的肩膀上。

"睡吧，史达宾。"舞蛇说，"请相信我，不要害怕早晨来临。"

史达宾凝视了她一会儿，想从舞蛇迷蒙的双眼中找到真相："青草会在旁边看吗？"

　　她很讶异他会这么问，或者更确切地说，对隐藏在这个问题背后的接纳之意，她感到很讶异。她将他额头上的头发轻轻拨开，露出笑容，心中却流着泪。"当然。"她拿起青草，对它说："看顾这个孩子，守护他。"这条梦蛇静静地躺在她的手里，双眸黑得发亮。她轻轻地将它放在史达宾的枕头上。

　　"睡吧。"

　　史达宾闭上眼，仿佛失去了生命迹象。变化太大了，舞蛇不禁伸出手试探，发现他还有气息，呼吸浅薄缓慢。她拿毯子裹住他，然后起身。身体位置瞬间的变换一时让她头昏目眩，摇摇欲坠。她稳住自己，肩上的白雾也一阵紧绷。

　　舞蛇觉得她的双眼刺痛，视野异常清晰，她还恍惚听见有声音朝她飞奔而来。她强打起精神克服身体的疲惫与饥饿，慢慢弯下身拿起皮袋。白雾伸出舌尖轻触她的脸颊。

　　她将帐幕掀至一边，发现还是夜晚，松了一口气。她能忍受白天的高温，但太阳刺眼的光线却似熊熊烈火包围住她。现在一定是满月时分，虽然云层遮掩，什么都看不见，但背后透着月光，地平线上的天空一片灰蒙。帐篷远处的地面上，投射着许多奇形怪状的阴影。在这个沙漠边陲之地，有足够的水分供给树丛生长，也让各式各样的生物有隐蔽之处，得以维生。白天黑色的沙砾在日光照射下炫目耀眼，到了晚上就仿佛化成一层柔软无比的煤炭。舞蛇步出帐篷，柔软的假象瞬间幻灭。她的靴子陷进锐利坚硬的颗粒堆里，脚下还传来嘎啦嘎啦的碎裂声。

梦 蛇
Dreamsnake

　　史达宾的家人坐在黑暗的帐篷之间，紧靠在一起等待。帐篷群簇搭在一块沙地上，地面上的低矮树丛早已被劈断，燃成灰烬。他们静默不语地看着她，眼神透露出期望，脸上却没有任何表情。一位比史达宾的母亲年轻的女子坐在他们之中，她身着与他们相仿的沙漠宽松长袍，但她却是舞蛇在这群人当中唯一仅见戴着饰品的人。一个象征领袖的戒指穿过皮绳悬挂在她的颈间。她和史达宾年纪较大的父亲很明显是近亲，因为他们的长相很相似：棱角分明的脸庞，高耸的颧骨。男子的头发已经斑白，女子墨黑的发根开始变灰，他们深棕色的眼珠最适合在烈日下生存。就在他们脚边的地面上，一只黑色小动物不停在网子中扭动，偶尔还传来一阵微弱凄厉的哀鸣。

　　"史达宾睡了，"舞蛇说，"不要打扰他，除非他醒过来。"

　　史达宾的母亲和年纪较轻的丈夫起身入内，这名年长的丈夫却停到舞蛇面前。"你救得了他吗？"

　　"但愿如此。肿瘤虽然变大了，但似乎还很坚实，并未扩散。"她的声音听起来很遥远，声音清脆空洞得有些不真实，仿佛是在说谎。"白雾会在早晨的时候准备妥当。"她觉得有必要再给他保证，但她不知道该说些什么。

　　"我妹妹想跟你说话。"他话说完就让她们两个独处，没有相互介绍，也没有表明这个高大的女人就是团体中的领导者，好借机抬高他自己的身份地位。舞蛇回头看他，却见帐幕已经垂下。她觉得更加疲惫了，她第一次感到横搭在她肩头的白雾分量如此沉重。

　　"你还好吧？"

　　舞蛇转过身。那名女子以一种浑然天成的优雅姿态走向她，动作因为即将临盆显得有些笨拙。舞蛇必须抬起头才能迎视她的双眼。在她的眼角及嘴边有些许细微纹路，有时就像她在隐隐微笑。她的确笑了，但是带着关切之情。"你好像很累的样子。需要我叫人替你弄张床吗？"

"现在不行，"舞蛇说，"还不到时候。等这一切结束，我就会睡。"

这名领导者在舞蛇的脸上搜寻，舞蛇感觉到她们有些类似，因为她们此刻有共同的责任。

"我想我了解。有什么需要我们提供的吗？你的准备工作需要协助吗？"

舞蛇发现她竟然必须像在解决难解的烫手山芋一般处理着这些问题。她在她已精疲力竭的脑袋里反复思考，详细审查剖析，才终于抓住了这些问题的意义。"我的马需要食物和水——"

"它已经有人照料了。"

"我还需要有人帮忙看着白雾，这个人体格要够强壮，重要的是不会害怕。"

这名领袖点头答允。"我很想帮忙，"她说，再次淡淡一笑，"不过最近的我笨重了点。我会另外找人的。"

"谢谢。"

这名年长的女性俯首，恢复肃穆神色，然后缓步移向一座帐篷。舞蛇看着她走路的模样，对她优雅的风范心生羡慕。相较之下，她觉得自己非常渺小，年幼无知又污秽肮脏。

狂沙一圈圈地从舞蛇的手腕上滑落，绷紧身体准备猎食。舞蛇

梦 蛇
Dreamsnake

在这条公蛇碰到地面之前抓住它。狂沙从她手中昂起上半身，轻弹蛇信，盯着那只小动物看，侦测着它的体温并品味它的恐惧。"我知道你饿了，"舞蛇说，"但那不是你的。"她把狂沙置入袋中，从她的肩膀将白雾拿下，任这条眼镜蛇在它专属的阴暗隔间里盘绕。

当舞蛇的身影笼罩住这只小动物，它再次凄厉地哀嚎和挣扎。她弯身捡起这个小家伙。它一连串的惊恐尖叫声不再急促，渐趋和缓，在她抚摸它时终至安静。它一动也不动，呼吸困难，疲惫不堪，黄澄澄的眼睛往上直瞪着她。它的后腿修长，有一对宽大竖立的耳朵，鼻子因为闻到毒蛇的气味而不停抖动，柔软的黑毛被网子的绳线明显地划分成一个个歪七扭八的方块。

"对不起，我必须要杀死你。"舞蛇对它说，"但是你很快就不用再害怕了，我也不会让你觉得痛苦。"她的手温柔地锁住这只动物，不停抚摸它，并抓住它头颅根部的脊椎骨。她以迅雷不及掩耳的速度，仅仅一次就扯断了它的脊椎。一瞬间它似乎挣扎了一下，但马上就死了。它的身体抽搐着，两腿向上拉紧，爪子弯曲且仍在颤动。即使是现在，它仿佛还一直在瞪视着她。她从网中拿出尸体。

舞蛇从她皮带上的囊袋里挑出一个小药瓶。她费力撬开这只动物紧紧闭合的双颚，在它的嘴巴里滴入一滴药瓶内不透明的药剂。她迅速将袋子打开，召唤白雾出来。这条眼镜蛇缓缓地出现，颈背合闭，沿着袋子边缘潜进，滑入布满尖锐颗粒的沙地里，象牙白的鳞片泛着淡淡的光芒。它嗅了嗅这只动物，滑向它并用舌头触舔。有一刻舞蛇担心它会拒绝死尸，但这尸体还是温的，仍在抽搐，况且它饥肠辘辘。"你的佳肴，"舞蛇对这条眼镜蛇说话，这是长久离群索居形成的习惯，"刺激你的食欲。"白雾闻闻这只动物，头颈一缩猛然攻击，短小坚固的毒牙插入瘦小的身躯，它又咬了一次，并注入囤积已久的毒液。它松开毒牙，然后咬得更紧，双颚开始干活。这只小动物根本塞不满它的喉咙。当白雾正静悄悄地消化着这分量不足的一餐，舞蛇握着它，坐在一旁等待。

她听到沙地上传来脚步声。

"我被派来帮助你。"

虽然黑发里掺杂些许白色，这个男子仍很年轻。他比舞蛇高，算得上迷人，眼睛深邃，头发整个往后束起，棱角分明的脸庞因此显得很严肃。他神色漠然。

"你害怕吗？"舞蛇问道。

"我会尽我所能完成你吩咐的事。"

虽然他的身体被袍子遮住，但从他修长的双手看得出他很强壮。

"那么握住它的身体，不要让它吓到你。"白雾开始在抽搐了，舞蛇先前滴入小动物嘴里的药正在生效。这条眼镜蛇两眼无神地注视前方。

"要是它咬了——"

"快点，抓住它！"

这名年轻男子伸出手，但他犹豫太久了。白雾不断扭动着，一连串的拍打动作正面向他袭来。他蹒跚后退，就像受了伤一样惊讶。舞蛇从双颚背后牢牢握住白雾，并奋力抓住它身体的其他部位。白雾虽然不比大蟒蛇，但行动灵活，迅猛有力。它不断摆动身体，吐着气息，发出长长的嘶嘶声。它本有可能咬伤它身边的任何东西。

舞蛇一面跟它对抗，一面设法将最后一滴毒液从毒腺里挤干。毒液在白雾的毒牙尖上悬挂了一会儿，反射出宛如珠宝的光芒；蛇剧烈扭动，毒液远远地被抛进黑暗之中。舞蛇一度借助沙地和这条眼镜蛇搏斗，白雾在沙地上不占任何优势。舞蛇察觉那名年轻男子在她身后，试着攫住白雾的身体和尾巴。猎捕行动猝然结束，白雾无力地瘫在他们手里。

"对不起——"

"抓着它，"舞蛇说，"我们还有一整晚的活要做。"

白雾第二次痉挛发作的时候，这名年轻男子牢牢地抓住了它，确实帮了一些忙。过后，舞蛇回答他被打断了的问题："要是它正在分泌毒液时咬了你，你大概必死无疑。就算是现在，它仍能将你咬伤。但是，除非你做了一件蠢事，或是它真的想咬，它才会咬我。"

"假如你的生命有危险，你就救不了我表弟了。"

"你误会了，白雾杀不死我。"舞蛇伸出她的手，让他看她手上牙孔和鞭痕留下的无数个白花花的疤痕。他看着那些疤痕，再望进她的眼睛深处良久，然后看向别处。

云层间，那个光线散射四方的亮点在天空中渐渐西移。他们像抱着孩子般地抱着那条眼镜蛇。舞蛇几乎在打盹了，但白雾动了动它的头，笨拙地试图要摆脱控制，舞蛇因此猝然清醒。"我不能睡，"她对那名年轻男子说，"跟我说话。你叫什么名字？"

就像史达宾先前的反应，这名年轻男子迟疑着。他似乎很怕她，或是在害怕着什么。"我们的族人认为把自己的姓名告诉陌生人是不智的。"他说。

"如果你们认为我是女巫，你们就不应该来求我帮忙。我不懂巫术，我也不求任何回报。"

"这和迷信无关，"他说，"不是你想象的那样。我们并不是害怕受蛊惑。"

"我不可能知道地球上所有族群的所有习俗，所以我保持我自己的习惯。我的习惯是告诉那些与我共事的人我的姓名。"舞蛇凝望着他，尝试在微光中辨识出他的表情。

"我们的家人知道我们的姓名，我们也和伴侣交换名字。"

舞蛇慎重考虑着这个习俗，但觉得她不可能会适应。"那其他人呢？从来没有告诉过其他人吗？"

"嗯——你的朋友可能会知道你的名字。"

"啊，我懂了，"舞蛇说，"我仍是个陌生人，也许还是敌人。"

"'朋友'会知道我的名字，"这名年轻人再次说明，"我无意冒犯，但你误会了。相识的人并不等于朋友。我们非常重视友谊。"

"在这种地方，人应该很快就能辨别谁才值得称作朋友。"

"我们很少挑选朋友。友谊是一种很重大的承诺。"

"听起来交朋友好像很可怕。"

他思考着这种可能。"也许我们害怕的是朋友的背叛，那是件非常痛苦的事。"

"曾经有人背叛过你吗？"

他目光锐利地看着她，仿佛她逾越了举止不当的界线。"不是，"他说，声音就像他的脸一样坚定，"我没有朋友。我还没有认识能称之为朋友的人。"

梦 蛇
Dreamsnake

他的回答让舞蛇哑口无言。"那真的很悲哀。"她说完便沉默不语，试着理解这种拒人于千里之外的沉重压力，一面将她不得已的孤单与他们自由选择下的孤独做比较。"叫我舞蛇。"她终于说话，"如果你能说服自己说出口。说出我的名字并不能约束你什么。"

这名年轻男子似乎想开口说些什么；也许他认为他又冒犯了她，也可能他觉得应该再更进一步捍卫他的习俗。但白雾开始在他们的手中扭转，他们必须牢牢握住它，不让它伤到自己。以这条眼镜蛇的长度来说，它显得有些纤瘦，但力道却很强劲，而且这阵痉挛比以往它经历过的都还要剧烈。它在舞蛇的控制下猛烈摆动，几乎挣脱。它试图张开颈背，可是舞蛇紧紧抓着，它张开嘴发出嘶嘶声，毒牙里却没有流出一滴毒液。

它的尾巴缠在那名年轻男子的腰上，他开始拉着它并且转身，欲从缠绕中解脱。

"它不是蟒蛇，"舞蛇说，"它伤不了你，不要理——"

但是太迟了。白雾突然松开他，那名年轻男子顿时失去重心。白雾拍打着挣开，沙地上鞭出了许多图案。舞蛇单独与它搏斗，那名年轻男子也试着抓住它，这条母蛇却缠到舞蛇身上，以此当作支点，开始将自己从舞蛇的手中拉出来。舞蛇将自己连同这条毒蛇一起往后扑向沙地里；白雾在她身上昂然耸立，血口大张，凶猛无比，嘶嘶声不断。那名年轻男子猛然前冲，不偏不倚地从颈背下牢牢抓住它。白雾攻向他，但舞蛇以某种莫名的方法制住了它。他们合力挣开白雾的卷绕，重新获得掌控权。舞蛇使劲起身，白雾却突然陷入死寂，几近僵直地躺在他们之间。他们汗水淋漓，那名年轻男子古铜的肤色下透着惨白，就连舞蛇也全身颤抖。

"我们仅能喘息片刻。"舞蛇说。她看着他，注意到他脸颊上有一道乌黑的线条，那是之前被白雾尾巴扫到的地方。她向前抚摸那条线，"你会有道瘀青，但不会留下疤痕。"她说。

"要是毒蛇真的用它们的尾巴蜇人，你就必须同时控制住它们的毒牙和尾针，那我就没有什么用处了。"

"今晚我需要有个人帮我保持清醒，无论他是否帮我抓住白雾。但是刚才我可能无法独力抓住它。"跟眼镜蛇奋战时产生的肾上腺素现在已经消退，疲倦和饥饿的感觉又再度回来，而且更加强烈。

"舞蛇……"

"嗯？"

他迅速露出微笑，满脸困窘："我只是在练习发音。"

"这样就够了。"

"你花了多久的时间才横跨沙漠？"

"不是花很久的时间，是花了太久的时间了——整整六天。我觉得我走的不是最快的路径。"

"你怎么生活的？"

"我们有水。晚上赶路，白天哪里有阴影就在哪里休息。"

"你带的食物够吗？"

"带了一些。"她耸肩，希望他不要再提到食物。

"沙漠的另一端是什么？"

"山岳、溪流，其他民族，还有我成长和接受训练的地方。再过去是另一块沙漠和另一座山，山中有一个城市。"

"总有一天我要去城市瞧一瞧。"

"我听说城市的人并不欢迎像你我之类的外来者，但山区里还有许多市镇，况且横越沙漠并非不可能。"

他一言不发，但舞蛇才离开家的记忆犹新，她能体会他的想法。

◇━❖━◇

下一波的痉挛远比舞蛇预期来临得还要快。经由每次痉挛剧烈的程度，舞蛇评估着史达宾的病况，然后祈望早晨已经到来。要是到时她救不了这个孩子，她将坦然接受结果，然后掩面哀伤，但会试着忘掉这一切。若不是舞蛇和这名年轻男子抓着这条眼镜蛇，它老早就因重击沙地而碎成一摊烂泥了。突然间它全身僵硬，嘴巴紧紧闭合，分岔的蛇信露出在外，飘飘荡荡的。

它停止呼吸了。

"抓着它，"舞蛇说，"抓住它的头。快点，拿着！要是它逃脱了，就赶快跑开。拿着它！它现在不会攻击你，只可能意外扫到你。"

他仅犹疑了一会儿，就抓住了白雾的头后部。舞蛇从帐篷堆边缘疾跑狂奔，在深深的沙堆里滑行，跑到仍生长着灌木树丛的荒野外。她折断荆棘多刺的树枝，树枝在她已伤痕累累的双手划出一道道的伤口。她注意到灌木丛四周有许多丑陋无比的角蝮蛇在干枯的草木堆下栖息，它们对着她发出嘶嘶声，她不予理会。她找到一支细长中空的茎梗，然后将它带回去。鲜血从她双手深深的刮痕里汩汩流出。

　　她跪坐在白雾头部旁边，使劲打开这条眼镜蛇的嘴，并将这支茎梗做的吹管插进它的喉咙，深入至蛇信根部的气道。她俯身贴近蛇，将吹管放入自己的嘴里，然后轻轻吹气，将气息送进白雾的肺部。

　　她注意到这名年轻男子的双手依照她的指示，抓着这条眼镜蛇。起先他由于诧异倒抽了口气，他的呼吸变得不规律。她也注意到她俯身触地的手肘已被沙地刮伤。她还注意到从白雾毒牙渗出来的液体发出阵阵令人作呕的气味。还有她在头晕，她以为那是因为疲累的关系，强迫自己以不得不的意志力将其搁置一旁。

　　舞蛇吸气再吐气，然后停顿几秒再重复，一直反复动作，直到白雾抓到节奏，能够不需要协助，继续呼吸为止。

　　舞蛇往后盘腿而坐。"我想它应该没事了，"舞蛇说，"但愿它没事。"她的手背擦过额头，瞬间的接触引发剧烈的疼痛。她猛然抽回手，剧痛沿着她的骨头蔓延，爬上手臂，横越肩膀，穿透胸腔，包围住心脏。她摇摇欲坠，禁不住跌倒。她一面试图稳住自己，身体的动作却很迟缓，一面还要对抗头晕与恶心反胃的感觉。她几乎就快要克服了，直到地球的引力仿佛瞬间消失，她便陷入了没有任何力量支撑的黑暗里。

　　她感觉到之前刺痛她脸颊与掌心的沙子，但现在它们却软绵绵的。"舞蛇，我可以放手了吗？"她想这一定是在问其他人，然而同时她却很清楚不会有其他的人。没有别人能够回答这个属于她的问题。她感觉到身上那双温柔的手，她虽然想回应，但她实在太累了，她需要再多睡一会儿，于是她将它们推开。但那双手却托起她的头，将干涩的皮革放到她嘴边，把水倒进她的喉咙里。她被水呛到咳嗽不止，水都被吐了出来。

她用一只手肘支起身子。当视线清晰后，她发觉自己竟在颤抖。她的感觉和她第一次被蛇咬的感受相同，那时她的免疫力尚未发展完全。那名年轻男子跪坐在她身旁，手中拿着温水袋。白雾在他身后不远处，正朝向黑暗爬行，舞蛇不顾身体的悸痛，手往地面拍击。"白雾！"

那名年轻男子害怕地退缩，并转过身去。只见这条毒蛇昂然耸立，不断朝着他们摆动身躯，目光愤怒，颈背大张，准备攻击。它在黑夜中形成了一条摇曳不定的白线。舞蛇强迫自己站起来，感觉就像在笨拙地操控一具她不熟悉的身体。她差一点又要跌倒，但她牢牢地稳住自己，面对着这条眼镜蛇，他们的眼睛位于同一个水平面上。"你此刻断不能猎食，"她说，"你尚有任务。"尽管白雾有可能会攻击她，她仍将右手伸至一旁诱导它，她的手因痛楚而格外沉重。舞蛇并不害怕被咬伤，她害怕的是失去白雾毒囊里的毒液。"过来，"她说，"到这里来，不要愤怒。"她注意到鲜血从她的指间流出，她替史达宾感到更加忧心。"生灵啊，你不是已咬了我吗？"但是这次的痛楚不太对劲，毒液应该会让她麻痹，这个新的血清却仅让她感到疼痛……

"不是。"那名年轻男子从她身后轻声说。

白雾倏地攻击，舞蛇多年训练形成的反射动作掌控了全局。她移开右手，当白雾正要缩回头的一瞬间，她的左手猛然攫住了它。这条眼镜蛇扭转翻滚片刻就松懈了警戒。"不诚实的动物，"舞蛇说，

"真羞人。"她转身，让白雾爬上手臂，仿佛一件隐形披风般搭在她的肩膀，尾巴下垂，恍如拖着下摆。

"不是它咬伤我的？"

"不是。"那名年轻男子出声，刻意压抑的声音透露了敬畏和感动。"你现在应该命在旦夕才对，你应该会痛苦得全身瑟缩，整条手臂也会肿大发紫。当你回来——"他指向她的手，"你一定是被沙地蝮蛇咬了。"

舞蛇记起了树丛下那些盘绕成圈的爬虫类。她摸摸手上的血迹然后擦掉，在荆棘划开的伤口中，赫然出现了两个牙孔，伤口轻微肿胀。"伤口需要清理，"她说，"我竟然会受这种伤，真丢人。"疼痛一波波地在她的手臂上散开，但不再有灼热的感觉。她站着观看地表上景物的变化，疲倦的双眼尝试去克服月亮西沉与曙光假象的昏暗；当她看向那名年轻男子时，发现他也正在打量着她。"你勇敢地牢牢抓住了白雾。"她对那名年轻男子说，"谢谢你。"

他垂下目光，几乎是在向她鞠躬。他起身走向她，舞蛇将手放在白雾的颈部，以防惊动它。

"如果你愿意叫我亚瑞宾，"这名年轻男子说，"我会倍感荣幸。"

"我很乐意这么叫你。"

舞蛇跪下来，怀中抱着盘绕成乳白色圈圈的白雾，它正徐徐前行至袋子里。再过不久，等到白雾稳定后，他们就能在黎明之前去救史达宾。白雾乳白色的尾巴滑露了出来。舞蛇把袋子合好后本想起身，但她却无法站立。她还没有完全摆脱掉新毒液的影响。伤口四周的肌肉红肿疼痛，但已不再出血。她颓丧地坐在原地，看着她的手，心中思绪宛如蛇徐徐爬行，渐渐爬向一件她必须完成的事，但这一次是为了她自己。

"请让我来帮你。"

他扶着她的肩膀，协助她站起身。"对不起，"她说，"我太需要休息了……"

"让我来清洗你的手，"亚瑞宾说道，"然后你就可以去睡觉。告诉我什么时候叫醒你——"

"我还不能睡，"她挺直腰杆，重振精神，将潮湿的发绺从额头上甩开，"我现在已经好多了。你还有水吗？"

亚瑞宾松开外袍，里面穿了一块缠腰布和一条皮带，皮带上面挂着几个皮革温水袋和囊包。他的体魄结实强壮，双腿修长，肌肉发达，肤色比被太阳晒黑的脸还要淡一些。他拿出温水袋，伸手去握住舞蛇。

"不行，亚瑞宾。要是毒液沾到了你身上任何一个小小的刮伤，你就会被感染。"

她坐下来用温水冲洗她的手，粉红色的水滴入地面就已消逝无踪，完全看不出一丁点儿的潮湿。伤口虽然又渗出了一些血，但她现在仅感到疼痛，毒性几乎不再发作了。

"我不明白，"亚瑞宾说，"你居然没事。我妹妹是被沙地蝮蛇咬死的。"他无法像他希望的那般说得漫不经心，"我们束手无策，无法救她——我们甚至无法减轻她的痛苦。"

舞蛇把热水袋还给他，从囊袋中的小药瓶取出药膏，然后涂抹在已经开始愈合的牙孔上。"这是我们训练的一部分。"她说，"我们要跟很多种类的毒蛇一起工作，所以我们必须尽可能地对各个种类的毒蛇都具有免疫力。"她耸耸肩，"训练过程冗长乏味，而且有点痛苦。"她紧握拳头，记忆中的画面不断涌现，她的神情却不曾动摇。她倾身靠向亚瑞宾，再次抚摸他擦破皮的脸颊。"好了……"她涂了一层薄薄的药膏在他的伤口上，"这会帮助伤口愈合。"

"如果你不能睡，"亚瑞宾说，"你至少可以休息吧？"

"好，但只能休息片刻。"她说。

舞蛇坐着斜靠亚瑞宾身旁，他们看着太阳将云层渲染成金色，再染成火红及琥珀色。与另外一个人类单纯的肉体接触，为舞蛇带来欢愉的感受，虽然她觉得并不满足。若是在另一个时空环境下，她可能会再更进一步，但绝非此时此地。

当太阳下缘的光线在地平线上涂上一层玫瑰色，舞蛇起身诱哄白雾离开袋子。只见白雾慢慢地现身，虚弱无力地爬上舞蛇的肩膀。舞蛇拿起袋子，然后和亚瑞宾一起走回帐篷。

史达宾的父母亲一面站在帐篷外的入口处等着她，一面小心翼翼地观察着。他们沉默不语，防备地站成一个紧密的团体。有一瞬间舞蛇以为他们终究还是决定请她离开。她心中倏地涌起歉疚与恐惧，就像嘴巴里含了一块烧烫的铁条。她问他们史达宾是否已经死了。他们摇摇头，让她进入帐篷内。

史达宾仍像她离开之前那样躺着熟睡，大人们的视线则一直跟随着她。白雾察觉到恐惧的气氛而警戒倍增，它吐出蛇信轻轻拍弹。

"我知道你们很想待在这里，"舞蛇说，"我也知道，如果可以的话，你们很愿意帮忙，但除了我之外，这里没有别人插手的余地。请你们回到外面去吧。"

他们相互对看，然后又看看亚瑞宾。有一瞬间舞蛇以为他们会拒绝离开。"走吧，表哥，表姐，"亚瑞宾开口说，"一切都交付给她。"他打开帐幕，示意他们离开。舞蛇仅以目光对他表示谢意，他差一点流露出笑容。她转身，跪在史达宾身旁。"史达宾——"她抚摸他的额头，非常的烫。轻柔的碰触唤醒了这个孩子。"时候到了。"舞蛇说。

史达宾眨眨眼睛，刚刚从某个童真的梦境中醒来。他看着她，慢慢认出了她。他看起来并不害怕，为此舞蛇感到很高兴。但另一方面，为了一个无法确认的理由，她却觉得不安。

"会痛吗？"

"你现在痛吗？"

他迟疑着，目光看向别处再转回来，说："是的。"

"也许会比现在更痛一些。我希望不会。你准备好了吗？"

"青草能留下来吗？"

"当然可以。"她说。

"我马上就回来。"她的声音骤然改变，声调变得非常紧绷，她无法避免地吓到了他。她极力控制自己，缓慢而镇定地离开帐篷。帐篷外那些父母亲的表情告诉了她他们在害怕什么。

"青草在哪里？"亚瑞宾背对着她，听到她的语气，他吓了一跳。那名金发男子忧伤地微微出声，就再也不敢看她了。

"那时我们很害怕，"年长的丈夫说，"我们以为它会咬伤孩子。"

"是我以为它会咬他的。它那时爬过他的脸，我看见它的毒牙——"那名妻子将手放在她年轻丈夫的肩膀上，他不再说下去。

"它在哪里？"她很想号啕大哭，但她并没有这么做。

他们拿来一个打开的小箱子，舞蛇接过后，往里面看去。

青草奄奄一息地躺在里面，几乎被截成两段，翻成两段的身体之间不断渗露出内脏，她全身发颤地看着它，青草蠕动了一下并轻弹蛇信。她从喉咙里发出一声低沉的悲叹，声音低到根本不成哭叫。她希望它的反应只是反射动作，并尽可能温柔地拿起它。她俯身亲抚它的嘴巴，一直亲抚到它头后部平滑青绿的鳞片。她迅速地在它头颅根部狠狠地咬了一口，冰冷咸湿的鲜血汩汩流进她的嘴里。假如刚才它还一息尚存，那么现在也已被她杀死了。

她看着那群父母亲，然后再看向亚瑞宾。他们面色苍白，毫无血色，但她丝毫不同情他们的恐惧，也不在乎彼此同样的伤心。"像这样一个弱小的生物，"她说，"像这样弱小的生物，它只会带来欢乐与美梦。"她注视了他们良久，便转身重回帐篷。

"等等——"她听见身后年长的丈夫走向她。他轻碰她的肩膀，她却耸肩甩掉他的手。"你想要什么，我们都愿意给你，"他说，"只要你不碰这个孩子。"

她愤怒地转过身，面向他。"我应该为了你们的愚蠢而害死史达宾吗？"他似乎试图抓住她，她猛力用肩膀往他肚子上重重一击，迅速进入帐幕内。在帐篷里，她用力踢着袋子，猝然被惊醒激怒的狂沙爬了出来，将自己缠绕成螺旋状圈圈。一旦有人试图进入，狂沙便猛烈地发出嘶嘶声，并嘎嘎作响，舞蛇从未听过它的声音如此狂暴。她根本没有费心去注意她背后的情况。在史达宾发现以前，她低头擦拭泪水，然后跪到他身旁。

"发生什么事了？"他听见了帐篷外的说话声和跑步声。

"没事，"舞蛇说，"史达宾，你知道我们是横越沙漠来到这里的吗？"

"不知道。"他语带诧异地回答。

"沙漠里天气非常热，我们没有任何食物可以充饥。青草现在去猎食了，它肚子非常饿。你能谅解它不在，让我开始工作吗？我会时刻陪在你身边的。"

他似乎非常疲倦，表情很失望，但他没有力气去争辩。"好吧。"他说话的声音沙沙的，仿佛沙子滑过指间。

舞蛇从肩膀上移开白雾，然后拉开史达宾瘦小身体上的毯子。肿瘤从肋骨骨架里向上压迫，导致他的身体变形，挤压到他的维生器官，还从他体内吸取供给生长的养分，更排出废物荼毒着他。舞蛇抓着白雾的头部，让它一面在他身上滑行，一面碰触诊尝。她必须控制这条眼镜蛇以防止它攻击，它已被兴奋煽动。狂沙嘎嘎作响时引起的振动让它退缩了一下，舞蛇抚慰着它。调教与训练凌驾天生的本能，开始做出反应。白雾停止滑动，舌头轻轻舔着肿瘤上层的皮肤。舞蛇放开了它。

这条眼镜蛇扬起身体展开攻击，就像普通眼镜蛇那般撕咬。它先浅浅刺入毒牙然后松开，为了要咬得更紧，又迅速地再咬一口，并且维持着这个姿势开始咀嚼它的猎物。史达宾叫出了声，但在舞蛇双手的控制下动弹不得。

白雾将毒囊里全部的毒液注入这个孩子身体之后就松开了他。它耸立环视四周，合起颈背，宛如一条笔直的线滑过地板，爬向它幽暗密闭的隔室。

"好了，史达宾。"

"我现在会死吗？"

"不会，"舞蛇说，"你现在不会死，我希望你很多年以后也不会。"她从皮带上的囊袋里拿出一瓶装着粉状物的小药瓶。他顺从她，她将药粉洒在他的舌头上。"这会帮助止痛。"她没有把血擦掉，就在一连串牙孔造成的浅浅伤口上铺上了一块布垫。

她转身背对他。

"舞蛇？你要走了吗？"

"我保证，我绝对不会不告而别。"

这个孩子躺了回去，闭上双眼，随着药粉的作用睡着了。

狂沙安静地蜷曲在深色毛毡上，舞蛇轻击地面唤醒它。它向她移动，纡尊降贵地转移阵地，爬进了袋包。舞蛇合上袋子并背起它，却仍觉得袋子内空荡荡的。她听见帐篷外的喧哗声。史达宾的父母亲和前来帮助他们的人扯开帐幕往内窥探，他们甚至还没看清楚，木棍就往帐篷内一阵猛戳。

舞蛇将皮袋放好："一切已经结束了。"

他们进入帐篷内，亚瑞宾也和他们在一起，只有他手上没拿木棍。"舞蛇——"他语调悲伤，遗憾又困惑地说，舞蛇无法判断他相信谁。他往后看，史达宾的母亲就站在他身后，他揽向她的肩膀，说："要不是因为她，他早就死了。不论现在发生什么事，他都有可能会死。"

她甩开他的手："他也许会活下来。现在连活下来的机会可能都没有了。我们——"她无法再强忍泪水说话。

舞蛇察觉到人群在移动，并将她包围。亚瑞宾朝她踏了一步然后停住，她明白他要她替自己辩护。"你们当中有谁会哭泣呢？"她说，"会为了我和我的绝望哭泣，为了他们和他们的罪恶哭泣，或者为小生物和它们的痛苦哭泣？"她感觉泪水从她的双颊滑落。

他们不了解她在说什么，她的眼泪也冒犯了他们。他们往后退聚成一团，仍然怕着她。她不再需要摆出那一副用来蒙骗孩子的冷静态度了。"唉，你们这群傻瓜。"她的声音听起来很尖锐，"史达宾——"

入口处传来领袖的声音，他们一阵惊愕。"让我过去。"挡在舞蛇前面的人群分出一条路让他们的领袖过去。她在舞蛇面前停下来，不理会她的脚几乎快要碰到的袋子。"史达宾会活下来吗？"她的声音温和平静。

"我不能够确定。"舞蛇回答，"但我相信他会。"

"让我们两个独处。"人群在服从领袖的命令之前听懂了舞蛇说的话；他们互看对方，垂下武器，终于一个接着一个离开了帐篷。亚瑞宾留下来陪伴舞蛇。面对危险时产生的力量从她体内渐渐消逝，她的膝盖瘫软了下来，双手掩面，俯身向那个袋子。她还来不及注意并阻止，那名女士已在她面前屈膝跪坐。"谢谢你，我真的很抱歉……"她的手臂圈住舞蛇并将她拉近，亚瑞宾跪坐在他们身旁，他也拥抱着舞蛇。舞蛇又开始颤抖，当她哭泣时他们一直抱着她。

◇→✦✣✦←◇

　　之后她独自一人在帐篷内陪着史达宾时，由于精疲力竭而睡着了，手还握着史达宾的手。人们捉了小动物给狂沙和白雾，并给了她食物和补给品，他们甚至还提供充足的水让她清洗身体，虽然他们一定因此汲干了水源。

　　她醒来时发现亚瑞宾就睡在她身旁，身上的袍子因天气炎热而掀开，散布在他胸膛与腹部间的汗水闪闪发亮。他熟睡时，脸上坚定的线条消失无踪，看起来既疲倦又脆弱。舞蛇本想要唤醒他，但顿时停住动作，摇了摇头，然后转向史达宾。

　　她触摸肿瘤的位置，发现白雾转化后的毒液已经发生效用，肿瘤开始萎缩变小，细胞正在死亡。悲伤之中舞蛇感到一丝丝喜悦，她将史达宾淡金色的头发轻轻地从脸上拨开。"小家伙，我不会再欺骗你，"她轻声地说，"但是我必须马上离开，我不能留在这里。"她需要睡上三天，才能不用再抵抗沙地蝮蛇的毒性，但她想在别的地方休息。"史达宾？"她叫出了声。

　　他慢慢地醒来，半睡半醒着说："现在不会痛了。"

　　"我很高兴。"

　　"谢谢……"

　　"史达宾，再见了。待会儿你醒过来的时候，会记得我真的来说过再见吗？"

　　"再见，"他说，再度陷入昏沉状态，"再见，舞蛇。再见，青草。"

舞蛇拿起袋子，站着俯视亚瑞宾，他并未被惊动。她离开了帐篷，感激与歉疚两种感情充溢心间。

沙漠风暴长长而模糊不清的阴影正慢慢逼近，整个营地炙热焦灼，一片安静。她发现她的虎纹小马已被拴上绳索，还饲以食物与水。马鞍旁的地面上躺着几个全新的皮水袋，鼓鼓地装满了水，鞍座上还摆了几件沙漠长袍，虽然舞蛇早已拒绝了任何报酬。那匹虎纹小马朝她嘶鸣，她挠挠它条纹状的耳朵，替它置上马鞍，并将她的用品捆绑在马背上。她牵着它，准备向着东方——她来的方向——出发。

"舞蛇——"

她深吸一口气，转身面向亚瑞宾。他背对着太阳，阳光形成深红的背景，描绘出他身形的轮廓，狂乱不羁的头发散落在他的肩膀上，脸庞因此显得温柔和善。"你一定要离开吗？"

"是的。"

"我希望你不要离开，等到……我希望你能留下来一段时间……还有别的家族和其他人需要你——"

"假如情况不同，我也许会留下来。身为一个医生，自然有其责任。但是……"

"他们那时非常害怕——"

"我已经告诉他们青草不会伤害人，他们看见了它的毒牙却不知道它只会带来美梦，驱除死亡。"

"你不能原谅他们吗？"

"我无法面对他们的罪恶。他们会做错事是我的过失，亚瑞宾，我太晚才了解他们的。"

"你自己说过，你不可能知道所有的习俗与恐惧。"

"我现在就像一个瘸子一样，"她说，"没有了青草，要是我无法治人，我根本一点忙都帮不上。我们没有那么多梦蛇，我必须回家去告诉我的老师失去了一条梦蛇，祈求他们能够原谅我的愚蠢。他们很少赐予别人我所拥有的名字，但他们却赐给了我，他们一定失望透顶。"

"让我跟你一起回去。"

她多想这么做。但她犹豫不决，然后咒骂起自己的软弱。"他们也许会收回白雾与狂沙，将我驱逐。他们也会赶走你。亚瑞宾，留在这里。"

"无所谓。"

"不可能的，一段时间后我们就会憎恨彼此。我不了解你，你也不了解我，我们需要的是时间与冷静的心情来更加了解对方。"

他走向她，手臂圈住她，他们站着拥抱了彼此一会儿。他放开他的手，脸颊上泛着泪光。"请你一定要回来，"他说，"无论发生什么事，请你一定要回来。"

"我会试试看，"舞蛇说，"明年春天风暴停止的时候，来找我吧。后年春天如果我还是没回来，就把我忘掉。那时要是我还活着，不管我在何处，我都会把你忘记的。"

"我会去找你。"亚瑞宾说，不再说第二次。

舞蛇握起小马的缰绳，开始横越沙漠。

第二章

　　白雾扬起身体，象牙白的斑纹与阒黑的夜色形成对比。这条眼镜蛇不停摆动并发出嘶嘶声，狂沙也嘎嘎作响地回应它。舞蛇听到了沙地上模糊的马蹄声，并透过手掌去感觉。她敲击地面，却突然退缩，倒抽了一口气。在沙地蝮蛇两个咬痕的周围，她的手从指关节到手腕间一片青黑，只有瘀血附近的颜色消退了些。她将疼痛的右手搁在大腿上，用左手敲击地面两次。狂沙不再发出狂乱的嘎嘎声，这条菱纹背响尾蛇从温暖的黑色火山岩床滑向她。舞蛇又敲了地面两下，白雾察觉到振动，熟悉的讯号安抚了它，它缓缓降低身体，松弛颈背。

　　马蹄声停了下来。舞蛇听到绿洲边缘远处的营地里传来人声，突出地表的岩块挡住了那一簇绵延的黑色帐篷。狂沙卷上她的前臂，白雾爬上她的肩膀，青草本该缠在她的手腕上，或是如一条翡翠项链般绕在她的喉间。但是青草已经死了。

　　那个骑马的人驱策着马，朝她骑过来。这匹红棕马踏过绿洲的浅水坑，溅起四面水花，灯笼里的昆虫发出死气沉沉的微光，月色被云层遮住，闪烁着点点月光。它鼻翼偾张，呼吸沉重，缰绳下的颈项汗水淋漓。衬着金黄色的马鬐，灯笼里闪耀出深红的光芒，照亮了来者的脸庞。

她起身："我叫舞蛇。"也许她不再有权以这个名字自称，但她不想再用童年的名字。

"我叫马利戴斯。"他纵身下马走向她，当白雾扬起头，他停下了脚步。

"它不会攻击你。"舞蛇说。

马利戴斯靠近她："我有一个伴侣受伤了，你愿意来看看吗？"

舞蛇必须用尽全力才能毫不犹豫地回答他："好，当然愿意。"她感到强烈的恐惧，害怕有人请她治疗生命垂危的人，害怕自己根本无能救人。她屈膝将白雾和狂沙放到皮袋里，它们沿着她的手滑行，冰凉的鳞片在她的指尖形成错综复杂的图案。

"我的马跛脚了，我必须去借一匹马——"她的虎纹小马松鼠就在刚刚马利戴斯停留的那个营地的畜栏里。有个名叫葛兰的沙漠商人会照顾它，因此舞蛇并不需要担心；她的孙子们会喂食它，并像伺候王者般地帮它刷毛。如果铁匠在舞蛇不在的时候到了，葛兰会留心松鼠马蹄的修复工作。舞蛇觉得葛兰应该会愿意借她一匹马。

"没有时间了。"马利戴斯说，"那些沙地老马速度不够快。我们一起骑我的马。"

马利戴斯的母马肩膀上的汗水尚未全干，但它的呼吸已恢复正常。它昂首站立，双耳竖直，颈项拱起。它的确令人印象深刻，比起那些沙漠商队的马匹，它是一只受到良好饲育的动物。骑马者的衣服朴实无华，这匹马的马具却装饰繁多。

舞蛇盖上皮袋，穿上亚瑞宾的族人送给她的崭新长袍与头巾。至少她对于他们送的衣物心存感激，这种强韧精细的布料很能够抵挡住沙尘及酷热。

马利戴斯跨上马背，脚离开马镫，伸手握住舞蛇。但舞蛇才刚靠近，这匹马就闻到了毒蛇麝香的气味，它张开鼻翼，惊惶退避。在马利戴斯双手温柔的安抚下，它站稳脚步，但仍未平静下来。舞蛇跨上马坐在后座。这匹母马肌肉紧缩，随即便跃然涉水疾奔，溅起片片水花。小树枝打到舞蛇的脸上，她的双脚紧紧夹住马潮湿的腹部。这匹马跃过河岸，穿过娇弱的绿洲树林与阴影，棕榈叶与他们擦身而过。突然之间，沙漠在眼前展开，一直延伸到地平线。

舞蛇紧抓住左手的袋子，她的右手还无法握紧。没有了火堆与水面反射的光线，舞蛇几乎什么都看不见。墨黑的沙粒吸进阳光再释放出热气。这匹马继续奔驰，马蹄在沙地上嘎啦嘎啦地响着，马鬃上精巧的饰品碰撞出微微的响声。

马的汗水浸湿了舞蛇的长裤，湿热黏腻地紧贴着她的膝盖与大腿。远离了绿洲树林的保护，舞蛇感觉到了刺人的风沙。她的手离开马利戴斯的腰部，钩起头巾末端。她用头巾遮住鼻子和嘴巴。

沙漠景色很快被乱石堆取代，马爬上坚硬的岩石，在马利戴斯控制下，它开始行走。"奔跑太危险了，我们会在还没看见裂缝前就已掉下去。"马利戴斯的声音听起来急迫紧张。

他们几近垂直地往上移动，到达了一个满布巨大碎屑与裂缝的地区，熔岩流曾经在这块地上奔流四窜，冷却后变成了玄武石。沙砾在这块颠簸的不毛之地飒飒作响,似在叹息。马蹄声听起来格外响亮,宛如地表下是中空的。马匹不得不跳过一处裂缝,脚下的岩石传来阵阵回音。

舞蛇不止一次想问马利戴斯他的朋友出了什么事,但她并没有说出口。这块岩石地表不容许他们交谈,除了集中全副心神穿越这片熔岩原外,他们根本无暇思考其他事情。

舞蛇不敢问,也害怕知道。

她的袋子沉重地垂在腿上,随着这匹马步伐的节奏不停摆荡。舞蛇可以感觉到狂沙在它的隔间里调整姿势;她希望它不会发出响声,不然又会惊吓到这匹马。

舞蛇的地图里并没有标示出这片火山熔岩原。往南走就会到绿洲,那也是熔岩原的尽头。商队会避开熔岩,因为人群和牲畜会很容易受伤。舞蛇怀疑他们能在天亮之前到达目的地,这片曜黑色的岩床会让热气快速聚集。

终于,这匹马开始放慢步伐,虽然马利戴斯仍不断发出鞭策声。

❖→❈←❖

马儿越过满布石块的宽广河流时,步履摇摇晃晃地充满韵律,快要哄舞蛇睡着了。当他们从长长的火山岩斜坡往下走时,这匹马绊了一跤,她猝然惊醒。这匹马双脚奋力挣扎,努力抬起臀部,他们一阵前后颠簸。舞蛇抱紧袋子和马利戴斯，膝盖牢牢夹住马儿。

悬崖底部松软的岩块已经碎裂开来，无法再承受马匹步行的重量。舞蛇感觉到马利戴斯的腿夹紧了这匹母马，迫使这匹负担沉重的疲倦马儿开始慢跑。他们此刻身处在一个狭窄高深的峡谷中，火山岩形成的高耸峭壁峙立两侧。

点点光线盘旋在黑檀木林间，舞蛇昏沉沉地以为那是萤火虫的光芒。有马在远处嘶叫，灯火赫然跃入前方视野。马利戴斯倾身向前，对这匹马说了些鼓励的话语。马儿举步维艰，奋力与深深的沙堆对抗，不慎摔了一跤，舞蛇重重地撞上马利戴斯的背部，狂沙也因突然而来的撞击发出嘎嘎的声响，这匹马受到惊吓倏然狂奔。马利戴斯让马疾跑，直到它的速度终于慢了下来，它的口水不断往脖子上滴流，鼻翼也喷溅出丝丝血滴。马利戴斯驱策它前进。

营地仿佛海市蜃楼般地在往远方倒退。舞蛇每吸一口气，就觉得痛苦不堪，好像自己就是这匹马一样。这匹马在深深的沙堆中挣扎前行，宛如一个筋疲力尽的泳者在俯头入水时拼命换气的模样。

他们到达终点帐篷了。这匹母马步履蹒跚，停了下来，双脚跨开，头垂得低低的。舞蛇滑下马背，汗水溻湿的膝盖还在不住地发抖。马利戴斯下马带她进入帐篷。帐幕已被撑开，灯笼里微弱的蓝色火光笼罩在整个帐篷内。

帐内似乎光线明亮。马利戴斯受伤的朋友靠着帐壁躺着，她的脸色发红，脸上的汗珠剔透，红棕色卷曲的长发松乱纠结。她身披薄衫，衣服上深色的污点已被汗水浸湿，并非血渍。坐在她身旁地板上的同伴不安稳地抬起头。他的脸难看且令人发怵，神色非常紧张，小小的黑色眼睛上，浓浓的眉毛蹙成一团，褐色的头发蓬松杂乱，没有光泽。

马利戴斯跪坐在他旁边："情况怎么样了？"

"她终于睡着了，一直睡到现在。至少她没有伤到……"

马利戴斯握住那名年轻男子的手，俯身轻轻啄了一下熟睡中的妇人，她并没有被惊动。舞蛇放下皮袋，靠得更近；马利戴斯与那名年轻男子表情茫然地相互对看，开始察觉到身体的疲惫。那名年轻男子突然倾身抱住马利戴斯，他们默默不语良久，一直相互拥抱。

马利戴斯挺直身子，不情愿地离开。"医师，他们就是我的伴侣，这位是艾力克，"并朝着那名年轻男子点头，"这是洁西。"

舞蛇握起这名熟睡妇人的手腕，她的脉搏微弱，没有规律。她的额头上有块颜色很深的瘀青，但没有瞳孔扩大的现象，幸运的是她可能只有轻微的脑震荡。舞蛇拉开被单，看见她肩胛骨、手掌心、臀部和膝盖到处都是严重摔伤导致的擦伤。

"你说她睡着了——从她摔伤以来，意识都一直很清醒吗？"

"我们找到她时她是昏迷的，不过她曾经醒来过。"

舞蛇点点头。洁西身侧有一道深长的擦伤，她的大腿上绑着绷带。舞蛇尽可能轻柔地解开布带，但是布被干涸的血渍黏住了。

当舞蛇碰到洁西腿上那道长长的伤痕，她毫无动静，甚至也没有像一般熟睡的人那样移动身体以避开惊扰。她没有被痛苦惊醒。舞蛇敲击她的脚底，没有任何反应，反射动作的机能已经消失。

"她从马上摔了下来。"艾力克说。

"不是她摔下来，"马利戴斯吼了一声，"是马绊倒压住了她！"

舞蛇试着寻找自从青草死后便慢慢在消失的勇气，但她却找不回来。她知道洁西受伤的原因，剩余的工作只需判断伤势严重的程度。舞蛇低头，一只手搁在膝盖上，一手触摸着洁西的额头。这名高大的妇人惊魂未定，正在冒冷汗。

舞蛇思绪不断翻腾，要是她受了内伤，要是她命在旦夕……

洁西把头转开，在睡梦中轻轻地发出呻吟。

无论你能提供什么，她都需要你的帮助，舞蛇生气地告诉自己，你沉溺在自艾自怜的情绪中越久，你反而更可能伤害到她。

她觉得她的身体里好像有两个性格完全相反的人在对话，两个人都不是真正的她。她袖手旁观等待结果，当责无旁贷的分身战胜了她的懦弱，她隐隐约约觉得感激。

"我需要有人协助我帮她翻身。"她说。

马利戴斯扶住洁西的肩膀，艾力克扶着她的臀部，两人遵从舞蛇的指示，小心翼翼地从洁西身侧搬动她，避免扭动到她的脊椎。她的背上有一小块深黑色的瘀血从脊椎骨向两侧散开。在颜色最深的地方，骨头已经碎裂了。

摔落的强烈撞击几乎使得柔软的脊柱脱离，舞蛇可以摸得到强力推挤之下，刺入肌肉里的骨头碎裂开的缺口。

"让她躺下。"舞蛇意志消沉，充满歉意地说。他们依言照做，一边看着舞蛇一边沉默地等待着。舞蛇蹲坐着。

她默默地想，如果洁西死了，她就不会再感到这么痛苦。无论是生是死，青草原本就都救不了她。

"医生……？"艾力克根本未满二十，就算是生活在这样条件严酷的土地上，还是太过年轻，无法承受悲伤。马利戴斯则似乎长生不老，无法分辨出他的年龄，他有一身深铜色的肌肤和一双黝黑的眼睛，善体人意的内心正因痛苦而煎熬。舞蛇看着马利戴斯与艾力克，对着较年长的丈夫说："她的脊椎摔断了。"

马利戴斯大受打击，双肩一垂往后颓坐。

"但她还活着啊，"艾力克大叫，"如果她活着，怎么——"

"有没有可能是你判断错误？"马利戴斯问，"你能做些什么吗？"

"我希望我可以。马利戴斯，艾力克，她能活下来已经算很幸运了。骨头不止摔断了，还被压碎得扭曲变形，神经不可能没有断裂。我也希望我能说些别的，告诉你们也许骨头会愈合，也许神经组织还很完整，但那样的话，就是在欺骗你们。"

"她残废了。"

"是的。"舞蛇说。

"不可能，"艾力克一把抓住她的手臂，说，"洁西不可能——我不——"

"冷静下来，艾力克。"马利戴斯轻声道。

"我很遗憾，"舞蛇说，"我本来可以向你们隐瞒事实，但瞒不了很久。"

马利戴斯拨开洁西额头上一绺砖红色的头发："不必隐瞒，能够立刻知道实情比较好……能学着和事实一起共存。"

"洁西不会为这样活着而感谢我们。"

"安静点，艾力克！难道你宁愿她就这样摔死吗？"

　　"不是的！"他轻声地说，往下看着帐篷地板，"但她有可能会死，你自己也很清楚。"

　　马利戴斯望着洁西，起初未发一语。"你说得没错。"舞蛇可以看见马利戴斯的左手紧紧握成一个拳头，并微微颤动。"艾力克，你能去照顾一下我的马吗？它已经累坏了。"

　　舞蛇想艾力克之所以迟疑着不离开，并非不情愿去完成马利戴斯要求的事。"好的，马利。"他离开他们。舞蛇等待着。他们听见沙地上艾力克的马靴声，随后而来的是马蹄迟缓的步伐。

　　洁西在睡梦中动了下身体，发出一声喘息声。马利戴斯听到声音，畏缩了一下，深深吸了一口气，试图克制突然而来的哽咽，但仍然无法抑制。在灯火映照下闪烁的眼泪像一串串钻石不停滴落。舞蛇靠近马利戴斯并安慰他，握着他的手直到他松开紧握的拳头。

　　"我不想让艾力克看见……"

　　"我了解。"舞蛇说。她想艾力克也一定了解，他们牢牢守护着彼此。"马利戴斯，洁西能承受真相吗？我讨厌守着秘密，但——"

　　"她很坚强，"马利戴斯说，"无论如何隐瞒，她总会发现的。"

　　"好，那我得唤醒她。她头部有伤，一次睡眠只能睡几小时，绝不能超过。还有，每隔两个小时，必须为她翻一次身，否则皮肤会溃烂。"

　　"我来叫醒她。"马利戴斯握着她的手，倾身吻着她的唇，嘴边轻声呼唤她的名字。她花了很长的时间才恢复意识，口中喃喃呓语，并推开马利戴斯的手。

　　"我们不能再让她多睡一会儿吗？"

"每隔一段时间就叫醒她比较保险。"

洁西呻吟不断并轻声咒骂，然后睁开双眼。她视线往上看着帐篷天花板，好一会儿才转过头，最后才看见马利戴斯。

"马利……我很高兴你回来了。"她的眼珠是非常深的茶色，几乎快是黑色了，配上她砖红色的头发与红润的双颊，给人一种奇异的感觉。"可怜的艾力克——"

"我知道。"

洁西看到了舞蛇。"是医生吗？"

"是的。"

洁西冷静地注视她，声音很平静："我的脊椎骨断了吗？"

马利戴斯愣了一下。舞蛇虽犹疑不决，但对于这么直接的问题，她没有任何闪避的时间，她不太情愿地点头。

洁西一听全身倏地松弛，头躺了回去，目光向上。

马利戴斯俯身拥抱她："洁西，洁西，吾爱，这是……"但他再也说不出其他话语了，马利戴斯静静地拥着洁西的肩膀，将她抱得更紧。

洁西看着舞蛇说："我全身瘫痪，不可能治好了。"

"我很遗憾，"舞蛇说，"我看不出有任何痊愈的机会。"

洁西的表情没有丝毫变化，仿佛她只是要再一次确认，她也没有显露一点失望之情。"当我摔倒的时候，我就知道情况很糟糕，"她说，"我听见骨头断裂的声音。"她温柔地移开马利戴斯，"那匹马呢？"

"我们找到你的时候，它就已经死了。它的脖子摔断了。"

洁西的语气混杂着欣慰、后悔与恐惧。"对它来说是快刀斩乱麻。"她说。

刺鼻的尿骚味弥漫了整个帐篷。洁西闻到味道,脸色潮红,感觉非常羞惭。"我不能这样活着!"她叫喊道。

"没关系的,不要在意。"马利戴斯说,然后出去拿擦布。

当马利戴斯与舞蛇替洁西清理身体时,她一语不发,看向别处。

艾力克战战兢兢地回到帐篷内。"马已经照料妥当了。"但他的心思根本不在那匹马上。他看着洁西,她仍躺着,脸转向墙壁,一只手臂遮住她的双眼。

"洁西很懂得如何挑选一匹好马。"马利戴斯说,企图鼓舞她。气氛紧张得像一碰就碎的玻璃。两位丈夫都注视着洁西,但她一动也不动。

"让她睡吧,"舞蛇说,她并不知道洁西是不是在睡觉,"她醒来时一定会很饿,我希望你们为她找些她能吃的食物。"

他们紧绷的神经霎时放松下来,手脚有些忙乱。马利戴斯在囊袋之间翻找,拿出了干肉、干果和一个皮革热水袋。"这是酒——她可以喝吗?"

"她没有很严重的脑震荡现象,"舞蛇说,"酒应该没什么影响。"也许还有些帮助呢,她默想,除非酒精会使她郁郁不乐。"但肉干——"

"我来煮肉汤。"艾力克道。他从杂乱的器具堆中拿出一个金属汤锅,从皮带上抽出小刀,开始将一大块的肉干切碎。马利戴斯将酒倒在发皱的果瓣上,芬芳的味道强烈扑鼻,舞蛇发现自己口干舌燥，直冒口水。沙漠中的人似乎不经意间就跳过好几顿饭不吃，但舞蛇两天前——还是三天？——就已经到达这个绿洲了，当时她用睡觉来摆脱毒液的影响，所以并没有吃太多东西。在这块土地上向人要食物或水是很不礼貌的行为，因为若是不主动提供食物更差劲。礼貌这档事此刻显得根本无足轻重。她因饥饿而颤抖不已。

"老天，我饿坏了，"马利戴斯诧异地说，好像他能读出舞蛇的内心，"你不饿吗？"

"嗯，是的。"舞蛇勉强说出口。

"身为主人——"马利戴斯歉疚地将温水瓶递给舞蛇，拿出更多的碗和干果。舞蛇大口喝下这冰凉凉口感却火辣辣的酒，第一口因喝得太大口而呛到了，她咳嗽不止。这酒味道强劲。她又喝了一口，然后递回温水瓶。马利戴斯也喝了一口。艾力克接过皮水瓶，倒了不少的分量到锅子里。在他把肉汁拿到蜡制的小火炉上之前，他自己才迅速地小啜了一口酒。沙漠里热气逼人，他们根本无法感受到火焰的热度。摇摆不定的火苗衬着黑色沙地，仿佛形成了一个透明的海市蜃楼。舞蛇感觉到刚冒出的汗水从她的太阳穴滴下来，流过她的胸膛。她用袖子擦拭额头。

他们的早餐就是肉干、干果和酒。酒精的作用来得很快而且强烈，艾力克几乎马上就开始哈欠连连。每当他一打盹，他就摇摇晃晃地起身出去搅拌给洁西喝的肉汤。

"艾力克，去睡吧。"终于马利戴斯说。

"不，我还不累。"他搅拌一会儿并品尝味道，然后把锅子从火炉上移入室内，让汤冷却。

"艾力克——"马利戴斯牵起他的手，拉着他到花样繁复的地毯上去，"如果她呼唤我们，我们要马上回应。要是她需要翻身，我们也要去帮忙。倘若我们疲倦到连双脚都站不稳，我们不可能照顾得了她。"

"但是我……我……"艾力克摇头，但仍无法摆脱疲劳与酒精的影响，"那你呢？"

"你整晚看顾洁西，比我骑马还要辛苦。我需要放松一会儿，等一下就会去睡了。"

艾力克虽然有些不太情愿，却非常感激，于是他在马利戴斯旁边躺了下来。马利戴斯轻抚着他的头发，直到不久之后艾力克发出打鼾声。马利戴斯微笑着望着舞蛇。"当他刚和我们在一起的时候，我和洁西都很怀疑这么吵，我们怎么睡得着。现在要是听不见他打鼾，我们几乎无法入睡。"

艾力克的鼾声低沉缓慢，偶尔会突然屏住气，然后发出响亮的呼声。舞蛇微笑。"我猜没有什么事是你适应不了的。"她喝了最后一口酒，然后将温水瓶还回去。马利戴斯在接过温水瓶时突然打了一个响嗝。他满脸通红，没有喝酒，将瓶子塞紧了。

"酒精很容易就能对我产生影响。我不应该再碰酒了。"

"至少你有自知之明。也许你从来不容许自己出错。"

"我年轻的时候——"马利戴斯想起往事不禁笑了出来，"傻瓜一个，又是穷光蛋，真是糟糕透顶的组合。"

"我还能想到更惨的。"

"现在我们有钱了，也许我也变得聪明了一些，但是，医生，那有什么用处呢？金钱或聪明才智都救不了洁西。"

"你说得没错，"舞蛇说，"那些都救不了她，我也不行。只有你跟艾力克可以。"

"我知道，"马利戴斯的声音温柔又哀伤，"但是洁西必须要花很久的时间才能习惯这种生活。"

"她还活着，马利戴斯。这次意外差一点就要了她的命——难道她活着还不够谢天谢地吗？"

"没错，对我来说，她能活下来就够了。"他说话开始含糊不清，"但是你不了解洁西，你不知道她从哪里来，为什么会在这个地方——"马利戴斯看着舞蛇，眼光闪烁不定，犹疑不决，突然之间他开始滔滔不绝地接下去说："她会在这个地方，是因为她无法容忍任人摆布。在我们共同生活以前，她的人生富裕安全，充满权势。但是她的生活和工作全都是别人设计好的，她本来即将成为中央城的统治者——"

"是那个城市！"

"没错，那是她的城市，如果她想要的话。但是她并不愿活在框框底下的天空。她没有带任何家当，离乡背井创造自己的人生，只求能够自由自在地生活。现在那些她最喜爱的事物都离她远去了。当她知道她不能再在沙漠中漫步，不能再为我找到要做成守护者耳环的钻石，不能再抚摸马匹，不能再做爱……我要如何告诉她，要为还活在世间而感到喜悦？"

"我也不知道，"舞蛇说，"但是如果你和艾力克将她的生活视为不幸，那么它就真的会变成一个悲剧。"

梦蛇
Dreamsnake

◇→►✦◄←◇

　　热气在黎明之前稍微散去，但随着天色变得愈来愈亮，气温又再度回升。深暗的阴影遮盖住了营地，但即使是在岩壁的掩蔽下，热气仍像一股迫人的压力。

　　艾力克在打鼾，马利戴斯未曾察觉到鼾声，平稳地睡在他身旁，一只强壮的手臂在艾力克背后缩起。舞蛇双手摊开，面朝下趴在帐篷地板上，她的汗水浸湿了地毯，精细的纤维微微刺痛了她的脸颊。她的手不住地抖动，却无法入睡，但也没有力气起身。

　　她陷入了一个梦境，亚瑞宾出现在那梦里。梦中他的身影比她清醒时记得的更加清晰。多么奇异纯真的梦。她才勉强碰触到亚瑞宾的指尖，他却已消失不见了。

　　舞蛇绝望地拼命四处寻找。她醒来时由于情欲躁动，心跳不断加速。

　　洁西稍微动了一下身子。有一会儿舞蛇并不想动，她不情愿地起身。她瞥了一眼另外两位同伴。由于年轻人易暂时忘却烦忧的天性，艾力克安稳熟睡。马利戴斯则满脸疲惫，汗水顺着他光亮的黑发流下来。舞蛇离开马利戴斯与艾力克，跪到洁西的身旁。自他们上次帮她翻身之后，她就一直趴着，半边脸颊搁在一只手上，另一只手则捂住双眼。

　　舞蛇觉得她并不是真的在睡觉，从她手臂的线条与指头的弯曲，显现出来的不是放松而是紧绷。或者，她暗自祈望，她跟我一样。

我们都想要沉睡，这样就能不去理会现实世界。

"洁西，"她轻唤着，又唤了一声，"洁西，求求你。"

洁西叹口气，然后将手放下，搁在床单上。

"这里有肉汤，你觉得舒服一点了就可以吃。还有酒，如果你想喝的话。"

虽然洁西嘴唇已干裂，她还是微微摇头。舞蛇不能让她脱水，但也不愿意与她争辩，勉强她吃。

"没有用的。"洁西说。

"洁西——"

洁西伸出手覆在舞蛇手上。

"没关系，我已经回想起事情发生的经过，我梦到了。"洁西说。舞蛇注意到她瞳孔变小，深褐色的双眼闪烁着点点金色光芒。"我不能这样活着。他们也不行。他们一定会牺牲自己，尽力去适应。大夫——"

"求求你……"舞蛇轻声道，再度感到前所未有的恐惧，"求求你不要——"

"你不能帮助我吗？"

"我能帮助你不死，"舞蛇说，"不要求我帮助你死！"

舞蛇猝然拔腿向外狂奔，热气迎面向她袭来，但她无处可逃。峡谷峭壁与坍塌的岩块矗立在她四周。

舞蛇停下脚步，让情绪镇定下来。她低头，身体颤抖不已，汗水刺痛了她的双眼。她惊慌的举动简直就像个傻瓜，她感到很羞耻。她一定把洁西吓坏了，但她还无法回去面对她。她离帐篷更远了，但她并不是朝着沙漠的方向走，那里阳光和沙地的热浪会让人产生幻觉。她走向峡壁里一个圈起来当成畜栏的小洞穴。

舞蛇觉得似乎一点也没有必要将这些马围在畜栏里，因为马儿一动也不动地站着，个个垂头丧气，满身风尘；它们甚至连尾巴都没在甩动，因为黑沙地中没有昆虫生存。舞蛇想，不知道马利戴斯那匹俊美的红棕马在哪里？悬挂在栅栏上或四处随意堆放的马饲料，闪耀着宛如贵重金属和珠宝的光芒。舞蛇的手放在一个绳子捆住的木桩上面，下巴搁在拳头上。

一阵倒水的声音使她转过身来，然后她就被接下来的景象震慑住了。在畜栏的另一头，马利戴斯用皮水袋将木框水槽装满了水，所有的马匹顿时骚动嘶鸣，生气蓬勃，个个昂头竖耳，前脚举起腾空，不断朝着同伴挥动。它们简直脱胎换骨，英姿焕发。

马利戴斯在她身旁停下脚步，手里握着已空无一物、疲软无力的皮水袋，但他并没有看向舞蛇，反而看着那群马匹。

"洁西不论是挑选马，或是训练它们都很有一套……怎么了？"

"我很抱歉，她一定被我吓坏了。我没有权利——"

"告诉她要活下去？或许你是没有，但我很高兴你这么做。"

"重要的不是我对她说了什么，"舞蛇说，"她自己必须要有求生欲望。"

马利戴斯挥动着手，吆喝一声。最靠近水槽的马匹吓得落荒而逃，其他的马匹才得以有机会喝到水。它们相互推挤，喝光了水槽里的水，然后站在水槽边，期待着还有更多的水可以喝。"对不起，"马利戴斯说，"今天就这么多了。"

"为了它们，你一定带了很多的水。"

"是的，我们需要所有的马。我们进入沙漠的时候带着水，离开时带着洁西找到的矿物与宝石。"那匹红棕马伸展它的头，越过绳子围起的栅栏，用鼻子不断磨蹭马利戴斯的袖子，期待着主人抚摸它的耳后和下巴。"自从艾力克来了之后，我们旅行时便带着更多的……贵重物品。艾力克说这样子才让人印象深刻，他们就会想要跟我们交易。"

"有用吗？"

"看来是如此。我们现在生活优渥，我还可以选择我的工作。"

舞蛇看着马儿一匹接着一匹，慢慢地步向畜栏尽头处的阴影。太阳曚昽的光线缓缓爬上岩壁，舞蛇可以感觉到脸上的热气。

"你在想什么？"马利戴斯问。

"我在想，有什么办法可以使洁西有求生欲望。"

"她并不是毫无用处地活着。我和艾力克都爱她，无论发生什么事，我们都会照顾她。但对洁西来说，这个理由并不充分。"

"难道她一定要双脚能行走，才叫作有用吗？"

"大夫，她是我们的勘探员。"马利戴斯遗憾地看着舞蛇，"她一直尝试教导我鉴别的方法，虽然我了解她在说什么，也想尽可能不空手而返，但是每当我出去勘探，我还是会被玻璃和愚人金搞混。"

"你也曾教导她如何做你的工作吗？"

"当然。我们都会做一点彼此的工作，但我们各有所长。她做我的工作比我做她的工作表现得更出色。而我做她的工作，比我们

梦 蛇
Dreamsnake

两个其中任何一个做艾力克的工作做得还要好。但人们并不了解她精心设计的图样，它们确实很漂亮，但是太奇怪了。"马利戴斯叹口气，拿出一个手镯到舞蛇的眼前。那是马利戴斯身上唯一佩戴的饰品。饰品是银制的，上面没有镶宝石，图案呈多层次的几何图形，但一点也没有粗糙笨拙的感觉。马利戴斯说得没错，它是很美丽，但是非常奇特。"没有人会买下它们。她自己也明白。我愿意做任何事，如果有用的话，我甚至愿意欺骗她。但她一定会发现的。大夫——"马利戴斯将皮水袋扔到沙地上，"你难道不能够做些什么吗？"

"我能治疗一般疾病、传染病以及肿瘤。如果不需要太多工具的话，我甚至可以动手术。但我没办法强迫身体自动痊愈。"

"有任何人有这种能力吗？"

"就我所知，至少在这地球上没有这种人。"

"你不是神秘主义者，"马利戴斯说，"你并不觉得也许有人能够施展奇迹。你的意思是说，在地球以外的民族或许帮得上忙。"

"也许可以。"舞蛇慢慢地说，对她之前说出口的话后悔万分。虽然她早该有心理准备，但马利戴斯会察觉出她很懊恼，她还是感到很意外。那个城市就像漩涡神秘又迷人的中心，影响着它周围所有的族群。外星人常常就在那个城市登陆。由于洁西的关系，马利戴斯也许比舞蛇更清楚那些关于外星人和城市的事。舞蛇一直只相信有关中央城的故事。对于一个生长在连星星都很少见的地方的人来说，外星人的想法实在令人难以接受。

"也许他们甚至可以在那个城市里治疗她。"舞蛇说，"我怎么会知道？住在那个城市里的人根本不屑与我们交谈。他们把我们隔绝在城市之外——也让外星人和我们隔离。我还没见过一个声称他曾经看过外星人的人呢。”

“洁西见过。”

“他们会救她吗？”

“她的家族势力庞大，他们也许能够使那些外星人带她去能治疗她的地方。”

“中央城的居民和外星人很害怕其他人知道他们的知识，马利戴斯，”舞蛇说，“至少他们从未想要主动分享。”

马利戴斯眉头深锁，转过身去。

“我并不是说不要去尝试，那会为她带来一线希望——”

“要是遭到拒绝，她的梦想便会破灭。”

“她需要时间。”

马利戴斯沉思片刻，最后反问她：“你也会跟着我们一起去，帮助我们，对不对？”

现在反倒是舞蛇犹疑不决了。她本来已经准备要回到大夫之域，在她告诉老师们她所犯下的错误之后，她也会虚心接受师父们的判决。她已准备妥当要朝向山谷进发。但她现在的心思却转向了另一个不同的旅程。她很清楚马利戴斯提出的是一个艰巨万分的任务。他们一定是非常迫切渴望找到知道如何治疗洁西的人。

“医生？”

“好吧，我会跟着去。”

“那我们去问问洁西。”

梦 蛇
Dreamsnake

他们回到帐篷内。舞蛇惊讶地发现她感到非常乐观。她甚至在微笑，这似乎是这么长的时间以来，她第一次觉得充满信心。

帐篷内，艾力克坐在洁西的身旁。当舞蛇进来的时候，他直盯着她看。

"洁西，"马利戴斯说，"我们有一个计划。"

他们小心遵从舞蛇的指示，再一次帮她翻身。洁西疲惫地看着上方，额头与嘴角四周深深的皱纹使她看起来非常衰老。

马利戴斯兴奋地比手画脚，解释着他们的计划。洁西面无表情地听着，艾力克的脸则由严峻转变为一脸怀疑。

"你疯了！"等马利戴斯一说完，他说。

"我没有！这是个大好机会，你怎么会说出那样的话来？"

舞蛇看着洁西："对不对？"

"我想是的。"洁西谨慎缓慢地说。

"假如我们带你到中央城，"舞蛇说，"你的家人会救你吗？"

洁西迟疑着："我的表亲懂一些医术，他们能够治愈非常严重的创伤。但是脊椎骨断裂？也许能吧，我不知道。而且他们不再有任何救我的理由了。"

"你总是对我说，血亲关系对城市里的家族来说非常重要。"马利戴斯说，"你是他们的亲人——"

"我弃他们而去，"洁西说，"是我切断了那个联系。他们为什么要重新接受我？难道你希望我去乞求他们吗？"

"是的。"

洁西往下看着她修长强健却毫无用处的双腿。艾力克先看看马利戴斯，再看向舞蛇。

"洁西，我不能忍受看着你这样生活，我更不能忍受看见你想死。"

"他们自视甚高。"洁西说，"我刺伤了他们的自尊心，因为我不愿意和他们一起生活。"

"那么他们一定能了解，你究竟鼓起多大的勇气来乞求他们协助。"

"我们一定是疯了才会想这么做。"洁西说。

第三章

　　他们计划在那天傍晚拔营，然后在夜色中跨越熔岩流。舞蛇本来希望能多等几天再搬动洁西，但她毫无选择。洁西快要改变心意，不能让她再待在这里。她知道他们已经在沙漠里耽搁了一些时间，艾力克和马利戴斯无法隐瞒储水快用光的事实，他们和马匹一直在忍耐口渴的感受，好让她可以沐浴净身。在峡谷里，和无法清洗任何物品而汇聚成的怪异恶臭味再多生活几天，又会逼着她陷入沮丧和恶心的情绪中。

　　他们没有时间可浪费。他们有一大段路程要走：必须先爬越过火山熔原，然后向东朝着将这块黑色沙漠分成东西两半的中央山脉前行，他们现在位于沙漠的西半部，那个城市则在沙漠的东半部。横贯中央山脉东西两侧的路况还不错，但过了那段路，他们就必须再次进入沙漠，然后朝着东南方往中央城的方向前进。他们必须尽快赶路，因为一旦冬季暴风开始吹袭，没有人能越过沙漠，到那时城市将是完全孤立的状态。夏天渐渐远去，烦扰刺人的灰尘和风沙漩涡已经出现。

他们到黄昏时分才会拔营，替马匹装载物品。但他们尽可能在温度快热到不适合工作前尽快打包，并把行李堆放在洁西采到的矿石袋旁边。由于不断做着粗重的工作，舞蛇的手变得软弱无力。瘀血终于消退了，牙孔也已经愈合，变成鲜艳的粉红色疤痕。这个沙地蝮蛇的咬痕很快就会变得和她手上其他的疤痕一模一样，她也会记不得哪一道疤痕才是这个伤口变成的。她现在有些希望当时她能抓一条丑陋的毒蛇回故乡，她以前从没见过这种毒蛇。即使结果证明它对医生们没有任何用处，她也可以为亚瑞宾的族人制造这种毒液的解毒剂，如果她还有机会再见到他们的话。

舞蛇将最后一捆包裹奋力扔向行李堆中，然后在长裤上擦拭双手，又用袖子抹抹脸颊。就在不远处，马利戴斯和艾力克举起他们做好的担架，将临时替代的缰绳调整到与两匹位置一前一后的马匹间相仿的高度。

它真是她所见过最奇特的交通工具，但看起来似乎真的管用。在沙漠里，每件物品都必须要用负载或是拖曳的方式，有轮子的马车会陷入沙地，经过碎石地带又会破损。只要马不惊慌不狂奔，担架比雪橇更让洁西能够忍受这趟旅程。在前方轴柱间的魁梧灰马像石头般稳稳站立；第二匹马毛色混杂，从侧面看过去，它好像是被牵制在后方轴柱之间，它也没有显露一丝恐惧。

洁西一定会相当惊讶，舞蛇想，如果她训练的马匹能组合成这样神奇的工具。

"洁西说不管我们到哪里，我们一定会在那些有钱人中带动风潮。"

"她说得没错。"艾力克说。他松开绳子的扣环,他们让担架掉落到地面上。"如果它不会被踢散,就已经很幸运了。马可能会因此分散。"

他宠爱地拍了拍稳稳站立的灰马的脖子,将两匹马赶回栅栏里。

"我希望她以前骑过这两匹马。"舞蛇对马利戴斯说。

"她带它们回来的时候,它们并不是像现在这个模样。她把疯掉的马匹买下来,因为她无法忍受看到它们被人虐待。那匹小公马就是其中一匹迷途羔羊——那时候她已让它镇定下来,但它还无法站得很稳。"

太阳缓缓地在移动,他们走回帐篷躲避午后的阳光。撑起梁架的两支木杆已被拆下来,帐篷的一边变得松垮垮的。马利戴斯打了一个大呵欠。"我们还有一些时间,最好先睡一会儿。我们没那么多时间在火山熔原里耗到明天天亮。"

但舞蛇却静不下心来,她全身充满了不知从何而来的精力。她坐在帐篷内,感谢帐篷提供阴影蔽日,却毫无困意。她很怀疑这整个疯狂的计划能否行得通。她伸手探入皮袋,准备检查毒蛇的情况。她正要打开那层属于狂沙的隔层,洁西却醒了。她收回捉蛇的动作,移向简陋的木板床。洁西仰视着她。

"洁西……关于我之前说过的话……"她试图解释,却不知如何开始。

"为什么你这么心神不宁?我是你第一个快死掉的病人吗?"

"不,我看过人死,我也曾帮助他们死。"

"就在不久之前,一切看来似乎都希望渺茫,"洁西说,"一个圆满的结局原来是如此简单。你一定总是在对抗着人欲轻易死去的想法。"

"死亡可以是种恩赐。"舞蛇说,"但从其他不同的角度来看,也可以算是一种失败。我在对抗的就是这个。够了,不要再说了。"

一股微风穿透热气吹拂过来,舞蛇却感到凉飕飕的。

"医生,怎么了?"

"我很害怕,"舞蛇说,"我很害怕也许你快死了。要是你真的不久于人世,你有权要求我帮助你死,而我也有义务帮你。但是我做不到。"

"我不懂。"

"当我的训练结束后,我的老师给了我专属的毒蛇。其中的两条蛇可以制药,另一条蛇可以赐人美梦。但它死了。"

洁西本能地伸出手握住舞蛇的手,表达她的遗憾。舞蛇充满感激地接受洁西紧握的手中无声的怜惜与抚慰。

"你也是个瘸子,"洁西突然说,"你在工作上失去了能力,跟我残废没什么两样。"

洁西宽容的比喻,让舞蛇自惭形秽。洁西身心痛苦,彷徨无助,唯一的机会却无比渺茫。她的精神让舞蛇肃然起敬,对人生有了全新的领悟。"谢谢你这么说。"

"也就是说,我要去请我的家人帮助我——而你会去求你的老师?"

"是的。"

"他们一定会再给你另外一条蛇的。"洁西语气肯定地说。

"但愿如此。"

"有什么问题吗？"

"梦蛇不容易繁衍后代，"舞蛇说，"我们对它们所知也不多。每隔几年会有几条新生命诞生，我们有人尝试复制，但是——"舞蛇耸耸肩。

"去捉一条回来啊！"

舞蛇从来没有想过这种方法，因为她知道那是不可能的事。除了回到医生之域，乞求老师的宽恕外，她从未考虑过其他的可能性。她苦笑着说："我的影响范围没那么广，这里不是它们的栖息地。"

"哪里才是？"

舞蛇又再度耸肩："另外一个世界……"当她的声音渐歇，她才意识到自己在说什么。

"那么，你跟着我们一起进入中央城大门，"洁西说，"我去找我亲人的时候，他们会把你介绍给外星人。"

"洁西，数十年来我的族人一直在请求中央城帮助，但他们甚至不屑与我们交谈。"

"可是现在中央城里其中一个家族的成员欠你一份恩情。我不知道我的亲人是否会接受我回去，但无论如何，你救了我，他们就对你有所亏欠。"

舞蛇默默听着洁西说话，被话里蕴含的可能性吸引住了。

"大夫，相信我，"洁西说，"我们可以互相帮忙。假如他们接受我，他们也一定会接受我的朋友。假如他们不接受我，他们仍然必须偿还欠你的恩情。我们两人其中的任何一人都有办法表达出我们两人的要求。"

舞蛇是一个自尊心很强的女子，她很自豪于所拥有的训练与能力，更以自己的名字为傲。期盼用其他方式为青草的死亡赎罪，而不是乞求宽恕的想法吸引住她。每隔十年，一位年老资深的医生会长途跋涉，到城市里去寻找能够更新梦蛇繁衍后代的技术，但他们总是被拒于千里之外。假如舞蛇成功的话……

"这个办法行得通吗？"

"我的亲戚会帮助我们，"洁西说，"但我不知道他们是不是也能让外星人帮我们。"

一整个热气腾腾的下午，舞蛇和同伴所能做的事就只有等待。舞蛇决定在长途旅行出发之前，让白雾和狂沙从袋子里出来片刻。在她离开帐篷前，她在洁西身边停下脚步。这名美丽的女人正安稳熟睡，但她的脸色发红。舞蛇摸摸她的额头，洁西可能有点发烧。也许是因为天气炎热的关系。舞蛇想洁西虽然没有严重的内伤，但可能还在出血，甚至形成腹膜炎。舞蛇能治疗这种疾病。她决定不要打扰洁西，先观察体温是否会再升高。

舞蛇离开营地，去寻找一个她的毒蛇吓不到人的僻静之地，她经过艾力克附近，看见他神色阴郁地凝望着天空。她犹豫着要不要走向他，他仰视天空，看起来似乎很困扰。舞蛇一语不发地坐到他身旁。他转过来面向她，用锐利的目光盯着她：痛苦折磨着他，原本善良的天性从脸上消失不见，让他看起来既丑陋又邪恶。

"是我和马利戴斯让她残废的，对不对？"

"让她残废？不，当然不是。"

"我们不应该移动她。我早该想到的。我们应该把营地搬到她发生意外的地方去。也许当我们找到她的时候，她的神经还没断掉。"

"她的神经已经断了。"

"但我们那时并不知道她背部受伤。我们以为她撞伤了头。我们可能动到了她的身体——"

舞蛇将手放在艾力克的手臂上。"那是冲撞力造成的创伤。"她说，"任何医生都看得出来。当她摔下来的时候，就已经受伤了。相信我，你和马利戴斯不可能对她造成那样的伤害。"

他手臂紧绷的肌肉逐渐放松，舞蛇松了一口气并将手拿开。艾力克粗壮结实的身体力气很大，而且他一直极力地在控制自己的情绪，舞蛇担心他会不自觉弄伤自己。他在三个伙伴之中的地位比他看起来还重要，也许还远比他自己想象的重要。艾力克是实事求是派，因为他的缘故，营地的生活才能有条不紊地运转下去。他和购买马利戴斯作品的买主打交道，并且他能在马利戴斯艺术家的浪漫天性与洁西冒险犯难的精神之间，取得一种和谐的平衡。舞蛇希望通过自己告诉他的真相，能减轻他的罪恶感和紧张的情绪。不过目前舞蛇也只能为他做这么多了。

当天色渐暗，舞蛇轻轻地抚摸着狂沙满布图案的鳞片。她不再因为知道这条菱纹背响尾蛇喜欢被抚摸，甚或是像狂沙这样脑容量狭小的生物也能感受到欢愉，而惊讶万分。从手指间传来的冰凉触感让她觉得愉悦，狂沙静静地将身体蜷曲，偶尔还轻弹蛇信。它最近才刚刚蜕皮，颜色变得鲜艳明亮。"我让你吃得太多了，"舞蛇用充满溺爱的口气说，"你这个懒惰的家伙。"

舞蛇曲起膝盖至下巴下方。这条响尾蛇靠在黑色岩石上，身体的图案几乎就像白雾白花花的鳞片一样鲜明。地球上任何存活下来的毒蛇、人类，或其他事物还是无法适应他们现在生活的世界。

白雾没有出现在舞蛇的视线范围内，但她并不担心。那两条毒蛇都已经牢牢记住她，它们都会待在她周围甚至跟随她。医生的训练让它们能够牢牢记住他们，但这两条蛇都不够聪明，无法学会比将舞蛇铭记在心以外更高一层的技能，但白雾和狂沙一感觉到她敲击地面的震动，就会自动回到她身旁。

舞蛇全身放松地靠在一颗巨大的砾岩上，由于亚瑞宾族人送她的沙漠长袍的保护而不至于受伤。她很想知道亚瑞宾现在正在做什么，又身在何方。他的族人是游牧民族，放牧着一大群的麝牛，这种牛的牛毛可以织成如丝绸般上好的毛料。如果想要再遇到他的家族，她势必要漫天寻找。她不知道这件事有没有可能发生，尽管如此，她还是非常想再见到亚瑞宾一面。

梦 蛇
Dreamsnake

只要看到他的族人就会让她想起青草的死，如果她真能够把这件事忘得一干二净的话。她对他们作出了错误的判断，造成青草的死亡。虽然他们很害怕，她原本以为他们还是会信任她，他们所犯下的无心之过，让她看清了自己的武断。

她摇摇头，试图甩开沮丧的情绪。现在她有一个弥补的机会。假如她真的与洁西他们同行，找出梦蛇的产地，并捕捉到新的梦蛇——甚至发现为何它们不在地球上生育的原因——她就可以衣锦荣归，成功达成她的老师与几个世代以来的医生都做不到的事，而不用颜面尽失地回乡。

该返回营地了。她攀爬在挡住峡谷出口的崎岖岩石上，抓着表面微微突起的岩块，寻找着白雾。这条眼镜蛇全身缩在一大块的玄武岩上。

舞蛇从斜坡顶端拿起白雾，并且轻抚它狭小的头部。它的头小小的，颈背未开，平静得就像一条温驯的无毒蛇。它并不需要有一个厚重下颚来装容毒液，只要少许的剂量，它的毒液就足以致命了。

当舞蛇转过身，金碧辉煌的黄昏景色霎时吸引住了她的目光。地平线上，太阳变成一团朦胧的橙色火球，阳光在灰蒙蒙的云层染上了一片紫红色的彩霞。

舞蛇看到火山口群横跨了她下方的沙漠，一直延伸至远方。地表上布满了许多呈环形盆地的火山口，有些火山口位于熔岩流必经的路径上，熔浆熔化了洞口刚凝固不久的熔岩。还有一些火山口就像在地表上挖了一个大洞，经年累月被风沙吹拂覆盖之后，形状依然清晰可辨。这群火山口涵盖范围非常大，它们可能来自同一个源头。核子战争爆炸的威力已使火山枯竭。战争早已结束，几乎快被人们遗忘，所有那些知道或关心战争爆发原因的人，都已经死在战火中。

舞蛇环视这片饱经摧残的土地，很庆幸自己没有靠得更近。在舞蛇的这个年代，战火可见或不可见的影响力仍在类似的地区里苟延残喘。这种情况已经延续好几个世纪，时间远远超过舞蛇的年纪。她和同伴扎营的峡谷也许并非完全安全无虞，但他们待的时间不长，还不至于会发生严重的危险。

有一个奇怪的东西躺在瓦砾堆里，位置正好位于向阳处，落日余晖的强光让舞蛇难以睁眼直视。她眯起眼睛。她有些不安，好像她在调查着某件与她不相干的事件。

一具全身发皱的马尸躺在火山口的边缘，尸体在热气中逐渐腐败，僵直的双脚受到浮肿腹部的推挤，古怪地举向空中。环扣住马头的金色缰绳在夕阳下反射出橙红色的光芒。

舞蛇松了一口气，发出像叹息又像呻吟的声音。

舞蛇跑回放置毒蛇袋的地方，催促白雾入袋并拿起狂沙，然后出发返回营地。这条响尾蛇不经意地用舞蛇难以掌控的方式缠绕在她的手臂上，她咒骂了一声。她停下脚步握住它，好让它能够滑进它的隔层内。她的手还牢牢抓着它时，她又开始奔跑。袋子不停撞击着她的脚。

她气喘吁吁地抵达营地，并弯身入帐。马利戴斯和艾力克正在睡觉。舞蛇跪坐到洁西身旁，并小心翼翼地把被单盖上。

离舞蛇上次检查洁西还不到一个小时。她身侧的瘀血颜色更深了，身体不寻常地发红。舞蛇查探她的体温，她的额头烧烫，却又似纸般冰冷。洁西对她的碰触并没有任何反应。舞蛇移开她的手，光滑肌肤下的瘀血色泽似乎又加深了。才不过几分钟，舞蛇惊恐地发现又有另一处开始瘀血。辐射污染让微血管壁变得非常脆弱，轻微的压力就会导致微血管破裂。洁西大腿绷带中央又印上了一片血迹，颜色倏地变得更加鲜红。舞蛇握紧拳头。她在发抖，像是从体内深处吹来一股刺骨的寒风。

"马利戴斯！"

马利戴斯立刻醒来，打着呵欠，充满睡意地喃喃着："怎么了？"

"你们花了多久时间才找到洁西？她是在火山口附近摔倒的吗？"

"没错，她那时正在勘探。那也是我们来这里的原因——就是因为洁西在这里发现了宝物，其他手工艺匠的作品都无法与我们的作品媲美。但这一次她勘探的时间却超过一天。我们是在傍晚的时候找到她的。"

他们花了整整一天才找到她，舞蛇想。他们一定是在舞蛇先前看到的其中一个火山口发现她的。

"你为什么没有告诉我？"

"告诉你什么？"

"那些火山口很危险——"

"大夫，难道你相信那些古老的传说吗？我们来往这个地区已经有十年了，但什么事也没发生。"

现在不是怒言怨怼的时候。舞蛇再看一眼洁西，了解到她的疏忽，加上她的伴侣对古老世界残存的危险轻蔑的态度，已经不经意地置她于死地。舞蛇本有办法治疗辐射污染，但到了这么严重的地步，她根本无计可施。无论她原本能够尝试做些什么，都只能够延缓洁西死亡的时间而已。

"怎么了？"马利戴斯的声音第一次透露着恐惧。

"她被辐射污染了。"

"污染？怎么会？她吃的喝的食物，我们也都尝过了。"

"是火山口。那块土地已经被污染了。那些传说是真的。"

在太阳晒黑的肤色下，马利戴斯脸色苍白："那么想点办法，救救她！"

"我无能为力。"

"你治不了她的伤，你治不了她的病——"

他们注视着对方，心中都感到痛苦又愤怒。马利戴斯的眼光先垂了下来："我很抱歉，我无权……"

"马利戴斯，但愿神让我无所不能，可惜我不是。"

他们的交谈惊醒了艾力克，他起床，然后走向他们，一边伸着懒腰一边挠痒。"我们现在应该——"他来回看着舞蛇与马利戴斯，然后再瞧一眼他们身后的洁西，"喔，老天……"

就在刚刚被舞蛇触摸的地方，洁西额头上刚形成的瘀青正在缓缓渗出血。

艾力克冲到她床边，伸手准备碰她，但被舞蛇制止了。他试着推开她。

"艾力克，我只摸了她就变成了这种情况。你不能这样帮她！"

他茫然地看着她："那应该怎么做？"

舞蛇摇摇头。

泪水涌了上来，艾力克推开她。"这一点都不公平！"他跑出帐篷。马利戴斯准备追出去，但他在入口停下脚步，并转过身。"他不了解，他太年轻了。"

"他懂。"舞蛇说。她抚摸额头，但试着不对皮肤造成压力也不搓揉。"而且他说得没错，世界一点都不公平。有谁说过世界是公平的吗？"她不再说话，不想马利戴斯感染到她内心因为洁西失去机会而感到的痛苦。她的机会已经被命运、无知与另一个世代的疯狂行为掠夺殆尽。

"马利？"洁西的手在空中颤抖地摸索着。

"我在这里。"马利戴斯伸出手，却倏地停在半空中，不敢碰她。

"怎么回事？为什么我……"她缓慢地眨眼，眼睛充满血丝。

"轻轻地。"舞蛇轻声道。马利戴斯握住洁西的双手，动作轻柔得就像小鸟的翅膀。

"要出发了吗？"她口气中的热切带着微微的不安，不愿去了解事情出了差错。

"还没有，吾爱。"

"好热……"她抬起头，调整位置，但突然的喘气让她动作暂停。一个讯息无须费力即进入舞蛇的脑海，她受过的训练让她能够冷酷无情地分析：体内出血，关节处也在出血。头颅内部呢？

"那个摔断的创伤从来没有让我这么痛过。"她头没有移动，看着舞蛇，"是别的伤口，其他更糟糕的伤口。"

"洁西，我——"舞蛇尝到了嘴唇上的咸味，还掺杂着沙漠尘土中的沙粒，她才第一次察觉到她在流泪。她一时哽咽，无法言语。艾力克蹑手蹑脚进入帐篷内，洁西想再说话，但只能够喘气。

马利戴斯抓住舞蛇的手臂。她感觉到他的指甲刮伤了她的皮肤。"她快死了。"

舞蛇点头。

"医生应该懂得如何救人——如何——"

"马利戴斯，不要这样。"洁西细声地说。

"——如何解除痛苦。"

"她不能……"

"我的一条毒蛇死了。"舞蛇说话的声音比她预期的更大声，挑战的口气中混合着悲伤与愤怒。

马利戴斯没有再说什么，但舞蛇可以感觉到他未说出口的责难：你既救不了她，现在又无法让她死。这一次换成舞蛇垂下目光。这是她应得的谴责。马利戴斯不再看她，转向洁西。他庞大的身影遮住了她，就像一个高大的魔鬼准备与猛兽或黑暗决斗。

洁西伸出手触碰马利戴斯，却陡然将手抽回。她看到就在她手里因工作形成的茧之间，柔软的手掌心出现了瘀血。"为什么？"

"过去的战争，"舞蛇说，"在火山口——"她的声音中断。

"那么传说是真的了，"洁西说，"我的家族相信外面世界的土地具有杀伤力，我以为他们在说谎。"她的眼神失去焦点，她眨了眨眼，往舞蛇的方向看去，但似乎并没有在看她，她又眨眨眼睛。"他们编了那么多谎话，为了要让孩子们顺从的谎话……"

洁西再度沉默，并合上眼睛。她缓慢地放松力道，渐趋无力，好像就连放松也是一种让她无法及时忍耐的痛楚。她意识仍然清醒，但她没有任何反应。当马利戴斯抚摸她光亮的头发，尽可能靠近她而不碰到她时，她不说话，不微笑，也没有睁开眼睛。乌青的瘀血四周的皮肤一片苍白。

突然间她尖声狂叫。她握紧双手，手指在太阳穴处猛按着她的头皮。舞蛇抓住她，将她的双手拉开。"不要，"洁西呻吟着说，"喔，不要，不要管我——马利，好痛！"洁西在几分钟前还虚弱无力，现在却以狂烈的力量在抗拒。舞蛇只能试着轻柔地制止她，但内心自动诊断的声音又响起：动脉瘤。洁西脑中受到辐射污染而变得脆弱的动脉，正慢慢地在破裂。舞蛇下一个想法同样自动自发地出现，而且更加强烈：祈祷动脉能够迅速剧烈地破裂，让她干净利落地死。

同时舞蛇也注意到艾力克不在她身边。为了要帮助洁西，她必须移到帐篷的另一边，此时她听到狂沙正嘎嘎作响。她直觉地回过身，向艾力克冲去。她的肩膀猛力撞向他的肚子，他松开手中的袋子，狂沙正准备从袋里攻击。艾力克瘫倒在地。舞蛇的脚感觉到一阵剧烈的疼痛，她抽回拳头，想再次出手，但却突然停住。

她一只膝盖跪了下来。

狂沙在地上盘绕，尾巴轻轻地发着响声，准备再一次攻击。舞蛇心跳加速，她能感觉到她大腿上的脉搏不住地跳动。她的大腿动脉距离刚才狂沙毒牙刺入的地方不到一个手掌的宽度。

"你这个傻瓜！你想要自杀吗？"她的大腿又抽动了几下，她的免疫系统便中和了毒性。她很庆幸狂沙没咬到动脉，就算是她，也会因为那种咬伤而造成短暂的身体不适。她现在没时间为生病苦恼。疼痛逐渐消退缓和。

"你怎能让她这样痛苦地死去？"艾力克问。

"你要狂沙做的，只会为她带来更大的痛苦。"她掩饰她的愤怒，然后冷静地转身拾起那条菱纹背响尾蛇，让它滑入袋中。"响尾蛇不会让人迅速死亡，"这并非完全正确，但舞蛇尚未发泄完的愤怒还足以用来恐吓他，"因它而死的人都死于之后的感染。"

艾力克脸色发白，但仍坚持己见，眼神充满愤怒。

马利戴斯在叫他。艾力克看看他的同伴，然后充满挑衅意味，深深地看了舞蛇一会儿。"那另外一条蛇呢？"他背对着她，走到洁西身旁。

舞蛇抱着袋子，手指碰到白雾隔层的扣环。她摇摇头，甩开洁西死于白雾毒液的景象。眼镜蛇毒液的毒性很快就能致人于死地，不很舒服但是很迅速。用幻梦掩饰痛苦与用死亡结束一切之间，有何不同？舞蛇从来没有刻意要让别人死亡，无论是在盛怒中或是出自怜悯。她不知道现在她是否可以这样做。或者她应当如此。她无法判断她内心的抗拒是来自于她的训练，还是由于更深一层基本的良知使她明白杀死洁西是不对的。

她可以听见那群同伴间的轻声细语，虽然不知道在说什么，但可以辨别出他们每个人的声音：马利戴斯的声音不高不低，清晰悦耳；艾力克音调低沉，声音嗡嗡作响；洁西则气喘吁吁，犹疑不决地说着话。每隔几分钟洁西又和另一波的痛苦奋战时，他们就一阵静默。洁西生命最后的几小时或几天，将耗尽她所有的力气与精神。

舞蛇打开袋子让白雾出来，白雾缠在她的手臂上，并爬上她的肩膀。她从这条眼镜蛇的头部后面握住它，以防止它攻击，然后移动到帐篷的另一边。

他们抬起头看她，并露出非常诡异的表情。尤其是马利戴斯，他似乎好一会儿都认不出她来。艾力克的视线从舞蛇移到那条眼镜蛇上，然后又看向舞蛇，他的表情很怪异，掺杂了顺从与胜利的忧伤。白雾轻弹蛇信，捕捉他们的气味，天色昏暗中，它没有眼睑的双眼就像银白色的镜子。洁西眯起眼，眨了几下，然后斜视着看她。她伸手想要揉揉双眼，但像是突然忆起什么，陡然停住动作。她的手微微地抖动着。"医生？靠近一点，我看不清楚。"

舞蛇跪坐在马利戴斯与艾力克之间。这是第三次她不知道要对洁西说些什么。仿佛她才是快要失明的人，是她而不是洁西的鲜血不断渗出视网膜，压迫着神经，视野渐渐模糊，变成一片暗红色。舞蛇很快地眨了眨眼，她又恢复了视力。

"洁西，我无法减轻你的痛苦。"白雾轻轻地在她的手中滑动，"我所能做的……"

"告诉她！"艾力克咆哮着。他全身僵住似的注视着白雾的眼睛。

"你以为这很容易吗？"舞蛇突然一声吼叫。但艾力克并未抬头。

"洁西，"舞蛇接着说，"白雾天生的毒性能致命。如果你希望我——"

"你在说什么？"马利戴斯大叫。

艾力克迷离的目光倏然停止："马利戴斯，安静点，你怎么能忍受——"

"你们谁也不要说话，"舞蛇说，"你们谁也无法做决定，只有洁西可以。"

艾力克往后跌坐，马利戴斯眼神愤恨，僵硬地坐着。很长的一段时间洁西一句话都没说。白雾试图从舞蛇的手臂滑行，舞蛇制住了它。

"痛苦不会停止？"洁西说。

"不会。"舞蛇说，"我很遗憾。"

"我什么时候会死？"

"你头内的剧痛是因为受到压迫的关系。你……随时都有可能会死。"马利戴斯拱起身体，将脸深埋在双手中，但舞蛇没有办法说得更委婉了。"你受到了辐射污染，最多只有几天能活。"当她说这句话时，洁西显得有些畏怯。

"我不祈盼能多活几天。"她轻声地说。

泪水流过马利戴斯的指间。

"亲爱的马利，艾力克都知道，"洁西说，"请你试着了解。是我该放手让你们离开的时候了。"洁西用微弱的视力看向舞蛇，"让我们有一小段独处的时间，那么我将对你的礼物感激不尽。"

舞蛇步出帐篷外。她的膝盖在发抖，她的脖子和肩膀因为紧张而酸痛。她坐在满布坚硬沙粒的沙地上，祈求着夜晚快点结束。

她抬头看着被峡壁切割的狭长天空。今晚的云层似乎特别厚重浓密。虽然月亮还未升至可见的高度，但已有些许光芒沿着山谷绕射，照亮天际。她忽然了解到云层并不是特别厚，反而非常薄，薄到无法散播光线，而且受到高空中的强风吹拂，云朵不停在移动。正当舞蛇看得入神，有一块黑云分散了，舞蛇能够很清楚地看到黑暗的天空闪耀着五彩缤纷的点点星光。舞蛇凝视着它们，希望云层不会再聚集，更期盼有人能够与她一同分享星光。有些行星环绕着恒星，而在那些行星上有人居住，就是那些也许能够救洁西的人，假如他们知道她的存在。舞蛇很好奇他们的计划是否真有成功的机会，她也好奇洁西那时会同意，是不是因为出自于一个比震惊与听天由命更深层的想法，让她如此强烈地把握生命，而不愿放手？

帐篷内有人掀开了光虫照明的灯笼。昆虫发出的蓝色光芒从入口处泄出，照亮了黑色的沙地。

"大夫，洁西想见你。"马利戴斯的身影在灯光中显出轮廓，他的声音平淡无味，他身形高大，面容憔悴。

舞蛇带着白雾入帐。马利戴斯没有再跟她说话。就连艾力克也露出捉摸不定的表情，一脸的不确定与恐惧。洁西双眼瞎盲，高兴地欢迎她。马利戴斯与艾力克像守护者一般站在她的床头。舞蛇停住脚步。她对自己的决定没有怀疑，但最终决定权还是在洁西身上。

"过来亲吻我，"洁西说，"然后让我们独处。"

马利戴斯摆动身体："你不能要我们现在离开！"

"你们的回忆已经足够。"她的声音因为虚弱而颤抖，她纠结的头发覆盖住了额头和脸颊，其他在她脸上留下的就只有近似疲倦的忍耐。舞蛇与艾力克都察觉到了，但马利戴斯驼着背站立，眼睛盯着地板。

艾力克跪了下来，温柔地拾起洁西的手至唇边。他近似虔诚地吻着她的手指、脸颊和嘴唇。她将手放在他的肩膀上，留住他片刻。他缓缓地起身，默默无语地看着舞蛇，然后就离开了帐篷。

"马利，在你离开之前，请跟我道别。"

马利戴斯挫败地跪到她身旁，从她瘀血的脸上轻轻将她的头发拨到脑后，他将她扶起然后拥抱她。她也抱着他。他们谁也没有安慰对方。

马利戴斯离开了帐篷，帐内弥漫的静默比舞蛇预期的停留了更长的时间。当脚步声渐渐消失，只剩下皮革接触沙地的窸窣声响，洁西颤抖地发出像是叫喊又像哀嚎的声音。

"医生？"

"我在这里。"她将她的手掌放在洁西伸出的手的下方。

"你觉得我们的计划会成功吗？"

"我不知道。"舞蛇说。她想起她有一个老师从城市里回来，只看见关闭的城门，还有不愿与她交谈的居民。"我愿意相信会成功。"

洁西嘴唇的颜色加深了，变成了紫色。她的下嘴唇已经裂开。舞蛇轻拭冒血处，但那血迹薄得就像水一样，她无法止住流血。

"你继续说。"洁西轻声道。

"说什么？"

"说到城市的事。你对他们仍有所求。"

"洁西，不——"

"对。他们活在框框下的天空，害怕外面所有的事物。他们能够帮助你，他们也需要你的帮助。再这样过几个世代，他们就会全部疯掉。告诉他们我活得很快乐。告诉他们，如果他们说实话，也许我就不会死了。他们说外面世界所有的事物都能杀死人，所以我以为没有一件事会致人于死地。"

"我会替你传达讯息。"

"不要忘记你自己的。其他人需要……"她讲到喘不过气来，舞蛇默默地等着下一个指令。汗水从她身侧流了下来。白雾察觉到她的忧虑，在她的手臂上缠绕得更紧了。

"医生？"

舞蛇轻轻拍着她的手。

"马利带走了痛苦。请让我在痛苦回来前走吧。"

"好吧，洁西。"舞蛇从她的手臂上拿下白雾，"我会尽量让它快一点结束。"

洁西美丽却伤痕累累的脸庞面向她："谢谢你。"

舞蛇很庆幸洁西看不见即将发生的事。白雾将会对准下巴下方的颈动脉咬一口，毒液会流入洁西的脑内，并让她立即毙命。舞蛇仔细地计划，不掺杂任何情绪，她怀疑自己的思虑何以如此清晰。

舞蛇开始说出催眠似的话语来安抚她："放轻松，让你的头平放下来，合上眼睛，假装你要睡觉了……"她抱着白雾，位置就在洁西胸部的上方，等着洁西身体渐渐放松，不再微微颤抖。泪水滑过她的脸颊，但她的视线却非常清晰。她可以看到洁西脖子上脉搏的跳动。白雾轻弹蛇信，颈翼张开，只要舞蛇松手，它就能立刻展开攻击。"深深地熟睡，愉悦的梦境……"洁西的头垂向一侧，露出她的脖子。白雾在舞蛇的手中滑动。她心里还正想着，我一定要这么做吗？她便感觉到她的手指松开了。突然间，洁西一阵痉挛，上半身拱起，然后头又抛回原位。她的手臂僵直，张开的手指变成了爪子的形状。白雾受到惊吓，展开攻击。洁西再次痉挛，双手紧握，然后一瞬间又完全放松。鲜血从白雾两个细小的毒牙孔汩汩流出。洁西的身体在抖动，但她已经死了。

除了死亡的气味与没有灵魂的尸体外，什么都不剩了。冰冷的白雾在尸体上嘶嘶地叫着。舞蛇很想知道，洁西是否已经察觉到压迫感已快到她的忍耐极限，但她却尽可能再忍耐久一点，好留给她的同伴这段回忆。

舞蛇颤抖地将白雾放回袋中，并温柔地清理尸体，仿佛洁西仍活着一样。但此刻她的一切什么也没留下；她的美丽不再，只剩下一具满布瘀血、伤痕累累的躯体。舞蛇合上她的眼睛，将血迹斑斑的床单覆盖在她的脸上。

她带着皮袋走出帐篷。马利戴斯和艾力克看着她靠近。月亮已经升起，她可以看见他们灰暗的身影。

"结束了。"她说。不知为何，她的声音竟一如往常。

马利戴斯动也不动，也不说话。艾力克拿起舞蛇的手，就像他之前握洁西的手那样，并亲吻它。舞蛇抽回手，今晚的工作她并不想获得感激。

"我应该陪在她身边。"马利戴斯说。

"马利，她并不希望我们这么做。"

舞蛇了解马利戴斯会有千百种想象，他会一直幻想发生了什么事，而每一个都会比另一个更恐怖骇人，除非她打断他的奇想。

"我希望你能相信我说的话，马利戴斯，"她说，"洁西说：'马利带走了痛苦。'几分钟后她就过世了，那时我的眼镜蛇还没有咬她。时间很短。她脑部动脉破裂，她不会有知觉，她也感觉不到白雾在咬她。我向上天发誓，我说的都是真的。"

"不论我们怎么做，结果都会相同吗？"

"是的。"

马利戴斯似乎稍稍改变，接受了这个说法。但这并不能让舞蛇改变，她依然知道可能是她造成了洁西的死亡。看到了那副自我厌恶的表情从马利戴斯脸上消失，舞蛇就开始往峡壁崩坍处，那个通往熔岩平原的斜坡出发。

"你要去哪里？"艾力克赶上她。

"回我的营地。"她笨拙地回答。

"请等一等。洁西有东西要送给你。"

如果他说洁西要他们送给她一份礼物，她会拒绝。但是不知是什么原因，礼物是洁西自己遗留下来的，这使得情况变得不同。她不情愿地停下脚步。"我不能收，"她说，"艾力克，让我走。"

他渐渐使她改变心意，并带她回到营地。马利戴斯不在，也许是在帐篷内陪着洁西的遗体，也许独自一人在哀悼。

洁西留给她一匹马，一匹深灰色的母马，几乎是黑色了。它体格良好，外表看来神采奕奕，速度敏捷。虽然舞蛇知道这不是一匹该属于医生的马，但她的双手与全副心神都被它吸引了。这匹母马仿佛是她眼中唯一可见的事物——她不知道自己看了多久——这是举世无双的力与美，丝毫不受悲剧的影响。艾力克把缰绳拿给她，她双手握住这柔软的皮革。马镳上镶嵌着马利戴斯精心打造的镂空雕花金饰。

"它的名字叫旋风。"

| 第三章 |

◇→※←◇

　　舞蛇独自踏上长途的旅程，在天亮之前横越熔岩平原。马蹄在空心的岩石上发出清脆的响声，皮袋从后面摩擦着舞蛇的腿。

　　她知道还不能回到医生的故乡。今晚的事件证明了无论她的工具多么匮乏，她都没办法不当医生。她知道她无法忍受她的老师拿走白雾与狂沙，并将她赶走。如果在任何一个乡镇或是营地里，发生了她能够治疗、预防，或使情况好转的疾病或死亡，她拥有的知识会逼疯她。她总是会尽可能地去做任何事。

　　她被教育成要有自尊心并要能够独立自主，如果她现在就回故乡，她就将这些特质给抛弃了。她已经答应洁西将她的遗言带到城市去，她会遵守这个诺言。为了洁西，也为了她自己，她要到城市去。

第四章

　　亚瑞宾坐在一个巨大的岩石上，他表姐的小婴儿在他胸前的吊袋里咯咯地笑着。他凝视着沙漠远方舞蛇离开的方向，这个新生命的动作与体温带给他安慰。史达宾已经复原，这个新生儿也身体健康；亚瑞宾知道他应该为这个家族的好运气觉得感激与高兴，所以对于他仍挥之不去的忧伤，他隐约觉得有罪恶感。他摸摸他的脸颊上那条白色毒蛇的尾巴甩伤的地方。正如舞蛇所言，没有任何疤痕留下。舞蛇不可能已经离开了那么久，久到他的伤口都已结痂痊愈，因为他还清楚记得每一件事，就好像舞蛇还在这里一样。对其他人的记忆都因时间和距离而渐渐模糊，但关于舞蛇的记忆却不曾遗忘。亚瑞宾同时亦有种感觉，舞蛇可能将永远不再出现。

　　他们家族放牧的一只麝牛缓慢爬上这块巨石，身体摩擦着这块巨砾挠着痒。它朝亚瑞宾哞哞地叫着，鼻子磨蹭着他的脚，并用它巨大的粉红色舌头舔着他的靴子。它成长中的小牛正在附近的漠地灌木丛，咀嚼着干枯无叶的树枝。每到炎热的夏天，所有牧群里的牲畜都变得瘦弱，现在它们的毛皮既粗糙且没有任何光泽。在春天换毛的时节，它们具有隔热效果的短毛若都能彻底梳理过，它们就能在酷暑下生存；这个游牧民族牧养麝牛就是为了获取它们冬季长出的上好柔软毛料，他们从未怠忽梳毛的工作。但是和人类一样，这些麝牛已经受够了夏天，到处搜寻着干燥无味的粮草。这些动物用它们温和的方式，表达出它们想回到寒带嫩绿草原上的渴望。正常情况下，亚瑞宾也会很高兴能够回到高原。

这个婴儿在空中挥舞着小手，紧握住亚瑞宾的手指，想要把它拔下来。亚瑞宾笑了出来。"小家伙，这件事我可不能替你做。"他说。这个婴儿心满意足地吸吮他的手指，虽然并没有乳汁从中流出，他也没有哭泣。这个婴儿的眼睛是水蓝色的，跟舞蛇的一样。许多婴儿的眼睛都是蓝色的，亚瑞宾想。但只要见到一个小孩的蓝色眼睛就足以让他陷入幻梦。

他几乎每天晚上都会梦见舞蛇，至少在每一个他能够成眠的夜晚他都会梦见她。他从未对其他的人有过这样的感觉。他紧抓着他们仅有的几次肌肤接触的记忆不放：他们在沙漠中相互依偎，她用强健的手指触摸他瘀青的脸颊，在史达宾的帐篷内他安慰着她。这实在有点荒唐，对他来说，他生命中最快乐的时光，就是他知道她要离开的前一刻，他拥抱着她，希望她能够决定留下来。他以为她会留下来。因为我们确实需要一名医生，也许有部分是由于我的缘故。如果可以的话，她会待得更久。

那是他记忆中他唯一一次哭泣。然而，他了解了失去能力的她为何不愿留下来，因为现在他也觉得自己残缺不全。他什么事都做不好。他明知道这样的情况，但却无能为力。每天他都期盼舞蛇能够回来，虽然他知道她不会。他不知道沙漠另一端的她的目的地到底有多遥远。她可能从医生的故乡旅行了一个星期或一个月，甚至半年，才抵达沙漠边缘，然后决定横越沙漠去寻找新的族群与城镇。

他那时应该跟她一起离开，他现在非常确定。她正在哀伤，不可能接受他，但他早该马上了解到她根本无法向她的老师解释发生了什么事。即使是舞蛇的洞察力也无法帮助她理解亚瑞宾的族人对于毒蛇的恐惧。亚瑞宾了解那种恐惧。从经验里，从午夜梦回中他仍会梦见妹妹的死，他明白那种惶恐；当舞蛇要求他协助握住白雾，从身侧滑过的冰凉汗水，让他体会到那种恐怖；当沙地蝮蛇咬伤舞蛇的手，他内心万分害怕，让他对他们的恐惧更加感同身受。因为他已经爱上她了，而他知道她可能会死。

舞蛇与亚瑞宾经历中仅仅出现两次的奇迹有关。她没有死，这是第一个奇迹；第二个是她救活了史达宾。

这个婴儿眯着眼睛，用力吸着亚瑞宾的手指。亚瑞宾从巨岩上滑下来，然后伸出一只手。这只身形庞大的麝牛将它的下巴放在他的手掌心上，他挠挠它的下巴。

"你愿意给这个小孩食物吃吗？"亚瑞宾说。他拍拍它的背部、侧身和腹部，然后在它身边跪了下来。在岁末年终的时节，它并没有很多的奶水，不过这个小伙子也快断奶了。亚瑞宾用袖子揉揉它的乳头，然后让他表姐的小婴儿去吸奶。这名婴儿不再害怕这个比亚瑞宾还庞大的胸膛，他贪婪地吸吮起来。

当这名婴儿吃饱喝足后，亚瑞宾再次挠了挠这只麝牛的下巴，然后爬回巨岩上。过了一会儿，那个孩子就睡着了，小小的手指握着亚瑞宾的手。

"表弟！"

他环视四处。这个氏族的领袖爬上巨岩，然后坐在他旁边。她长长的秀发松散地放着，随着微风飘曳。她倾身，朝着婴儿微笑。

"这孩子表现得如何啊？"

"非常棒。"

她将头发从脸上甩到身后："把这些头发放在背后，就变得容易整理多了。甚至偶尔也可以将头发放下来。"她露齿一笑。她并非总是一副她接待氏族贵宾时的矜持与威严气度。

亚瑞宾试着挤出笑容。

她的手覆盖在他的手上，那名婴儿正握着那只手。"亲爱的，我一定要问是怎么一回事吗？"

亚瑞宾不好意思地耸耸肩："我会努力表现得更好，"他说，"我最近不太有用。"

"你认为我来这里是为了批评你吗？"

"批评是应该的。"亚瑞宾的视线并没有在他的表姐——这位氏族领导者的身上，他反而看着她平静的小孩。他的表姐放开手，手臂环绕他的肩膀。

"亚瑞宾，"她说，这是他有生以来她第三次直呼他的名字，"亚瑞宾，你对我来说非常重要。假以时日，如果你愿意的话，你会被选为这个氏族的领袖。但你必须下定决心。要是她不需要你……"

"我们互相需要，"亚瑞宾说，"但她无法在这里完成她的工作，而且她还说，我绝对不能跟她一起走。所以我现在不能去找她。"他低头看着她表姐的孩子。自从亚瑞宾的父母过世以后，他就被他表姐的家族所接纳，成为他们家族中的一分子。家族中有六个大人，两个——现在是三个小孩，再加上亚瑞宾。他并没有执掌很明确的工作内容，但他对这些孩子们确实感觉到一份责任感。尤其是现在，他们的旅程即将抵达寒带地区，所有的工作需要整个家族全体动员。从现在开始，一直到这趟旅程结束，这群麝牛需要日夜守顾，否则它们会往西边游荡找寻新的草地，一次游荡就会有好几只麝牛，而且再也找不回来。在这种时节找寻食物，对人类来说同样也是艰巨的工作。但是如果他们太早动身，他们就会在粮草像新生芽般柔软，草地还很脆弱的时候，抵达寒带地区。

"表弟，告诉我你想说什么。"

"我知道现在这个家族里不能缺少任何一个成员。我在这里也有我的责任，对你，或对这个孩子……但是大夫——她能够解释发生了什么事吗？她自己都无法了解，她如何能使她的老师了解？我看到沙地蝮蛇咬她，我看到鲜血和毒液从她手中流出来。但她却几乎没有察觉。她说她根本连一点感觉都没有。"

亚瑞宾看着他的朋友，他之前从未告诉任何人关于沙地蝮蛇的事，因为他认为他们没办法相信他。这名领袖吃了一惊，但她并不怀疑他所说的话。

"她如何能够解释，我们对她的奉献到底有多害怕？她会告诉她的老师她犯下了一个错误，由于这个错误，那条小毒蛇被杀死了。她感到很自责。他们也会怪罪于她，然后惩罚她。"

这名家族领袖凝望着沙漠的另一端。她抬起手将一缕灰发放至耳后。

"她是一个自尊心很强的女人，"她说，"你说得对，她绝不会为自己辩解。"

"若是遭到驱逐，她也不会回来。"亚瑞宾说，"我不知道她身在何方，但我们也许再也见不到她了。"

"沙漠风暴就要来了。"这名领袖突然说。

亚瑞宾点点头。

"如果你想去找她——"

"不行！现在不行！"

"亲爱的，"这名领袖说，"我们依照个人习性行事，所以大部分的时间，我们每个人才可能觉得自由自在，而不是只有少部分的人一直享受自由。当你的内心在不寻常的情境下渴望自由，你却任由自己被责任束缚住。如果你身为这个团体中的一员，而你的工作是负责照顾这个小孩，这个问题可能会变得很困难，但未必无法解决。自从这个孩子诞生以后，我的丈夫有许多空闲的时间，远比我们当初决定怀孕时预期的还要多。这全是因为你愿意做比你分内更多的工作的关系。"

"不是这样的，"亚瑞宾很快地接口，"是我想要帮忙照顾这个孩子。我想要做。我需要——"他停住了，不知道从何开始说起，"我很感激他让我帮忙。"

"我知道。我并不反对。但不是他帮你，而是你帮了他一个忙。也许他回报的时候到了。"她温柔地微笑，"他有点太过热衷于他的工作了。"她的丈夫是氏族里最好的织布匠，但她说得没错：他似乎常常神游其中。

"我不该让她走,"亚瑞宾突然说,"为什么我以前从不明白?我应该保护我妹妹,但我没做到,现在我也没保护得了医生。她应该留在我们身边。我们可以让她安全无忧。"

"我们会让她失去求生能力。"

"她仍然可以救人——!"

"我亲爱的朋友,"亚瑞宾的表姐说,"你不可能想彻底保护别人,又不愿束缚住他们。我想你不会了解这个道理,因为你总是对自己要求太高。你为了你妹妹的死感到内疚——"

"我那时没有好好地看顾着她。"

"你能做什么呢?要记得的是她还活着的时候,而不是她的死。她就像任何孩子一样,既高兴又勇敢,却太有信心。只有将她用恐惧绑在你身旁,你才可能保护得了她。她不可能那样活着,同时又保有你喜爱的模样。我想,医生也不可能。"

亚瑞宾低头注视着他手臂中的婴儿,他知道他的表姐是对的。然而他还无法抛开心底的困惑与罪恶的感觉。

她温柔地拍拍他的肩膀:"你最了解大夫,你说她无法解释我们的恐惧,我觉得你说对了。我早该了解到这一点。我不希望她因为我们所做的事受到惩罚,我也不希望我的族人被误解。"这名美丽女人的手摸着她颈间那个用狭长皮绳穿过的金属戒指。"你说得没错。应该有人去大夫的故乡。我能去,因为家族的荣誉是我的责任。我哥哥的伴侣能去,因为他杀了那条小毒蛇。或者,你也可以去,因为你视大夫为朋友。我将召开家族会议来决定。但我们每个人都有可能成为领袖，我们每个人也都可能会害怕地杀死那条小毒蛇。只有你成为她的朋友。"

她的视线从地平线转向亚瑞宾。亚瑞宾知道她当领袖这么久了，她所能设想的情况，同样也会是这个家族的想法。

"谢谢你。"他说。

"你失去了这么多你爱的人。当你的父母过世或是你妹妹死的时候，我都无能为力，但这一次我能够帮助你，即使这么做也许让你离开我们。"她的手轻抚过他的头发，和她的一样，他的头发也渐渐变成灰色。"亲爱的，请记得我不愿意永远失去你。"

她迅速地爬到沙漠地上，让他一个人与她的新生儿单独相处。她对他的信任使他重拾信心；他无须再怀疑去寻找大夫——寻找舞蛇是不是一件正确的事。这件事再正确不过了，因为必须有人要去实践它。至少这个家族亏欠她这份情。亚瑞宾从这名婴儿湿润紧握的手中，缓缓抽出他的手，将吊袋移到他背上，然后从这块巨岩上爬到沙漠地上。

◇→※←◇

摇曳在地平线上的绿洲在朦胧的晨光中显得格外青翠柔软，舞蛇原本以为那只是片海市蜃楼。她觉得自己不太能够分辨幻影与真实。为了在太阳升起以前横跨过熔岩平原，她已经骑马骑了一整夜，快要无法忍受熔浆的热气。她的双眼灼热，嘴唇干裂。

这匹灰色母马旋风嗅到了水的气味，它昂头竖耳，鼻翼偾张。在这么长的一段时间都被限制喝水的分量，它热切渴望能赶快到达水源地。当这匹马开始疾奔，舞蛇并没有勒住缰绳。

纤细的绿洲树林在他们身旁耸立，羽毛般轻柔的叶片轻抚过舞蛇的肩膀。树下的空气清凉沁人，还有一股浓郁的果实成熟的味道。舞蛇从脸上扯掉头巾末端，然后深深地呼吸。

她下马，领着旋风到这片幽深清澈的池水边。这匹马将嘴巴插入水中喝水，就连它的鼻孔也在水面之下。舞蛇跪在旁边，手掬起些水。水花四溅，奔流过她的指间，池水表面上起了一阵涟漪。水面波纹扩散，逐渐平息，舞蛇可以看得见黑色沙地中自己的倒影。她的脸上覆满了沙尘。

我看起来就像个盗匪，或是一个小丑，她想。

她必然得到的笑容是出于轻蔑，而非喜悦。泪水在她脸颊的尘土上冲出痕迹。她触摸着泪痕，仍旧凝视着自己的倒影。

舞蛇希望她能够忘记过去几天发生的事，但是它们如影随形。她仍然能够感觉到洁西干燥脆弱的皮肤，还有她轻柔探询的触碰；她甚至还可以听得见她的声音。她能够感觉到洁西死亡时的痛苦，她既不能阻止也无法减轻它。她不想再看到或感觉到那种痛苦。

舞蛇将手放入冰冷的水中，泼水到脸上，将脸上的黑沙、汗水，还有泪痕一并洗去。

她静悄悄地领着旋风，沿着池畔经过帐篷与寂静的营地，这些沙漠商队旅人们仍在沉睡。当她到了葛兰的营地前，她停下脚步，但帐幕没有打开。舞蛇不想惊动这名老妇人或是她的孙儿。在池畔的远方,舞蛇可以看见马群的畜栏。她的虎纹小马松鼠和葛兰的马放在一起,正站着打盹。它的毛皮黄黑相间,显得精神抖擞,这是一周以来刷洗的成果。它肥壮饱满,而且不再关心它那只没有钉蹄铁的脚。舞蛇决定改天把它留给葛兰,但是这个早晨她不想打扰那匹虎纹小马和那位年老的商队旅人。

旋风沿着池畔跟在舞蛇后方,偶尔轻咬她的臀部。舞蛇挠挠这匹母马的耳后,马辔下的汗水已经干了。亚瑞宾的族人曾给过她一袋给松鼠吃的饲料,但是葛兰已经在喂食这匹小马了,所以这袋饲料应该还在营地里。

"食物,梳洗身体,还有睡眠,这些就是我们两个所需要的。"她对那匹马说。

她将营地扎在远离人烟的地方,越过一块突出地面的岩石,那里很少引起商旅们注意。如果她不在她的毒蛇附近,这个地方对人们和毒蛇比较安全。舞蛇在倾斜的岩峰处拐了个弯。

每件东西的位置都不一样了。她离去时,她的铺盖皱成一团,睡在病患家中,其他行李一直都未打开。现在她的毯子折好了,她其他的衣服叠放在一旁,她的炊具在沙地上排成一列。她皱眉并走近。医生向来都被人们尊崇,甚至是敬畏;她甚至没想过请葛兰看顾她的行李和马匹。有人在她离开时动过她的用具,这种事从来未曾发生过。

然后她看见炊具上有凹痕,金属盘子折成两半,杯子皱巴巴的,汤匙也被人扭弯。她丢下旋风的缰绳,赶紧跑向被整齐堆放的衣物。

叠好的毯子被人割裂撕毁。她从那叠衣服里拿起她干净的衬衫，可是已不再干净了。她的衬衫遭人用水边的泥巴践踏。这是她最喜爱的一件衬衫，它虽然旧了，但是柔软舒适耐穿；现在却是斑斑污点，破损不堪，背面被割破，袖子被撕成碎布条。它全毁了。

那袋饲料放在她其他行李之中，洒在沙地上的饲料也被压碎了。旋风轻咬着那些碎块，舞蛇则站着看着她身旁残破不堪的景象。她不了解为何会有人在掠夺她的营地之后，还把那些破损的用具整齐地堆放。她根本不明白有谁会洗劫她的营地，因为她没有什么值钱的东西。她摇摇头。也许有人认为她收下了许多金银珠宝作为费用。有些医生确实因为他们的服务而得到丰厚的馈赠，但仍然在沙漠地区受到广泛的尊敬。就算是没有受到敬畏或者职业保护的人，也不会把贵重物品毫无防备地摆放。

舞蛇破损的衬衫仍在她的手中，她漫步在这个曾是她营地的四周，感觉筋疲力尽，她既空虚又困惑，根本无法思考到底发生了什么事。松鼠的马鞍斜靠在一块岩石上；舞蛇拿起它，没有什么特别的理由，也许只是因为它看起来完好无缺。

然后她看见马鞍上所有的口袋全被割破撕毁，尽管口袋有扣环扣住。

这些口袋装满她所有的地图与记录，还有她尚未结束的一年试炼期的日志。她的双手伸向每一个角落翻找，就算是一片碎纸也好，但里面什么东西都没有。舞蛇用力地将马鞍丢到地上。她匆忙奔向营地外围，在岩石后面寻找，脚一面不断踩踏着沙地，希望能看见被丢弃的白色页面，或是听到脚下纸张噼啪的响声，但她什么也没找到，什么都不剩下。

她的感觉就像是肉体被玷污了。她其他所有的财物，包括她的毯子、衣服，尤其是地图，对一个小偷来说可能会有些用处。但这个日志，除了她以外，对其他人都毫无价值。

"该死！"她愤怒地朝着空气大叫。那匹母马鼻孔喷着气，惊惶退避，冲入水池。舞蛇全身颤抖，但她让自己冷静下来，然后转身并伸出她的手。她缓缓步向旋风，轻柔地哄唤，直到那匹马让她拿起缰绳。舞蛇轻抚它。

"没事了，"她说，"没事，没关系。"她对着那匹马说话，也对着自己说话。他们两个都站在清澈沁凉的水里，水深及膝盖。她拍拍那匹马的肩膀，她的手指梳理着黑色的马鬃。突然间她的视线变得模糊不清，她倾靠在旋风的颈间，不住地发抖。

听着这匹马强而有力的稳定心跳声与它沉着的呼吸声，舞蛇设法让自己镇定下来。她抬头挺胸，涉水步出池塘。在岸边，她解开装毒蛇的袋子，卸下马鞍，然后用一块撕裂的毛毯碎布开始替马匹按摩。她满身污垢，疲惫不堪地工作着。那个装饰精美的马鞍与马辔上已布满了尘土与汗水，那些可以待会儿再清理。但舞蛇不愿自己在休息，而旋风却仍汗流浃背，全身脏兮兮的。

"小舞蛇，小大夫，亲爱的小女孩儿——"

舞蛇转过身。葛兰正一跛一跛地走向她，手中握着一根长满树瘤的手杖，手杖支撑着她。她一个高大黝黑的孙女陪着她走来，但是所有葛兰的孙儿们都清楚，不要试图去帮忙扶持这个罹患关节炎、瘦小老迈的妇人。

梦 蛇
Dreamsnake

葛兰白色的头巾斜斜地覆在她稀疏的头发上。"亲爱的孩子，我怎能让你经过我家却不进门呢？我想，我会听见她进来的声音。或者她的小马会闻到她的气味而嘶叫。"葛兰黝黑且布满皱纹的脸庞流露出了关心的表情，"小舞蛇，我们并不希望你独自一人看到这种情形。"

"发生了什么事，葛兰？"

"宝莉，"葛兰对她的孙女说，"照顾大夫的马。"

"好的，葛兰。"当宝莉拿起缰绳，她轻触舞蛇的手臂，表示安慰之意。她拿起马鞍，然后领着旋风回到葛兰的营地。

葛兰挽着舞蛇的手肘——不是为了寻找支撑点，而是为了搀扶她——扶着她到一块岩石边。她们坐下来，舞蛇又看了一眼她的营地，心中不可置信的感觉远超疲惫。她看向葛兰。

葛兰叹口气："这件事就发生在昨天黎明之前。我们听到嘈杂的声响，还有人声，但不是你的声音。当我们过来的时候，我们看见一个穿着沙漠长袍的身影。我们以为他在跳舞，但是当我们靠近，他就跑走了。他在沙地上打破了他的灯笼，所以我们找不到他。然后我们发现你的营地……"葛兰耸耸肩，"我们尽可能捡拾我们所能找到的东西，但每件东西都残缺不堪。"

舞蛇默默环视四周，还是不明白为何有人想要掠夺她的营地。

"天亮前的风将所有的足迹都吹散了，"葛兰说，"那个人一定是来自沙漠，但他并非漠地民族。我们不偷窃也不做破坏的事。"

"葛兰，我知道。"

"你跟我来，吃顿早餐，睡个觉，忘记这件疯狂的事。我们所有人都要小心那些疯子。"她因工作变得粗糙的小手，牵起舞蛇满是疤痕的手。"但是你不该单独一人到这里来，不应该。小舞蛇，我早该看见你。"

"没关系的，葛兰。"

"我来帮你把东西搬到我的帐篷里。你不会希望继续待在这里。"

"没留下什么东西好搬的。"舞蛇站在葛兰身边，看着这一团的凌乱。这位老妇人温柔地拍拍她的手。

"他破坏了所有的东西，葛兰。假如他把它们全拿走了，我还能理解。"

"亲爱的，没人可以理解疯子的行为。他们向来没有任何理由。"

一件真正疯狂的行为竟会造成如此彻底的破坏，那正是舞蛇为何无法置信的原因。这个事件的破坏手法是这样奇怪、刻意而且理智，与其说是疯狂的结果，更像是出自于愤怒。她再度颤抖。

"跟我来，"葛兰说，"疯子会出现也会消失。他们就像沙地上的苍蝇一样，有的夏天，只要你一转身，你就听得见它们在嗡嗡叫，隔一年又全不见踪影。"

"我想你是对的。"

"不会错的，"葛兰说，"我知道这些事情。他不会再回到这里，他会到别处去，但是很快地大家都会知道我们在找他。一旦我们找到他，我们就会送他到疗养师那里去，也许他们会使他好转。"

舞蛇疲倦地点点头："但愿如此。"

舞蛇将松鼠的马鞍抛至肩上，然后拾起毒蛇袋。狂沙在里头滑动了一下，袋子的把手微微震动。

她跟着葛兰回到这位老妇人的营地里，疲倦使她无法思考发生了什么事，她感激地听着葛兰同情的安慰话语。先是失去青草，再后来是洁西的死，现在又发生了这件事。舞蛇很希望自己是个迷信的人，这样她才能相信自己也许受到了诅咒。迷信诅咒这种事的人，同样也相信可以使诅咒消失的方法。舞蛇现在不知道该思考什么或是该相信什么，也不知道该如何改变她人生中接二连三的不幸。

"为什么他只偷走我的日志？"她突然说，"为什么偷走我的地图和日志？"

"地图！"葛兰说，"那个疯子偷走了地图？我以为是你带走了地图。那样的话，这件事才像是疯子会做的事。"

"我想一定是这样。"舞蛇仍旧无法说服自己相信。

"地图！"葛兰又说了一声。

那一瞬间葛兰似乎接管了舞蛇的愤恨不平。但这位老妇人口气中的惊讶让舞蛇有些困惑。

舞蛇用力扯了一下自己的长袍，拾荒人因为她的动作吓了一跳，倏地退缩。舞蛇看清楚是谁之后才松开了手：一个捡拾破铜烂铁、木块、布料、皮革、其他营地的丢弃物品，然后将它们再次利用的拾荒人。这个拾荒者穿着一件由五颜六色的破布拼凑缝制成的衣服，图案呈几何花样。

"大夫，你愿意让我们拿这些东西吗？对你没什么用——"

"奥欧，走开！"葛兰吼了一声，"不要现在来烦大夫，你应该很清楚才对。"

　　这名拾荒者低头看着地面，但没有退缩。"这些东西她无法再继续使用，但是我们可以。让我们清掉它们吧。"

　　"现在不适合要求这个。"

　　"没关系，葛兰。"舞蛇开口告诉拾荒者拿走所有的东西。也许他们可以使用破裂的毛毯和坏掉的汤瓢，但她不行。她甚至不想再看见它们，不愿再想起发生的事。但拾荒人的要求把舞蛇从困惑不解的情绪中拉回现实世界，她回想起她初次与葛兰交谈时，她说了一件关于奥欧族人的事。

　　"奥欧，我帮其他人注射疫苗的时候，你也愿意让我帮你注射疫苗吗？"

　　这名拾荒者满脸不信任："恐怖、毒药、魔术、女巫——不，我们不需要。"

　　"与那些无关。你甚至不会看见毒蛇。"

　　"不，我们不需要。"

　　"那么我要把那些垃圾丢到绿洲中央的湖水里。"

　　"浪费！"拾荒人大叫，"不行！污染湖水？你污辱我的职业，你也污辱了你自己。"

　　"当你不愿让我保护你，使你免受疾病的侵害，我也有同样的感觉。浪费，浪费生命，没有必要的死亡。"

　　拾荒人的眼睛从浓密的眉毛下方瞧着她："没有毒药，也没有魔术？"

　　"没有。"

　　"如果你喜欢，你可以最后才来。"葛兰说，"你会看到我没有死。"

"没有毛骨悚然的事？"

舞蛇忍不住笑了出来："没有。"

"然后你就会给我们那些东西？"这名拾荒者指指舞蛇毁坏的营地。

"没错，在注射完之后。"

"以后就不会再生病了？"

"机会很小。我没办法让全部的疾病消失不见。但是不会再有包虫、猩红热，或是破伤风——"

"破伤风！你可以治疗这种疾病？"

"对。虽然不是永远，但至少很长的一段时间不会再感染。"

"到时候我们会来。"这名拾荒人说，然后转身离开。

在葛兰的营地里，宝莉正轻快地按摩那匹母马，母马正从一捆粮草里拉出干草。宝莉有一双舞蛇所见过的最美丽的手，手掌很大，手指修长强健却非常灵巧，一点也没有因为粗重工作而变得粗糙。虽然她很高大，照理说依照身材比例，手看起来仍会显得太大，但一点也没有。她的双手优雅，动作极富表情。除了祖母与孙女，以及所有舞蛇曾见过的宝莉的表兄弟姐妹之间共同分享的温馨气氛外，她与葛兰是两种截然不同的类型。舞蛇之前并没有在葛兰的营地待很久，她不知道究竟她有几名孙儿，也不知道那个坐在附近，正在擦亮松鼠马鞍的小女孩的名字。

"松鼠还好吗？"舞蛇问。

"它健康又快乐，孩子。你可以到那树下看它。它已经懒到不想奔跑了。但是它又恢复了健康。至于你呢，你现在需要一张床休息。"

舞蛇看着她的虎纹小马，它正站在绿洲树林间，还摇着尾巴，看来既舒适又满足，所以她没有叫它。

舞蛇非常疲倦，但她仍能感觉到脖子与肩膀的紧绷。除非紧张能够稍微消退，她才有可能入睡。她也许会如葛兰所言，认定这整个事件仅是某个疯子蓄意破坏的行为。如果事情当真如此，那么她就必须试着理解然后接受一切。她并不习惯一下子就发生这么多事情。

"葛兰，我想去洗个澡，"她说，"然后你就可以把我放在一个不会妨碍到你的地方。我不会睡太久的。"

"只要你还在绿洲，而我们也还没离开，我们都会很欢迎你，小大夫。"

舞蛇紧拥着她。葛兰拍拍她的肩膀。

在葛兰营地附近，有一条溪水滋养这块绿洲，它的分支在石头堆里演变成涓涓细流。舞蛇爬到平坦地面上一个经过日晒，水温变得很温暖的水池。她可以看到整片绿洲：水边的五个营地、人群、牲畜。孩童微弱的嬉闹声与狗响亮的吠叫，穿过厚重而充满尘埃的空气传到她的耳际。环绕着湖心的绿洲树林就像羽毛般伫立在湖畔，仿佛是一件淡绿色丝绸做成的花圈。

在她脚边，青苔使池畔的岩石变得柔软。舞蛇脱掉靴子，步入这片清凉平静、源源不绝的池水。

她褪去衣服，在池水中涉水前行。在早晨的微温下，池水温度刚好比体温低一点，水温宜人，不会令人退惧。上游的岩石间，有一个水源丰沛的池渊，下游处还有一个水温更暖和的水池。舞蛇从溪中拿开一块石头，让不断涌出的泉水能够流到沙地上。舞蛇知道不能让浑浊脏污的水继续流向绿洲里。若她让脏水继续流，就会有数个愤怒的商队旅人走过来，用温和但坚定的态度来制止她，虽然他们同样也悄悄地将牲畜赶到近水的地方。然而他们也会要求在水边嬉闹无度的人离开。沙漠里没有藉污水传散的疾病。

舞蛇滑进这片微温池水的更深处，感觉到水在她身体周围涌成一道令人愉悦的水流，越过她的大腿、她的臀部和胸膛。她靠在一块暖烘烘的黑色岩石上，让紧张的情绪随水流慢慢消退。水流按摩着她的颈背。

她回想过去这几天，这些事件似乎占据了她大半的时间。它们已嵌进了舞蛇迷雾烟尘般的疲倦里。她看向她的右手。丑陋不堪的瘀血已经消失，沙地蝮蛇当初咬伤的地方，只剩下两个鲜明的粉红色疤痕。她握紧拳头：不再僵硬也不再无力。

这么短的时间竟有如此多的改变。舞蛇从没遭遇过磨难。她的工作和训练虽不是很轻松，但在没有猜忌、疑虑或是疯子打扰的平静日子里，这些都不算困难。她从没失败过。每件事都像水晶球般透明，对与错清楚可辨。舞蛇无力地笑笑：以前若有人试图告诉她或告诉其他学生，现实世界里的生活截然不同，充满着不完美与对立矛盾，还有一连串的意外，她绝不会相信。现在她了解了那些比她年长的学生在实习期回来之后身上的改变，还有她也明白了，为什么有些人不再回来。他们并非客死异乡。意外与疯子是医生唯一不会注意到的细节，这些都不是原因。有些人明白了他们并不适合当医生，他们选择放弃而走上其他的道路。

然而舞蛇却发现，无论她的毒蛇发生了什么事，她愿意一直当医生。为了青草的死而自怨自艾的糟糕日子已经过去了，哀悼洁西过世的低潮已经不再。舞蛇永远不会忘记她的死，但她不会为了这件事情一直感到自责。相反地，她希望能实现洁西的愿望。

她坐起身，用沙子摩擦全身。溪水流过她的身体，从溪流溅到沙地上。舞蛇的手在身上徘徊。清凉溪水带来的触感轻松愉悦，使她忆起很久以前另一个人抚摸她时，身体感受到的震撼，那时她的欲望蠢蠢欲动。躺在池水中，她开始想念着亚瑞宾。

❖ ➤➤❀◄◄ ❖

舞蛇将长袍挂在肩膀上，打着赤脚，袒胸露背，离开了水池。在返回葛兰营地的途中，她倏地停下脚步，再一次竖耳倾听那个传到她耳际的声响。声音再度传来：一条毒蛇的光滑鳞片滑行在岩石上。舞蛇小心翼翼地转向声音的来源处。一开始她并没有看见任何东西，过了一会儿，一条沙地蝮蛇终于在石缝间出现。它抬起奇形怪状的头，轻弹着蛇信。

舞蛇想起自己曾被另一条蝮蛇咬伤，心头一阵微痛，她耐心等待着那条生物缓缓爬离它的隐匿处。它不像白雾缥缈优雅，也没有狂沙触目惊心的纹路。它头部长瘤，鳞片是脏兮兮的泥褐色，丑陋是描述这个生物唯一的形容词。这个种类却不为医生所熟悉，而且它还对亚瑞宾的族人造成过威胁。她早该在他的营地附近抓一条这种蛇，但她那时没有想到，并曾为此感到遗憾。

她没有替他的族人注射疫苗。她还不知道那个地区的特有疾病，所以她无法为狂沙准备正确的催化剂。只要她回到他的营地，得到他们的允许，她就会替他们注射。但是她若抓到了这条正滑向她的蝮蛇，她就可以制造解毒的疫苗当作礼物。

一阵微风从那条毒蛇的方向吹向她，它闻不到她的气味。如果它能察觉温度，温暖的岩石也会让它混淆不清。它没有注意到舞蛇。她猜想它的视力和其他毒蛇一样差。它在她的正前方徐徐爬行，几乎要爬上她赤裸的双足。她慢慢蹲下，将一只手伸向它的头部，另一只手放在它前方。这个动作惊动了它，它退后正准备攻击，结果却让它自己落入她的手中。舞蛇牢牢地握住它，不让它有机会咬人。它奋力挣扎，不停鞭打着她的手臂，并且嘶嘶作响，露出它长长骇人的毒牙。

舞蛇颤抖着。

"你会不会喜欢我的味道，小家伙？"她用一只手极不灵巧地叠起头巾，将这条毒蛇绑在这临时做成的袋子里，以免她回到营地时惊吓到人。

她轻声地走在柔软的石子路上。

葛兰已经为她准备好一个帐篷。帐篷搭在阴影下，旁边的帘幕是开着的，好让清晨微凉的风能吹拂进去。葛兰留给她一碗绿洲树林间最早成熟的新鲜果实。果实圆圆的，深蓝色，比一只母鸡的蛋还小。舞蛇聚精会神，小口小口地咬着，她还不曾吃过新鲜的果实。果皮裂开时逆流出微酸的汁液。她细嚼慢咽，仔细品尝。果核很大，几乎是果实的一半大，果核厚实的外壳能够抵御冬季的暴风雨与经年累月的干旱。舞蛇吃完水果后将种子放在一旁。这种子可以种在绿洲附近，在那里它就会有机会存活。舞蛇躺下来的时候，她告诉自己要记得带走一些绿洲树林的种子。如果它们能在山区中生长，果园就会变得更丰茂。几分钟后她就睡着了。

◇ ➤◈◄ ◇

她安然熟睡，甚至没有做梦。她在傍晚时分醒来，发现精神比前几天好多了，她觉得精力充沛。营地阒然无声。对葛兰与她的孙儿来说，此刻正是他们与牲畜计划中的休息时光。他们是商人，整个夏季都在交易买卖，之后才回故乡。就像其他在此扎营的家族，葛兰家也继承了部分绿洲树林果实的所有权。收获季节一过，果实都已干枯，葛兰的商队就会离开沙漠，在收获季结束前的最后几天动身到寒带地区。收获季节很快就要开始了，空气中弥漫着一股欢乐快活的气氛，以及果实鲜明的芳香。

葛兰站在畜栏附近，她的手覆在手杖的顶端。她听到舞蛇的声音，微笑地看着她："小大夫，睡得好吗？"

"很好，葛兰。谢谢你。"

松鼠在葛兰的马群里显得很平凡，这名老商人喜欢爱帕卢沙马、花色马和身上有斑纹的马匹。她认为它们能使她的商队更显眼，也许她是对的。舞蛇吹了声口哨，松鼠突然抬起头，然后奔向她，它不断踢着后腿，精神饱满。

"它很想念你。"

舞蛇挠挠松鼠的耳朵，它用它柔软的嘴巴磨蹭着她。"是的，我可以看得出它很憔悴。"

葛兰咯咯地笑："我们确实将它饲养得很好。从来没有人敢说我虐待动物。"

"我得用哄骗的方法才能将它带走。"

"那么待下来吧——跟我们一起到我们的村庄去，然后在那里度过冬天。我们的健康状况跟其他的族群一样差。"

"谢谢你，葛兰。但我必须先完成一件事。"有一段时间她几乎将洁西的死抛至脑后，但她知道她永远不可能忘记。舞蛇低头穿过绳子做成的栅栏。她站到这匹虎纹小马的肩膀旁边，抬起它的脚。

"我们本想换掉马蹄铁，"葛兰说，"但是我们现有的都太大了。现在这个时节又在这种地方，没有铁匠可以修补或是打造个新的。"

舞蛇拿起磨损但几近全新的马蹄铁碎片。舞蛇在进入沙漠之前，曾叫人换过松鼠的马蹄铁。蹄脚边缘甚至还很尖锐方正，一定是金属本身有瑕疵。她将碎片递给葛兰。"也许这对奥欧有用。如果我仔细照顾松鼠，它能走得到山腰镇吗？"

"喔，当然可以，你可以骑那匹漂亮的灰马。"

舞蛇很后悔她骑了松鼠。通常她不会骑它，而让它载着毒蛇和她的行李。走路对她来说就够快了。但在离开亚瑞宾的营地之后，她原本以为她已经不再受沙地蝮蛇咬伤的影响，但她却仍感觉到毒液在发作。直到她觉得头晕目眩，她才愿意停下脚步让松鼠载她。当她一骑上马背，她果真昏过去了。它忍耐地载着她，在横越沙漠的时候，她差一点要掉下马鞍，它还因此绊了一跤。当它的脚步开始一跛一跛地步行，她才恢复意识，这才听见了蹄铁破裂的当当声响。

舞蛇挠挠她小马的额头。"明天热气消失的时候，我们就出发。那么我将有一整天的时间替人注射疫苗，如果他们真愿意来。"

"亲爱的，大部分的人都会来。但是为什么要这么早离开我们呢？到我们的故乡来，和到山区的距离一样。"

"我要出发到城市去。"

"现在？这个时节太迟了。你会受困在沙漠风暴之中。"

"不浪费时间的话就不会。"

"小大夫，亲爱的，你不知道风暴来临时的景象。"

"不，我知道。我在山区中长大。每个冬天我都可以从山上看到暴风圈。"

"在山上俯视跟想活着离开暴风圈是完全不同的。"葛兰说。

松鼠转了方向，向畜栏另一端正在阴影下打盹的马群奔去。舞蛇突然笑了出来。

梦 蛇
Dreamsnake

"小朋友，告诉我你在笑什么？"

舞蛇俯视着这名驼背的老妇人，她的眼睛跟狐狸的一样明亮灵敏。

"我只是突然发现你把它和哪些马放在一起。"

葛兰黝黑的皮肤泛上一层红晕。"大夫，亲爱的女孩，它寄养的这段时间，我并不打算让你付钱——我想你应该不会介意。"

"葛兰，没关系。我不介意。我想松鼠也不介意。但是我担心将来临盆时节来的时候，你会很失望。"

葛兰精明地摇头："我不会失望的。就一匹小种马来说，它举止良好，而且懂得分寸。我的个性就像这些斑纹马一样，尤其是像那群豹纹马。"葛兰有一匹爱帕卢沙马，它全身上下都是白色的，身上布满钱币大小的豹纹斑点，那是她的战利品。"而现在，即将会有条纹花样的马和它们站在一块儿了。"

"我很高兴你喜欢它的花纹。"为了让病毒含有正确的基因，舞蛇着实下了一番功夫，"但是我想它没法为你生出很多小马。"

"为什么不行？我说过——"

"它也许会带给我们意外的惊喜——为了你，我希望它会。但是我想它大概无法生育。"

"啊，太糟糕了。"葛兰说，"我明白了，它是由一匹马和那种我曾听说过的条纹斑驴子交配所生下来的。"

舞蛇并不让这个话题继续下去。葛兰的解释大错特错。除了是由一个有残缺的基因形成的合成体之外，和葛兰所有的马匹一样，松鼠并不是混种马。但是松鼠对于白雾与狂沙的毒液具有免疫力。它的免疫力太强了，强到会将单细胞的精子误判为不属于自身体内的细胞，而将其摧毁。尽管原因不同，导致的结果却和它是一头骡子一模一样。

"小大夫，你知道吗？我曾经饲养过一匹骡子，它可是生育力极强的种马呢。这种事情有时就是会出现。也许这一次也一样。"

"也许吧。"舞蛇说。她的小马的免疫系统使它能够繁衍后代的几率，和找到一匹会生孩子的骡子同样渺茫。舞蛇谨慎地附和，并不觉得她在欺骗葛兰。

舞蛇回到自己的帐篷内，她从毒蛇袋中拿出狂沙，然后将它的毒液挤出来。在此过程中它并没有抗拒。她从它的头部后面抓住它，轻轻地压开它的嘴巴，然后倒入一小瓶催化剂到它的喉咙里。喂它吃药比喂白雾轻松多了。和其他普通的蛇没什么两样，它昏沉沉地缩在袋子里，此时它的毒腺正在分泌出一种由数种蛋白质、一些对抗当地疾病的抗体，还有能刺激人体免疫系统的兴奋剂所混合而成的化学药汁。医生使用响尾蛇的历史比使用眼镜蛇还更久远；跟白雾比起来，这条菱纹背响尾蛇已是在适应催化药剂及其变化的基因实验下，无数条响尾蛇的后代了。

第五章

　　清晨，舞蛇将狂沙的毒液挤到一个血清瓶子里。每个人仅需少量的疫苗，所以她不让它替人注射。狂沙会咬得太深，分量会太多。她注射疫苗时会使用注射器。那是圆形的器具，尖端短小且如针般尖锐，施压时仅到皮层之下。她把响尾蛇放回装它的隔层，然后步出帐外。

　　营地内的居民开始聚集，有大人，也有小孩，每个家庭大都是三代或四代同堂。葛兰与围绕在她身边的众孙儿排在第一顺位。她总共有七个孙儿，从最年长的宝莉，到那个磨亮松鼠马鞍的六岁小女孩。他们并不全是葛兰的直系血亲，但她的家族组织须要仰赖成员更多的大家庭。她已故丈夫的兄弟姐妹的孩子、她姐妹的孩子、她姐夫妹婿的兄弟姐妹的孩子，她都将他们视为她的孙子。她那些未来将训练成商人的徒弟没跟她一起来。

　　"谁是第一个？"舞蛇鼓舞着。

　　"我，"葛兰说，"我说过我会是第一个，所以第一个人是我。"她看向那群退避在一旁、穿着五颜六色衣服的拾荒者。"你好好看着，奥欧！"她朝着那个曾向舞蛇要破铜烂铁的人大喊，"你会看到我没死。"

"没有什么东西杀得了你，老皮囊。我等着瞧瞧其他人会怎样。"

"老皮囊？奥欧，你这个破布袋！"

"没关系的。"舞蛇说。她稍稍抬高音量："我想告诉你们所有人两件事。第一，有些人会对疫苗敏感。注射处若有红肿、剧烈疼痛，或是皮肤感到灼热的人，请回到这里来，我会一直在这里待到傍晚。任何异状都会在傍晚以前发生，了解了吗？我会让过敏的人不再感觉不舒服。感觉比微疼还严重的人，务必到我这里来。不要勉强自己忍耐。"

每个人正点头同意，奥欧又在叫嚣："也就是说，你可能会把人杀死。"

"如果你的脚断掉了，你会蠢到假装没事发生吗？"

奥欧嘲弄地哼了一声。

"那你还没蠢到会以为自己反应过度，然后假装没事，结果却让自己丧命。"舞蛇拉起她的长袍，卷起她上衣极短的袖子，"第二件事是，注射疫苗会留下像这样的小疤痕。"她走到人群中，让他们看她第一次注射抵抗毒液疫苗时留下的痕迹。"希望疤痕不要在太明显的地方的人，请当场告诉我。"

众人看着这道微小平凡的疤痕，全场竟鸦雀无声。即使奥欧口中还在喃喃自语，怀疑医生真的能够忍受任何毒液，他也随即闭上了嘴巴。

葛兰排在第一位，舞蛇很惊讶看到她脸色苍白。"葛兰，你还好吗？"

"是血的缘故。"葛兰说，"一定是因为这个，小舞蛇。我并不喜欢看到血。"

"你不会看到血的。让自己放轻松就好。"舞蛇用安抚的语气与葛兰交谈，并用碘酒擦拭着这名老妇人的手臂。毒蛇袋里装着药剂的隔层内，只剩下一瓶消毒药水，不过这已够今天使用，到达山腰镇后，她会在药剂师那里再多拿一点。舞蛇挤压着注射器里的一滴血清，将它注射到葛兰上臂的皮肤下。

葛兰在针头注入的瞬间退缩了一下，但神色并未改变。舞蛇将注射器放进碘酒里，再次擦拭葛兰的手臂。

"好了。"

葛兰惊讶地瞧着她，然后又低头看看自己的肩膀。针头刺入的地方在发红，但并没有流血。"就这样？"

"就这样。"

葛兰微笑，然后面向奥欧："你看到了吧，老坑洞，啥事也没发生。"

"我们等着瞧。"奥欧说。

一个上午的时光很顺利地就过去了。有些小孩哭了，大部分是因为酒精轻微刺痛的关系，而不是由于注射器留下的小针孔。舞蛇工作的时候，宝莉主动帮忙说些故事与笑话，逗弄那些小孩子。很多小孩，还有为数不少的大人，在舞蛇注射完之后，继续留下来听宝莉说故事。

显然奥欧和其他的拾荒人对注射疫苗已放下戒心，因为直到轮到他们的时候，都还没有一个人倒地而死。他们平静顺从地接受注射与酒精的刺痛感。

"不会再有破伤风？"奥欧又问了一遍。

"这大概能预防十年左右。在那之后，最好再接种一次疫苗比较保险。"

舞蛇将注射器推进奥欧的手臂，然后擦拭皮肤。在几分钟严肃且犹豫不决的神情后，奥欧第一次张咧着嘴，高兴地笑了："我们很怕破伤风。可怕的疾病，缓慢又痛苦。"

"没错。"舞蛇说，"你知道它是由什么引起的吗？"

奥欧的食指抵着另一只手的手掌心，比出刺穿的手势。"我们很小心，但是……"

舞蛇点头。由于拾荒者的工作，舞蛇可以理解为什么他们严重的穿刺伤口比其他族群还多。奥欧却知道伤口与疾病之间的关联。长篇大论解释这个疾病只会让自己像在教训别人。

"我们以前从没见过医生，没在这一边的沙漠看到过，关于医生的传言都是从另一边的沙漠来的人告诉我们的。"

"嗯，我们生活在山区里。"舞蛇说，"我们不太了解沙漠，所以我们没有很多人来到这里。"这不全是真话，但这是最容易解释的方法。

"在你之前从来没有人来过，你是第一个。"

"也许吧。"

"为什么？"

"我很好奇，我想我能帮些忙。"

"你叫其他人也来啊，这里很安全。"奥欧因风吹日晒满布皱纹的脸上，表情倏地一暗，"是疯子的关系，没错，但是这里没有山里的多。疯子到处都是。"

"我知道。"

"有时候我们会找到他们。"

"奥欧，你愿意帮我做一件事吗？"

"任何事都愿意。"

"这个疯子什么东西也没拿，只拿走了我的地图和日志。如果他的心智还算正常，我想他会留着那些地图，然后使用它们。但是那本日志除了对我有价值以外，对其他人都毫无用处。也许他会把它丢掉，你的族人可能会找到它。"

"我们会帮你留着。"

"那正是我希望你帮忙的事。"她描述那本日志的样子，"我离开之前，会留一封信给你，那封信是要送到北边山区的医生之国的。这样就能确保传送信件和日志到那里的信差可以领到酬劳。"

"我们会找找看。我们捡到许多东西，但并不常常捡到书。"

"我明白，也许它就这样永远不见了。也许这个疯子会以为那是件什么值钱的物品，等到他发现不是这么一回事时，就把它给烧了。"

奥欧想到完好的纸张就这么被焚烧销毁，他的身子不禁缩了一下。"我们会很努力地找。"

"谢谢你。"

奥欧跟在其他拾荒人后头离去。

当宝莉正要结束蟾蜍与三只树蛙的故事时，舞蛇检查这些小孩的伤口，很高兴没有发现任何过敏引发的红肿反应。

"然后蟾蜍一点也不在意不能再爬到树上去。"宝莉说，"故事结束了，现在回家去吧，你们表现得非常棒。"

他们成群结队地跑开，一面叫嚷，一面还模仿着青蛙低沉的嘎嘎声。宝莉松了一口气。"但愿真正的青蛙不会以为求偶季节来的时机不对，那时就会有满地的青蛙在营地活蹦乱跳啰。"

"艺术家就是会把握机会。"舞蛇说。

"艺术家！"宝莉笑出了声，开始卷起袖子。

"你跟所有我曾见过的吟游诗人一样厉害。"

"擅长说故事，嗯，也许吧。"宝莉说，"但绝不是吟游诗人。"

"为什么？"

"我是个音痴，我不会唱歌。"

"大多数我所见过的吟游诗人都不善于编造故事。你很有天分。"

舞蛇准备好注射器，将它抵住宝莉天鹅绒般柔软的肌肤。一滴药液悬在细小的针头上，闪闪发亮。

"你确定要让疤痕留在这里吗？"舞蛇突然说。

"对啊，不行吗？"

"你的皮肤很漂亮，我讨厌让它留下疤痕。"舞蛇让宝莉看她那双伤痕累累的手，"我想我有一点嫉妒你。"

宝莉拍拍舞蛇的手，触感就像葛兰一样温柔但更坚定，背后蕴含了更大的力量。"这些疤痕个个都是骄傲。你留给我的疤痕，我也会引以为豪。凡是看到这个疤痕的人都会知道我看过一位医生。"

虽然心里百般不愿意，舞蛇还是将针头刺入了宝莉的手臂。

梦 蛇
Dreamsnake

舞蛇和营区的居民整个炎热的下午都在休息。她写完要托付给奥欧的信之后，就无事可做了。她无须打包，因为什么也不剩了。松鼠只需负载它的马鞍，因为鞍架还完好无缺，舞蛇认为仍然有用。除了马鞍和她身上穿的衣服，就只剩下毒蛇袋、白雾、狂沙，还有那条丑陋不堪的沙地蝮蛇。它现在放在原先属于青草的空间。

尽管热气腾腾，舞蛇还是垂下帐幕，打开袋内两个隔层。白雾仿佛流水般滑出来。它头部高耸，颈翼张开，蛇信不断轻弹，侦测着帐篷内陌生的气味。狂沙则一如往常，悠闲缓慢地徐徐爬行。舞蛇看着它们滑行在昏暗闷热的室内，只有鳞片上还反射着利用昆虫照明的灯笼内那闪烁不定的微弱光芒。舞蛇想象着若是那个疯子来盗掠的时候，她还待在营地里，不知道会发生怎样的结果。要是那些毒蛇是放在袋子里的，他就可以神不知鬼不觉地溜进来，因为那时她正处于蝮蛇毒伤的恢复期当中，所以她一定睡得熟。那个疯子可能会重击她的头部，然后开始搜寻破坏。舞蛇仍不明白，为何一个疯子能够进行有计划的破坏行动，除非他是在搜寻着什么东西，若真是如此，那他根本就不可能是疯子。她的地图与大部分漠地居民携带的大同小异，她也很乐意让需要的人复印它们。地图是很重要，但是很容易取得。然而，那本日志只对舞蛇有意义。舞蛇几乎开始希望那个疯子在她还在营地的时候来袭击。如果他那时打开了毒蛇袋，他就不可能再去破坏其他人的营地了。舞蛇很不高兴自己在想象这种情况时，居然怀着一丝喜悦，但那却是她心底真正的感受。

狂沙爬上她的膝盖，缠绕在她的手腕上，就像一条粗大的手镯。多年以前它还小，那时的它远比现在适合这个位置。不到几分钟，白雾就缠绕上舞蛇的腰际，并爬上她的肩膀。在一切都还很顺遂安逸的时候，青草会绕在她的颈间，宛如一条活生生的柔软翡翠项链。

"小舞蛇，我现在进去安全吗？"虽然有足够的缝隙可以瞥见室内，葛兰并没有掀起幕帘。

"现在没有危险，你不会害怕吧？需要我把它们放好吗？"

葛兰迟疑着："嗯……不用了。"

她用肩膀推开帐幕，侧身入内。她的手拿着东西。她镇静地站着，等待眼睛适应室内的昏暗。

"不用担心，"舞蛇说，"它们现在都绕在我身上。"

葛兰眯着眼睛靠近。她将一件毛毯、一份皮制文件夹、一个皮制水袋，还有一个小汤锅，放在驮鞍旁边。"宝莉正在买一些日常用品，"她说，"当然这些不能够弥补发生过的事，但是——"

"葛兰，我连寄养松鼠的钱都还没付给你呢！"

"你什么也不用付，"葛兰笑着说，"我已经跟你解释过了。"

"你下错赌注了，那个赌局也花不到我一毛钱。"

"无妨。你春天的时候来探望我们，你就会看到你那匹小种马的条纹小兔崽子了。我有预感。"

"至少让我付这些新用具的钱。"

"不行，我们讨论过了，我们想把这些东西送给你。"她耸耸左边肩膀，肩膀上注射疫苗的地方现在大概还在微微酸痛，"为了表示对你的谢意。"

"我并不是想表现得不知感恩，"舞蛇说，"但是从没有一位医生因为注射疫苗，接受他人的报酬。这里没有人生病，我也没有为任何人治疗。"

"对，是没有人生病，但假使我们生病了，你一定会治疗我们。我说对了吗？"

"是没错，但是——"

"有人付不出钱，你一样会帮他们治疗。我们怎能输给你呢？难道我们应该让你毫无装备就进入沙漠吗？"

"但是我付得起。"她袋子里装有金币与银币。

"舞蛇！"葛兰皱起眉头，她接着说话的口气却很和蔼可亲，显得很突兀，"漠地居民不偷不抢，他们也不会容许让他们的朋友遭遇这种事。我们却没能保护到你。留一点颜面给我们吧。"

舞蛇了解到葛兰根本没打算让她付钱。对她来说，舞蛇愿意收下这些礼物所代表的意义重大。

"对不起，葛兰。谢谢你们。"

马匹都已经装好马鞍准备要出发了。舞蛇把大部分的装备都放在旋风身上，这样松鼠就不用载太多的东西。虽然这匹母马的马鞍

雕琢得极尽繁复，但却具备很高的效能，配在这匹马身上，显得非常合身舒适。它的做工如此精良，再加上华丽精美的装饰，舞蛇开始感到有些不自在。

葛兰和宝莉前来为她送行。没有人对注射疫苗有不适的反应，所以舞蛇可以放心离开。她轻轻拥抱这两名妇人。葛兰亲吻她的脸颊，她温暖柔软的嘴唇非常干燥。

"再见。"当舞蛇爬上了那匹母马，葛兰轻声地说。"再见！"她大声叫喊。

"再见！"舞蛇渐行渐远，她在马鞍上转身挥手。

"风暴来袭的时候，"葛兰大喊，"躲到洞穴里。不要忘记明显的地标，你会更快到达山腰地区。"

舞蛇泛着笑意，骑着马穿过绿洲树林，她仍能听到葛兰还在不断谆谆叮咛：绿洲、水源、沙丘的位置，风向，商队在沙漠中保持方位的方法，还有分隔东西沙漠的中央山脉山区里的路线及旅店。松鼠飞奔在舞蛇的身旁，没有装蹄铁的前脚健壮有力。

经过休息调养，这匹母马已经可以快步疾奔，但舞蛇让它慢步前进。他们还有一大段路程要走。

旋风喷着鼻息，舞蛇猝然惊醒，她的头差一点碰到突出的岩块。

梦 蛇
Dreamsnake

此刻正是寂寥萧条的正午时分，她在睡梦中不断往唯一剩余的阴影里蜷缩。

"是谁？"

没有人回答。不可能有人在附近。从葛兰的绿洲到下一个位于山区前的绿洲，距离有两个晚上的路程。舞蛇当天在岩石矗立的荒郊野地上扎营，这里没有任何植物、粮食或水源。

"我是个医生。"她大喊，觉得愚蠢至极，"你小心点，我把毒蛇都放出来啰。说话，或是打个讯号，让我看到你，我就会把它们移开。"

还是没有人回答。

那是因为没有人在附近，舞蛇这么想。看在老天的分上，没有人在跟踪你。疯子不会跟踪别人，他们只是……疯了。

她再次躺下，试图入睡，但只要一有风吹草动，都会让她惊醒。一直到薄暮降临，她才觉得舒坦。她整装拔营，然后朝着东方前进。

◇→✦◄←◇

攀登山区崎岖颠簸的石子路使得马匹行进的速度变慢，松鼠的前脚又有些虚弱无力。她也一跛一跛地走着，因为高度与温度的变化，舞蛇右膝盖上的老毛病又犯了。屏障着山腰镇的山谷就在眼前，只需再走一小时的路程。刚进入山区时的山路陡峭险峻，但他们现在已登上隘口，很快他们就会越过中央山脉东面的山脊。为了让旋风喘息，舞蛇下马徒步行进。

松鼠轻轻咬着舞蛇的口袋，她挠挠它的额头，并回头俯瞰沙漠。一层薄薄的尘雾漂浮在天际线上，横躺在近处的黑色沙丘反射着火红的太阳光线，白花花的光芒闪烁不定。热气腾腾上升，形成沙丘在移动的幻觉。有一回舞蛇的老师向她描述海洋的模样，这就是舞蛇想象中的大海。

她很高兴终于离开了沙漠。空气变得凉爽，草原和灌木丛林牢牢攀附在富含火山灰成分的山壁裂缝里。从山腰两侧灌入的强风刮走了低处所有的沙土尘埃。在这种高度，生命力强韧的植物在隐庇处生长，但却没有丰沛的水源滋养它们。

舞蛇转身，不再看着沙漠。她领着那匹母马与虎纹小马继续往山巅攀登，走在因强风刮蚀而变得光秃的岩石上，她的靴子抓地着实困难。在山区里穿着沙漠长袍会妨碍行动，所以她脱下袍子，将它绑在马鞍后面。她穿在袍下的宽松长裤和短袖上衣随风起舞，拍打着她的双腿和身体。舞蛇越靠近山脊，风势就越强劲，山岩切割成一个狭窄的甬道，任何微弱的风一经过都会瞬间增强。再过几个小时，温度就会变得寒冷。寒冷——她几乎没想到还有这项款待。

舞蛇抵达了山顶，仿佛进入另一个世界。她眺望这片翠绿的山谷，觉得自己好像已经远离沙漠里的所有不幸。松鼠与旋风都抬起头，大口喘气，喷着鼻息，嗅着鲜嫩草原、流水和其他动物的气味。

城镇沿着主要道路向两侧扩展，一栋栋石砌的房屋嵌在山壁上，形成一片灰沉沉的阶梯层层堆叠的景观。一条耀眼的河流将山谷地

表冲刷成冲积平原，金黄和翠绿相间的农田遍布其上。远方的山谷
为一片山野森林，地势比舞蛇现在所在的位置更为陡峭，那片森林
正好就在西侧山脉岩石裸露的顶峰之下。

舞蛇深吸一口清新的空气，然后开始向下走。

山腰镇容貌俊美的居民从前就看过医生了。他们脸上显露出敬
重与谨慎的神情，而非舞蛇在沙漠另一端所看见的恐惧。舞蛇对他
们谨慎小心的态度已经很习以为常了；这很容易理解，因为除了对
她以外，白雾与狂沙可能会对其他人造成危险。当舞蛇领着她的马
穿过圆石子街道时，她微笑接受这些人尊敬的迎接。

商家已经打烊了，酒馆仍在营业。明天人群就会开始涌向舞蛇，
寻求医治，但她希望今晚他们能让她在旅店舒适的客房里稍事安歇，
享用一顿丰盛的晚餐和美酒。沙漠之旅让她全身筋骨酸痛不已。若
有人在这么晚的时刻打扰，一定是因为出现了严重的疾病。舞蛇祈
祷今晚山腰镇里没有垂死的病患。

她将马匹停在一间仍未打烊的商家外头，进去买了一些新的长
裤与衬衫。她大略比比身子，听从老板的建议，就选好了合适的衣服，
因为她实在没力气试穿了。

"没关系，"老板说，"晚一点你可以拿来换。不喜欢的话，
也可以退货。我会让医生换衣服。"

"这些衣服就很好了。"舞蛇说，"谢谢你。"她付了钱，离
开商店。转角处有一间药铺，老板正好要关上门。

"对不起。"舞蛇说。

这名药剂师转身，露出无可奈何的笑容。在她审视过舞蛇和她

的用具后，她瞥见了毒蛇袋。微笑瞬间化成惊喜。

"医生！"她惊呼，"快进来。你需要什么吗？"

"阿司匹林，"舞蛇说。她只剩下几颗了，为了她自己，她不愿用光，"还有碘酒，如果你这里有的话。"

"当然有了。我的阿司匹林是自制的，我买回来的碘酒，我还会再精炼一次。我卖的货物绝对没有不良品。"她将舞蛇的药瓶装满。"离上次山腰镇有医生来，已有好长一段时间了。"

"每个人都知道你们的族人健康又美丽。"舞蛇说，这并不是假惺惺的恭维话。她环视店铺，"而且你的货色齐全。我想你几乎一手包办了所有的事情。"在某区的架子上药剂师摆放着镇痛剂，这种药的药性很强，不会增加病人的抵抗力，反而会使人身体虚弱。舞蛇不愿意买这种药，因为她不想这么快就承认她已失去青草。她将眼神避开。但如果山腰镇上有人生了重病，那她就必须要使用它。

"喔，因为我们和睦相处。"这名药师说，"你会待在哪里？我可以叫其他人去找你吗？"

"当然可以。"舞蛇说出那间葛兰推荐的旅店的名字，付了药品的钱，然后离开那家药铺，药店老板正往相反的方向转身。舞蛇独自一人步上街道。

一个穿着长袍的身影闪过舞蛇的视线。她迅速转身，蹲踞下来摆出防卫的姿势。旋风喷着鼻息，向侧边跨了一步。那个罩着长袍的身影踌躇着。

舞蛇尴尬地起身，那个正朝她走来的人根本没穿沙漠长袍，而是披着一件连着帽子的斗篷。她看不见斗篷阴影下的那张脸，但他绝不会是个疯子。

"医生，我能跟你说一下话吗？"他迟疑地说。

"当然好啊。"如果他没有注意到她反常的举动，她也可以毫不犹豫地答应。

"我叫盖伯尔。我的父亲是这里的镇长。我是来邀请你到我们府上做客。"

"你们真是太好了。但我已经计划要到旅馆——"

"那是一家很棒的旅馆，"盖伯尔说，"有你住在那里，老板一定会感到无上光荣。但若是我和我父亲不能让你在山腰镇上获得最好的招待，我们会让这个镇蒙羞。"

"谢谢你。"舞蛇说。虽然不见得很自在，但她开始觉得，至少要对这些人对待医生的慷慨与殷勤深表感激。"我接受你的邀请。不过，我得送个口信到那家旅馆去。那个药师说她会叫病人来找我。"

盖伯尔朝她看。她看不见帽子下的阴影，但她觉得他在微笑。

"医生，午夜以前，山谷里所有的人就都会知道你确切的住所了。"

盖伯尔带着她在沿着山势蜿蜒的街道与方形黑石筑成的幢幢房子之间不停穿梭。马匹、舞蛇及盖伯尔的脚步踏在圆石子路上，回响着清亮的足音。建筑物都消失了，街道变得宽阔，一条铺设好的路出现在眼前，路旁仅用一面厚实高耸的围墙隔开陡直垂下山底的峭壁。

"在一般的情况下，我父亲会亲自来迎接你。"盖伯尔说。他的口气里不只有道歉意味，还带有一丝的不确定，好像他有事想告诉她，却又不知如何表达。

"我不习惯有高官显要迎接我。"舞蛇说。

"我希望让你知道在任何情况下，我们都会邀请你待在这里，即使是——"他的声音戛然而止。

"啊，"舞蛇说，"你的父亲生病了。"

"是的。"

"你不须犹豫是否要来请求我的协助，"舞蛇说，"毕竟这是我的职业。而且我还有一间免费的客房可住，这是意外的报酬。"

舞蛇仍看不到盖伯尔的脸，但他声音中的紧张消失了。"我只是不希望你认为我们是那种没有回报就不愿付出的人。"

他们继续默默地前进。不断弯曲绵延的道路突然在一个突出地表、挡住视野的岩块处转弯，这是舞蛇第一次看到镇长的住所。这栋广阔高大的建筑物抵着一面峭壁的缓坡兴建，平凡无奇的黑石在屋檐下方，在一条往东边和南边延伸的白色闪亮的太阳能板衬托之下，显得格外显眼。上层房间的窗户嵌着大块玻璃，为了能够搭配建筑物主体两侧的高塔，那些玻璃还切成弧形。窗内透出的明亮光线照亮了这栋完美无缺的建筑物。尽管那些巨大木门上镶着窗户与雕刻，但这栋宛如名胜的建筑物就像一座堡垒。一楼没有任何窗户，那些门看起来也相当坚实厚重。远方有另一块突出地面的岩石保护着这栋建筑物，庭院中铺设的道路在悬崖前终止。那个悬崖不像舞蛇现在站立的那样高耸陡峭。一条有灯火照明的山路一直延伸到了悬崖底部，那里还有马厩和牧场。

"很令人印象深刻。"舞蛇说。

"这是山腰镇的公产。不过从我出生以来,我父亲就一直住在这里。"

他们继续走在石子路上。

"告诉我你父亲的病情。"她相信应该不至于太严重,否则盖伯尔一定会表现得更加忧心忡忡。

"是打猎时发生的意外。他一个朋友的长矛刺伤了他。他不承认有感染的迹象,因为他害怕可能会截肢。"

"伤口长什么样子?"

"我不知道。他不让我看到伤口。他甚至从昨天就不让我见他。"他声音中有种无奈的悲伤。

舞蛇担忧地看着他,他顽固的父亲若是因为害怕而一直忍着剧痛,他的腿可能已经严重感染,组织也许都坏死了。

"我讨厌截肢。"这是舞蛇的肺腑之言,"你可能不太相信我费多大的功夫避免去动这种手术。"

盖伯尔在这栋建筑物的入口朝内呼唤,这些厚重的门就打开了。他跟仆人打招呼,并示意仆人带松鼠和旋风到坡底的马厩里。

舞蛇和盖伯尔走进了门廊,声音在这间封闭的空间里嗡嗡回响,平滑光亮的黑石地板隐约反射着人群的活动和影像。这个密室里没有窗户,所以非常阴暗,但是有个仆人赶忙跟上来点亮煤气灯。盖伯尔将舞蛇的睡袋搁在地板上,放下帽子,将斗篷披在身后。他的脸反射在光可鉴人的墙壁上,出现稀奇古怪的影子。

"你的行李可以放在这里,有人会来看管。"

舞蛇听到他称她的睡袋为"行李",不禁觉得好笑,好像她是一个富裕的商人，正准备远行去做买卖。

盖伯尔转身面向她，舞蛇倏地屏住气息。这是她第一次看到他的长相。山腰镇的居民对他们不平凡的美貌很有自知之明，这位年轻人却全身包得密不透风出门，舞蛇还以为他可能长相平庸，甚至容貌畸形，满是疤痕。她比较希望结果是如她所想象的。事实却正好相反，盖伯尔是她所见过长得最漂亮的人。他体格强健，比例匀称，脸庞棱角分明，但并不全然像亚瑞宾的脸那样刚硬。他的脸显得比较脆弱，内心的情绪很容易反映在脸上。他靠近她的时候，她可以看到他分外湛蓝的眼珠，皮肤和头发是一模一样的深棕色。舞蛇说不出她会觉得他俊美非凡的原因，也许是因为他五官端正，皮肤完美无瑕，也许是她还不熟悉他的个性，也许还有其他更多的原因，但他的美貌确实令人惊艳。

盖伯尔看着舞蛇，像是在等待着什么，她才恍然大悟——他以为她也会把皮袋留在这里。他似乎完全没注意到他对她造成的震撼。

"我的毒蛇在袋子里，"她说，"我随时都带着它们。"

"喔——对不起。"他开始脸红，红通通的颜色从喉咙爬上脸颊，"我应该知道——"

"没关系，这无关紧要。我想最好尽快见到你的父亲。"

"当然。"

他们爬上角落里一个宽敞弯曲的阶梯，长时间的摩擦让转角的石块变得非常圆滑。

舞蛇从没见过一个像盖伯尔这般拥有俊美容貌的人，对别人的批评会如此敏感，尤其还是一句无心之言。通常外表引人注目的人，

梦 蛇
Dreamsnake

浑身都会散发着一种自豪的气息，信心满满的程度，有时候会令人觉得傲慢。相较之下，盖伯尔却异常脆弱，舞蛇不知道是什么原因导致他的这种性格。

　　由于这栋山城中的建筑物建有厚实的石壁，室内的温度一直保持稳定。在沙漠中待了很长的一段时间，舞蛇很高兴能感受到一些凉意。她知道赶了一整天的路，全身满是汗水与灰尘，但她现在却不感觉疲倦，也不觉得手中的皮袋是一种负担。她能接受简单的感染情况。除非情况严重到除了截肢外别无他法，但不太可能太复杂，更不可能会死。她很高兴她可能不会这么快又要面临失去病人的处境。

　　她跟着盖伯尔爬上一段螺旋状阶梯。盖伯尔到了楼梯顶端的时候，脚步也没有慢下来，但舞蛇却停下来环顾，这间宽敞无比的房间震慑心弦。从高耸的暗灰色窗户与塔尖弧形的玻璃望去，可以看到整个昏暗山谷壮观的视野。窗外的景象占据了整个房间，进来的每个人都可以很快理解这一点，因为除了那个宽广无色的轴座，没有任何的家具能让人从美景上分心。地板分成高低两个部分，较高的地板连着楼梯，紧贴墙壁呈半圆形，较低的环形地板比邻窗户，占据较宽敞的空间。

　　舞蛇听到一声怒吼，不到一会儿，一位老人从隔壁房间走出来，刚好撞到盖伯尔，他一时失去平衡。这名年轻男子试图恢复重心，抓住这位老人的手肘想要保持稳定，这名老者也因为同样的原因紧握住这位年轻人。他们神情严肃地看着对方，完全没注意到自己的姿势滑稽可笑。

　　"他情况如何？"盖伯尔问。

"更糟糕了。"这名男子说。他瞧了一眼舞蛇。"她是——？"

"是的，我把医生带来了。"他转身将她介绍给这位老人，"布莱恩是我父亲的助理。除了他，没有人可以接近我父亲。"

"现在连我也不能靠近他了。"布莱恩说。他将额头上浓密的白发拨开。"他不让我看他的脚。他痛得很厉害，他在毯子下放了一个枕头，不让毯子碰到伤口。少爷，您的父亲非常固执。"

"没人比我更清楚这一点。"

"别在这里大吵大闹的！"盖伯尔的父亲咆哮道，"你们懂不懂礼貌啊？离开我的房间。"

盖伯尔挺直肩膀，看着布莱恩："我们最好进去。"

"我可不行，少爷。"布莱恩说，"他命令我出来，还说除非他叫我，否则别再进去，如果他还会叫我的话。"这位老人看起来垂头丧气。

"不要在意。他是无心的，他无意伤害你。"

"少爷，你这么认为吗？他是无心的？"

"他绝对不会伤害你的。他很需要你。不像我。"

"盖伯尔——"这位老人说，态度不再卑躬屈膝。

"别走远了，"盖伯尔轻描淡写地说，"我想他很快又会需要你帮忙。"他走进父亲的卧房。

舞蛇跟着他进去，她的眼睛慢慢适应室内的黑暗，窗帘遮住了这间宽大房间的窗户，灯并没有点亮。

"哈啰，爸爸。"盖伯尔说。

"出去。我说过不要来烦我。"

"我带医生来了。"

就像山腰镇的每个人一样，盖伯尔的父亲也有一副英俊的外貌。即使他强硬的脸上透露着不安，舞蛇仍能看得出来。他的肤色苍白，有双黑色的眼睛，头发因睡卧在床而蓬松凌乱。若他身体健朗，他必定是个极具威严的人物，期望能掌控他所参与的任何团体。他英挺的外表和盖伯尔的截然不同，舞蛇觉得他长得很好看，却不觉得他迷人。

"我不需要医生。"他说，"走开。叫布莱恩过来。"

"爸爸，你吓到他了，而且你也伤了他的心。"

"叫他过来。"

"他会过来的。但是他帮不了你。医生可以帮助你。求求你——"盖伯尔的声音渐渐透露出绝望。

"盖伯尔，请把灯点上。"舞蛇说。她走上前，站到镇长床边。

当盖伯尔点亮灯，他父亲马上转身背对灯光。他的眼皮浮肿，眼睛充满血丝。他只转开了他的头。

"伤口会继续恶化下去，"舞蛇轻轻地说，"直到你连动也不敢动。最后你会动弹不得，因为你伤口上的毒会让你更虚弱。然后你就会死。"

"你对毒倒挺了解嘛！"

"我叫舞蛇。我是医生。我不处理中毒的疾病。"

他对她含意深远的名字没有任何反应，但盖伯尔却重新以尊重甚至是敬畏的眼光看着她。

"蛇！"镇长厉声大叫。

舞蛇并不打算浪费精力在争论或说服上。她走到床尾，拉开毛毯，想要看看镇长受伤的脚。他开始坐直身子，试着抗拒，但突然又躺了回去。他气喘吁吁，脸色苍白，毫无血色，豆大的汗珠泛着亮光。

盖伯尔走向舞蛇。

"你最好到床头陪着他。"舞蛇说。她可以闻到伤口感染后令人作呕的气味。

镇长的脚简直惨不忍睹。伤口里到处都是脓包，肌肉肿大发炎，红肿的现象已扩散到镇长的大腿上。再过几天，组织就会坏死，颜色变黑，到时候就只剩截肢一个办法了。

味道很浓，令人反胃。盖伯尔的脸色看起来比他父亲更加苍白。

"你不需要待在这里。"舞蛇说。

"我——"他吞了下口水，才开口说，"我没事。"

舞蛇将毯子放回原位，小心不压到发肿的伤口。要治疗这位镇长并非难事，问题是要解决他坚决抗拒的决心。

"你能治疗吗？"盖伯尔问。

"我自己会开口问她！"镇长说。

盖伯尔低下头，脸上的表情复杂难解。他的父亲视而不见，舞蛇却觉得那表情既无奈又悲伤，完全没有一丝愤怒。盖伯尔转过身，假装忙着准备点着油气灯。

舞蛇坐在床沿，摸摸镇长的额头。不出她的意料，他正发着高烧。

他转头："不要看着我。"

"你可以不理我，"舞蛇说，"你甚至可以叫我离开。但是你

不能不管你发炎的伤口,它不会因为你叫它停止,它就不继续恶化
下去。"

"你不能锯断我的脚。"镇长一个字一个字,不带任何感情
地说。

"我也不想。事实上也没这个必要。"

"我只要布莱恩清洗伤口。"

"他洗也洗不掉那些脓包!"舞蛇开始对这位镇长幼稚的表现
感到生气。如果他是因为高烧不够清醒,她可以对他展现无限的耐心;
如果他正濒临死亡,她能明白他不愿面对现实的心情。但他两种都
不是。看起来他的生活太过顺心如意,面对厄运时却不会处理。

"爸爸,求求你遵从她的指示。"

"不要假惺惺地关心我,"盖伯尔的父亲说,"我死了,你才
乐不可支。"

盖伯尔的脸色倏地刷白,他僵硬地站了一会儿,然后慢慢转身,
离开房间。

舞蛇站起来:"说这种话实在太残酷了。你怎么说得出口?任
何人都看得出来他希望你活下去,他爱你啊。"

"我不需要他爱我,也不用你治疗。你们都救不了我。"

舞蛇握紧拳头,在盖伯尔之后出去了。

这名年轻人面对窗户,靠着高低不一的地面形成的阶梯坐着。
舞蛇坐在他身边。

"他不是有意的。"盖伯尔的声音很不自然,口气中觉得丢脸。
"他真的——"他俯身,双手覆着脸,开始发出阵阵啜泣。舞蛇的

手环绕着他，试着安慰他，拍拍他强壮的肩膀，轻抚他柔软的头发。无论镇长的敌意从何而来，舞蛇能肯定那绝不是来自于盖伯尔的怨恨或嫉妒。

他用袖子擦干他的脸。"谢谢，"他说，"对不起，每次他这样——"

"盖伯尔，你父亲过去曾有混乱不清过吗？"

盖伯尔一时间有些困惑。突然间他放声大笑，但笑中带着一丝苦味。

"你是说他的头脑吗？不可能，他神志相当正常。这是我们俩之间的私事。我想……"盖伯尔停顿一会儿，"有时候他一定非常希望我死掉，那样他就可以领养一个合适的长子，作为父亲抚养他。但他就是不愿再结婚。也许他说得没错，也许有时我也暗暗希望他早点死掉。"

"你相信吗？"

"我不愿相信。"

"我根本就不相信。"

他看着她，嘴角不确定地微微牵动，舞蛇以为他就要展开一个灿烂的笑靥。但他又恢复了严肃的表情。"如果什么都不做，他会怎样？"

"再过几天，他就会开始神志不清。到那个时候，剩下的选择就是违背他的意愿，锯掉他的腿，不然就等着看他死。"

"你不能不等他同意，现在就治疗他吗？"

她希望能给他一个他预期中的答复。"盖伯尔，这种事并不容易说出口，而且，若他在神志不清中，仍不愿让我治疗，我就必须撒手不管。你说过他是一个理性的人，我无权违背他的意愿，不管他的想法多愚蠢，多浪费生命。"

"但是你可以救他一命。"

"没错，但那是他自己的生命。"

盖伯尔用手背揉揉双眼，露出了疲态。"我会再跟他谈谈看。"

舞蛇跟着他走向他父亲的卧室，同意盖伯尔在他进去的时候她先在外面等待。这位年轻人非常勇敢。姑且不论他在他父亲眼中有什么缺点——显然他自己也这么认为——他确实是勇气可嘉。然而另一方面，他却有些懦弱，否则他怎会孤立原地，任由自己遭受羞辱？舞蛇无法想象她能忍受同样的待遇。她曾认为她与其他医生的关系坚不可摧，但也许血缘关系强迫亲人必须紧密相连。

舞蛇听到他们之间的对话，却一点也不觉得有罪恶感。

"爸爸，我希望你让她治疗你的脚。"

"没有人能治得了我。再也没有人了。"

"你才四十九岁。也许有一天会出现某个人，你会对她感到心动，就像看到妈妈那样。"

"闭上你的嘴，不准再说关于你妈妈的事。"

"我不会再说了。我从来没有看过她，但我身上却流着她一半的血液。很抱歉我让你失望了。我已经下定决心要离开这里，再过几个月，你就可以大声宣布——不对——再过几个月，就会有一个信差来通知你我已经死了，你永远也不会知道他说的话到底是真是假。"

镇长没有回应他。

"你到底要我说什么？说我很抱歉我没有早一点离开？好啦——

我就快要离开这里了。"

"你倒是从来不会说假话，"盖伯尔的父亲说，"虽然你固执又自大，但是你从来没对我说过谎。"

他们沉默地僵持了好一阵子。当盖伯尔又再度开口说话，舞蛇差点就要走进去了。

"我本来怀抱希望能够弥补的想法。我以为只要我让自己更有用——"

"我必须考虑到整个家族，"这位镇长说，"考虑到整个城镇。无论发生什么事，你都是长子，就算你不是我唯一的孩子。如果我不再在大庭广众下羞辱你，我就无法否定你。"

舞蛇很惊讶地在他冷峻的声音中听到一丝同情。

"我现在已经明白。但你死了并不会有任何帮助。"

"你保证会履行你的计划？"

"我发誓。"盖伯尔说。

"好吧，让那位医生进来。"

若不是舞蛇曾经发过誓要救治受伤及生病的病患，她可能现在就会马上离开这座城堡。她从没听说病人竟会这样冷静理性地拒绝治病，而且还是经过父子之间的协议——

盖伯尔来到门口，舞蛇不发一语，进入卧房。

"我改变主意了。"这位镇长说。像是发现自己的声音听来太过傲慢，他又补充道："如果你仍愿意治疗我。"

"我愿意。"舞蛇简短地说，然后离开房间。

盖伯尔紧跟在她身后，担忧地说："出了什么错吗？你该不会改变心意了吧？”

盖伯尔看起来很平静，并不伤心。舞蛇停下脚步："我答应过会治疗他，我一定会履行诺言。我需要一间房间和几个小时的时间，之后我就会治疗他的脚。"

"我们一定会满足你所有需要。"

他带着她沿着宽敞的顶楼地板，一直走到南塔。塔内并不是仅容纳一个富丽堂皇的房间，而是分隔成几个小房间，没有像镇长的卧室那样气势逼人，但比较舒适。舞蛇的房间在高塔边缘部分，卧室内正中央摆着一张普通平凡的床，弧形的墙壁环绕在四周。

"就要吃晚餐了，"盖伯尔一边向她说明她的房间，一边问道，"你愿意跟我一块儿吃吗？"

"不了，谢谢你。下一次吧。"

"需要我拿点食物上来吗？"

"不用了。三个小时后再过来就好了。"她不太留神注意他，因为她无法一边猜测他的困境，一边计划着她父亲的手术。她精神恍惚，指示他在镇长卧室内要准备的物品。伤口感染得太严重了，手术过程中一定肮脏又臭气冲天。

她指示完后，他并未离开。

"他真的很痛苦，"盖伯尔说，"你没有什么东西可以让他止痛吗？"

"没有，"舞蛇说，"试着让他喝醉，不会有什么大碍。"

"喝醉？好吧，我试看看。但我认为没有用。我从没看过他因为酒醉而失去意识。"

"麻醉只是次要的助益，酒精能促进血液循环。"

"喔。"

盖伯尔离开后，舞蛇开始利用狂沙配药，制作脓包的抗毒血清。新的毒液会温和地局部麻醉原有的毒素，但舞蛇必须先排净镇长伤口的血水，让血液循环不至于严重堵塞，才能发挥较大的功效。她并不乐意破坏他的伤口，但她不会后悔，就像她从不后悔从前她必须在诊疗过程中伤害其他病患一样。

她脱去极需通风洗尘的漠地服装和靴子，将她新的长裤和衬衫跟睡袋捆绑在一起。把行李带上来的人把衣物都摊开了。重新穿上她惯常的衣服应该会让她心情愉悦，但要花上好一段时间，这些新衣才会像那些被疯子撕烂的衣服一样舒适。

这间卧室内已经点亮了一盏柔和的油气灯。大多数像这么大的建筑物都拥有自己的甲烷发电机。无论发电机是私人的或是公用财产，它们都会使用垃圾或废料当作受晦质，滋养细菌以产生燃料。这座城堡有发电机，屋顶上还有太阳能板，至少电力大概可以自给自足，甚至可能还有多余的能源可以运转一座空调器。如果夏天实在太热了，石块天然的隔热效果也抵挡不了暑气，这栋建筑物还是可以保持凉爽的温度。医生之域也有类似的设备，舞蛇很高兴能再见它。她进入装满热水的浴盆内，奢侈地洗了澡。即使是一块香皂就已经比黑沙漠地的生活好太多了，当她伸手拿毛巾，发现上面有薄荷的气味，她竟然傻傻地笑了。

三个小时缓慢地过去，药剂正在狂沙体内产生效力。舞蛇全身和衣，裸着双脚，意志清醒地躺在床上，此时盖伯尔敲了敲门。舞

蛇坐起身子，从狂沙头部后面轻柔地抓住它，任它缠绕在她的腰际
与手臂上，然后才让盖伯尔进来。

这位年轻人小心地看着狂沙，陶醉地看着，克服了显露于外的
恐惧。

"我不会让它咬人。"舞蛇说。

"我只是很好奇它们摸起来的感觉像什么。"

舞蛇朝他伸直手臂，他伸出手抚摸狂沙平滑的布满图案的鳞
片，他抽回手，没有下任何评论。

回到了镇长卧房的布莱恩看起来不再闷闷不乐，他感到心满意
足，因为又能再次照顾他的主人。镇长醉醺醺的，满脸涕泪纵横。
他发出富有韵律感的呻吟，舞蛇正要走近他，他竟号啕大哭起来，
豆大的泪珠滑落脸颊，当看到舞蛇时才停止哀嚎。她伫立在他的床畔，
他胆怯地看着她。

"他喝了多少酒？"

"他想喝多少，我们就给他喝多少。"盖伯尔说。

"他醉到不省人事会比较好受点。"舞蛇说，有些同情他。

"我曾见过他跟议员喝到天亮，但我没见过他醉到那副德行。"

镇长视线模糊，眯着眼睛看他们。"不要白兰地了。"他说，"我
不喝了。"虽然说的话有些含糊不清，但他说话的样子一样很有
威严，"我醒着，你就不能锯断我的腿了。"

"这句话倒是没说错。"舞蛇说，"那么就保持清醒吧。"

他牢牢盯着狂沙，注视着这条响尾蛇不眨眼的目光，还有它不
断拍弹的蛇信。他开始颤抖，"其他的办法，"他说，"一定还有

其他的办法——"

"你这是在考验我的耐性。"舞蛇说。她知道只要再这样下去几分钟，她就会大发雷霆，更糟糕的是，她或许又会开始为洁西哭泣。她脑海中只记得当时自己多么希望能够救她的心情，而现在她却轻而易举就可以治愈这个男人。

镇长在床上躺好。舞蛇仍感觉得到他在发抖，但至少他不再说话。盖伯尔和布莱恩站在他的两侧。舞蛇从床尾拉开被单，让被单搁在镇长的膝盖上，形成一道布幕，挡住他的视线。

"我想看。"他轻声说。

他的脚浮肿发紫。"你不会想看的。"舞蛇说，"布莱恩，请打开窗户。"这名老仆连忙遵从，拉开窗帘，将玻璃窗向室外的夜色推开。新鲜冷冽的空气灌满整个卧室。

"狂沙咬你的时候，"舞蛇说，"你会感到剧烈的疼痛，它咬伤的周围就会开始麻痹，但只有伤口上方失去知觉。麻痹扩散的速度会很慢，因为你的血管几乎都堵住了。当它扩散的范围够大了，我就会排清伤口的血水。这些处理完之后，抗毒血清才会发挥较大的作用。"

镇长发红的脸颊霎时惨白。他不发一语，但是布莱恩将一个玻璃杯靠到他嘴唇边，镇长喝了一大口水。他的脸又恢复血色。

呃，舞蛇心想，有些人你该告诉他实情，有些人你就不应该对他说实话。

舞蛇丢给布莱恩一条干净的毛巾。"倒一些白兰地在上面，捂住他的鼻子跟嘴巴。如果你们想要，你和盖伯尔可以捂住自己的口鼻。

这味道不好闻。还有，你们两个去喝杯酒——灌个一大口——然后再来轻轻地抓住他的肩膀，不要让他突然坐直，否则他会吓到那条响尾蛇。"

"好的，医生。"布莱恩说。

舞蛇清理镇长小腿肚上那深深的伤口上的皮肤。

他很幸运，没有感染上破伤风。她想起奥欧和那些拾荒人。医师偶尔会来到山腰镇，不过他们来的次数没有过去频繁。也许镇长注射过疫苗，所以他知道他不必一定要看到毒蛇。

舞蛇从手臂上拿开狂沙，从它鼓起的齿颚后面抓着它，任由它的蛇信舔着变色的皮肤。它盘卷在床上，等到它调整到舞蛇满意的位置，她松开它的头。

它猛然一咬。

镇长发出一声号叫。

狂沙仅仅迅速咬了一口，然后就回到它先前盘绕的姿态，它的速度之快，旁观者根本无法确定它曾经移动过。但是镇长再确定不过了。他再次剧烈地颤抖。黑色的污血和脓液从两个细小的口子里渗流出来。

剩余的工作虽然臭气冲天，肮脏难缠，但却是舞蛇的例行工作。她打开伤口，让血水和脓液流干。舞蛇希望盖伯尔晚餐没有吃太多，即使浸着白兰地的毛巾捂住了他的脸，他看起来好像要呕吐了。布莱恩冷静自持地站在他主人的身旁，安慰着他，让他保持镇定。

在舞蛇结束一切工作之前，镇长肿大的脚已经明显消肿许多。几周之内他就会康复。

第五章

"布莱恩，你愿意到这里来一下吗？"

这位老人犹豫了一下，才遵从她的指示。当他看到了她完成的事，他才松了一口气。"伤口看起来好多了，"他说，"比他上次让我看的时候还好。"

"很好，伤口会继续流出脓液和脏血，所以必须保持干净。"她教他如何包扎伤口，如何绑上绷带。他叫一个年轻的仆人拿走脏污的绷布，溃烂和死肉的恶臭味很快就散去了。盖伯尔坐在床边，擦拭他父亲的额头。浸着白兰地的毛巾从他脸上滑落到地板上，他并未费神去拾起它。他看起来不再毫无血色了。

舞蛇将狂沙卷起，抱起它，让它滑越她的肩膀。

"如果他又感到伤口剧烈疼痛，或是他的体温再度升高——任何不像好转的症状——叫我过来。若什么事也没发生，那我就早上再来看他。"

"谢谢你，医生。"布莱恩说。

舞蛇经过盖伯尔的时候踌躇了一会儿，但他并没有抬起头。他的父亲平静地躺着，呼吸沉重，近似熟睡。

舞蛇耸耸肩，离开了镇长的塔楼，回到她的房间，将狂沙放回它的隔层里，然后漫步走下阶梯，直到她找到厨房。镇长为数众多、无所不在的仆人为她做了顿晚餐，然后她就回房睡觉了。

第六章

　　早晨时，镇长已经觉得好多了。布莱恩显然整晚没睡，一直陪在他身边，不过他还是服从吩咐——他并非欣然接受，因为那不是布莱恩的风格，但他也没有偷懒或埋怨。

　　"会留下疤痕吗？"镇长问道。

　　"是的，"舞蛇有些惊讶地说，"当然会。还会留下好几个。我清掉了很多死肉，肌肉不可能会分毫不差地长回来。不过，你可能不会跛脚。"

　　"布莱恩，我的茶呢？"镇长的声调里透露出他正因为舞蛇的答复心烦意乱。

　　"这就来了，主人。"香料的芬芳在房间四溢。镇长自顾自地喝着他的茶，完全不理会正在替他的脚上绷带的舞蛇。

　　她皱着眉头离开，布莱恩紧跟在后，随她走到外面的大厅。

　　"医生，原谅他。他不太习惯生病。他觉得事事都该顺他的意。"

　　"我注意到了。"

　　"我的意思是说……他认为他身上留下疤痕……他觉得他被自

己背叛……"布莱恩摊开双手，无法找到适当的字眼。

要找到一个不愿相信自己居然会生病的病人是很平常的事。舞蛇已经习惯面对难以对付的病人，他们不管身体需要一段静养复原的时间，急切地想回到正常的状态，当他们发现根本急不得，就会变得满腹牢骚。

"那并不表示他可以这样对待别人。"舞蛇说。

布莱恩低头看着地板："医生，他是个好人。"

她很后悔让她的愤怒——不对，让她的烦躁和受伤的自尊——影响了他。舞蛇再次开口说话，这次的口气温柔多了。

"你是不是被卖到这里的？"

"当然不是！喔，不是的，大夫，我自由得很。镇长不允许山城里有奴隶。带着奴仆来的商旅贩子都会被逐出城外。他们的仆人可以选择离开，或者为这个山城提供一年的服务。若他们愿意留下来，镇长会从贩子那儿买回他们的卖身契。"

"这是你的亲身经历吗？"

他犹豫了一会儿，终于回答。"很少人知道我曾经是奴隶。我是最早获得自由的那群人里的其中一个。一年后他撕掉了我的卖身契。契约仍然有二十年的期限，我已经服满五年了。一直到那个时候，我都不敢确定我可不可以再次信任他。我后来发现可以信任他。"他耸耸肩，"之后我就一直待到现在。"

"我明白你对他心存感激，"舞蛇说，"但这并不代表他可以一天二十四个小时使唤你。"

"我昨晚有睡觉。"

梦 蛇
Dreamsnake

"在椅子上？"

布莱恩报以一个微笑。

"先叫其他人来照顾他一会儿，"舞蛇说，"你跟我来。"

"医生，你需要我帮忙吗？"

"不是，我要去马厩。至少你可以在我离开时小睡一会儿。"

"医生，谢谢你。不过我宁愿待在这里。"

"好吧，随便你。"

她离开这栋建筑物，越过庭院。即使必须经过悬崖山路上一个陡峭的 U 字形转弯，但在沁凉的清晨时光散步感觉很舒服。在她的下方，镇长的牧场在眼前展开。那匹灰色母马孤零零地在青翠的草地上，它高抬着头，翘着尾巴，不断地来回奔跑。它强健的双脚不断踩踏，在栅栏前停下脚步。它喷着鼻息，然后旋过身，往反方向疾奔。若它决定继续跑下去，它几乎可以漫不经心，轻轻松松就越过那个与胸膛齐高的栅栏。但是，它跑步的原因无他，只是为了玩耍。

舞蛇沿着山路走到马厩。她才靠近，就听到一声掌掴和一阵哭叫，然后出现一个响亮狂怒的说话声。

"继续做你的工作！"

舞蛇跑完到马厩的最后几步路，她拉开门，马厩里几乎一片黑暗。她眯起眼睛。她听到稻草的窸窣声，闻着干净马厩里那股浓厚快活的气味。过了一会儿，她的眼睛适应了黑暗，她看到一条铺着稻草的宽敞通道和两排马房。马夫转过身，面向她。

"医生，早安。"这位马夫身形壮硕，体魄魁梧，身高至少有两米。他有一头红通通的鬈发，蓄着金色的胡须。

舞蛇仰头看着他："刚才那阵吵闹声是怎么回事？"

"吵闹？我没——喔，我只是在教训爱偷懒的工人。"

他的对策一定奏效了，因为那个偷懒的人瞬间就已消失得无影无踪。

"这么一大清早，偷懒听起来是个好主意。"舞蛇说。

"呃，我们很早就必须开始工作，"马夫带着她走入马厩里，"我把你的马关在这里。那匹母马放出去跑步了，但是我没让小马出去。"

"很好，"舞蛇说，"它的蹄铁需要尽快修好。"

"我已经叫铁匠今天下午来。"

"好。"她走进松鼠的马房。它用鼻子磨蹭着她，吃了一块她带给它的面包。它的毛皮充满光泽，马鬃和尾巴都梳理过了，甚至马蹄都上过油。"负责看顾它的人把它照顾得很好。"

"我们尽力让镇长和贵客高兴。"这个大块头说。他神色紧张地随侍在旁，一直到她离开马厩，牵回那匹母马。在沙漠中待了这么久的一段时间后，旋风和松鼠都必须慢慢地重新适应草地，不然这片丰美的草地会使它们生病。

她骑在没装马鞍的旋风上，用膝盖引导它。她回来时，马夫正在马厩里的另一个区工作。舞蛇滑下马背，牵着它进入它的马房。

"是我照顾它的，小姐，不是他。"

舞蛇惊讶地回过身，但那个轻声说话的人不在马房里，也不在外面的走道。

"是谁？"舞蛇问，"你在哪里？"她回到马房里，把头一抬，看到天花板上那个丢饲料下来的洞口。她跳到马槽上，抓着洞口边缘，用下巴顶着阁楼地板，这样她才看得见阁楼里面。一个小小的身影正惊恐地向后退避，藏在一捆粮草后面。

"出来，"舞蛇说，"我不会伤害你的。"她正处于一个荒唐可笑的位置，身体悬在马房半空中，旋风还一直轻轻咬着她的靴子。她找不到适当的支撑点爬进阁楼里。"下来。"她说，然后松手落回地面。

她可以看得出粮草堆里的身形，但看不到五官长相。

是个孩子，她想。只是一个小孩子。

"小姐，其实没什么大事。"那个小孩说，"只是每次他都假装所有的工作都是他一个人做的，其实其他人也有功劳。就只是这样而已。没事了。"

"请下来，"舞蛇说，"你将旋风和松鼠照顾得很好，我想要谢谢你。"

"这样就够了，小姐。"

"不要那样称呼我。我叫舞蛇。你叫什么名字？"

但那个小孩早已不见踪影。

当她牵着旋风爬回悬崖上方，从城镇里来的病患和信差已经等

着要见她。她今天不太可能悠闲地吃早餐了。

　　截至傍晚，她已看到山腰镇大部分的居民了。一连好几个小时，她卖力工作，忙碌紧凑，但却感到充实。当她看完上一个病患，正准备听下一个病患的病情，她突然萌生一个担忧的念头，想着也许这一次她要救治的病患就像洁西一样快死了，而她却束手无策。

　　幸好今天并未出现这种病人。

　　傍晚她骑着旋风，沿着河流往北走，经过位于她左侧的市区。太阳已经西沉，阳光穿透云层，照亮了西部山脉的顶峰。当她接近镇长的牧场与马厩，地面上长长的阴影渐渐向她延伸过来。她没在附近看到半个人影，所以她就自己牵着旋风进去了，帮它卸下马鞍，然后开始梳理它布满斑点的柔顺毛皮。回到弥漫着忠心耿耿与痛苦气氛的镇长官邸，并不会让她特别焦虑不安。

　　"小姐，这工作不需要你亲自动手。让我来，你回到山丘上去吧。"

　　"不，你下来。"舞蛇对着这个只闻其声不见人影的轻柔声音说，"你可以帮我。还有不要叫我小姐。"

　　"现在就回去吧，小姐，求求你。"

　　舞蛇刷着旋风的肩膀，并不回话。什么动静也没发生，舞蛇以为这个小孩又消失了；然后她听到楼上的粮草堆里窸窸窣窣的声响。一股冲动之下，她反方向刷着旋风腹部的毛皮。不到一会儿，这个小孩站到她身边，轻轻地从她手中拿过马刷。

　　"你看吧，小姐——"

　　"叫我舞蛇。"

"——你不适合做这个工作。你懂得如何救人，我懂得如何刷马毛。"

舞蛇微笑。

这个小女孩大概只有九岁或十岁，身材瘦小。她没有抬头看舞蛇。现在她将旋风皱起的毛皮再次刷得平滑柔顺，她背对着舞蛇，靠在这匹母马身旁。她有一头红通通的头发，脏兮兮的指甲啃得乱七八糟。

"你说对了，"舞蛇说，"你比我更懂得如何刷毛。"

这个小孩沉默了一会儿："你骗我。"她不高兴地说，但并没有转身。

"一点点。"舞蛇承认，"但是我必须这么做，否则你不会让我当面谢谢你。"

这个小孩猛然转过身，目光炯炯，愤怒地注视着她："那么谢谢我啊！"她大吼。

她的左脸上有一个骇人的可怕疤痕，面貌严重扭曲变形。

三度灼伤，舞蛇判断。可怜的孩子！她转念一想：如果当时附近有医生的话，留下的疤痕至少不会这么难看。

她同时也注意到小女孩右脸上有一道瘀青。舞蛇跪下来，这个小孩避开她，不愿有任何肢体接触，她转过身，让疤痕尽量不那么明显。舞蛇温柔地摸着那道瘀青。

"我今天早上听到马夫在向某人咆哮。"舞蛇说，"就是你，对不对？他打你。"

这个小孩转身，注视着她。她的右眼是睁开的，左眼有部分被疤痕遮住了。

"我没事。"她说。她从舞蛇的双手中挣脱,跑着登上一个梯子,进入了黑暗之中。

"请你回来。"舞蛇呼唤着。但是这小孩没有出现,即使舞蛇跟着进入阁楼,也没找到她。

舞蛇徒步走上山路,回到镇长官邸。她的影子随着她手里摆荡不定的灯笼前后摇曳着。她想着那个不知名的小女孩羞于回到光亮之处。那个瘀青的位置很危险,就在太阳穴上。不过舞蛇碰她的时候,她并没有退缩——至少不是因为碰到瘀青处退缩——她也没有脑震荡的迹象。舞蛇不需为这小孩目前的健康感到忧心。但是未来呢?

舞蛇希望有办法帮助她,但她知道一旦引起马夫的不满,这个小女孩就要在舞蛇离开之后独自承担后果。

舞蛇登上往镇长卧房的楼梯。

布莱恩看起来筋疲力尽,镇长却精神饱满。他的脚部大都已经消肿了。虽然牙孔已经结痂,但布莱恩将主要的伤口清理得很干净。

"我何时可以离开床铺?"镇长问道,"我还有工作要做,要接见一些人,还要平抚纷争。"

"你随时都可以起来。"舞蛇说,"只要你不忧心以后要花三倍长的时间待在床上。"

"我坚持——"

"待在床上。"舞蛇厌烦地说。

她知道他不可能听从。一如往常,布莱恩紧跟她走进大厅。

"如果半夜伤口流血了,就来叫我。"她说。她知道如果镇长起身,这很有可能会发生。她不愿这位老仆人独自一人处理伤口。

"他是不是没事了?他会康复吗?"

"是的,只要他不要太操之过急。他复原的情况良好。"

"医生,谢谢你。"

"盖伯尔呢?"

"他不会再到这个地方来了。"

"布莱恩,他和他父亲之间到底发生了什么事?"

"对不起,大夫,我不能说。"

你的意思是你不愿意说,舞蛇心中默想。

◇━✦━◇

舞蛇向外环视陷入一片黑暗的山谷。她还没有睡意。这是其中一个她在试炼期内不太喜欢的事:她经常要独自入眠。在她所去过的地方,太多的人只知道医生的崇高地位,却惧怕她。即使是亚瑞宾最初也怕她,后来他不再害怕,他们对双方的尊重也转变成相互之间的吸引，然而她却必须离开了。他们没机会相处。

她的额头抵着冰凉的玻璃。

当初舞蛇第一次横越沙漠，目的是为了探险，她想去看看医生几十年来不再去或从未去过的地方。她太过傲慢了，或者可以说，简直是愚蠢至极，居然想去完成她的老师不再做，也不再考虑去做的事。这一边的沙漠，医生人数根本不够。如果舞蛇能成功达成拜访城市的任务，一切都会改观。洁西的名字却是舞蛇和其他医生请求中央城给予知识的唯一的差别。如果她失败了，她的老师都是善良的人，能够容忍与他们不同且特立独行的人。但是对她犯下的错误，他们会有什么反应，她不知道。

这时传来一阵敲门声，适时解除了她的压力，因为它打断了她的思绪。

"进来。"

盖伯尔进到房内，她再一次对他俊美的容貌感到惊艳。

"布莱恩告诉我，我父亲情况不错。"

"是相当好。"

"谢谢你治疗他。我知道他不太好相处。"他停顿了一会儿，环顾四周，耸耸肩道，"嗯……我只是来看看有没有需要我帮忙的。"

尽管他一副心事重重的模样，他看起来还是温文有礼，优雅愉悦，这些特质，就像他美好的躯体，一样深深吸引着舞蛇。而且她正感到孤单。她决定接受他风度翩翩的帮助。

"是有件事，"她说，"谢谢。"她停在他面前，抚摸他的脸颊，握起他的手，牵着他到一张躺椅上。靠近窗户的茶几上摆着一瓶酒和几个杯子。

舞蛇知道盖伯尔满脸通红。

如果她不了解沙漠中所有的风俗习惯，那也就是表示，她知道山区里的风土民情。她并没有逾越作为客人的界线，而且是他先提出邀请的。她面对盖伯尔，双手握住他的手臂，位置就在他手肘上方。现在他的脸色非常苍白。

"盖伯尔，怎么啦？"

"我……我失言了。我的意思并不是——如果你愿意，我可以帮你找个人——"

她皱起眉头："如果我只是想随便找个人，我可以在镇里付钱叫他们过来。我希望是跟我喜欢的人。"

他凝视着她，露出一个微微感激的笑容。也许在他决心离开他父亲住宅的同时，他也决定不再剃胡，让胡茬冒出来，因为他的脸颊上有一排纤细的金红色毛发。

"谢谢你这么说。"他说。

她领着他到躺椅上，让他坐下来，并坐在他身侧。"怎么了？"

他摇摇头。他的头发散落到他的额头上，遮住他大半部分的眼睛。

"盖伯尔，难道你没注意到你有多英俊吗？"

"我不需要注意。"他挤出一个令人疼惜的笑容，"我知道我长得很好看。"

"我必须要从你口中套出原因吗？是不是因为是我？老天爷知道，我的相貌无法和山城里的人媲美。还是因为你喜欢男人？这我倒是可以理解。"她还没有猜中他拒绝她的原因。他对她胡乱瞎猜的答案也没有任何反应。"是不是你有病？那你第一个要找的人就是我啊！"

"我没有生病。"他温柔地说，眼睛没有看她，"也不是因为你的缘故，我是说，如果要我做选择的话……你如此重视我，我感到很荣幸。"

舞蛇等他继续说下去。

"如果我留下来，对你来说不公平。我也许——"

当他又停止不语，舞蛇开口说话："是因为你和你父亲之间的问题，所以你才要离开这里？"

盖伯尔点点头："他希望我走是对的。"

"因为你没有达到他的期望？"舞蛇摇摇头，"处罚没有任何帮助，那样毫无意义，只是一种自我满足。盖伯尔，陪我一起睡吧。我不会对你有其他要求。"

"你不明白。"盖伯尔痛苦地说。他拾起她的手，放在他的脸上，握着她的手指摩擦他细小柔软的短须。"我不能遵守爱人之间的协议。我不知道为什么，我有一个好老师，但我就是学不会控制生殖力。我尽力了，老天，我真的尽力了。"他湛蓝的眼睛灿烂明亮。他放开了她的双手，让手滑落到他身侧。舞蛇再次抚摸他的脸颊，然后将手臂绕在他的肩膀上，试图隐藏她的惊讶。她知道什么叫作性无能，但是无法控制——她不知道要对他说什么，他却还有话想对她说，一件他非常迫切希望能够讨论的事。她知道，因为他整个身体处于极度紧绷的状态。他的双拳紧握。她不想逼他，他已经受了太多的伤害。她发现自己正在思索如何委婉表达想法的方式，而她向来都是有话直说。

"没关系。"舞蛇说,"我知道你想说什么。放松点,对我来说这没什么羞于启齿的。"

他抬起头,张大眼睛,惊讶地看着她。当舞蛇看着马厩里的小女孩刚留下的瘀青,而不是看着那生成已久、丑陋不堪的疤痕,她的眼神就跟他现在一模一样。

"你不会真的这么认为吧?我不能跟任何人讨论。他们会变得非常讨厌我,就像我的父亲一样。我不怪他们。"

"你可以跟我讨论。我不会下任何评断。"

他犹豫了一会儿,然后压抑多年的真心话就从口中滔滔不绝地说了出来。"我有个朋友,她叫莉亚。"盖伯尔说,"这件事发生在三年前,那时我十五岁,莉亚十二岁。她决定要有第一次性行为,不全然是玩玩而已,你知道的,她看上了我。当然她的训练期还没结束,但是因为我的训练期已经结束了,所以我想应该没有关系。"

他依偎着舞蛇,他的头靠着她的肩膀,双眼焦点模糊,凝望着黑沉沉的玻璃。

"也许我应该采取一些预防措施。"他说,"但我从没想过我会生出孩子。我从没听说过有谁不能控制生殖力的。嗯,也许控制不了狂喜失神的状态,但是一定可以控制生育。"他发出一阵苦笑,"还有鬃毛,我当时根本还没开始长呢。"舞蛇感觉到他耸耸肩,他衬衫上柔软的衣絮洒落到她新衣服浆硬的布料上。"几个月后,我们为她举办了一个宴会,因为我们觉得她比一般人更早学会了控制生殖力的技能。没有人感到惊讶,莉亚向来很早熟。她非常聪明。"他停顿了一会儿，完全躺在舞蛇腿上，往上看着她："但是她停经并不是因为她学会了控制生殖力，而是因为她怀孕了。她才十二岁，朋友，她选择了我，我却几乎毁了她的人生。"

现在舞蛇终于弄清楚所有事情了，为什么盖伯尔的个性如此害羞多虑，他为什么觉得羞愧，还有为何他出门时总是披着斗篷，掩饰他的俊容。那是因为他不想让人认出他，更不希望有人邀请他到香闺温存。

"你们这两个可怜的小孩。"舞蛇说。

"我想我们两个都一直认为，到了我们都清楚将来要从事什么工作的时候，那时彼此都安定下来了，我们终究会成为伴侣。但是谁会想要一个不能控制自己的配偶？他们总有一天会知道，倘若他们的控制力有些微的衰退，另外一个人的控制力就会全部丧失。配偶关系不能那样子持续下去。"他调整姿势，"即使是这样，她却不愿使我蒙羞。她没有告诉任何人。她独力一人拿掉胎儿，但她所受过的训练根本就还不足以处理那样的事。她几乎失血过多致死。"

"你不应该苛责自己，你并不是恶意伤害她。"舞蛇说，她知道没有什么方法比言语更能让盖伯尔不再轻视他自己，或是弥补他父亲对待他的态度。如果他还没接受测试，他就无法确知那时他具有生殖能力，而且一旦学习了这种技能，通常就不需要再担心。舞蛇曾听说过有人不能控制生殖力，但并不常见。只有无能关心别人的的人，才会学不会这种技能，然后忍受着盖伯尔现在的痛苦。可是盖伯尔很明显非常能为他人着想。

"后来她康复了。"盖伯尔说，"但我已经使得原本应该是件欢愉的乐事变成了她的梦魇。莉亚……我想她原本希望再见到我一面，但最后还是无法面对我。若是真是这样，我可以理解。"

"也许。"舞蛇说。十二岁的年纪，这大概是莉亚第一次了解到，别人可以在不受她控制，甚至在她毫无察觉的情况下，影响她的人生；对一个孩子来说，这实在不是件容易且能乐意学习的教训。

"她想当一个玻璃匠，她答应过雅诗蕾要当她的助手。"

舞蛇轻轻吹着口哨，感到十分钦佩。制造玻璃是个备受尊重、要求很高的职业。一族当中，只有最优秀的人才有资格制造太阳玻璃能板；光是要能做出还像样的管状能板或是塔顶那些弧形的能板，就要花上很久的时间学习。雅诗蕾不是比较优秀的人其中的一个，她是最棒的。

"莉亚必须要放弃吗？"

"是的。原本有可能要永远放弃了。隔了一年她到雅诗蕾那去。但她生命中的一年就这么浪费了。"他缓慢地详细说着，但口气却未掺杂丝毫情感，好像他已经在脑海中思考过千百回，他逼迫自己与记忆保持距离。"当然我事后回去找过老师。但是当他们追踪了我的反应，发现我一次只能让体温差异维持几个小时。时间不够长。"

"不会的。"舞蛇体贴地说。她怀疑盖伯尔的老师能力有多好。

盖伯尔回过身，好让自己看到她的脸。"那么你应该明白了吧，我今晚不能留下来陪你。"

"你可以的，请留下来。我们都很寂寞，而且我们可以相互帮助。"

他屏住呼吸，仓皇起身。"难道你还不了解——"他叫出声。

"盖伯尔。"

他缓缓地坐下，但没有碰她。

"我不再是十二岁的年纪了。你不必害怕让我怀了一个我不想要的孩子，医生从来不曾生儿育女。我们自己会承担责任，因为我们无法与配偶配合。"

"你们从来不曾生儿育女？"

"从来没有过。女人不生育，男人也不会成为父亲。"

他注视着她。

"你相信我吗？"

"你仍然想要我，即使知道——"

舞蛇站起身，开始解开衬衫的纽扣，作为她的答复。衬衫太新，纽扣很不容易拨开，她索性将衣服从头上脱掉，丢到地板上。盖伯尔慢慢地站起来，羞怯地看着她。当他伸手拥抱她时，舞蛇解开了他的衬衫和长裤。他的长裤从他狭窄的臀部滑落，他开始脸红。

"怎么了？"

"自从我十五岁以后，我就不曾在别人面前裸体过。"

"嗯，"舞蛇露出笑容，"也该是时候了。"盖伯尔的身体就像他的脸一样好看。舞蛇解开她的长裤，将它丢到地板上的衣物堆。

舞蛇牵着盖伯尔到床上，滑进被单底下，躺在他身旁。灯笼柔和的光线更加突显了他的金发与完美无瑕的皮肤。他在发抖。

"放轻松。"舞蛇轻声说，"不用急，纯粹为了好玩。"她按摩着他的肩膀，他僵硬的肌肉慢慢松弛。她发现她自己也很紧张，欲望、兴奋与生理需要让她的身体紧绷。她想知道亚瑞宾现在正在做什么。

　　盖伯尔转过身，伸手要拥抱她。他们爱抚着对方，舞蛇对自己笑了。她想就算单单这一次无法弥补盖伯尔过去的三年，她仍会尽她所能，让他有个好的开始。

　　舞蛇很快就发觉，他并不是真心想要延长前戏爱抚的时间。他是在努力地取悦她，仍很担心和忧虑。太过担心和多虑了，好像她就是十二岁的莉亚，让她第一次性交能得到欢愉是他的责任。舞蛇一点也没有从他的卖力中得到快感，成为了别人的责任，她得不到喜悦。而尽管他试着努力地回应她，但仍无法让她满足，他因此感到更加难堪。舞蛇温柔地抚摸他，她的嘴唇轻掠过他的脸庞。

　　盖伯尔突然从她的怀抱中离开，口中发出咒骂，身体拱起，背对着她。

　　"对不起。"他说。他的声音粗哑，舞蛇知道他在哭泣。她坐起身，到他身边，抚摸他的肩膀。

　　"我告诉过你我没有任何要求。"

　　"我一直在想……"

　　她亲吻他的肩头，她的气息呵得他发痒。"这种时候不适合思考。"

　　"我没有办法。我只会带给别人麻烦和痛苦。现在连先使他们高兴都做不到了。也许事情就是这样。"

　　"盖伯尔，性无能的男性仍然可以使别人得到满足。你一定要了解这一点。我们现在讨论的是你的快乐。"

　　他没有回话，也没有看她。当她说到"性无能"时，他的身子缩了一下。直到现在，盖伯尔仍无法突破心防在心底思考这个问题。

"你不相信跟我做爱不需要担心，对不对？"

他平躺下来，目光往上："那时候莉亚跟我做，事情就出差错了。"

舞蛇将膝盖缩在胸前，下巴搁在拳头上。她注视盖伯尔良久，叹口气，然后伸出手，让他看手上的疤痕和毒蛇咬的伤口。

"这些伤口每一个都足以让人致命，除了对医生以外。不论死的速度快或慢，都让人痛不欲生。"

她停顿下来，等着她刚刚说的话所带来的震撼力减弱。

"我绝大部分的时间都花在发展对抗这些毒液的免疫力。"她说，"过程极度令人不舒服。我从来没有生病，没有感染。我不会得癌症，我的牙齿也不会蛀牙。医生的免疫力活动力强，它们可以对任何不寻常的细胞做出反应。我们大部分都没有生育能力，因为我们的身体甚至会形成对自身生殖细胞的抗体，更不用说其他人的细胞了。"

盖伯尔用一只手肘撑起上半身。"那……如果你无法生孩子，为什么你会说医生无力负担生孩子的责任？我还以为你的意思是你会抽不出时间照顾他们。所以如果我——"

"我们有养育小孩！"舞蛇说，"我们会领养。最初的医生试着生育自己的孩子，但绝大部分都生不出来。有一些是生下了孩子，可是生下的婴儿却是畸形儿，而且不会思考。"

盖伯尔平躺下来，望着天花板。他深深地叹一口气："老天。"

"我们非常擅长控制生殖力。"舞蛇说。

盖伯尔没有回话。

"你还是在担心。"舞蛇撑起手肘斜靠在他身旁,但她没有碰他。

他看着她,露出一个嘲讽拘谨的笑容,他的脸部肌肉线条因为对自我的怀疑而呈现紧绷的状态。"我想我很害怕。"

"我知道。"

"你曾经感到害怕吗?极度的恐惧?"

"喔,有。"舞蛇说。

她的手放在他的腹部上,手指轻抚着他平滑的皮肤和纤细深沉的金黄色毛发。看不出来他是否在发抖,但是舞蛇可以感觉到他身体深处一阵阵持续害怕的颤抖。

"躺好,不要动。"她说,"等到我说了你再动。"她开始抚摸他的腹部和大腿,他的臀部四周,每次快碰到他的生殖器时,动作就暂停。

"你在做什么?"

"嘘。躺好。"她继续抚摸他,一面跟他说话,声音陷入一种平板单调、催眠安抚的语气。当她挑逗着他,她可以感觉到他很努力试着让自己的身体保持不动。他跟自己搏斗奋战,完全没有察觉到他不再发抖。

"舞蛇!"

"什么事?"她故作无辜地问,"怎么啦?"

"我不能——"

"嘘。"

他发出呻吟。这一次他不是因为恐惧而颤抖。舞蛇微笑,放松地躺到他身旁，将他的身子扳过来面对她。

"现在你可以动了。"她说。

不管是什么原因——是因为她的挑逗，还是因为舞蛇成功地诱惑住他，就像他诱惑着她一样——他信任了她。或是更有可能仅是因为他年轻健康，才十八岁，正要结束三年充满罪恶感，自我剥夺的生活。总之他有足够的理由这么做。

舞蛇觉得自己像是一个旁观者，但并不是猥亵淫荡地在偷窥，而是几近光明正大、沉着冷静地观察着。这实在很奇怪。盖伯尔与生俱来就非常温柔，舞蛇也继续挑逗着他，让他尽情放纵。虽然她的高潮确实令她舒服满意，长久孤单一个人生活所累积的情感欲望终于得以宣泄，但过程中她更关心盖伯尔的心情。尽管她热切地回应着他的热情，她还是忍不住幻想着，不知道和亚瑞宾做爱会是什么样的感觉。

舞蛇和盖伯尔紧紧靠在一起，两个人都汗流浃背，气喘吁吁，他们的手臂环绕着彼此。对舞蛇来说，友谊和性一样重要。友谊也许更重要，性需求很容易就能解决，孤单寂寞却令人难以忍受。她靠着盖伯尔，亲吻他的喉咙和下巴边缘。

"谢谢你。"他轻声说。舞蛇的嘴唇可以感觉到他说话时脖子的振动。

"不客气。"她说，"但我向你要求，并不全然毫无私心。"

他躺着，沉默了半晌，手指放在她腰际的曲线上。舞蛇拍拍他的手。他是个可爱的大男孩。她知道这样想可能会伤到他，但她就是没办法，她部分的自己脱离在旁观察时，她也忍不住希望在她身旁的是亚瑞宾。她需要的是能和她一同分享喜悦的人，而不是对她心怀感激。

盖伯尔突然拥紧她，将脸藏在她的肩膀里。她轻轻抚摸着他脖子后面短短的发绺。

"我将来该做什么？"他的声音低沉含糊，他温暖的气息呵在她的皮肤上，"我该去哪里？"

舞蛇拥抱着他并轻轻晃动。突然间她想着，如果那时他说会帮她找另一个人来，她就让他离开，任由他继续过着封闭克制的生活，会不会对他更有助益？但她不相信他真的是那群无法学会控制生殖力，不能专心的可怜虫里的一分子。

"盖伯尔，你受过什么训练？他们测试的时候，你的体温差异能维持多久？他们没有给你一块标记？"

"什么标记？"

"一个里面装有化学药剂的小圆盘，它会随人的体温改变颜色。大多数我见过的男人，他们的生殖器若上升至够高的温度，圆盘颜色会变成红色。"她露齿大笑，想起她认识一个人，他完全达不到圆盘颜色的强度，被迫讨论要趁他睡觉的时候拿掉标记。

盖伯尔却满脸狐疑："够高的温度？"

"对，当然了，一定要够高的温度。难道你们不是这样做的吗？"

他俊美的眉头皱起，表情混合着疑虑与惊讶。"我们的老师教我们要让体温维持在低温状态。"

关于她无能的朋友的回忆和许多黄色的笑话涌现在舞蛇的脑海。

她很想放声大笑。她尽力试着摆出一副平静严肃的面孔，回答盖伯尔的疑问。

"盖伯尔，我亲爱的朋友，你的老师多大岁数啦？有一百岁吗？"

"是的，"盖伯尔说，"至少有一百岁。一个非常有智慧的老人，现在仍然是。"

"我确信无疑他充满智慧，但却跟不上时代了。"舞蛇说，"整整落后了时代八十年。降低你阴囊的温度是会让你失去生殖力没错，但是将温度提高的效果却比降低好太多了。而且一般人也认为这比较容易学会。"

"但是他说，我可能永远都无法严格控制自己——"

舞蛇皱眉，但并没有说出她的心思：没有一个老师可以对一个学生说出这样的话。"嗯，人经常都会学不会某些技能，而在这时候他所需要的只是另一位老师。"

"你认为我学得会吗？"

"是的。"她克制自己不对盖伯尔第一位老师的智慧与能力作出尖酸刻薄的评论。让这位年轻人自己察觉到他老师的缺点比较好。他很明显仍对老师充满敬仰尊崇。舞蛇不希望逼使他反抗那位老先生，但那人却可能是伤害他最大的人。

盖伯尔紧抓住舞蛇的手。"我该怎么做？我要去哪里？"这一次他的声音充满希望与兴奋。

"任何地方都可以，只要那里的老师懂的技能没老旧到超过一百年。你要往哪个方向走？"

"我……我还没有决定。"他移开视线。

梦 蛇
Dreamsnake

　　"离开的确很困难。"舞蛇说，"我知道。但那却是最好的办法。花点时间探索。决定什么东西对你才是好的。"

　　"去一个新的地方……"盖伯尔悲伤地说。

　　"你可以去中途镇。"舞蛇说，"我听说那里有最优秀的老师。然后你结束学习之后，你可以再回来。你没有理由不回来。"

　　"我想我可能永远都不能回到故乡了，因为就算我学会了我必须学会的技能，这里的人还是会一直对我有众多揣测。谣言永远不会消失。"他耸耸肩，"但我发过誓。我会去中途镇。"

　　"很好。"舞蛇探手关上灯，灯笼里只剩零星火光，"我听说新的技术还有其他的优点。"

　　"什么意思？"

　　舞蛇抚摸他。"它需要生殖器附近的血液循环更强。据说那样会增加耐力，还有敏感度。"

　　"我在想，我现在是不是还有耐力？"

　　舞蛇开始正经八百地回答他，然后才发现盖伯尔说出了他第一个且不太肯定的关于性的笑话。

　　"我们很快就会知道了。"她说。

◇→❈←◇

　　黎明前一阵急促的敲门声惊醒了舞蛇。房间内一片灰暗，弥漫着鬼魅气息，灯笼里微弱的火光形成红艳艳的暗影。盖伯尔睡得很熟，脸上带着些许笑意，长长的金色睫毛微微碰到他的脸颊。他的被子被掀起，露出大腿以上修长俊美的身体。舞蛇不情愿地面向那扇门。

"进来。"

一位迷人可爱的年轻女仆踌躇着进来，回廊里的灯光洒泻到床上。

"医生，镇长——"她倏地屏住气息，注视着盖伯尔，忘记了她手上还沾着血迹。"镇长……"

"我马上就过去。"舞蛇起床，套上她的新长裤和浆硬的新衬衫，随着这名年轻女子来到镇长的套房。

从伤口冒出的鲜血染红了整个被单，但是布莱恩已经做了适当的急救措施；鲜血几乎已经止住了。镇长的脸色如鬼魅般苍白，他的手不停地在发抖。

"要不是你看起来糟糕透顶，"舞蛇说，"我一定要好好地骂你，让你得到应得的教训。"她忙碌地处理着绷带。"你运气好，有一个出色的护士。"布莱恩拿着干净的床单回来时，她在他听得见的范围内说着，"我希望你付给了他应得的报酬。"

"我想……"

"想所有你爱想的事。"舞蛇说，"这样打发时间也不错。但是就是不要想再站起来。"

"好吧。"他喃喃地说，舞蛇则认为他答应她了。

她认为她不必帮忙换床单。遇到有必要的时刻，或是为了她喜爱的人，她不在意做出卑微的服务。但是有时候她却过分地骄傲。

她知道她对镇长的无礼无法饶恕，所以就无法对他表示尊敬。

这名年轻女仆比舞蛇高，也比布莱恩强壮。舞蛇希望她能够帮她尽到她的本分照顾镇长，而且能分担大部分布莱恩的工作。舞蛇正要离开房间，赤脚走向门廊，准备回到床上时，女仆却露出一副担忧的表情看着她。

"小姐——"

舞蛇转身。这名年轻女仆左右张望，好像很害怕有人看到她们在一块儿似的。

"你叫什么名字？"

"莱莉。"

"莱莉，我叫舞蛇。我讨厌别人叫我'小姐'。知道了吗？"

莱莉点头，但还是没有叫出舞蛇的名字。

舞蛇对自己叹口气："有什么事吗？"

"医生……我看到你房间……我知道仆人不应该随意乱看。但我不想让这个家族任何一个成员蒙羞。"她的声音尖锐紧张，"但是……但是盖伯尔——他是——"她的语气中带着困惑与羞怯，"如果我去问布莱恩该怎么办，他一定会告诉主人。那可能会……不太愉快。但你绝不可以受到任何伤害。我没想到镇长的儿子居然会——"

"莱莉，"舞蛇说，"莱莉，没事的。他把一切都告诉我了。我会负起这个责任。"

"你知道——会有危险？"

"他全都告诉我了。"她又说了一次，"对我不会有危险的。"

"你做了一件善事。"莱莉突然说。

"胡说。我想要他。而且在那件事情上，我比一个十二岁或是十八岁的小孩，有太多控制的经验了。"

莱莉避开她的注目。"我也是。"她说，"我总是为他感到惋惜。但是我——我很害怕。他太俊美了，也许有人会想……也许有人会毫不知情就丧失能力。我不能让这种事发生。我还剩下六个月，我的生命就又再次属于我自己了。"

"你被卖到这里？"

莱莉点点头："我在山城出生。我的父母把我卖掉了。在镇长的新法令颁布之前，他们这么做是合法的。"她声音里的紧绷，和她说出仅陈述事实的话语，完全不搭调。"过了很久，我才听到传言说这里禁止奴役制度，我听到的时候，我就逃了回来。"她抬起目光，几乎要掉下眼泪。"我没有不遵守承诺——"她抬头挺胸，更有自信地说，"我还是个孩子，我不能选择要不要签下契约。我没有必要对领班忠诚，但是这个小镇买走了我的卖身契约。我确实应对镇长忠心。"

舞蛇了解要莱莉说出她所说的话要有多大的勇气。"谢谢你告诉我盖伯尔的事。"舞蛇说，"这件事不会再有进一步的发展。我欠你一次。"

"喔，医生，我并不是要——"

莱莉的声音里突然带着羞愧，令舞蛇觉得不解。舞蛇猜想，莱莉是否在思考着她对自己说话，动机是否真的会令人起疑。

"我是说真的。"舞蛇又说了一次，"有任何我可以帮助你的事情吗？"

梦蛇
Dreamsnake

　　莱莉迅速地摇了一次头，这个姿势与其是在拒绝舞蛇，更像是在对自己说不，"我想没有人可以帮得了我。"

　　"告诉我。"

　　莱莉犹豫着，然后坐到地板上，气愤地将裤管扯高。

　　舞蛇蹲在她身旁。

　　"喔，老天。"舞蛇说。

　　就在骨头和阿基里斯腱之间，莱莉的脚跟上被刺穿了一个洞。舞蛇觉得那看起来像是有人用烧烫的热铁烙印在她脚上的。疤痕顺着一圈半透明的灰色链环生长着。舞蛇用手握着莱莉的脚，抚摸着那个链环，接合处并不明显。

　　舞蛇皱眉："太残酷了。"

　　"如果你不服从他们，他们有权在你身上留下记号。"莱莉说，"我以前曾试图逃跑，他们说要让我牢牢记住我的身份。"平静的声音里藏不住愤怒的情绪。舞蛇不禁颤抖。

　　"这会永远跟随着我。"莱莉说，"如果只是普通的疤痕，我不会那么在意。"她从舞蛇的双手中抽回脚，"你看过山上那些圆顶吗？他们就在那里制造这些链环。"

　　舞蛇看到莱莉另一只脚后跟，同样烙着疤痕，也同样套上了链环。现在她分辨出那些半透明的灰色物质是什么了。但是她从没看过这种物质制造出那些圆顶以外的物品，那些建筑物神秘不可侵犯，位置令人猜不透。

　　"有个铁匠本来试图切断这个链环。"莱莉说，"当他发现他切不断时，他感到很丢脸，就锯断了他的铁杖，证明他做得到。"

她摸着圈在精巧的链环内完好强韧的肌腱。"一旦这个晶体硬掉了，链环就永远在那里了，就像那些圆顶一样，除非你把肌腱割断，但那样你就会变成瘸子了。有时候我觉得我几乎可以忍受瘸脚的痛苦。"她扯下裤脚，遮盖住链环。"就像你所看到的一样，没有人帮得了我。一切都只是徒劳无功。我明白。很快我就会重获自由，才不管那些东西代表了什么意义。"

"我没有办法在这里帮你。"舞蛇说，"而且也许会很危险。"

"你是说你可以拿掉它？"

"也许可以，可以试试看，但必须在医生之域。"

"喔，医生。"

"莱莉，还会有风险。"舞蛇在自己的脚踝上比画着，告诉她可能会怎么做。"我们不会割断肌腱，我们会将它们分离。这样链环就可以拿出来了。但是有一段日子，你必须等待命运。我们无法保证肌腱会复原良好，你的脚也许不会像以前强壮了。也许肌腱根本就无法重新接合。"

"我懂了……"莱莉说，语气中带着希望和喜悦，也许她没有真的在听舞蛇说什么。

"你愿意向我保证一件事吗？"

"当然愿意，医生。"

"不要马上做出决定，不要在你在山腰镇的役期一满，就立刻决定。再等上几个月，确定无疑，再决定。也许你自由后，你就不会再觉得它困扰着你了。"

莱莉的眼神充满疑惑，舞蛇知道她本想问，若是自己面临相同的处境，会作何感想，但又认为这问题太傲慢无礼了。

"你愿意保证吗？"

"是的，医生。我保证。"

她们保持着站姿。

"那么，晚安了，大夫。"

舞蛇开始走下回廊。

"医生？"

"嗯？"

莱莉双臂环绕着舞蛇，紧紧地拥抱她。"谢谢你！"然后她很不好意思地缩回身子。她们转身走向各自的方向，但是舞蛇回头望了一眼。

"莱莉，那些贩子怎么拿到链环的？我从没听说过有人有办法做出圆顶的那种材料。"

"是中央城的人给他们的。"莱莉说，"分量不够，不能制造其他用途的东西。只够做链环。"

"谢谢。"

舞蛇回到床上，默默想着中央城——这个愿意提供奴隶脚链，却拒绝和医生交谈的城市。

第七章

　　舞蛇在夜色将尽时醒过来，比盖伯尔还早。正值破晓时分，微弱的灰色光线让卧房变得明亮。舞蛇躺在床上，撑起手肘，看着睡着的盖伯尔。如果可以这么说的话，他睡着时比清醒时更俊美。

　　舞蛇伸出手，却在碰到他身体之前打住。通常她喜欢在清晨时做爱。但她并不想叫醒盖伯尔。

　　她皱着眉头躺回去，回想她在过程中的反应。昨晚的性爱并非是她生命中最值得纪念的一次。虽然盖伯尔并不笨拙，但缺乏经验，仍显得不够灵巧。不过，尽管她并没有得到彻底的满足，但她并不觉得和盖伯尔睡在一起很不愉快。

　　舞蛇强迫自己想得更深，发现她的思绪令她非常困扰。她的思绪实在太像是恐惧。她当然不是在害怕盖伯尔，这个想法太荒谬了。但是她从来没有和一个不能控制生殖力的人做过爱。这让她感到不自在，她无法否认。她的控制技术非常熟练，即使因某些不寻常的差错使她意外怀孕了，她仍可以拿掉胎儿，而身体也不会有过度的反应，不会像盖伯尔的朋友莉亚一样，差点丧失性命。不，她的不安不是由于这种事可能真的会发生。她只是因为知道了盖伯尔的无能后，使她跟他有了距离。因为她从小到大，就一直知道她的爱人具有控制力，知道他们也对她有信心。就算他的困境并非是他造成的，她对盖伯尔还是没有那样的信心。

她这才第一次真正体会到，过去三年来他有多寂寞，每个人怎样对待他，还有他怎样对待自己的。她悲哀地为他叹了口气，手伸向他，手指爱抚着他的身体，慢慢地唤醒他，将所有的不安与犹豫抛到脑后。

舞蛇带着她的毒蛇袋，徒步走下悬崖去牵旋风。有几个城里的病人还需要再去诊视一次，她还需要在这个下午注射疫苗。盖伯尔留在她父亲的房子里，正在打包行李，准备远行。

松鼠和旋风的毛皮都刷得闪耀着光泽。她没看到马夫罗斯。舞蛇走进松鼠的马房里，检查它崭新的蹄铁。她挠挠它的耳朵，大声告诉它，它需要动一动，免得因吃得过量，导致消化不良而死亡。上方阁楼松散的粮草中发出沙沙的声音，舞蛇耐心等待，但她没有再听到任何的声音。

"我会叫马夫把你骑到草地上。"她对她的小马说，然后再次等待着回应。

"小姐，我来帮你骑它。"那个小孩轻声道。

"我怎么知道你会不会骑马？"

"我会骑马。"

"请你下来。"

那个小孩缓缓地从天花板上的洞口爬下来，双手悬挂在洞口，跳到舞蛇的脚边。她低着头站着。

"你叫什么名字？"

这名小女孩喃喃地说出两个字。舞蛇单膝跪立，轻轻地抓着她的肩膀。"对不起，我听不见。"

她抬起头，斜睨着那个骇人的疤痕。瘀青已渐渐消退。"梅——梅莉莎。"她迟疑一下，防备地说出名字，好像怕舞蛇不相信她。舞蛇想她第一次说出口的名字是什么。"梅莉莎。"这名小孩又说了一次，声音拖得长长的。

"我的名字是舞蛇，梅莉莎。"舞蛇伸出她的手，这个小孩战战兢兢地跟她握手，"你愿意帮我骑松鼠吗？"

"是的。"

"它可能会突然猛冲向前。"

梅莉莎的手钩住了马房门顶端，用下巴指指方向。"你看到那里的那匹马了吗？"

走道上的另一边，有一匹体型庞大的杂色马，身高超过一百七十厘米。舞蛇曾注意到，每次有人经过它身边，它的耳朵就会下垂，并露出牙齿。

"都是我在骑它。"梅莉莎说。

"好厉害。"舞蛇由衷地发出敬佩的赞叹声。

"除了另一个人，"梅莉莎说，"我可能是唯一能够骑得了它的人。"

"谁，罗斯吗？"

"不，"梅莉莎不屑地说，"不是他，是城堡里的人。金色头发的。"

"盖伯尔。"

"我想是吧。但是他不常过来，所以我就骑他的马。"梅莉莎跳回地面，"它很好玩，不过你的小马也不错。"

见识过这个小孩的能力后，舞蛇就不再多嘱咐。"那么就谢谢你了。我很高兴你能够骑它。"

舞蛇还没想到有什么办法可以吸引小女孩再和她多说些话，梅莉莎就已经爬上马槽的边缘，准备再次隐身至阁楼里的粮草堆里。"小姐，你会告诉他我是经过允许的吗？"她的声音里渐渐露出信心。

"我一定会的。"舞蛇说。

梅莉莎消失了踪影。

舞蛇替旋风装好马鞍，领着它步出马厩，她在外面遇到了马夫。

"梅莉莎会帮我操练松鼠。"舞蛇告诉他，"我跟她说好了。"

"谁？"

"梅莉莎。"

"镇上的人？"

"你马厩的助手。"舞蛇说，"那个红头发的小孩。"

"你是说妖怪吗？"他纵声大笑。

舞蛇感觉自己脸色通红，震惊不已，然后取而代之的是一股愤怒。

"你怎么敢这样嘲笑一个小孩？"

"嘲笑她？怎么会呢？只因为说出了实话？没有谁愿意看她一眼，她最好能记住这一点。她打扰到你了吗？"

舞蛇爬上马，往下看着他。"从现在起，你只能将拳头打在和你同样块头的人身上。"她的脚跟往旋风腹部一缩，这匹母马猛然往前一跃，将马厩、罗斯、城堡和镇长抛至身后。

◇→❋←◇

日子比舞蛇预期的过得还快。听到医生在山城的消息，人们从山谷各地涌向她，带着年轻的幼童来做预防措施，还有身体长期不适的老人也来了，有些像葛兰一样有关节炎的毛病，但她没办法治疗这种疾病。她的好运气一直持续着，虽然有些来看诊的病人感染了严重的病症，甚至有些还是传染性疾病，但是她还没遇到垂死的病人。山腰镇居民的身体就像他们美丽的外表一样，都很健康。

她整个下午都在她原本计划要投宿的旅馆一楼的某间房间里工作。旅馆位在镇里的中心地带，旅馆老板让她有宾至如归的感受。傍晚，最后一对父母带着哭泣的孩子离开房间。舞蛇很希望宝莉能在这里说笑话和故事给他们听。她往椅子后方仰身，伸展着身体，打着哈欠，让自己放松。她低下头，手臂仍高高举起，然后闭上眼睛。她听到门打开的声音和脚步声，长衣布料的窸窣声。她还闻到了药草茶温暖的香味。

舞蛇身子坐直，旅馆主人蕾妮正将浅盘放在附近的桌子上。蕾妮是个美丽开朗、身体肥硕的中年妇人。她找个位子坐下来，倒了两大杯茶，然后递了其中一杯给舞蛇。

"谢谢。"舞蛇啜着吸管。

他们各自啜饮着茶，一会儿后，蕾妮打破沉默。"我很高兴你来了。"她说，"太久没有医生到山腰镇来了。"

"我知道。"舞蛇说，"我们没办法经常到这么遥远的南方来。"她怀疑蕾妮是否和她一样清楚，山腰镇到医生之域的距离并不是真正的原因。

"如果有医生愿意在此定居，"蕾妮说，"我知道镇里每个人都会非常慷慨地表达他们的谢意。我相信镇长身体好转之后，会跟你讨论这个问题。我是议会里的议员，我向你保证，他的提议一定会得到支持。"

"谢谢你，蕾妮。我铭记在心。"

"那么你可能会待下来啰？"

"我？"她望着手中的茶，内心感到惊讶。她没想到蕾妮会这么直截了当地提出邀请。拥有如此美丽健康子民的山腰镇，的确是医生辛勤工作一辈子后安顿的好地方，也很适合让不想教授技术的人在此歇脚。"不，我不能待下来。我明天一早就要离开了。但是我回故乡的时候，会告诉其他医生你们的建议。"

"你确定你不想待下来？"

"我不能。我还不够资格接受这样的职位。"

"那你非得在明天离开吗？"

"是的。山腰镇真的没有太多的工作可做。你们都太健康了。"
她露出笑靥。

蕾妮爽快地笑出了声，但是她说话的时候仍带着严肃。"如果
你是因为觉得你现在待的地方让你必须离开……或是因为你需要一
个更方便工作的住处，"她迟疑着说，"我的旅馆大门永远为你而开。"

"谢谢。要是我要待上更久的时间，我会搬过来的。我不希
望……辱蔑镇长的殷勤好客。但是我真的必须离开了。"

她凝视着再次露出微笑的蕾妮。她们了解彼此想说什么。

"你今晚会留下来吗？"蕾妮问道，"你一定很累了，而且这
段路还蛮远的。"

"哦，骑着马走这段路很惬意，"舞蛇说，"令人心情轻松。"

舞蛇骑着马，穿过黑暗的市街，正返回镇长的住所，旋风有规
律的马蹄声响为她的梦境谱着配乐。这匹母马前进途中，她不住地
打盹。今晚的云层高远稀薄，瘦弱的月亮在石子路上投射出影子。

突然之间，舞蛇听到石子路上传来一阵靴子鞋跟尖锐的响声。
旋风剧烈地往左方闪避。舞蛇失去平衡，她拼命抓住鞍头和马鬃，

想办法在马鞍上坐稳。有人猛力扯住她的衬衫，紧抓不放，想把她拉下马。她放开一只手，挥向那个偷袭她的人。她的拳头擦过粗糙的衣料。她又挥了一拳，这次成功打到他。那个男人发出一阵咕哝声，手便放开了她的衣服。她使劲坐回旋风背上，脚往马腹部一踢，旋风便往前一跃。那个袭击她的人仍然紧紧抓着马鞍，他的双脚试图赶上马匹的步伐，舞蛇可以听到他靴子与地面摩擦发出的刺耳声响。他将马鞍往他的方向拉扯。剧烈摇晃之中，马鞍突然回到原位，那个男人无法再抓着它。

但是还不到一瞬间，舞蛇却突然勒紧缰绳。毒蛇袋不见了。

舞蛇将旋风掉头，快马狂奔追上那个正要逃跑的男人。

"站住！"舞蛇大叫。她不想骑着旋风冲向他，但他并没有照她的话做。他也许会弯身潜入一条马匹无法通行的狭窄巷弄，在她还没能下马追赶他之前，他可能就已经消失得无影无踪。

舞蛇俯身，抓住他的长袍，然后跃下马压住他。他们两个在地上纠缠翻滚，那个男人翻转过身，舞蛇承受着他的重量，身体撞上圆石子路面。他奋力想挣脱，舞蛇却紧抓住他不放，努力地试着吸取一丝空气。她想告诉他丢下袋子，但她还无法讲话，他向她猛然一击，她感觉额头上一阵剧痛。舞蛇反击，他们在街上翻滚扭打。舞蛇听到袋子丢到石头上的声音，她冲上前抓住袋子，那个带着头罩的男人也冲了上来。狂沙在袋子里发出阵阵凶猛的嘎嘎声，他们互相拉扯争夺，好像是孩子在玩游戏。

"放手！"舞蛇大喊。天色越来越暗，舞蛇几乎什么都看不见。她知道她的头没撞伤，她并不觉得头晕。她眯起双眼，周围的一切仿佛都在旋转。"这里头没有你用得着的东西！"

他将袋子扯向他，嘴中发出不顾一切的呻吟声。舞蛇突然松开了手，然后又用力抓住袋子，袋子就这样从男人手里挣脱了。她没想到这种明显的把戏居然会奏效，她往后摔了一跤，臀部和手肘着地。她叫了一声，但并不感到非常疼痛，这一跤仅会在关节处留下形状可笑的瘀血。她还没爬起身，那个偷袭她的人就逃到街底去了。

舞蛇趴在地上，她的手肘靠着身侧，另一只手则紧紧抓住袋子把手。争斗已过，那只手反而显得无关紧要。她擦擦她的脸，眯着眼睛，视野变得清楚。头颅刮伤处的鲜血流进她的眼睛。她跨出脚步，却倏地缩回脚；她右膝盖有一处擦伤。她跛着脚，走到马匹的位置，马因受到惊吓，不断喷着鼻息，但它并没有逃开。舞蛇拍拍它。今晚她不想再在马背上奔驰，或有任何其他惬意的想法了。她很想放出白雾和狂沙，确定它们是否安然无恙，但她知道那样做会使这匹马紧张，超过它忍耐的限度。舞蛇将袋子绑回马鞍上，再次跨上马背。

当马厩庞大的形体突然在黑暗中显现，舞蛇在它前方停住了马。她感到意识模糊，头晕目眩。虽然她没有流出很多的血，那个偷袭者重击的力道也不足以让她有脑震荡的现象，但肾上腺素的效用正在消退，她觉得体力消耗殆尽。

她吸气："马夫！"

几分钟都没有人回应，然后她头顶上方五米处，阁楼的门隆隆地打开。

"他不在这里，小姐。"梅莉莎说，"他晚上都在城堡内睡觉。我可以帮忙吗？"

梦 蛇
Dreamsnake

舞蛇往上瞧。梅莉莎隐身在月光照不到的阴影里。

"我希望我没有吵醒你……"

"小姐，发生什么事了？你全身都在流血！"

"没有，没有再流血了。我刚刚和人打了一架。你愿不愿意跟我一起到山丘上去？这一路你可以坐在我身后，然后再把旋风骑下来。"

梅莉莎抓住滑轮绳子，然后双手抓牢，降至地面。"你叫我做什么，我就做什么，小姐。"

舞蛇俯身伸出手，梅莉莎握住她的手，跨至她身后。在舞蛇熟悉的世界中，所有的小孩都工作，但这只抓住她的手，一个十岁小孩的手，却像任何一个双手做工的大人一样，粗糙受损，长满了茧。

舞蛇双脚夹紧旋风的腹部，这匹母马开始爬上山路。梅莉莎的手扶着马鞍鞍尾，难以保持平衡，也坐得非常不舒服。舞蛇手往后一伸，将这个小孩的手抓至她的腰际。就像盖伯尔一样，梅莉莎倏地变得僵硬，向后退缩。而舞蛇却在想，梅莉莎等着有人愿意充满感情地碰她，是否等得比自己还要更久？

"发生了什么事？"梅莉莎问。

"有人想要抢劫我。"

"小姐，这太可怕了。山腰镇里，从来没有人会想抢夺他人的财物。"

"有人想抢夺我的财物。他想抢走我的毒蛇。"

"那个人一定是疯子。"梅莉莎说。

似曾相识的感觉像一股寒意从舞蛇的脊椎冒上来。"喔，老天爷。"她说。她记起那个偷袭她的人身上穿着沙漠长袍，山腰镇那种衣服并不常见。"没错。"

"什么？"

"是疯子。不，他不是疯子。疯子不会跟踪我到这么远的地方。他在找某个东西。但他在找什么呢？我并没有别人觊觎的东西啊。除了医生外，没有人会操控这些毒蛇。"

"也许他们想要的是旋风，小姐。它是匹好马，而且我从没看过这么华丽的马鞍。"

"他破坏我的营地的时候，那时旋风还不属于我。"

"一个丧心病狂的疯子。"梅莉莎说，"没有人会想抢劫医生。"

"我真希望别人没有一直这样告诉我。"舞蛇说，"如果他不想抢劫我，那他想要什么？"

梅莉莎放在舞蛇腰部的手抱得更紧了，她的手轻掠过舞蛇小刀的刀柄。

"你为什么不杀死他？"她问，"或是狠狠地刺他一刀？"

舞蛇摸着那个骨头制成的光滑刀柄。"我从没想过这么做，"她说，"我从没有用我的小刀对付过任何人。"事实上她怀疑她是否能够那样做。梅莉莎没有回答。

旋风在山路上攀爬，小石子从它的马蹄间不断掉落，陡峭悬崖上的石片噼啪地响着。

"松鼠很乖吗？"舞蛇终于开口问她。

"是的，小姐。它的脚现在一点也不跛了。"

"很好。"

"骑它很好玩。我以前从没看过这种条纹的马。"

梦蛇
Dreamsnake

"我必须完成一些不寻常的事，才能得到认可，成为一名医生。所以我就制造了松鼠。"她说，"从来没有人分离过那个基因。"她知道梅莉莎可能根本不明白她在说什么。她怀疑那场打斗对她造成的影响比她认为的还大。

"它是你制造出来的？"

"我制造出……一种药……那种药可以使它长出这种花纹。我必须改造生物，但又不能伤害它，才能证明我有足够的能力可以改造毒蛇。我们也才能治疗更多的疾病。"

"我希望我也能像你一样。"

"梅莉莎，你能骑我根本无法靠近的马。"

梅莉莎不发一语。

"怎么了？"

"我本来能成为一名骑师。"

她是个瘦小的孩子，而且毫无疑问，她有能力骑任何一匹马。"那么为什么——"舞蛇突然不再说话，她明白为什么梅莉莎不能成为山腰镇的骑师。

这个孩子终于说话。"镇长希望骑师能和他的马一样漂亮。"

舞蛇握住梅莉莎的手，轻轻地紧握了一下。"我很遗憾。"

"已经没关系了，小姐。"

庭院里的光线照到了她们。旋风的马蹄在石子路上噼啪地响着。梅莉莎滑下马背。

"梅莉莎？"

"别担心，小姐。我会带走你的马。喂！"她大喊，"开门。"

第七章

舞蛇缓缓下马，然后解开马鞍上的毒蛇袋。她已经全身僵硬，不太健康的膝盖疼得很厉害。

官邸大门打开了，一名穿着睡衣的仆人探出头来。"谁啊？"

"是舞蛇小姐，"梅莉莎在黑暗中说，"她受伤了。"

"我没事。"舞蛇说。那名仆人却发出一阵惊呼，连忙转身呼喊找人帮忙，然后赶紧跑到庭院里。

"你为什么不带她到屋子里？"他伸出手想要扶住舞蛇。舞蛇轻轻地推开他，其他人也跑了过来，围在她身边鼓噪不安。

"过来牵马，你这个小蠢蛋！"

"不用管它！"舞蛇尖锐地说，"谢谢你，梅莉莎。"

"不客气，小姐。"

当舞蛇走进拱形大厅，盖伯尔从巨大回旋的楼梯上噼啪地走下来。"舞蛇，怎么回事？——老天，发生了什么事？"

"我没事。"她又说了一次，"我刚刚跟一个自不量力的贼打了一架。"事实不只是这样，舞蛇现在心里很清楚。

她谢过仆人，然后跟盖伯尔一起爬上楼梯，回到南塔。当她检查着白雾和狂沙时，他不安又担忧地站在一旁，恳求着她先照顾自己。这两条毒蛇没有受伤，所以舞蛇把它们放回各自的隔层内，然后走进浴室。

她瞥见镜子里自己的身影：她满脸血迹斑斑，额头边缘的头发纠结成一团，她蓝色的眼睛向外凝视着自己。

"你看起来好像差一点就要被人杀死了。"他打开水龙头，拿起毛巾。

梦 蛇
Dreamsnake

"确实如此，难道不是吗？"

盖伯尔轻拭着从她额头延伸至头发里的伤口。舞蛇可以从镜子里看到那道伤痕，那是个浅薄细长的刮伤，一定是被戒指边缘刮到了，手指关节不会造成这种伤口。

"也许你该躺下来。"

"头皮上的伤口一般都会流出大量的血。"舞蛇说，"但实际情况并不像看起来的那么糟。"她低头左右看看自己，然后悲哀地笑出声来。"新衬衫向来不舒服，但这实在是一个让它变旧的烂方法。"肩膀和手肘的布料都被扯破了，她摔到圆石子路上时，弄破了右边膝盖的裤管，泥土渗进衣服纤维里。从衣服四处的破洞，她可以看到刚形成的瘀血。

"我会买新的给你，"盖伯尔说，"我真不敢相信发生这种事。山腰镇几乎从没有发生过抢劫。而且每个人都知道你是医生。有谁会想要攻击医生？"

舞蛇从他手里拿走毛巾，接着将伤口清理干净。盖伯尔的动作太轻柔了，舞蛇不希望伤口上面还沾着泥土和些许沙粒，于是自己处理它。

"攻击我的人不是山腰镇的居民。"她说。

盖伯尔弄湿她膝盖上的长裤，想让凝固血迹黏住的布料和皮肤分开。舞蛇告诉他关于疯子的事。

"至少他不是我们的居民。"盖伯尔说，"陌生人很容易就能找到。"

"也许吧。"但是这个疯子已经逃过了沙漠居民的搜寻，镇上会有更多藏身之处。

她站起来。她的膝盖越来越酸痛，她跛着脚走到大浴盆旁边，打开了水，水温很烫。盖伯尔帮着她脱掉其他的衣物，然后坐在一旁，她正让伤口碰到水的疼痛感渐渐退去。他坐立不安，对发生的事情感到非常愤怒。

"那个疯子在哪里攻击你的？我去叫城里的守卫把他找出来。"

"喔，盖伯尔，今晚就暂时让这件事过去吧。从事情发生到现在至少已经过了一个小时——他已经逃走了。你这样做，只会让一群人从温暖的被窝爬起来，巡逻整个城镇，然后又把另一群人从他们温暖的被窝吵醒罢了。"

"我很希望能够做点什么。"

"我知道。可是此时此刻什么也不能做。"她躺下身子，闭起眼睛。

"盖伯尔，"几分钟的沉默之后，她突然说话，"梅莉莎发生了什么事？"

"谁？"

"梅莉莎。马房那个有烧伤疤痕的小助手。大概是十岁，还是十一岁的年纪，头发是红色的。"

"我不认识——我想我没见过她。"

"她帮你骑你的马。"

"骑我的马！一个十岁的小孩？太荒谬了。"

"她告诉我她骑你的马。她的口气不像在说谎。"

"也许是罗斯牵它到草原上的时候，她骑在我的马上。不过我甚至不确定她是否能撑得住。罗斯都没办法骑它呢——更何况是一

梦 蛇
Dreamsnake

个小孩？"

"好吧，罢了。"舞蛇说。也许梅莉莎只是想要让她印象深刻，如果那孩子活在自己的幻想世界中，她并不觉得惊讶。舞蛇却无法轻易忘记梅莉莎所宣称的那些话。"没关系，"她对盖伯尔说，"我只是想知道她怎么被烧伤的。"

"我不知道。"

她筋疲力尽，觉得自己若在浴盆里待上更久的时间，她就要睡着了。舞蛇撑着身体，离开浴缸。盖伯尔用一条大浴巾裹住她，帮她擦干背部和脚，因为她仍感到疼痛。

"四五年前，马厩曾经发生过一场火灾。"他突然说，"但是我以为没有人受伤。罗斯把大部分的马都救出来了。"

"梅莉莎本来躲着我，"舞蛇说，"她有可能已经躲了四年吗？"

盖伯尔沉默了半响。"如果她害怕……"他不安地耸耸肩，"我不愿意这么想，但是三年来我几乎也在躲避所有的人。我想这是有可能的。"

他扶着她回到卧室，然后突然在门前尴尬地停住脚步。舞蛇觉到自己好像马上又可以再次挑逗他，完全不在预料之内。她很希望今晚可以在她的床上为他留一个位置；她会很高兴有他陪伴，但是她并没有无穷的精力。此刻她已完全没有力气做爱或付出同情，而且她也不想再挑逗他了。她只希望他整晚能静静地躺在她身边。

"晚安，盖伯尔。"她说，"我多希望昨晚能重新再来一遍。"

他将他的失望之情控制得很好，尽管他知道她受伤又非常疲倦，他仍尴尬地发现自己很失望。他们仅仅亲吻，然后互道晚安。舞蛇

| 第七章 |

感到欲望突然涌起。她克制住自己想开口请他留下的念头，因为她
知道在今晚身体与情感的压力过后，明天早上她会有何感受。再多
耗掉一些身体与心神上的精力，就算是会令人亢奋的热情，都只会
让情况变得更糟糕。

　　"该死的，"当盖伯尔走后，舞蛇说，"那个疯子已经欠我一
屁股债了。"

　　有个声音将舞蛇从深沉疲惫的睡梦中吵醒。她以为莱莉又为了
镇长的伤进来了，但是没有人说话。从门廊泄进的光线瞬间照亮了
房间，然后门又关上了，再次恢复黑暗。舞蛇静静地躺着不动。她
听得见她的心剧烈地跳动着，她准备好防卫，记起梅莉莎说过关于
她的小刀的事。在营地的时候，她总是带着小刀，不过她没料到睡
在镇长城堡内，竟然也会遭受袭击。但是今晚她把皮带和小刀留在
地面的某处了，也许放在浴室内。她不记得了。她的头很痛，膝盖
也很不舒服。

　　我在想什么？她在心底默想。我甚至不知道怎样用小刀打架？

　　"舞蛇小姐？"传来的说话声音非常小，她几乎听不见。

　　舞蛇猝然转身，坐直身体，她完全醒了过来。她倏地松开拳头，
就好像放松的心情突然握紧了她的手。

梦 蛇
Dreamsnake

"什么——梅莉莎？"

"是的，小姐。"

"感谢上帝你出声了——我差一点打了你。"

"对不起。我并不想要吵起你。我只是……我想要确定……"

"发生了什么事吗？"

"没有，但是我不知道你是不是安然无恙。我总是看到山上的灯亮着，我以为还要更晚，这里的人才会睡觉。我以为我可以找人问问看。只是……我不能。我该离开了。"

"不，等等。"舞蛇的眼睛已经能够适应黑暗，她可以看见梅莉莎的身形，还有她红通通的头发里被太阳晒到褪色，泛着鬼魅般微光的些许发丝；她还闻得到粮草和干净马匹令人神清气爽的气味。

"你真好，爬这么一段路，就为了知道我的情况。"她将梅莉沙拉近，俯身亲她的额头。厚重的刘海无法完全藏住头发下她扭曲不规则的疤痕。

梅莉莎身体僵硬，推开她。"你怎么能够忍受碰我？"

"梅莉莎，亲爱的——"舞蛇伸出手，在梅莉莎没能来得及阻止她前打开灯。这个孩子转过身。舞蛇握住她的肩膀，轻轻地将她的身子扳过来，直到她们面对面。梅莉莎不愿意看着她。

"我喜欢你。我会触碰我喜欢的人。其他人也会喜欢你，如果你愿意给他们机会。"

"罗斯不是这么说的，他说山腰镇没有人愿意看妖怪一眼。"

"嗯，我觉得罗斯是个令人讨厌的家伙，而且我敢说，他之所以希望你害怕见到人群，有别的理由。他因为你做的事而得到称赞，不是吗？他假装是他驯服马匹，也假装是他在骑它们。"

梅莉莎耸耸肩，她低着头，好让疤痕不显眼。

"还有火灾的事，"舞蛇说，"到底发生了什么事？盖伯尔说是罗斯救了马匹，但是受伤的人却是你。"

"每个人都知道一个八岁的小孩不可能从火场里救出马匹。"梅莉莎说。

"喔，梅莉莎……"

"我不在乎！"

"真的吗？"

"我有地方住，有东西吃，还可以待在马儿的身边，它们不会在意……"

"老天，梅莉莎！为什么你还愿意留在这里？人需要的东西并不只是食物，每个人都需要在一个像样的地方睡觉！"

"我不能离开。我还不到十四岁。"

"是不是他告诉你说，你是他的奴隶？山城里不允许有奴隶。"

"我不是奴仆，"梅莉莎暴躁地说，"我才十二岁。你以为我多大？"

"我猜你大概十二岁左右。"舞蛇说，她并不想承认，她原本以为梅莉莎的年纪更轻，"这有什么关系吗？"

"当你十二岁的时候，你可以去你想去的任何地方吗？"

"没错，当然可以。我很幸运生在一个我不想离开的地方，但是我可以离开。"

梅莉莎眨眨眼。"喔，"她说，"好吧……在这里不行。如果你离开的话，你的监护人会找你。我曾经离开过一次，结果就是这样。"

"但是为什么？"

"因为我藏不了，"梅莉莎愤怒地说，"你认为人们都不在乎，但是他们却告诉罗斯我藏在哪里，所以他就把我带回来——"

舞蛇伸出手，抚摸着她的手。梅莉莎陷入沉默。

"对不起，"舞蛇说，"我不是那个意思。我的意思是说，是谁有权力要你待在一个你不想留下来的地方？为什么你必须躲起来？难道你不能拿走酬劳，然后去你想去的地方吗？"

梅莉莎尖声大笑："我的酬劳？小孩没有酬劳。罗斯是我的监护人。他说什么，我都必须要去做。我必须跟他待在一起。法律就是这样规定的。"

"真是糟糕的法律。我知道他打你——法律不应该让你跟像他那样的人在一起。让我跟镇长谈谈，也许他能处理这件事，那么你就可以做你想做的任何事了。"

"小姐，不要！"梅莉莎扑倒在床边，跪下来紧抓着床单，"还有谁会想要我？不会有人的！他们会让我留在他身边，但是他们会逼我说他的坏话，然后他就会……他就会对我更坏。求求你不要改变任何事！"

舞蛇从膝盖上将她拉近，用手臂环抱住她，但是梅莉莎缩起身体，欲挣脱出舞蛇的怀抱。舞蛇正要放开她，将手滑向她的肩胛骨时，她却突然猛吸口气，身子往前退缩。

"梅莉莎，怎么回事？"

"没事！"

　　舞蛇解开梅莉莎的衬衫，看着她的背部。她的背被一条皮鞭，或是一件皮革做的东西鞭过；那是一件会让她疼痛但不会流血，还能工作的鞭条。

　　"怎么——"舞蛇猝然停顿，"喔，该死。罗斯对我很生气，对不对？我骂了他，结果却给你带来麻烦，是不是？"

　　"舞蛇小姐，他想打人的时候他就打，完全不会事先计划。不管是打我，或打马儿的时候都一样。"她退后几步，望着地板。

　　"别走。今晚留在这里。明天我们再想想办法。"

　　"不，求求你，小姐。没事的。没关系。我一直住在这里，我知道怎么处理。不要做任何事，求求你。我要走了。"

　　"等一下——"

　　但是梅莉莎转眼间已经离开房间，门在她身后掩上。舞蛇爬下床，步履蹒跚地追赶她，但她已经快到楼梯了。舞蛇倚着门框，身子探向门廊。"我们必须谈一谈！"她大喊，但是梅莉莎无声无息地步下楼梯，然后消失了踪影。

　　舞蛇跛着脚爬上她奢华的床铺，回到温暖的被窝里，然后关上灯，脑海里想着在屋外寒冷夜色中的梅莉莎。

◇ →╪ ▓ ╪← ◇

　　舞蛇缓缓醒过来，静静地躺着不动，希望就这样躺在床上过一天。

梦蛇
Dreamsnake

她很少生病，所以当她真的生病了，她却无法轻松看待。她想到她曾经义正词严地教训盖伯尔的父亲，要是她无法做到自己说过的话，那真的会成为一个笑柄了。舞蛇叹了口气。她可以整天努力工作，她也可以徒步或骑马长途旅行，身体完全不会有事。但是愤怒、肾上腺素和一场激烈的打斗却联合起来打击她的士气。

她振作精神，缓缓地起身。她倏地屏住气，僵在那里。她的右膝盖痛得更厉害了，那里也是她关节炎最严重的地方。她的膝盖肿大，僵硬得无法行动，所有的关节都在疼痛。她已经习惯这种疼痛了。但是今天，那痛苦第一次蔓延到她的右肩膀。如果她今天勉强自己启程，她很快就会在沙漠中某个不知名的地方，躺上更长的一段时间。如果有必要，她可以不理会身体的痛苦，但是那会需要很多的体力，之后必定会付出一些代价。而她现在已经没有体力了。

她仍然记不得她将皮带放在了何处。既然她想起了这件事，她却想不起来为什么她曾在晚上找寻它——舞蛇猝然坐起身，想起了梅莉莎，她几乎要叫出声了。但是她的身体对她的抗议，就跟她的罪恶感一样强烈。她必须要做些什么。但是当面和罗斯对质，无法帮助她的小朋友。舞蛇已经见识过结果了。她不知道她能做什么。此刻她甚至不知道她是否有办法走到浴室。

至少要走到那儿，她用尽全力。而且，她的腰包也在那附近，她的皮带和小刀就好好儿地挂在挂钩上。当她回想起她把她所有的东西放在哪里时，她感到有些不好意思，通常她不会让她的东西散乱一地。

她的额头刮伤了，薄长的伤口已结了厚厚的痂，看来是没办法处理了。舞蛇从腰包里拿出阿司匹林，大量服下，然后跛行回到床上。当她等待入睡，她猜想着等她年纪再大一点时，关节炎发作次数将会多频繁。那是无法避免的，但是那时要能在这么舒服的地方等待康复，却很难再有机会了。

当她再次醒来，艳红的太阳已高挂在天空那微薄的灰色云层后面了。由于吃了阿司匹林，她的耳朵有些耳鸣。她试着慢慢弯曲右膝盖，发现它比较柔软，也不那么疼痛了，她松了一口气。那个吵醒她的敲门声再次迟疑地响起。

"进来。"

盖伯尔打开门，探身入内。

"舞蛇，你没事了吗？"

"对，进来啊。"

当她坐起身，盖伯尔走进来。

"对不起把你吵醒了，可是我来看过好几次，你都没动过。"

舞蛇掀起睡衣，让他看看她的膝盖。发肿的地方大部分都消肿了，但是很明显还没完全恢复正常，瘀血已经变成紫黑色了。

"感谢上帝。"盖伯尔说。

"天亮之前，情况会更好。"舞蛇说，她移动身体，让他可以坐在她身旁，"我想，也可能会更糟。"

"我的膝盖曾经扭伤过一次，整整一个礼拜都肿得像西瓜一样大。你说明天就好了？医生复原的速度一定很快。"

"昨晚我并没有扭伤膝盖，只是擦伤罢了。伤口会发肿，大部分是因为关节炎的关系。"

"关节炎！我还以为你不可能生病。"

"我不会得传染病。我们医生总是会罹患关节炎，除非我们染上更严重的疾病。"她耸耸肩，"那是因为免疫系统的关系，我跟你说过了。有时候免疫系统会出点小差错，然后攻击同样繁衍了它们的身体。"她觉得没有必要向他叙述那些医生真正容易得到的严重疾病。盖伯尔帮她拿了早餐上来，她惊讶地发现自己饿坏了。

❖ ❯❯❙❙❙❙❙❖❯ ❯❖

一整天，舞蛇做的事就只有洗热水澡和躺在床上，由于服用了大量的阿司匹林，她昏昏欲睡。盖伯尔偶尔会进房坐在她身边，陪她一会儿，有时莱莉会拿着拖盘进来，或是布莱恩会来报告镇长复原的情况。自从上次镇长试图下床后，他就不再需要舞蛇照料了，布莱恩是个远比她还优秀的护士。

舞蛇迫不及待地想离开这里，想横越山谷到下一个山脊，想马上启程到城市去。这趟蕴含了无限可能的旅程深深吸引着她。而且她也迫切地想要离开镇长的城堡。在这里，她过着像从前一样舒适的生活，甚至就像在故乡医生之域一样舒服。然而住在这个房子里，却令人无法快乐；屋里的人们貌似亲密，却只让人愈加清楚地感受到他们之间紧张的关系。空间太大，人丁却过于单薄；权势显赫，但却让人无法逃开它带来的压迫。镇长一手掌权，完全没有将权力分派下去，罗斯也滥用着职权。尽管舞蛇非常想要离开，但她还没帮助梅莉莎，她不知道自己怎么能就这样消失。梅莉莎……

镇长有一个图书室，莱莉拿了几本书给舞蛇。她试着读下去。通常她一天之内可以看好几本书，她知道看得太快了，根本不可能好好欣赏。但是这一次她却感到无趣，没办法专注，心情烦躁不安。

下午三点，舞蛇起床，跛着走到靠窗边的椅子旁，从那里她可以看到整片山谷。她甚至无法找盖伯尔陪她聊天，因为他已到镇上去，到处描述着那个疯子的模样。她希望有人能发现那个疯子，也希望他能有所斩获。她还有好长的一段旅程，她不希望自己一路上提心吊胆，担心有人跟踪她。在这个季节，没有一个要前往城市的沙漠商队，她将独自旅行。

那时葛兰要她到她的村庄里度过冬天，现在看来这个邀请格外吸引人。但光是想到她将有半年在她的工作岗位上形同瘸子，也不知道她是否有重拾名声的一天，她就无法忍受。她要不就去城市，要不就回到医生之域，接受老师的审判。

葛兰！如果舞蛇能够让那个孩子离开山腰镇，也许梅莉莎可以去她那里。葛兰既不漂亮，也没有美丽的躯体。梅莉莎的疤痕吓不了她。

梦 蛇
Dreamsnake

　　但是将讯息传给葛兰，并得到她的答复，还要花上好几天，因为她的村庄在遥远的北方。舞蛇也必须承认，她和葛兰还没熟识到可以请她担负这种责任。舞蛇叹口气，手指扒过发间，祈望这个难题会潜入她的潜意识里，恍如梦一样地出现，然后得到解答。她环顾房间四周，仿佛房里有东西可以告诉她怎么做似的。

　　靠窗户边的桌子上摆放了一篮水果、一盘点心和乳酪，还有一盘小馅饼。镇长的仆人对待生病的人太过慷慨了，一整天舞蛇根本不须有等待或找寻食物的闲情雅致。她曾恳求盖伯尔、莱莉、布莱恩和那些进房来铺床、擦窗户、刷掉碎屑的仆人吃掉那些食物（她仍不清楚到底有多少人在这栋房子里工作，并服侍盖伯尔与他的父亲；每次她才刚记住一个名字，另一个新面孔又出现了），但是那些送过来的食物绝大多数还是原封不动，保持满满一盘。

　　冲动之下，除了果肉丰润多汁的水果，舞蛇将篮子里的水果通通都吃光了，然后她用餐巾包着点心、乳酪和馅饼，重新把篮子装满。她在一张纸条上准备写字，转念间改变了心意，在纸张上画了一条缠卷的蛇。她将纸条折起，放在篮子里，用餐巾盖住所有的食物，然后摇了摇铃。

　　一个小男孩出现了——又是另一个她从没看过的仆人——她请他将篮子送到马厩去，然后把它放在松鼠马房上方的阁楼里。这个男孩只有十三或是十四岁，因为快速发育，身体瘦长，所以她要他保证他不会动篮子里的食物。为了答谢他，她也保证桌上剩下的食物，他想要的都能拿走。他看起来没有营养不良，但是舞蛇还没遇过一个正在急速发育，却不会时时感到一丝肚子饿的孩子。

"这样的交易你满意吗？"她问。

这个男孩咧开嘴，露出笑容。他的牙齿大而且洁白，有点小小的歪曲；他将来会是个英俊的年轻人。舞蛇想，在山腰镇里，就算是一个青少年，也有一副毫无瑕疵的外表。

"是的，小姐。"

"很好。一定不能让马夫看到你呦。我听说他会追着他的食物跑。"

"是的，小姐！"这男孩再次露齿而笑，提着篮子离开房间。从他的声音里，舞蛇确信梅莉莎并不是唯一一个领教过罗斯暴躁的脾气，但又无法抵抗的小孩。但是知道这件事对梅莉莎却毫无帮助。这个小男仆并不会比梅莉莎更有优势反抗罗斯。

她想要和梅莉莎谈谈，但一天过去了，她却没有出现。舞蛇不敢再送比篮子里那张纸条上更明白的讯息，她不希望梅莉莎因为一个陌生人的好管闲事又遭到殴打。

当盖伯尔回到城堡，进到舞蛇房间时，天色已经变暗了。虽然他心事重重，但他并没有忘记他曾承诺过要补偿舞蛇破损的衬衫。

"一无所获，"他说，"没有发现任何穿沙漠长袍的人，也没有人假扮外地人。"

舞蛇试穿衬衫，讶异地发现非常合身。之前她买的那件是褐色的，一件粗糙朴实的手织衬衫。这一件料子柔软多了，纤细强韧的白色丝绸上，织着精致的蓝色印版花样。舞蛇耸耸肩，伸出臂膀，手指轻抚着鲜艳的颜色。"他去买新衣服——或许已经改头换面。他在旅馆订了房间，可是又没有几个人看过他。也许他就像其他路过的外地人一样，没什么特殊之处。"

"大多数的外地人几个礼拜前就经过这里了。"盖伯尔说，然后叹口气，"但是你说得没错，现在不会有人能够注意到他。"

舞蛇望向窗外。她可以看见山谷农场里星罗棋布的点点灯光。

"你的膝盖怎么样了？"

"现在好多了。"肿大的情况已经消失，疼痛也已消退，变成了天气转换时会出现的普通酸痛。她喜欢沙漠的一点就是，尽管气候炎热，天气却相当稳定。在那里她从不会在清晨时疼醒，然后觉得自己年老力衰，好像已超过一百岁。

"太好了。"盖伯尔的语气满怀希望，却又好像不太相信，充满疑虑。

"当医生有充分的理由，"舞蛇说，"我们的确会复原得很快。"她强迫自己将忧虑放置一旁，咧嘴微笑，回报盖伯尔以灿烂的笑容。

◇→※←◇

这一次开门声又响起，但舞蛇不再感到惊慌。她醒过来，用手肘撑起自己。

"梅莉莎？"她打开灯，光线只足够让她们看到彼此，因为她并不想惊动到盖伯尔。

"我收到篮子了，"梅莉莎说，"食物很好吃。松鼠喜欢吃乳酪，但是旋风不喜欢。"

舞蛇发出笑声："我很高兴你来了，我有事想跟你谈一谈。"

"好啊。"梅莉莎缓缓吐出一口气，"如果我可以离开这里的话，我能去哪里？"

"我不知道在罗斯说过那些话之后，你还相不相信在山腰镇以外任何一个地方，你仍然可以成为一名骑师——如果这就是你的愿望。刚开始，你可能必须要更加努力工作，但是人们会因你的人格与作为而重视你。"这些话就连舞蛇自己听来，都显得空洞虚幻。你这个傻瓜，你正在叫这个吓坏了的孩子独自一人到外面的世界闯荡，然后设法立足。她思索着其他更好的说法。

盖伯尔躺在她身边，一只手环绕着她的臀部，他动了动身子，口中喃喃发出呓语。舞蛇看着他，将手放在他的肩膀上。"没事，盖伯尔。"她说，"继续睡吧。"差一点就要醒来的他发出一声叹息，然后转眼间又沉睡了。

舞蛇回过身面对梅莉莎。微光中，这个脸色如鬼魅般苍白的孩子注视了她片刻，突然间转身逃开了。

舞蛇跳下床去追她。啜泣的梅莉莎不断摸索着门把，当舞蛇赶上来，她正好打开了门。这个孩子冲向门廊，可是舞蛇一把抓住了她。

"梅莉莎，怎么回事？"

梅莉莎缩起身体避开她，无法克制地哭泣着。舞蛇跪下来拥抱她，慢慢地将她拉近，轻抚她的头发。

"没关系，没事了。"舞蛇轻声地说，只是因为她必须说些什么。

"我不知道，我不明白……"梅莉莎突然从她怀里跳开，"我以为你很坚强——我以为你可以做任何你想做的事，但是你却和我并没有什么两样。"

舞蛇不愿放走梅莉莎。她带着她到另外一间客房，然后打开灯。这个房间的地板冰冰凉凉的，石板似乎要从她赤足的脚掌吸光所有的温暖。她从干净的床铺上拉了一件床单，从肩膀裹住自己，带着梅莉莎走向窗台。她们在窗台前坐下来，梅莉莎勉强坐下。

"现在告诉我，这是怎么一回事？"

梅莉莎低着头，将膝盖环抱在胸前："你也必须要做他们要你做的事。"

"我并不需要做任何人要我做的事。"

梅莉莎抬起目光。她右眼中的泪水直直滑下脸颊。她左眼的泪水却随着疤痕脉络横流。

她再次低下头。舞蛇靠近她，一只手臂圈住她的肩膀。

"放轻松。不用急。"

"他们……他们做出了……"

舞蛇皱眉，困惑不已："做了什么？他们又是谁？"

"他。"

"谁？不会是盖伯尔吧！"

梅莉莎迅速地点点头，视线没有看着她。

舞蛇无法想象盖伯尔会存心伤害任何人。"发生了什么事？如果他伤害了你，我确定那一定不是故意的。"

梅莉莎看着她："他并没有伤害我。"她的声音充满轻蔑和不屑。

"梅莉莎，亲爱的，我实在不了解你在说什么。假如盖伯尔没有伤害你，你看见他为什么会表现得如此不安？他真的非常善良。"也许梅莉莎听说过莉亚的事，所以替舞蛇感到担心。

"他叫你到他的床上。"

"那是我的床。"

"是谁的床并不重要！罗斯没办法发现我睡在哪里，但是有时候……"

"罗斯？"

"我和他。你跟另外一个人。"

"等一下，"舞蛇说，"罗斯要你到他的床上去？那时你并不愿意？"她想这真是一个愚蠢的问题，但她实在想不到还有什么更好的问题可问。

"愿意！"梅莉莎口气充满嫌恶。

当舞蛇困惑的心情平静下来，她小心翼翼地发问："他曾要求你做其他的事吗？"

"他说很快就不会痛了，可是从来没有不痛过……"她的脸埋在膝盖上。

梅莉莎试图说出的事实，让舞蛇心中涌起一股同情与嫌恶的感觉。舞蛇拥着梅莉莎，轻轻拍着她，抚摸她的头发，直到她渐渐将

梦 蛇
Dreamsnake

手臂环上舞蛇，好像害怕有人会发现而阻止她一样，然后在舞蛇的肩膀上放声哭泣。

"你不用再说了，"舞蛇说，"我本来不明白，但是现在我懂了。喔，梅莉莎，那件事不该像那样子的。难道就没人告诉你吗？"

"他说我很幸运，"梅莉莎轻声说，"他说他愿意碰我，我应该要觉得感激。"她剧烈地颤抖。

舞蛇前后摇晃着她的背。"他很幸运，"她说，"他很幸运一直都没有人知道这件事。"

门突然开了，盖伯尔朝内探了一眼。"舞蛇——？喔，原来你在这里。"他走向她，光线明暗不定，照着他古铜色的躯体。梅莉莎吓了一跳，她看向他。盖伯尔霎时僵住了，惊恐与害怕的表情布满了他的脸。梅莉莎再次埋头，将舞蛇抱得更紧，身体因努力克制不要啜泣而不停颤抖。

"怎么——？"

"回床上去。"舞蛇说，口气比她期望的还要严厉，但此刻她心中对他的感觉却更为苛刻。

"怎么一回事？"他难过地问。他皱着眉头，看着梅莉莎。

"走开！我明天再跟你说。"

他本想反对，但是看到舞蛇的表情改变了，他就不再说话，然后离开房间。舞蛇和梅莉莎坐在一起，好长一段时间都没有说话。梅莉莎的呼吸慢慢地变得安静而规律。

"你现在明白人们是用什么眼光看着我的吧？"

"是的，亲爱的。我明白了。"看过盖伯尔的反应之后，舞蛇很难再对人们的容忍限度抱持乐观的想法。此刻舞蛇希望梅莉莎决心离开这个地方的想法更强烈了。任何情况都会比现在好。任何情况。

舞蛇心中渐渐升起一股危险且冷酷无情的愤怒。一个有疤痕、受过伤、惊吓过度的孩子，和一个美丽有自信的孩子一样有权享受温柔的第一次性爱，也许还更有权利。但是梅莉莎却只有受到更多的伤害和惊吓，只留下更多的疤痕和屈辱。此刻，梅莉莎就像一个小小孩一样，心满意足地紧拥着她。

"梅莉莎……"

"什么事，小姐？"

"罗斯是个邪恶的坏人。一个好人绝不会用他伤害你的方式，去伤害任何一个人。我保证他再也伤害不了你。"

"是不是他有什么关系吗？"

"还记得当你知道有人想要抢劫我，你有多惊讶吗？"

"但是那人是个疯子，而罗斯并没有疯。"

"有许多像那样子的疯子，但是像罗斯的这种人却不多。"

"那个人跟罗斯一样。你必须待在他身边。"

"不，我不用。是我邀请他留下来的。人们可以为彼此做许多事——"

梅莉莎抬起目光。舞蛇无法分辨她的表情是好奇还是不安，由于那些恐怖的烧伤疤痕，她的脸显得非常僵硬。舞蛇这时才第一次看到那些疤痕延伸至那孩子的衬衫里。舞蛇脸上霎时失去血色。

"小姐，怎么了？"

"告诉我一件事，亲爱的。你的烧伤有多严重？那些疤痕在哪里？"

梅莉莎眯着右眼，她仅能这样皱眉头。"从我的脸，"她退后，摸着她喉咙左侧的锁骨，"到这里，"她的手移往她的胸膛，一直到肋骨下方，然后再到她的身侧，"再到这里。"

"再下面呢？"

"没有。我的手臂好长一段时间都非常僵硬。"她转动她的左肩，它不像正常情况下那般柔软。"我很幸运。如果伤得更重，我就不能骑马了，那样的话，我活着对任何人都没有用处了。"

舞蛇松了一大口气。她曾经见过有人严重烧伤到再也无法完全享受性爱，他们失去了生殖器官，也不能再产生愉悦的感觉。舞蛇感谢世界上所有民族的全部的神，因为梅莉莎告诉她发生了什么事。罗斯伤害了她，但是那痛苦是由于她还是个孩子，罗斯却是个体型壮硕、冷酷无情的大人，而不是因为除了痛苦，大火烧掉了她所有其他的知觉。

"人们会做能让对方高兴的事，"舞蛇说，"那就是盖伯尔会和我在一起的原因。我希望他碰我，他也希望我碰他。但是一旦有人碰了其他人，却不再在乎他们的感觉——甚至是违背他们的意愿！"舞蛇突然停住不说话了，因为她不能理解为什么有人会将性爱扭曲成强暴，"罗斯是坏人。"她又说了一次。

"那个人没有伤害你？"

"没有。我们非常快乐。"

"好吧。"梅莉莎勉强地说。

"我可以让你看一看。"

"不要！请不要！"

"不要害怕。"舞蛇说，"不要害怕。从现在起没有人可以强迫你做你不想做的事。"

"舞蛇小姐，你无法阻止他的。我也无法阻止他。你必须离开，而我必须待在这里。"

任何情况都比待在这里要好，舞蛇曾经这么想过。任何情况，甚至是遭到驱逐。就像她曾经寻寻觅觅的梦一样，答案突然滑进了舞蛇脑海里，她兴奋地大笑，并对自己叫喊为何没有早点想到。

"如果可以的话，你愿意跟我一起走吗？"

"和你一起走？"

"没错。"

"舞蛇小姐——！"

"你知道医生的小孩是领养来的吗？我之前没想到这一点，但是我已经找领养的孩子找好久了。"

"但是你可以领养别人啊。"

"我想要你，如果你愿意让我当你的母亲的话。"

梅莉莎缩在她怀中。"他们不会让我走的，"她轻声说，"我好害怕。"

舞蛇轻抚着梅莉莎的头发，凝视窗外的黑暗与优美富饶的山腰镇里的点点灯火。过了一会儿，就在梅莉莎快睡着的时候，她又轻轻地说了声："我好害怕。"

第八章

　　清晨，当火红的太阳射出第一道光线时，舞蛇醒了过来。梅莉莎已经不见了。她一定是偷偷溜出去，然后回到马厩去了。舞蛇很担心她。

　　舞蛇在窗台上伸展身体，然后回到她的房间，床单仍裹在肩上。塔内寂静阴凉。她的房间内空无一人。盖伯尔离开了也好，因为尽管他使她生气，她还不想发泄完她的愤怒。他并不是该受到指责的人，她必须好好利用她的愤怒。东方山巅的影子仍然笼罩着东边大半的山谷。她看向窗外，黑暗已经慢慢爬离了马厩，以及围着白色栅栏、几何形状的牧场。大地一片宁静。

　　突然间，有一匹马从阴影里跨进阳光底下。它的身体伸展得非常长，影子在马蹄下乍现，仿佛巨人般跨着步伐，在耀眼的草地上行进。是那匹庞大的花色种马，而梅莉莎高坐在马背上。

　　那匹种马突然开始跑步，平稳地在牧场上奔跑。舞蛇多希望她也正骑着马，让清晨阵阵的微风吹到她的脸上。她几乎听得见马蹄宛如重浊的鼓声一般踩在地上，也几乎闻得到鲜嫩青草的芬芳，当她叱马骑过草地，还可以看见晶莹的露珠四处飞溅。

那匹马在草地上奔跑，马鬃和尾巴跟着飞扬。梅莉莎弓起身体，紧贴着马肩。一面高大的石头围墙突然出现在他们面前。

舞蛇倏地屏住呼吸，毫无疑问这匹马已经不受梅莉莎的控制。它的速度一点也没有慢下来。舞蛇倾身向前，仿佛她可以在那匹马将那个孩子摔到墙上之前，伸出手阻止他们前进。她看得见马紧绷的线条，但是梅莉莎却冷静地稳稳坐着。那匹马平稳地跃过那道围墙，动作轻盈流畅。

疾奔几步之后，它慢下速度；它又慢跑了几步，然后就开始漫步走回马厩。就像梅莉莎一样，它的姿态沉着镇定，气宇轩昂，仿佛它一点也不急着回去。

假如她曾经怀疑过梅莉莎对她说的话，现在她已疑虑全消；她不怀疑罗斯在虐待她；梅莉莎的痛苦和心里的纷乱再真实不过了。舞蛇曾想过，骑盖伯尔的马是否是梅莉莎的幻想，她可以理解这种心情。但是这件事却同样一字不假，更让舞蛇明白，要救出她的朋友将会多么困难。对罗斯来说，梅莉莎极具利用价值，他不可能放她走。舞蛇不敢当面向镇长揭发罗斯变态的性格，因为自己和镇长的关系并不友好。有谁会相信她？在黎明破晓之际，连她自己都不太相信她能够成功，而且梅莉莎吓坏了，她无法直接控诉罗斯。舞蛇并不怪她。

舞蛇走向另一座塔，敲了敲镇长的门。敲门声在石制门厅发出回响，她才知道现在还是清晨时分。但是她并不太在乎，她现在无心顾及常规礼貌。

布莱恩打开门："有什么事吗，小姐？"

"我想跟镇长讨论关于酬劳的事。"

他弯腰恭迎她入内："他醒着呢。我确定他会愿意见你。"

听到他暗示着也许镇长会选择不见她，舞蛇挑起眉。但是这名仆人用极尽尊崇的口吻对人说话，就算在其他地方，也是难以想象的习俗。布莱恩也不应该承受她的愤怒。

"他整晚都没睡，"布莱恩一面领着她到塔里的卧房，一面对她说，"伤口正在结痂，非常的痒——也许你可以——"

"如果伤口没有感染，那就是药师的事，不是我的工作。"舞蛇冷冷地说。

布莱恩回头看着她："但是，小姐——"

"我想单独和他说话，布莱恩。你可以去请马夫和梅莉莎过来吗？"

"梅莉莎？"这次换他挑眉了，"是那个红头发的小孩吗？"

"没错。"

"小姐，你确定你要请她来这里吗？"

"请照我说的做。"

他微微鞠躬，脸上再次戴上完美仆人的面具。舞蛇走过他身边，进入镇长的卧房。

镇长身形扭曲地躺在床上，床单和毯子在他周围和地板上卷成一团。绷带和纱布从他的脚与干净的褐色痂疤上脱落。他的表情愉悦又轻松，他慢慢地挠着正在愈合的伤口。

他看到舞蛇，试着将绷带拉回原处，心虚地笑了笑。

"真的很痒。"他说，"我想那代表伤口快要复原了吧？"

"你尽管抓痒吧，"舞蛇说，"我两天后就走了，在你再次感染之前。"

他抽回他的手，躺回枕头上。他笨拙地试图将床被弄平整，眼神四处张望，他又开始暴躁起来了。"布莱恩呢？"

"他去帮我做一件事。"

"我知道了。"舞蛇察觉到他的语气更加烦躁不安了，但是镇长点出了主题，"你有什么事想跟我说？"

"我的酬劳。"

"当然——我早就该想到。我不晓得你这么快就要离开了，亲爱的。"

她讨厌那些她并不感觉到亲切的人，对她说出亲昵的字眼。葛兰一天之内一定对她说过这个词不下五十次，甚至是一百次，但是都没有像这个男人说的时候那样令她厌恶。

"我知道不会有城镇拒收山腰镇的货币。"他说，"他们都知道我们的钱币从来不会掺杂其他金属，也不会重量不足。不过，如果你喜欢的话，我们也可以付给你宝石。"

"我两个都不要。"舞蛇说，"我只要梅莉莎。"

"梅莉莎？镇里的居民？医生，我花了二十年，才洗刷掉山腰镇是一个贩卖奴隶的地方的污名！我们释放奴仆，而不是奴役他们。"

"医生并不蓄养奴隶。我应该这么说，我希望她自由。她想跟我一起走，但是你的马夫罗斯是她的——你们是怎么说的——监护人。"

镇长看着她："医生，我无法要求一个人和他的家人断绝关系。"

舞蛇强迫自己不说出任何回应。她不想一定得要解释她的厌

恶。她没有说话，镇长坐立不安，揉揉他的脚，然后将手从绷带处
放开。

"这实在很复杂。你确定你不想选择其他的东西？"

"你拒绝我的请求吗？"

他感觉得出她的口气隐含着威胁的语调。他摇了叫人铃，布莱
恩出现了。

"告诉罗斯，请他尽快上来。叫他带着他的孩子一起来。"

"舞蛇已经请他们过来了，老爷。"

"我知道了。"当布莱恩退下，他注视着舞蛇，"你认为他可
能会拒绝你？"

"任何人都可以拒绝给医生酬劳。"舞蛇说，"我们携带的武
器只是自我防卫之用，我们从来不威胁别人。但是我们不会到不受
欢迎的地方去。"

"你的意思是说，你们会抵制那些不欢迎你们的地方？"

舞蛇耸耸肩。

"老爷，罗斯到了。"布莱恩站在门口说。

"叫他进来。"

舞蛇心情紧张，他强迫自己抑制住心底的恶心与厌恶。这个魁
梧的男人走进房间，神情不安地站着。他的头发湿湿的，随意地往
后弄得光滑平顺。他向镇长微微鞠躬。

就在罗斯的后面，布莱恩的旁边，梅莉莎踌躇着。这个老男仆
拉着她进入房内，但是她没有抬头。

"没关系，孩子。"镇长说，"叫你来这里并不是要处罚你。"

　　"谁会相信？"舞蛇突然吼叫。

　　"医生，请你坐下。"镇长柔声地说，"罗斯——？"他点头示意着两张椅子。

　　罗斯坐定，满脸憎恶地看着舞蛇。布莱恩催促着梅莉莎向前，直到她站在舞蛇和罗斯中间。但是她的视线始终牢牢盯着地面。

　　"罗斯是你的监护人。"镇长说，"对不对？"

　　"是的。"她轻声道。

　　罗斯伸手，一根手指抵着梅莉莎的肩膀，刻意地轻轻推着她。"跟镇长说话，要有礼貌。"

　　"老爷。"梅莉莎的声音轻柔，且在发抖。

　　"梅莉莎。"舞蛇说，"他请你上来，是想知道你希望怎么做。"

　　罗斯转过身："她想怎么做？这是什么意思？"

　　"医生，"镇长再次开口，他谨慎的口气里，语调更加重了许多，"请你冷静一点，罗斯。我现在的处境相当棘手。我的朋友，只有你们可以帮我。"

　　"我不明白。"

　　"你应该晓得医生救了我一命，现在是回报她的时候了。看来她和你的孩子互相喜爱对方。"

　　"所以你希望我怎么做？"

　　"我不会要求你做对整个山城没有好处的牺牲。而且根据医生的说法，你的小孩也希望这样。"

　　"她希望怎样？"

　　"你的小孩——"

"梅莉莎。"舞蛇说。

"她不叫梅莉莎。"罗斯轻声说，"她现在不叫这个名字，以后也不会。"

"那么告诉镇长，你怎么叫她的啊！"

"我这样叫她诚实多了，哪像她自己虚构的名字？她为自己取名梅莉莎呢！"

"既然如此，那梅莉莎就是她的名字。"

"求求你们，"镇长说，"我们现在是在讨论这个孩子的监护权，不是在讨论她的名字。"

"她的监护权？原来就是要谈这件事吗？你的意思是要我放弃她？"

"这么说太严厉了，不过……非常精确。"

罗斯瞧了一眼梅莉莎——她一动也不动——然后再看向舞蛇。在他转向镇长之前，舞蛇很清楚地看到他掩藏住一闪而逝的犀利眼神与胜利在握的表情。

"让她跟一个外地人离开？自从她三岁起，我就是她的监护人了。她的父母是我的朋友。她还有何处可去呢？在一个没有人敢看她的地方，她会快乐吗？"

"她在这里并不快乐。"舞蛇说。

"不敢看她？为什么？"

"抬起头。"罗斯对梅莉莎说，当她没有服从他的指示，他又推了她一把。她慢慢地抬起脸。

镇长的反应比盖伯尔克制多了，但他仍然退缩了一下。梅莉莎迅速避开他的注视，再次麻木迟钝地盯着地板，好让她的头发挡在脸的前面。

"老爷，那场马厩的大火烧伤了她，"罗斯说，"她几乎快死了，幸亏有我照顾她。"

镇长转向舞蛇："医生，你不愿改变心意吗？"

"难道她的意愿一点都不重要吗？这个都不确定，其他什么也别想谈。"

"孩子，你想要跟她一起走吗？罗斯一直对你很好，不是吗？你为什么想离开我们呢？"

梅莉莎的双手在身后紧握，她没有回答。舞蛇希望能让她说话，但是知道她不会说；她太害怕了，而且她有充分的理由害怕。

"她只是个孩子，"镇长说，"像这样重大的事情，她无法做出决定。我会担起这个责任，就像二十年来我一直担负着保护山腰镇的孩子的责任一样。"

"那么你一定可以了解，我能为她做的比你们两个都还多。"舞蛇说，"如果她待在这里，她会终其一生都躲在马厩里。让她跟我一起走，她就不用再躲躲藏藏了。"

"她会一辈子躲着人群。"罗斯说，"可怜哪，她脸上都是疤。"

"她永远都不会忘记你曾说过这句话！"

"他说那句话并没有恶意，医生。"镇长柔声地说。

"在你们眼里，什么东西都是美的！"舞蛇吼叫，她知道他们不会了解她在说什么。

"她需要我，"罗斯说，"难道不是吗，小女孩？还有谁像我一样照顾你？现在你却想离开？"他摇摇头，"我不明白。为什么她想要走？你又为什么想要她？"

"这是个好问题，医生。"镇长说，"你为什么想要这个小孩？人们很有可能会说，我们只是从贩卖漂亮的孩子，变成卖畸形的孩子罢了。"

"她不能一辈子都在躲避，"舞蛇说，"她很有天分，聪明而且勇敢。比起住在这里的任何一个人，我能为她做更多的事。我可以帮助她成为一个有专业技能的人。我可以让她变成别人不会用疤痕来评价她的人。"

"让她变成一个医生？"

"也行，如果她希望的话。"

"你的意思是，你要领养她？"

"对，当然。不然我在说什么？"

镇长转向罗斯："如果山腰镇有人可以成为医生，这可是我们镇上的一大创举。"

"她离开这里不会快乐的。"罗斯说。

"你不是希望能做出对这个孩子最好的选择吗？"镇长的口气趋于缓和，诱哄着他。

"要她离开她的家乡，就是对她最好的选择吗？你会把你的孩子送——"罗斯突然停住，不再说下去，脸色变得非常苍白。

镇长躺回枕头上去。"不，我不会送走我唯一的孩子。但是，如果他选择离开，我会让他走。"他悲哀地对罗斯笑笑，"我的朋友，你和我有类似的困扰，谢谢你提醒了我。"他将头枕在手上，很长一段时间一直望着天花板。

"你不能把她送走，"罗斯说，"这样跟将她卖给一个人头贩子，没什么两样。"

"罗斯，我的朋友。"镇长柔声地说。

"不要试图告诉我不一样。我很清楚，其他人也很清楚。"

"但是好处——"

"你真的相信，有人会愿意让这个可怜虫有成为医生的机会吗？这想法太不切实际了。"

梅莉莎迅速地偷偷看了舞蛇一眼，她一直隐藏着自己的情绪，此刻她再次垂下目光。

"我不喜欢有人说我是骗子。"舞蛇说。

"医生，罗斯并不是那个意思。我们都冷静一下。我们老是谈论表象，而没有触及事实。表象是很重要的，人们总是相信他们眼睛所看见的。就这一点我会斟酌。不要以为保住这个办公室很容易。如果我让他们有机可乘，只要有一些年轻的叛乱者——或是不那么年轻的人——就可以将我赶出我的家，无论我是不是已经在这里住了二十年。贩卖奴隶的指控——"他摇摇头。

舞蛇看到他自言自语，又回复到拒绝的立场。她无力改变他，让他接受她的观点。罗斯很清楚什么论点对他的影响最大，舞蛇还以为他信任她，或是至少以为她可以随心所欲。但是以后医生很有可能会抵制山腰镇，最近几年镇上已经很少有医生到访了，将来的情况会更糟糕。

若镇长能够冒险接受她的最后通牒，她就不必贸然采取抵制行动。她不能再让梅莉莎在罗斯身边多待一天，甚至一小时；她已经为她带来太多危险了。更糟糕的是，她对马夫的厌恶表现得非常明显，镇长可能因此不会相信她说的话。即使梅莉莎控诉他，也没有证据。舞蛇拼命地寻找另一个可以让梅莉莎获得自由的方法，她希望她还没有毁掉任何一丝救她的机会。

舞蛇尽可能平静地说："我愿意收回我的要求。"

梅莉莎屏住气息，但没有再抬头。镇长的表情转为解脱，罗斯也坐回他的椅子上。

"但是有一个条件。"舞蛇说。她停顿下来，谨慎地选择字眼，她说出口的话查证后必须能够属实。"盖伯尔离开的时候，他会往北方走。让梅莉莎跟他一起走，一直到中途镇。"舞蛇说的根本不是盖伯尔的计划；那些事由他自己做主，而不是其他人。"有一个很优秀的女老师住在那里，她不会拒绝需要她指导的人。"

梅莉莎衣服胸前补丁的潮湿范围渐渐扩大，泪水无声地滑过她不平整的伤疤。舞蛇加快速度说下去。

"让梅莉莎跟盖伯尔一起走。她的训练期也许会比一般人还久，因为她起步太晚。但是这是为了她的健康和安全着想。就算罗斯深爱——"她几乎噎住了，无法发出那个字——"深爱着她，无法将她送给医生，他也应该不会不愿意让她去那里。"

罗斯红通通的脸色倏地苍白。

"中途镇？"镇长皱眉，"我们这里就有很好的老师。为什么她非得要去中途镇呢？"

"我知道你们很看重美貌，"舞蛇说，"但是我想你们应该也很看重自我控制的技能。让梅莉莎去学习这种技能，就算她因此必须要到别的地方找老师。"

"你是想告诉我，这个孩子从来没有老师教导她？"

"她当然有！"罗斯大吼，"这只是个把戏，好让她脱离我们的保护！你以为你可以到一个地方，然后改变周围的人，让他们迎合你吗？"罗斯对着舞蛇咆哮，"现在你竟以为别人会相信你跟那个不知感恩的小鬼编造出的谎话？其他人都怕你，也害怕你那些滑滑黏黏的爬虫动物，但是我才不怕哩。放一条出来攻击我啊，快啊，我会把它碎尸万段！"他突然住口了，左右张望，好像他忘记自己身在何处。他无法创造一个戏剧性的下场动作。

"你不必怕毒蛇。"舞蛇说。

镇长没有理会他和毒蛇，他转向梅莉莎："孩子，你曾在女老师门下学习吗？"

梅莉莎迟疑着，但是她终于回答："我不知道那是什么。"

"没有人会愿意接受她。"罗斯说。

"太可笑了，我们的老师从来不会拒绝人。你到底有没有带她去找过一名老师？"

罗斯盯着自己的膝盖，不发一语。

"这件事很容易就能查证。"

"没有，老爷。"

"没有！没有？"镇长突然掀起被单，摇摇晃晃地走下床，但是他稳住自己。他站在罗斯面前，两个同样魁梧英俊的男人面对面，一个怒气冲天，另一个则由于面对着怒颜而脸色发白。

"为什么没有？"

"她不需要老师。"

"你竟敢做出这种事！"镇长倾身向前，罗斯被迫退后，坐回身后的椅子上。"你怎么敢危害她，让她无知又生活不适！"

"她不会有危险的！她根本用不着保护自己——有谁会想碰她？"

"你就碰过我！"梅莉莎跑到舞蛇身边，扑向她怀里。舞蛇紧紧地拥着她。

"你——"镇长身体僵直，步伐倒退。在他的脚无法支撑住之前，一直没有出声的布莱恩向前扶着他。"罗斯，她说的是什么意思？为什么她这么害怕？"

罗斯摇头。

"叫他说出来！"梅莉莎哭喊着，正脸面对着他们，"叫他说！"

镇长跛行到她身边，很困难地弯下腰。他正视着梅莉莎的脸，他和她都没有退缩。

"梅莉莎，我知道你很怕他。但他为什么这么怕你？"

"因为舞蛇小姐相信我说的话。"

镇长深吸了一口气："那个时候，你想要他吗？"

"不想。"她轻声说。

"忘恩负义的小鬼！"罗斯大吼，"邪恶的妖怪！除了我以外，还有谁会愿意碰她？"

镇长不理会罗斯，他双手握着梅莉莎的手。

"从现在起，医生就是你的监护人了。你可以跟她一起离开。"

"谢谢你，老爷。"

镇长步履蹒跚地走回去。"布莱恩，把她的监护文件从资料中找来给我——罗斯，坐下——还有，布莱恩，叫信差到镇上去找疗养师过来。"

"你这个奴隶贩子，"罗斯粗声咆哮，"原来你就是这样在偷偷贩卖小孩。人们会——"

"闭嘴，罗斯。"镇长的声音听起来比他短暂步行过后还要疲惫，他的脸色泛白。"我不能将你驱逐出境，但我有责任要保护其他居民和其他的孩子。你的烦恼现在也是我的烦恼了，我们一定要解决它。你愿意和疗养师聊聊吗？"

"我不需要疗养师。"

"你愿意自己自动去找他，还是你比较喜欢先受过审判？"

罗斯慢慢地坐回椅子上去，终于点头。"我会自己去找他。"他说。

舞蛇起身，她的手臂环着梅莉莎的肩膀，梅莉莎的手臂则绕在她的腰际，她的脸微微侧着，几乎把疤痕全藏住了。她们一起走出房内。

"谢谢你，医生。"镇长说。

"再见。"舞蛇说，然后关上门。

她和梅莉莎穿过回音回荡的门厅，走向第二座塔。

"我好害怕。"梅莉莎说。

"我也是。有一瞬间，我还以为我必须偷偷带走你。"

梅莉莎抬头："你真的会这么做吗？"

"会。"

梅莉莎沉默片刻。"对不起。"她说。

"对不起！为什么？"

"我应该信任你，但是我没有。不过从现在开始，我会一直相信你。我不会再害怕了。"

"你有权感到害怕，梅莉莎。"

"我现在不害怕，以后也不会。我们要去哪里？"自从梅莉莎自愿骑松鼠之后，这是第一次她的声音里充满着自信与热诚，口气里不再有隐约的恐惧。

"嗯，"舞蛇说，"我想你应该往北走到医生之域，回我们的家。"

"那你呢？"

"我还有一件事非完成不可，然后才能够回家。不要担心，盖伯尔几乎会一路陪着你。我会写一封信让你带着，你骑着松鼠，他们就会知道是我叫你过来的。"

"我想跟你一起走。"

舞蛇发现梅莉沙发抖得很厉害，她停下脚步。"请相信我，我也很希望你跟我一起走。但是我还必须到中央城去，这趟旅程可能不是很安全。"

"我不怕疯子。而且，若我跟去的话，我们还可以互相照应。"

舞蛇几乎快把疯子这件事忘掉了，听她这么一说，又让舞蛇愕然想起。

"没错，还有疯子。但是快到冬天了，暴风就要来了。我不知道我能不能在起风之前从城市回来。"而且最好在舞蛇回家以前，梅莉莎就在医生之域里安定下来了。要是到中央城的计划失败了，那么就算舞蛇必须要离开家乡，梅莉莎仍可以留在那里。

"我不在乎有没有暴风，"梅莉莎说，"我不怕。"

"我知道你不怕。只是没有理由让你也一起去冒险。"

梅莉莎没有回话。舞蛇蹲下来，将这孩子扳过身，面对着她。

"你现在是不是在想，我准备要躲开你？"

过了几分钟，梅莉莎才说话："我不知道应该要怎么想才对，舞蛇小姐。你说过如果我不住在这里，我可以为自己负责，我也可以做任何我认为是对的事。但是我不认为一路上有疯子，还有暴风，我却离开你是正确的。"

舞蛇盘坐下来。"我确实曾说过这样的话，那也真的是我的肺腑之言。"舞蛇低头看着她疤痕累累的双手，叹了口气，她再度抬起目光，注视着梅莉莎，"我最好告诉你，我要你先回家真正的理由。我老早就应该告诉你了。"

"为什么？"梅莉莎的声音很紧张，但她压抑着自己。她又将再次受到伤害了。舞蛇握着她的手。

"大多数的医生都拥有三条毒蛇，我却只有两条。我做了一件蠢事，所以第三条蛇就被杀死了。"她告诉梅莉莎关于亚瑞宾的族人、史达宾、史达宾较年轻的父亲，还有青草的事。

"世界上没有很多梦蛇，"舞蛇说，"它们也很难繁衍后代。事实上我们从来没有让它们成功繁衍过，我们只是等待，并祈祷它们也许会生出小蛇。我们试图繁衍出更多的梦蛇，采取的方式就是类似于我制造出松鼠的办法。"

"是不是用一种特殊的药物？"梅莉莎说。

梦 蛇
Dreamsnake

"差不多。"梦蛇是来自外星球的生物，它无法透过细菌因子或是显微手术来转移基因。地球上的病毒无法和梦蛇 DNA 里的化学物质产生反应，医生也从未成功分离过这种外星毒蛇体内任何一种类似病毒的基因。所以他们没办法将梦蛇毒液里带有的基因移转至另一条毒蛇身上，也没有一个人成功地将毒液中数百种成分综合起来。

"我成功制造出了青草，"舞蛇说，"还有其他四条梦蛇。但是我制造不出更多的蛇了。我的手不够稳定，制造出的梦蛇有一些问题，就像昨天我的膝盖又犯了毛病。"有时她会想她的关节炎不仅痛在身体，也一样痛在心里。这是一种身心的抗议，抗议她每次一坐下，就在实验室里待上好几个钟头，小心翼翼地操作着微吸量管，眼睛专注地紧绷着，只为搜寻和观察梦蛇体内单一细胞里无数个细胞核。这么多年来，她是第一个成功将基因物质移植至未受精卵里的医生。她之前已试了好几百次，才出现了青草和它另外四个手足；即使如此，她成功的几率已比其他曾试图做这项实验的人高很多了。之前根本没有一个人发现如何使这种毒蛇达到成熟期。所以医生保存有一些不成熟的冰冻卵子，那是一点一滴从死亡的梦蛇身体里收集来的。还有一些可能是梦蛇冰冻的精子，但是这些细胞还不成熟，将它们和卵子一起放在试管里，无法使卵子受精。

舞蛇认为她的成功是由于科技，也因为她很幸运。如果她的族人拥有那些书里描述的建造一台电子显微镜的技术，她确信他们可以从那些细胞核里找到独立的基因，还有那些小到他们看不见的分子。除非微吸量管偶然地将它们吸上来，否则它们实在小到无法移植。

"我要带一个口信到中央城去，还要去请那里的人帮助我们繁衍更多的梦蛇。但是我很害怕他们会拒绝我。如果在我失去我的蛇后，我两手空空地回家，我不知道会发生什么事。也许我离开以后，有一些梦蛇已经在孵蛋了，甚至可能已经成功复制出一些梦蛇；但是若情况不是这样，我可能就失去做医生的资格了。没有了梦蛇，我也无法成为一名优秀的医生。”

"如果没有多余的梦蛇，他们也应该把你当初制造成功的一条送给你。”梅莉莎说，"这样才公平。”

"这样对那些我把蛇送给他们的年轻医生就不公平了。”舞蛇说，"那样我就必须回家告诉我的弟弟或妹妹，除非那些我们拥有的舞蛇再次繁殖，否则他们就无法做医生。”她长长地叹了一口气，"我希望你知道全部事实。这就是我希望你在我之前回到家的原因，这样每个人都有机会能够认识你。我必须让你远离罗斯身边，但是如果你跟我一起回家，我不确定情况是否会更好。”

"舞蛇！”梅莉莎愤怒地说，"不管怎么样，跟你在一起总比——待在山腰镇好。我不在乎会发生什么事。就算你打我——”

"梅莉莎！”舞蛇说，她就像这孩子之前一样地震惊。

梅莉莎露齿而笑，她右边的嘴角微微上扬。"明白了吗？”她说。

"好吧。”

"不会有事的。”梅莉莎说，"我不在乎在医生之域会发生什么事情，我也知道风暴非常危险。我看过你跟那个疯子打架之后的狼狈模样，所以我知道他也很危险。但是我依然希望跟你一起走。求求你不要让我跟其他人一起离开。”

"你确定？”

梦 蛇
Dreamsnake

梅莉莎点头。

"好吧。"舞蛇说。她咧嘴微笑。"我从来没有领养过小孩。当你实际开始操作的时候，往往就不是理论说的那一回事了。那我们就一起走吧。"事实上，她非常感激梅莉莎对她充满信心。

她们手牵手走出门厅，手臂前后摆荡，就好像两个孩子一样，反而不像小孩和大人。她们转过最后一个弯，梅莉莎突然缩回身体。盖伯尔正坐在舞蛇的房门前，行李放在他身边，下巴搁在弓起的膝盖上。

"盖伯尔。"舞蛇说。

他抬起头，看到梅莉莎，但这一次他没有退缩。

"哈喽。"他对她说，"对不起。"

梅莉莎面对着舞蛇，所以盖伯尔看不见她最严重的疤痕。"没关系，不用在意。我已经习惯了。"

"我昨晚并不是很清醒……"盖伯尔看到舞蛇脸上的表情就不再说话了。

梅莉莎望着舞蛇，感觉到她紧紧握着自己的手，然后她看向盖伯尔，又看回舞蛇。"我最好——我去把马匹准备好。"

"梅莉莎——"舞蛇伸出手抓住她，但她却躲开了。舞蛇看着她离开，叹了口气，然后打开她房间的门。盖伯尔站起身。

"对不起。"他又说了一次。

"你真厉害。"她走进房内，拿起她的鞍囊，将它丢到床铺上。

盖伯尔跟着她。"请不要生我的气。"

"我没有在生气。"她打开袋子，"昨晚我是在生气，但是现在没有。"

"那我就放心了。"盖伯尔坐在床沿,看着她打包行李,"我准备好要走了,但是我想跟你道别。我也想谢谢你。还有向你道歉……"

"不要再说这种话了。"舞蛇说。

"好吧。"

舞蛇将她洁净的沙漠长袍折好,放进鞍囊里。

"我何不跟你一块走呢?"盖伯尔不安地倾身,他的手肘放在膝盖上,"旅途中有人可以一起聊天,一定比独自一人旅行轻松。"

"我不是一个人。梅莉莎会跟我一起去。"

"喔。"他的语气听来有些受伤。

"我要领养她,盖伯尔。她不适合待在山腰镇——跟现在的你一样不适合待在这儿。我可以帮助她,但是我没办法帮助你。除非我让你依赖着我,但我不希望这样做。你必须仰赖自己的意志力,才能找到你的力量。"

舞蛇将睡袋、牙粉、梳子、阿司匹林,还有肥皂放进鞍囊里,她扣起袋子,然后坐下来。她握着盖伯尔柔软而强壮的手。

"这里的人对你太严厉了,而我却对你太宽容。两种方法都不好。"

他抬起她的手,亲吻她被太阳晒成褐色,布满疤痕的手背,然后又亲吻她的手掌心。

"你瞧见你学得有多快了吗?"她的另一只手轻抚着他美丽的金色头发。

"我还会再见到你吗?"

"我不知道。"舞蛇说。"也许不会。"她微笑道，"你没必要再见我。"

"我想要再见到你。"他渴望地说。

"到外面的世界去，"舞蛇说，"用你的双手掌握你的生活，让它变成你想要的样子。"

他站起来，俯身亲吻着她。她一面起身，一面回吻他，比她预期吻得还要温柔。她多希望他们能有更多的时间，多希望她在一年前就遇见他。她在他背上伸展手指，拥抱变成紧紧相拥。

"再见，盖伯尔。"

"再见，舞蛇。"

门在他身后轻轻地合上。

舞蛇从毒蛇袋里放出白雾和狂沙，让它们在长途旅行前享受短暂的自由。它们滑上她的脚，缠上她的腿，她则看着窗外。

舞蛇房门上响起一阵敲门声。

"等一下。"舞蛇让白雾爬上她的手背和肩膀，双手拾起狂沙。再过不久，它就会因长得太大，不能再那么舒服地绕在她的腰际了。

"你现在可以进来了。"

布莱恩进入房内，却倏地退后几步。

"不会有事的，"舞蛇说，"它们很平静。"

布莱恩不再退后，但是谨慎地看着那些毒蛇。每当舞蛇移动，它们的头也跟着转动；那条眼镜蛇和响尾蛇睨视着布莱恩，它们的舌头不断轻弹，探闻着他的气味。

"我把那个孩子的文件带来了，"布莱恩说，"这些文件可以证明你现在是她的监护人了。”

舞蛇将狂沙绕在右手，伸出左手去拿文件。布莱恩战战兢兢地将文件递给她。舞蛇好奇地看着那些文件。羊皮纸做的文件非常僵硬，而且很容易卷曲，上面盖着蜡制封印，所以有些沉重。纸张的角落上签有镇长细长潦草的签名，另一边则是罗斯的名字，费心写下的笔迹颤抖不稳。

“罗斯可以对这份文件提出任何异议吗？”

“可以的。”布莱恩说，“但我认为他应该不会。如果他宣称他是被迫签名同意，他就必须说出他是在什么情况下被强迫的。那么他就必须解释其他……被逼迫的情形。我想，比起公开的强制执行，他会愿意自愿退让。”

“很好。”

“还有一件事，大夫。”

“什么事？”

他拿给她一个沉甸甸的小袋子，里面的钱币不断发出金属碰撞的响亮声。舞蛇看着布莱恩，一副疑惑的表情。

“这是你的酬劳。”他说，然后递给她一张收据和一支笔让她签名。

“镇长仍然很害怕别人会指控他贩卖奴隶？”

“这很有可能。”布莱恩说，“最好要留心一点。”

舞蛇将收据上的辞句改成“请代我的女儿收下这笔钱，此乃为答谢她训练马匹之辛劳，所给付与她的工资”，然后签名，再递回去。

布莱恩慢慢地读着。

梦 蛇
Dreamsnake

"我觉得这样比较好。"舞蛇说,"这样对梅莉莎才公平,而且如果是付了工资给她,她很明显就不是被卖掉的。"

"也更能够证明你收养了她,"布莱恩说,"我想镇长一定会很满意的。"

舞蛇将钱袋放进口袋里,然后让白雾和狂沙滑回它们各自的隔层内。她耸耸肩。"好吧,无妨,只要梅莉莎能够离开。"她却突然觉得沮丧起来,她想着是否她意志太坚定,也太过自大了,居然扰乱了别人的生活秩序,也许对他们一点好处也没有。但她并不怀疑她为梅莉莎做的事是正确的,至少她将她从罗斯身旁救走是对的。无论盖伯尔是否会过得更好,还有镇长,甚至是罗斯……

山腰镇是一个富饶的市镇,大多数的居民似乎都很快乐地生活;他们确实比二十年前更满足与安全,那时镇长还未就职。但是这对这个民族里的孩子有什么好处呢?舞蛇很高兴她要离开了,她也很高兴盖伯尔也要离开了,不管未来是好是坏。

"医生?"

"什么事,布莱恩?"

他从背后碰了一下她的肩膀,然后迅速地拿开。"谢谢你。"当舞蛇转过身,他已经默默地消失踪影了。

当她的房门轻轻掩上的时候,舞蛇听见庭院中发出砰的一声,那扇巨大的前门重重地关起来了。她再次往窗外看。房屋下方,盖伯尔正跨上他那匹巨大的杂色花纹马。他俯瞰山谷,然后慢慢转头,直到他正视着他父亲的房间。他凝望着那个方向良久。舞蛇没有看向另一座塔,因为她可以从那名年轻男子的脸上看得出来,他的父亲并没有出现。盖伯尔垂下肩膀，然后又挺起胸膛，当他看向舞蛇所在的高塔时，他的表情很平静。他看着她，然后露出一个悲伤、自我嘲谑的微笑。她向他挥手，他也朝她挥着。

过了几分钟，舞蛇仍继续看着那匹杂色花纹马，它甩动着黑白相间的长尾巴，转过最后一个弯，然后消失在往北方的山路上。她还可以听见山坡更下方的庭院里那噼啪的马蹄声。

舞蛇让思绪回到她自己的旅程上。梅莉莎骑着松鼠，领着旋风，抬起目光，正朝她招手。舞蛇微笑着点头，将她的鞍囊背在肩膀上，捡起毒蛇袋，然后下楼和她的女儿会合。

第九章

　　吹袭到亚瑞宾脸上的风，冰冰凉凉，非常干净。他暗自感激山上的气候，让他摆脱了尘土、高温，还有无所不在的沙粒。他在隘口的顶端，站在他的马身旁，俯瞰这片曾生养舞蛇的乡野。大地一片明亮翠绿，他可以看到那些肆意奔流的丰沛溪水，同时也可以听见潺潺水声。一条河流蜿蜒贯穿过山下谷地的正中央，河道上有一块突出的岩石，越过长苔的岩块，激起一阵水流。他心中对舞蛇的尊敬又加深了一层。她的族人并不迁徙，他们终年住在这里。在她进入沙漠之前，她一定鲜少经历过这种严峻的气候。她完全没有准备好面对黑色漠地的荒野。亚瑞宾也没有准备好要面对中央沙漠的严酷环境。他的地图非常老旧，族里曾使用过这地图的人都已经过世了。但是这些地图却让他随着一连串可信赖的绿洲，安全抵达沙漠的另一端。这个时节已经太晚了，他连一个人影也没碰上。没有人可以告诉他，哪一条才是最好的路径，也没有人可让他询问有关舞蛇的事。

　　他跨上他的马，然后往医生谷地的山路骑下去。

他还没看见任何一栋建筑物，就抵达了一个小小的果园。这个果园和一般的不太一样，离路最远的果树已经完全长大了，树干上长满树瘤，可是靠近路旁的树却仅是树苗，好像每隔几年就会种下一些小树。一名十四五岁的年轻人闲散地躺在树荫下，吃着水果。亚瑞宾停下马，那个年轻人抬起目光，爬起身，然后走向他。亚瑞宾催促着他的马跨过茂盛的草地。他们在一列也许种了五六年的树旁碰头。

"嗨！"那位年轻人说。他拿出另一个水果，递给亚瑞宾。"要不要吃个梨呀？桃子跟樱桃的产季已过了，柳橙现在还不太熟。"

事实上，亚瑞宾发现每一棵树上都长着几种不同形状的水果，但是却长着同一种形状的叶子。他不太确定地伸出手去拿梨子，怀疑这块果树生长的土地可能遭受过污染。

"不要担心，"那名年轻人说，"这水果没有受到辐射污染。这附近没有火山口。"

听到这些话，亚瑞宾倏地缩回手。他一言不发，不过这位年轻人似乎知道他在想些什么。

"这些果树是我自己制造出来的，我从来没有使用过热能突变的办法。"

亚瑞宾并不知道这个男孩在说什么，他只知道他似乎想向他保证这个水果可以安全食用。他希望自己能够了解这个男孩的想法，就像那个男孩了解自己的一样。他不想表现得很无礼，所以他拿了那个梨子。

"谢谢你。"那名男孩期待地看着他，于是亚瑞宾咬了一口梨子。

果肉酸酸甜甜的，而且非常多汁。他又咬了一口。"非常好吃，"他说，"我从没见过一棵树上可以长出四种不同果实的植物。"

"这是第一个试验，"他指向那些较老的果树，"我们每个人都要做一次。非常地幼稚，但是这是传统。"

"我明白了。"亚瑞宾说。

"我叫泰德。"

"很荣幸见到你。"亚瑞宾说，"我正在找舞蛇。"

"舞蛇！"泰德皱眉，"恐怕你要白跑一趟了。她现在不在这里。就算等上几个月，她都还不一定会回来。"

"但是我不可能会错过她啊！"

泰德愉悦乐天的表情突然变得担忧起来："你是说她已经在回家的路上了？发生了什么事？她还好吗？"

"我上次见到她的时候，她还安然无恙。"亚瑞宾说。要是一路上平安无事的话，她当然应该比他还早一步回到她的故乡。他脑海中浮现着各种可能使她受到伤害的意外，但并不是像被沙地蝮蛇咬到那样的伤。他觉得心头一阵烦乱。

"嘿，你还好吧？"

泰德在他身旁，扶着他的手肘，让他保持镇定。

"我很好。"亚瑞宾说，但声音却在发抖。

"你生病了吗？我的训练还未结束，不过有其他的医生可以帮你。"

"不，不是的，我没事。但是我不明白我怎么会比她先到达这里。"

"可是她为什么要这么早就回家呢？"

亚瑞宾低头望着这名专注的年轻人，现在他也跟亚瑞宾一样关心起来了。

"我认为我不应该替她说明她自身的事。"他说，"也许我应该跟她的父母亲谈谈。你能告诉我他们住在哪里吗？"

"如果可以的话，我会告诉你。"泰德说，"只是她没有父母。那可以跟我谈谈吗？我是她的弟弟。"

"我很抱歉勾起你的悲伤，我不知道你们的父母亲已经过世了。"

"他们没有过世。或许他们已经死了吧，我也不知道。我的意思是说，我不知道他们是谁，也不知道谁是舞蛇的父母。"

亚瑞宾觉得自己完全混乱了。他从来不觉得无法理解舞蛇对他说的话。但是他却觉得仅仅几分钟内，这名年轻人对他说的话，他连一半都无法理解。

"如果你不知道你的父母亲是谁，也不知谁是舞蛇的父母，那你怎么知道你是她的弟弟？"

泰德疑惑地看着他："你真的不太了解医生，对不对？"

"对，"亚瑞宾说，觉得对话又转向另外一个还没解释清楚的主题，"我不了解。当然我们曾经听说过有关你们的事，但是舞蛇是第一个来到我们族里的人。"

"我之所以会这么问，"泰德说，"是因为大多数的人都晓得医生都是领养的。没错，我们没有家人。我们就是一个大家族。"

"但是你说你是她的弟弟，好像她没有别的兄弟姐妹一样。"除了他的蓝眼珠，他们的相貌没有任何相似之处。泰德长得一点也不像舞蛇。

"我们就是这样看待彼此的。我小的时候，常常惹上一堆麻烦，她总是会挺身而出，为我辩护。"

"我明白了。"亚瑞宾下马，调整马匹的缰绳，思考着男孩所说的话。"你和舞蛇并没有血缘关系，"他说，"但是你觉得自己和她有一种特殊的联系。这样说对不对？"

"没错。"泰德悠然自在的态度不见了。

"如果我告诉你我来这里的原因，即使你必须违背传统，你仍会优先为舞蛇着想，然后给我建议吗？"

亚瑞宾很高兴这名年轻人犹豫了，因为他无法倚赖一个冲动之下或情绪化的回答。

"情况真的很糟，对不对？"

"对。"亚瑞宾说，"而且她很自责。"

"你也觉得自己与她有特殊的联系，是吗？"

"是的。"

"她对你也有一样的感觉？"

"我想是的。"

"我始终都是站在她这一边的。"泰德说。

亚瑞宾解开马的缰绳，松开手，好让他的坐骑可以去吃点草。他坐在泰德制造的果树下，那男孩坐在他旁边。

"我是从西部沙漠的另一端来的，"亚瑞宾说，"那里没有所谓有利的毒蛇，只有沙地蝮蛇，一旦被它咬到，就等于死亡……"

亚瑞宾叙述他的故事，然后等待泰德的回应，但是这名年轻的医生却看着他疤痕累累的双手良久。

| 第九章 |

"她的梦蛇被杀死了。"他终于说话了。

泰德的声音充满震惊与无助，他的语调让亚瑞宾不寒而栗，那凉意甚至到达了他最不可穿透、一直控制得宜的内在。

"那并不是她的错。"亚瑞宾又说了一次，尽管他一直不断在强调这个事实。泰德现在知道了这个族群对毒蛇的恐惧，他甚至也知道了亚瑞宾妹妹可怕的死亡。但是亚瑞宾非常明白，泰德并不是真的了解。

这个男孩抬起目光，看着他。"我不知道该说什么，"他说，"这实在是非常严重的事情。"他停顿下来，四处环顾，然后用他的手掌揉揉他的额头。"我想我们最好去跟白银谈谈这件事。她是舞蛇的老师，而且现在她也是最年长的医生。"

亚瑞宾迟疑着："这样做好吗？对不起，但是如果连你这位舞蛇的朋友都无法理解整个事情，还有其他医生可以理解吗？"

"我了解事情的经过！"

"你知道事情的经过，"亚瑞宾说，"但是你却不了解为何会发生。恕我无意冒犯，但恐怕我说中了。"

"没关系。"泰德说，"我仍然希望能够帮助她。白银会想出个办法的。"

梦 蛇
Dreamsnake

◇→⊱✦⊰←◇

　　医生所居住的谷地优美宜人，满片的山野和完整的文明设施同时并立。那座亚瑞宾认为似乎是片原始古老，未曾变动过的茂密森林，从北边山谷的斜坡开始生长，一直延伸至远方。然而，就在那片巨木参天、深沉古老的森林下方，一排排风车正兴高采烈地旋转着。森林与风车和谐地并存着。

　　这个地区一片祥和宁静，城镇里的房屋是由木头和石块建造而成的。人们跟泰德打招呼或是向他挥手，并向亚瑞宾点头致意。微风中传来一阵孩童微弱的嬉戏声。

　　泰德将亚瑞宾的马放在牧场上，然后带着亚瑞宾来到一栋比其他房屋还大的建筑物前，这栋建筑物与主要的市区稍微有些距离。一进入房屋内，亚瑞宾很惊讶地发现，墙壁并不是用木头做的，而是镶上了白釉陶瓷制成的光滑的瓷砖。就算没有窗户，屋里也跟白天一样明亮，完全没有那种利用昆虫发光的阴森恐怖的青色光芒，也不是煤气灯柔和的昏黄灯光。这栋房子里具有一种活力，和镇上平静的气氛非常不同。透过一扇半掩的门，亚瑞宾看到几个比泰德还年轻的人，专注地操弄着复杂的仪器，全神贯注在他们的工作中。

　　泰德朝那些学生打招呼。"这些房间是我们的实验室。我们在这里研磨制造装在显微镜上的镜片，我们也制造自己要用的玻璃器皿。"

　　几乎所有亚瑞宾在这里看到的人——他在想那些村庄里的人也

一样——年纪不是很轻就是很老。他猜测年轻人是在受训练，老人则在教导他们。舞蛇以及其他人则到外面的世界从事他们的工作。

泰德爬上了一段楼梯，再走过铺着地毯的走廊，然后轻轻地敲着一扇门。他们等了几分钟，泰德似乎对这样的等待非常习以为常，因为他一点也没有显得不耐烦。终于，一个愉悦的音调相当高的声音响起："进来。"

这个房间不像实验室那么严峻冷酷。房内是由木头框建而成，还有一个大窗户，可以俯瞰整群风车。亚瑞宾曾听说过书本这种东西，但他还没亲眼见过。在这里，倚着两面墙竖立排放的书架上满满的都是书。这位年老的医生坐在一个摇椅上，腿上搁着一本书。

"泰德。"她说，并点头示意，语调中流露出欢迎之意，但又带着疑问。

"白银，"他领着亚瑞宾入内，"这是舞蛇的朋友。他大老远跑来，就为了有件事想跟我们说。"

"坐下来。"她的声音和双手微微地在抖动。她年纪已非常老了，关节肿大，扭曲变形。她的皮肤光滑柔软，呈半透明，脸颊与额头上都深深刻着皱纹。她的眼睛是蓝色的。

"你想要说什么？"

"你是舞蛇的朋友吗？"亚瑞宾问，"还是你只是她的老师？"

他以为她会大笑，但是她却严肃地看着他。"我是她的朋友。"

"是白银提名她并为她取的那个名字，"泰德说，"你以为我会随便找个人让你跟他谈吗？"

亚瑞宾仍然犹豫着要不要将他的故事告诉这位和蔼的老妇人，

梦 蛇
Dreamsnake

只因为舞蛇的话他记得太清楚了："我的老师很少赐给人这个名字，他们一定会失望透顶。"也许白银会失望到将舞蛇从她族人身边驱逐出境。

"告诉我发生了什么事。"白银说，"舞蛇是我的朋友，我爱她。你不用怕我。"

这是亚瑞宾那天第二遍叙说他的故事。他专注地看着白银的脸，她的表情没有任何变化。这是理所当然的，在她经历过众多事件之后，比起年轻的泰德，她当然更能够理解发生了什么事。

"啊，"她说，"舞蛇居然横跨沙漠。"她摇摇头，"勇敢又冲动的孩子。"

"白银，"泰德说，"我们该怎么办？"

"我不知道，亲爱的。"她叹口气，"我希望舞蛇能够先回家。"

"那些小毒蛇终会死亡，"亚瑞宾说，"其他的蛇也总会有在意外中死去的可能。那你们都怎么做？"

"它们的寿命很长，"泰德说，"有时比医生还长寿。它们很少能够繁衍后代。"

"既然舞蛇那么出色，一定够资格再得到另一条蛇。"

"人无法给予身无之物。"白银说。

"她认为有些小蛇可能已经生下来了。"

"只有少数的蛇曾孵过蛋。"那位老妇人悲伤地说。

泰德看向别处。"我们其中也许有人不想再继续训练下去了……"

"泰德，"白银说，"我们对你们的训练根本还不够。你以为舞蛇会向你要回她送给你的梦蛇吗？"

泰德耸耸肩，没有看白银的眼睛，也没有看亚瑞宾。"她不用问。我应该把它还给她。"

"舞蛇不在，我们无法做决定。"白银说，"她必须回家。"

亚瑞宾低头看着自己的双手，了解到这难题没办法轻易解决，也无法简单解释清楚，祈求他们原谅舞蛇。

"你们绝对不能因为我的族人所犯下的错误而惩罚她。"他又说了一次。

白银摇摇头："不是要不要惩罚的问题，而是她没有了梦蛇，就不能再当医生了。我没办法再给她一条梦蛇。"

他们沉默不语地坐在一起。过了几分钟，亚瑞宾猜想白银是不是睡着了。他正要开口，她却开始对他说话，视线仍旧看着窗外的景致。

"你会继续去找她吗？"

"是的。"他毫不考虑地说。

"当你找到她的时候，请叫她回家来。我们会在议会中与她讨论这个问题。"

泰德起身，亚瑞宾觉得深深的挫败和沮丧，他明白他们必须要离开了。

他们走到屋外，离开了那些工作室、怪异的仪器、奇特的光线，还有特殊的气味。太阳已在西沉，与绵长的彩霞暮色一起没入黑暗。

"我应该上哪里找她呢？"亚瑞宾突然说。

"什么？"

"我来这里，是因为我相信舞蛇会回家。现在我不知道她会在哪里。快到冬天了，一旦风暴开始……"

"她很清楚不让自己受困在冬天的沙漠里。"泰德说，"不，最有可能的情况是有人需要医治，所以她必须偏离回家的路线。也许她的病人就在中央山脉山区里。她也可能是在这个山谷南方的某处，在中途镇，或是新西藏，也可能是在山腰镇。"

"好吧。"亚瑞宾说，他很感激泰德提供的任何可能的线索。"我会往南方走。"但是他怀疑是不是泰德太年轻了，才会如此肯定自信地回答。

泰德打开一栋低矮长屋的门。房屋内，房间中间空出了一块空间，当作客厅。泰德深深地躺进沙发里，亚瑞宾暂时不再那么谨慎，坐在了地板上。

"再过一会儿就要吃晚餐了，"泰德说，"我隔壁的房间现在是空的，你可以睡在那里。"

"也许我应该走了。"亚瑞宾说。

"今晚？只有疯子才会在晚上在这附近游荡。到了早上我们就会在悬崖底下找到你。至少待到明天吧。"

"那好吧，听从你的建议。"事实上，他真的感到很困。他跟着泰德进入那间空房。

"我会把你的行李拿进来。"泰德说，"你好好休息吧，看来你非常需要休息。"

亚瑞宾慢慢地坐到床沿上。

泰德走到门口时转过身："听着，我非常想帮你。有任何事需要我帮忙的吗？"

"没有，"亚瑞宾说，"谢谢你，这样就非常舒服了。"

泰德耸耸肩："好吧。"

黑色的沙漠延伸至远方的地平线，平坦而空旷，完全没有人穿越的痕迹。热气宛如烟雾腾腾上升。风势还不稳定，但是所有商旅行走路线上所留下的记号和碎屑，都已被冬季之前变动多端的风吹拂消散或是掩盖殆尽。舞蛇和梅莉莎站在中央山脉东边的山脊，眺望着她们不可见的终点。她们下马，让马儿休息。梅莉莎调整松鼠崭新马鞍上的缰绳，然后回望她们一路走来的路程，俯瞰着那个曾经是她故乡的山谷。小镇就紧紧悬附在陡峭山坡肥沃的山谷地表上。窗户和黑色窗格在正午的阳光下闪闪发亮。

"我从来没有离家这么远过，"梅莉莎惊叹地说，"这辈子从来没有。"她从山谷方向转回身，面对舞蛇。"谢谢你，舞蛇。"她说。

"不客气，梅莉莎。"

梅莉莎垂下目光。她没有疤痕的右脸上，深褐色皮肤下气色红润。"我应该告诉你那件事。"

"哪件事？"

"就是我的名字的事。罗斯说的是实话，这不是我真正的——"

"无所谓。就我所知，梅莉莎就是你的名字。我小时候的名字也不一样。"

"但是他们赐给了你一个名字，这是何等光荣。不像我的名字是随便挑的。"

她们重新上马，开始往下走，走上人迹频繁的 Z 字形山路。

"但是我可以拒绝他们给我的名字。"舞蛇说，"如果我这么做，我就会像其他的医生一样，挑选自己长大后的名字。"

"你可以拒绝那个名字？"

"没错。"

"但是他们很少赐人这个名字。我是这么听说的。"

"这倒是真的。"

"曾经有人说他们不要这个名字吗？"

"就我所知，没有。不过我是第四个。所以不是很多人有这个机会，有时候我很希望我没有接受这个名字。"

"为什么？"

"因为有一种使命感。"她的双手放在毒蛇袋的边角上。自从遭到疯子的攻击，她就开始频繁地触碰它了。她将她的手从柔软的袋子上拿开。医生通常会在相当年轻的年纪就死亡，不然就会非常长寿。在她之前的那个舞蛇死的时候只有四十三岁，但是另外两个舞蛇则活过一个世纪。舞蛇原本有一连串伟大的计划，等着她去实现，但是目前为止她都失败了。

◇→╬←◇

　　沿着这条山路继续往下走，就会通过一片终年常青的森林。山路在一片长满树瘤的褐色树干与暗黑的针叶树林之间穿梭。传说这种树木没有种子，也永不凋零。松树越茂密，散发出的松香气味也就越加强烈。

　　"舞蛇……"梅莉莎说。

　　"什么事？"

　　"你是……你是我的妈妈吗？"

　　舞蛇突然一阵错愕，她迟疑了一会儿。她的族人并没有像其他族群一样组织家庭。尽管她和所有老一辈的医生的确拥有类似那样的情感，但她却从来没有叫过任何人"妈妈"或"爸爸"。但梅莉莎的声音听来非常渴望……

　　"所有的医生现在都是你的家人了，"舞蛇说，"但是是我领养你的，所以我想，我应该就是你的妈妈了吧。"

　　"我好高兴。"

　　"我也是。"

　　在狭长的稀疏树林地带下方的山壁上，除了地衣外，几乎长不出其他植物。尽管高度仍然很高，山路也很陡峭，舞蛇和梅莉莎可能已经到达沙漠了。树林下，空气的温度及干度在持续增加。当她们终于接触到沙地时，她们停驻片刻换装。舞蛇换上亚瑞宾族人送给她的长袍，梅莉莎则穿上她们在山城为她买的漠地衣服。

梦 蛇
Dreamsnake

　　她们一整天都没遇上一个人。舞蛇时时四处张望，每当马匹经过沙丘地带，她就会提高警觉，因为有人可能会躲在沙丘后面埋伏，袭击没有戒心的旅人。舞蛇开始怀疑那两次攻击事件是否是个巧合，那些记忆中围绕在她营地里的喧哗杂音都只是梦境。如果那个"疯子"的确是个疯子，也许他对她的仇恨，现在已经转移到另一个他无法抗拒魅力的主角身上去了。

　　她无法说服自己。

　　还不到傍晚，山脉就已经如一道猝然耸立的高墙，远远地躺在她们身后了。马蹄声在沙地上响着，周遭则完全是一片神秘可怕的静默。舞蛇和梅莉莎一边骑马，一边聊天，直到夜色降临。厚重的云层遮盖了月亮，舞蛇灯笼里未曾熄灭的灯火此刻愈加明亮，光线照明的程度仅够让旅人继续他们的旅程。灯笼悬荡在马鞍上，随着旋风的步伐也跟着摇摇晃晃。黑色沙地反射着光芒，仿佛一层水面。松鼠和旋风靠得更近了。舞蛇和梅莉莎说话的声音也渐渐变小，终于她们不再交谈。

　　舞蛇的罗盘就是几乎看不见踪影的月亮、风向，还有沙丘的形状。这些都帮助她们继续往正确的方向前进。但是置身在广大的荒野里，舞蛇还是无法抛开心中的恐惧，她害怕她在绕圈子。舞蛇坐在马鞍上转身，她看着她们身后已不可见的几分钟前的足迹，没有人跟在她们后头，只有她们孤单的形影。除此之外，就是无尽的黑暗。舞蛇回过身坐好。

　　"好恐怖。"梅莉莎悄声说。

　　"我知道。我也希望我们能够在白天赶路。"

"也许快下雨了。"

"那样很好。"

沙漠地区通常每一两年才会下一次雨，而且雨季总在冬天之前来临。然后那些休眠的种子会突然生机勃发，繁衍后代，布满尖锐沙粒的沙漠覆上绿意和一些色彩，因而变得柔和。三天后，这些小巧的植物会迅速枯萎，变成干褐的枯枝，然后死亡，只留下裹着坚硬外壳的种子，继续忍耐一年、两年或三年，直到雨季再度唤醒它们。但是今晚，空气干燥，大地一片寂静，完全没有变天的迹象。

◇→∗∷∗←◇

有个火光在远方闪烁不定。舞蛇正在打盹，她猝然从梦境中醒来。梦里那个疯子不断地跟着她，她还看见他的灯笼离她越来越近，越来越近。直到现在，她仍不明白，为何她会那么确定他仍在跟踪着她，仍在她附近，只为了一个无法理解的动机。

但是并不是有谁在提着那灯火。那火光持续固定在她前方的某一点上。微风传来一阵枯叶的飒飒声。她们已经快到往中央城路上的第一个绿洲了。

现在甚至还不到破晓时分。舞蛇伸手向前轻拍旋风的脖子。"不会太远了。"她说。

"什么事？"梅莉莎也醒了过来，"这是哪——"

"没事，"舞蛇说，"我们很快就有地方可以暂时歇息了。"

"喔，"梅莉莎看看四周，眨着眼睛，"我忘记我现在在什么地方了。"

他们抵达了环绕绿洲周围的树林。舞蛇的灯笼照亮了那些经风沙吹裂的叶片。舞蛇听不到任何人声或牲畜的声音。现在所有的沙漠商队都已经撤退到山区里安全的地带了。

"那个光源在哪里？"

"我不知道。"舞蛇说。她看向梅莉莎，因为梅莉莎的声音有些不太一样，原来她用头巾末端包住了自己的脸。在没有人出没的时候，她会将头巾放下，好像忘记了她曾经一直躲着别人。

舞蛇将旋风掉头，有些担心那个火光。

"你看！"梅莉莎说。

旋风的身体挡住了那道灯笼的光线，光芒直指一个方向。黑暗中散射着一条光线。舞蛇向光线靠得更近些，她看到那是一棵枯树，紧靠着水边，所以才会腐烂而不干枯。光虫侵袭了它脆弱的树干，让它变成一个发射着光芒的讯号体。舞蛇轻轻地松了一口气。

她们继续往绿洲里骑，绕着平静幽暗的湖水，直到她们找到一处树林茂密，足以庇护她们的地方。舞蛇还在勒缰绳，梅莉莎已经跳下马，开始将松鼠的马鞍卸下。舞蛇慢慢地爬下马，尽管沙漠地区气候稳定，长途跋涉下，她的膝盖又再度感到僵硬。梅莉莎用树叶替松鼠按摩，以几乎听不到的音量跟它说话。很快地，他们全部——包括马匹及人——都躺了下来，等待着白天过去。

◆→╬←◆

　　舞蛇赤足蹑脚走向水边，她一面打着呵欠，一面伸懒腰。她一整天都睡得很好，在再次出发之前，她希望能先游个泳。现在离开那个茂密树林形成的庇护所还太早了。她往上看并四处张望，希望能找到仍挂在枝头上的几个成熟的水果，可是漠地居民的采收季节已经结束了。

　　只不过几天之前，在山脉的另一边，绿洲里的树叶还鲜嫩翠绿；此时此地，叶子却已开始干枯凋零。当她轻掠树叶经过树林时，叶片一阵飒飒作响。脆弱的叶子在她手中破碎。

　　她停在沙滩起点。黑色细长的沙滩带不过才几米宽，半圆形的沙地环绕着小小的池水，水面上反射着那悬挂在空中如格子般纵横交错的树枝。在一处隐秘的地方，梅莉莎半裸着身体，跪在沙地上。她倾身覆盖水面，开始静静地往池水中走。罗斯鞭打的痕迹已经褪去了，大火并未在她的背部烙下火痕。她的皮肤比舞蛇从她黝黑的双手与脸颊想象的还要细致。舞蛇看着梅莉莎缓缓地张开手，接触到幽暗湖水的表面。她的指尖溅起一波波涟漪。

梦 蛇
Dreamsnake

◇→⊱✦⊰←◇

　　当舞蛇将白雾和狂沙从袋子拿出来的时候，梅莉痴痴地看着它们。白雾滑绕在舞蛇的脚上，探测着沙漠的气味。舞蛇轻柔地拿起它。光滑的乳白色鳞片贴着她的双手，感觉冰冰凉凉的。

　　"我要让它闻闻你，"舞蛇说，"它会本能地攻击任何惊动她的东西。如果它能认得你的气味，这样比较安全。好吗？"

　　梅莉莎缓慢地点头，很明显在害怕："它毒性很强，对不对？是不是比另外一条还毒？"

　　"对。只要我们一回到家，我就可以让你具有免疫力，不过我不想在这个地方就开始。我必须先测试你，而且我身边也没有带着合适的工具。"

　　"你的意思是说，你有办法处理，所以就算它咬了我，也不会发生任何事？"

　　"也不是全然没事。但是它曾经有好几次误伤了我，不过我现在仍活得好好的。"

　　"我想我最好让它闻闻我。"梅莉莎说。

　　舞蛇坐在她身旁。"我知道要不怕它很困难。深呼吸，试着放轻松。闭上你的眼睛，只要专心听我说话。"

　　"马儿也能察觉到人在害怕。"梅莉莎说，然后就照着舞蛇的话做。

　　这条眼镜蛇分岔的蛇信舔舐着梅莉莎的双手，这个孩子静静地一动也不动。舞蛇记起她第一次看到这种白子眼镜蛇的情景：那是既兴奋又令人战栗的一刻，一大群缠成无数个结的眼镜蛇，察觉到她的脚步，倏地同时抬起头，并齐声嘶嘶作响，就好像一只多头怪兽，或是一种外星植物突然茂密地绽放。

舞蛇的手抓着白雾，这条眼镜蛇正要爬上梅莉莎的手臂。

"它感觉起来好舒服。"梅莉莎说。她的声音在发抖，有些提心吊胆，但口气非常真诚。

梅莉莎曾经见过响尾蛇，她知道这种蛇的危险程度，所以不那么害怕。狂沙爬过她的双手，她轻轻地抚摸着它。舞蛇觉得很高兴，她女儿的能力不仅限于驯服马匹而已。

"我希望你能跟白雾和狂沙处得很好，"她说，"这对一名医生来说，是很重要的。"

梅莉莎抬起头，感到很惊讶。"但是你不是说——"她没有说下去。

"怎么了？"

梅莉莎深吸一口气。"你告诉镇长，"她迟疑地开口，"那些我可以做的事。那并不是你的真意。你必须那样说，所以他才会让我走。"

"我说的每件事都是真心的。"

"但是我不能成为一名医生。"

"为什么不行？"

梅莉莎没有回答，所以舞蛇继续说："我告诉过你医生领养小孩，因为我们自己无法生儿育女。让我来告诉更多关于我们的事。很多医生的伴侣，职业都和他们不一样。而且不是所有的孩子都会成为医生。我们并不是紧紧相系在一块儿。但是一旦我们选择要领养某个小孩，通常我们会选择可以成为我们一分子的人。"

"我可以？"

"是的。如果你愿意的话。这是很重要的，你要做你愿意做的事，而不是去做你认为其他人期望你去做的事。"

"成为医生……"梅莉莎说。

她女儿口气中的惊奇让舞蛇更有理由去请求城里的居民帮助她找到更多的梦蛇。

第二晚，舞蛇和梅莉莎拼命赶路。附近没有绿洲，虽然早上赶路实在太热了，黎明时舞蛇并没有停下来休息。她全身都被汗水浸湿了。黏稠的汗珠滚下她的背部和身侧。汗水才滑落到她脸颊的一半，就干掉变成盐粒了。汗水流过旋风的脚，它的毛色因而变得更深了。它每踏出一步，水滴就从马蹄上四处飞溅。

"小姐……"

舞蛇很讶异听到这么恭谨的称呼，她关切地看着梅莉莎。"梅莉莎，怎么了？"

"我们还要走多远，才可以停下来休息？"

"我不知道。我们必须尽可能地继续走下去。"她指向天空，云层低垂，天气快要变坏了，"暴风前夕的云朵就是像那个样子。"

"我知道，但是我们不能再走下去了，松鼠和旋风必须休息。你说过城市位于沙漠的正中央。嗯，一旦我们进城了，我们势必还要回来，那时马儿还要载我们。"

舞蛇颓然地坐在马鞍里："我们必须继续走下去，现在停下来太危险了。"

"舞蛇……舞蛇，你懂人、暴风雨、医疗、沙漠还有城市这些知识，而我不懂。但是我知道马的事。如果我们让它们停下来休息几个小时，今晚它们就能载着我们走更远。要是让它们继续走下去，天黑以前，我们就必须将它们抛在后头了。"

"好吧。"舞蛇终于说，"等我们到达了那些岩石处，我们就停下来。那里至少还有一点阴影。"

在家乡，在医生之域里，舞蛇很少会想到城市。但是在沙漠中，在沙漠商队过冬的山区里，人们的生活是跟着城市运转的。正当舞蛇开始感觉到她的生活重心太放在城市时，过了第三个晚上的那个黎明，那座削去山峰、保护着中央城的高耸山脉终于矗立在她面前。太阳就在山后升起，曙光照得整座山一片炽红，仿佛它是众人膜拜的偶像。马匹嗅到水的气味，知道长途跋涉的旅程终点将至，它们

梦 蛇
Dreamsnake

昂起头，加快疲惫的步伐。当太阳越升越高，低垂且益加厚重的云层传散着光线，变成一片淡淡的红色，笼罩着整个地平线。旋风每踏一步，舞蛇的膝盖就疼痛不已。她并不需要膝盖上发肿的迹象告诉她暴风将至。舞蛇紧握住缰绳，直到皮革深深刺痛她的手掌心，然后她才缓缓松开她的双手，轻轻抚摸着马儿潺湿的颈部。她毫不怀疑旋风跟她一样痛。

她们朝着那座山前进。绿洲树林已经凋零，变成一片干褐，树干飒飒作响，树林围绕着一潭墨色的池水和荒芜的火山口。风沙沙地穿过干枯的树叶，吹拂着沙地。风先从一个方向吹过来，然后又是另一个方向，孤立的高山附近的风向就是这样变化多端。旭日东升，这个城市的影子包围住了她们。

"比我想象中的还巨大。"梅莉莎悄声地说，"我以前常躲在一个地方，偷听人们聊天，但是我一直以为他们是在编造故事。"

"我想我也这么认为。"舞蛇说。她自己的声音听起来恍惚遥远。当她接近那座巨大的岩石悬崖，她的额头上冒出冷汗，尽管天气炎热，她的双手却湿湿黏黏的。那匹疲累的母马载着她前行。

中央城统治着医生之域时，舞蛇才七岁，到城市再次统治时她已十七岁。在那两次被统治的年间，各有一个年长的医生肩负着长途跋涉到城市的艰困重任。每一次统治期间都是一个新的十年的开始，医生会提出与城市居民相互交换知识与协助的建议。他们总是被拒绝。虽然舞蛇有口信要带给他们，也许这一次也是一样的结果。

"舞蛇？"

舞蛇吓了一跳，然后看着梅莉莎。"什么事？"

"你还好吗？你看起来好恍惚，而且，我也不知道该怎么形容——"

"我想，恐惧是很恰当的字眼。"舞蛇说。

"他们一定会让我们进城的。"

每过一分钟，乌云似乎就又变得更厚重了。

"但愿如此。"舞蛇说。

◇→☀←◇

在中央城所在的那座山的山脚下，那潭宽广幽暗的池水没有源头，也没有出口。水源从池子里汩汩流出，然后隐隐地流进沙地里。绿洲树林已经凋零了，可是覆盖地表的草地与低矮的灌木丛林却长得绿油油的。在遗弃的营地里曾经人迹杂沓的地区以及贯穿其中的路径上，鲜嫩的青草已经抽出新芽，但是在通往城市大门宽阔的大道旁，却毫无生机。

舞蛇没有心情骑着旋风经过池水。在池子边缘，她将缰绳递给梅莉莎。

"当它们水喝够了，就跟上我。我不会丢下你独自一人进城的。不过要是开始起风，就跑过来。好吗？"

梅莉莎点头："暴风不会那么快就来吧？"

"恐怕会。"舞蛇说。

梦 蛇
Dreamsnake

她迅速喝了水，将水往脸上泼。她用头巾边缘擦干水珠，在空荡荡的道路上跨出步伐。就在黑色沙地下方的某处，有一块平坦坚实的表面。一条古老的道路吗？她曾经在其他地方看过遗迹，也看过那些坚硬的实体正在瓦解，她甚至也看过有些地方遗留着生锈的钢制骨架，那里尚没有拾荒人工作。

舞蛇在中央城的大门前停下脚步。门是她身高的五倍高。世世代代吹拂的暴风将门上的金属刮蚀得光亮鉴人。但是门上没有把手、拉铃、扣环，舞蛇看不见可以使她有办法唤人让她进城的东西。

她走上前，举起拳头，敲打着门上的金属。敲门声嘭嘭响着，听来门很坚实，不像空心的。她猛敲着门，想着这扇门一定很厚。她的眼睛渐渐适应了门口隐蔽处的微光，她看见这扇门的表面是凹下去的，很显然是因为暴风侵蚀而损坏了。

她的手非常疼痛，于是退后半晌。

"你也该停止制造噪音了。"

听到有人说话，舞蛇赶紧跳开，然后转向声音的来源，但是没有人在那里。在门上那块凹陷处，一块门板咔哒一声推进岩石内，那里竟出现了一扇窗户。一个长着一头浓密红发、肤色白皙的男子正探头看着她。

"你是什么意思？在我们关门之后，还猛敲着门？"

"我想要进去。"舞蛇说。

"你不是城市里的居民。"

"不是。我叫舞蛇，是个医生。"

他并没有回答他的名字——在舞蛇成长的地方，回复名字是一种礼貌。她几乎没有留意到这件事，因为她已经渐渐习惯了，有的习俗对某个地方来说是礼貌，在别的地区却是冒犯。但是他却仰头大笑，她感到很讶异。她皱着眉头等待，直到他停止发笑。

"原来他们放弃送老骨头来乞讨了，是不是？现在居然开始送年轻小伙子过来！"他又放声大笑，"我还以为他们会挑选一个长得不错的人。"

从他的口气中，舞蛇认为她被侮辱了。她耸肩，并不理会。"打开大门。"

他停住笑声："我们从不让外人进来。"

"我的朋友有一个口信要带给她的家人。我想要将这个讯息传达给他们。"

他半晌都没有回话，他的视线往下看："所有离开的人今年都会回来。"

"她很久以前就离开这里了。"

"如果你期待我会在城里穿梭，寻找那个疯子的家人，那你就太不了解这个城市了。"

"我对你的城市毫无所知。但是从你的长相来看，你跟我的朋友可能有关系。"

"那是什么意思？"他第一次露出惊讶的表情。

"她告诉我，她的家人跟大门的守卫有亲戚关系。我可以看得出来——不过头发、额头……还有眼睛颜色不一样。她的是茶色的。"这名城市居民脸色铁青。

"她是不是恰巧也提到，"那名年轻人存心出言讽刺，"她是属于哪个家族的啊？"

"她的家族是这个城市的统治者。"

"等一下。"他慢慢地说。他往下看，在舞蛇看不见的地方，他的手在移动，但是当她靠得更近，越过"窗户"的边缘，她什么也没看见，因为那并不是窗户，而是一扇玻璃板，上面反映着会移动的影像。尽管舞蛇非常惊讶，但她不允许自己做出任何反应。毕竟她早就知道，城市的居民比她的族人懂得更多先进的机械技术。那也是她到这里的其中一个原因。

那名年轻人缓缓地将视线往上，惊讶地挑起一道眉毛。"我必须叫其他人来跟你谈。"那个玻璃板上的影像渐渐模糊不清，变成了多彩的线条。

好长一阵子都没有任何动静。舞蛇斜靠着那块浅浅凹下的门龛，然后四处张望。

"梅莉莎！"

那个孩子和马匹的踪影没有在她的视线范围内。透过凋零的绿洲树林隐约形成的帷幕，舞蛇可以看见池畔附近大半的池水。但是仍有少数地方的草木高度，还是足以掩盖两匹马和一个小孩。

"梅莉莎！"舞蛇又呼唤了一次。

还是没有回应，也许是风将她的声音吹散了。那扇虚拟的窗户变成一片死沉的黑色。当窗户又开始闪烁不定，重新恢复画面时，舞蛇正准备离开去寻找她的女儿。

"你在哪里？"一个陌生的声音呼唤着她，"回到这里来。"

舞蛇最后一次向远处张望，她不情愿地回到影像传送器那里去。

"你真的把我的表弟给吓坏了。"那个影像说。

舞蛇注视着玻璃板，她惊讶得说不出话来，因为那个说话者的长相实在与洁西太神似了，比那个年轻人还像。这应该是洁西的双胞胎姐妹，不然就是她的家族近亲生育很频繁。当那个影像又再度说话的时候，舞蛇脑海中闪过一个想法：近亲交配是一个可行的办法，可以将实验者欲求得的特征集中并调整，如果实验者有心理准备，在众多实验结果中会看见一些惊人的失败之作。舞蛇并没有准备好接受这个暗示着人类也将产下惊人的失败之作的办法。

"哈喽？这个仪器还有用吗？"

那名红发人的影像担忧地向外凝视着她，随着人声而来的还有一阵空洞响亮、刮着金属的嘈杂噪音。那个说话声——洁西的声音是低沉而愉悦的，但是没有这么低。舞蛇霎时明白她是在跟一个男人说话，而不是一个女人。那么他必然不是洁西的双胞胎姐妹了。舞蛇猜想是否城市里的居民会复制人类。如果他们复制次数频繁，甚至能够处理不同性别的复制行为，那么也许他们制造梦蛇的方法，比医生更能成功。

"我可以听得见你的声音，如果你是这个意思的话。"舞蛇说。

"很好。你想要什么？理查脸上的表情一定很吓人。"

"如果你是勘探者洁西的直系血亲，那么我有个口信要带给你。"舞蛇说。

这个男子红润的双颊倏地刷白。"洁西？"他摇摇头，然后又恢复沉着的态度，"是她这些年来改变太多了，还是我看起来就是她的直系血亲？"

"不，"舞蛇说，"你看起来就像是她的亲人。"

"她是我的姐姐，"他说，"我猜，是不是她现在希望回来再当老大啦？而我又必须回去当个无名小卒？"

他痛苦的语气就像是遭人背叛一般。舞蛇感到非常震惊。洁西死亡的消息不会让她的弟弟感到悲伤，只会为他带来喜悦。

"她就要回来了，是吧？"他说，"她知道议会会让她重回我们家族的领袖地位。该死的洁西！过去这二十年来，没有我的存在也没关系。"

舞蛇听着他说话，她的喉咙因哀伤而哽咽。虽然她的弟弟对她心怀怨恨，要是舞蛇能够使洁西继续活下去，她的族人也许会愿意接她回去，欢迎她回家；如果可以的话，他们也许还能治疗她。

舞蛇有些困难地说："这个议会——也许我应该将口信带给他们。"她希望能告诉一个关心洁西、曾经爱过她的人，而不是一个会嘲笑她、庆幸她失败的人。

"这是家务事，不关议会的事。你应该将洁西的口信告诉我。"

"我比较希望能跟你面对面交谈。"

"当然你会如此希望。"他说，"但是这是不可能的。我的表亲们有个制度，就是不让外地人进城——"

"当然，在这件事上——"

"——而且，如果我愿意的话，我也不能这么做。这扇大门会一直关闭到春天为止。"

"我不相信你。"

"这是真的。"

"那洁西应该会警告我。"

他哼了一声。"她从来都不相信。她还是孩子的时候，就离开了，孩子从来不会真的相信什么。他们总是在外游荡，待到最后一刻，假装他们可能会被关在门外。所以有时候我们会失去那些考验法令考验得太过火的人。"

"她几乎不再相信你们说的任何一件事。"愤怒使舞蛇的声调异常坚硬。

洁西的弟弟转开视线，专注地看着其他东西一会儿。他又看向舞蛇。"嗯，我希望你相信我将要说的话。风暴正在聚集，所以我建议你告诉我那个口信，留点时间给自己，去找个地方避难吧。"

就算他是在对她说谎，他也不打算让她进城。舞蛇不再心存希望。

"她的口信是这么说的，"她说，"她在外面的世界过得很快乐。他希望你们不要再欺骗你们的小孩，虚构城市以外世界的模样。"

洁西的弟弟注视着舞蛇，等待着，然后突然微笑，迅速而尖锐地笑着。"就是这样？你是说她没有打算回来？"

"她不可能再回来了。"舞蛇说，"她死了。"

一种混合着放松与哀伤的怪异恐怖的表情，掠过那张貌似洁西的脸。

"死了？"他轻声地说。

"我救不了她。她的背摔断了——"

"我从来没希望她死。"他深深吸了一口气，然后又缓缓地吐气，"她的背摔断了……一种利落的死法。比其他的要好。"

"她的背摔断的时候还没有死。她的伴侣和我原本要带她回

梦 蛇
Dreamsnake

来，因为你们也许救得了她。"

"也许我们可以。"他说，"她是怎么死的？"

"她在战争遗留下的火山口附近勘探，她不相信那些火山口真的有危险，因为你们对她说了那么多的谎话。她死于辐射污染。"

他身子缩了一下。

"我那时在她身边。"舞蛇说，"我尽我可能救她，但是我没有梦蛇。我束手无策，只能看着她死。"

他似乎一直凝视着舞蛇，几乎要看穿她。

"我们欠你一份情，医生。"他说，"因为你为我们带来了一名家族成员的建议，还有她的死讯。"他心烦意乱地说着，语气有些忧伤，然后他突然抬起头，再次注视着她。"我不喜欢我的家人欠人恩情。荧幕底下有一个付酬劳的洞口。那些钱——"

"我不要钱。"舞蛇说。

"我不能让你进来！"他大吼。

"这我可以接受。"

"那么你想要什么？"他迅速地摇摇头，"当然啰，你要梦蛇。为什么你不相信我们没有梦蛇？我无法用梦蛇来偿还我们欠你的恩情——我不愿将我对你的亏欠，变成我对外星人的亏欠。那些外星人——"他停了下来，似乎很不安。

"如果那些外星人可以帮助我，让我跟他们说话。"

"就算我愿意，他们也会拒绝你的。"

"如果他们是人类，他们就会愿意听我说话。"

"他们是否是人类……这还有待证实。"洁西的弟弟说，"没有试验过,谁会知道呢?医生,你不了解。你没见过他们。他们很危险,无法捉摸。"

"让我试试看。"舞蛇摊开手,掌心向上,急切地恳求着,试着让他了解她。"还有其他人也像洁西一样,死的过程极为痛苦,因为医生人数不够,梦蛇也很稀少。我希望跟那些外星人谈谈。"

"医生,就让我现在付你钱吧,"洁西的弟弟语气很悲伤,舞蛇仿佛又回到了在山城时的情景,"中央城的权力平衡并不稳固。议会不会同意让一个外地人和外星人交涉的。情势非常紧张,冲突一触即发,我们不能冒险去改变现况。我很遗憾我姐姐在痛苦中死去,但是你提出的要求会让更多人的生命有危险。"

"怎么可能会发生那样严重的事?"舞蛇说,"我不过只要求见个面,问他们一个简单的问题——"

"我说过你无法了解的。必须是从小就在城市里生活的人,才会懂得如何和这些势力交涉。我这一生都在学习如何和他们打交道。"

"我想,你这一生都在学习如何为逃避你的义务找借口。"舞蛇愤怒地说。

"那不是真的,"洁西的弟弟勃然大怒,"在我能力所及的范围内,我会给你所有你要的东西,但是你要求的东西是不可能得到的。我无法帮助你找到新的梦蛇。"

"等等,"舞蛇突然说,"也许你还有别的方法可以帮我。"

洁西的弟弟叹了口气,看向别处。"我没有时间跟你耗在一起盘算计划。"他说,"你也没有时间了。大夫,暴风雨快来了。"

梦 蛇
Dreamsnake

舞蛇转过头向身后看。她仍看不见梅莉莎的身影。云层已涌聚在远方的地平线上，空中扬起阵阵的飞沙走石。越来越冷了，但她并非因此颤抖。此刻谈判的游戏已走到她无法放手的局面。她很确定只要她能进入城市，她就可以自己找到外星人。她转回头面对洁西的弟弟。

"到了春天，让我进城。你们的技术比我们还先进。"舞蛇突然露出一个微笑。她无法帮助洁西，但是她还可以帮助其他人。她还可以帮助梅莉莎。"要是你愿意教导我细胞再生的技术——"她很讶异她居然从未想过这种可能性。为了自身的名誉和光荣，她一直全神贯注，只自私地想到梦蛇。但是如果医生知道如何重塑肌肉和神经，会有多少人因此受惠……不过首先，她必须先学会重新生成皮肤，这样她的女儿就可以没有疤痕地生活下去。舞蛇看着洁西的弟弟，很高兴发现他松了一口气。

"这有可能，"他说，"是的。我会跟议会讨论看看。我会替你说几句话。"

"谢谢你。"舞蛇说。她几乎不敢相信城市的居民终于同意了医生的请求。"你不知道这对我们帮助有多大。如果我们能够提升我们的技术，我们就不用再烦恼要如何繁殖新的梦蛇了——我们会更懂得如何复制它们。"

洁西的弟弟开始皱眉。舞蛇不再说话，对他瞬间的转变感到很困惑。

"所有医生服务的民族和医生们，都将对你们感激不尽。"舞蛇不假思索地说，不知道她哪里说错话了，所以也不知道要从何弥补。

"复制！"洁西的弟弟说，"为什么你以为我们会教你如何复制？"

"我以为你跟洁西——"她倏然停顿，觉得这种说法会使他更加烦乱，"我只是猜测，以你们先进的——"

"你在说的是操控基因！"洁西的弟弟看起来对此非常反感，"扭曲我们的知识，然后制造出一些怪物！"

"什么？"舞蛇惊讶地问。

"操控基因——老天，我们已经有够多意外产生的突变生物了！医生，你很幸运，因为我不能让你进来。不然我就会当众揭发你的意图，然后你将被放逐，终生将与那些怪物为伍。"

舞蛇看着荧幕上的人从理性温和、似曾相识的面孔，变成一个指控她的人。如果他和洁西不是因复制而产生的姐弟，那么就算没有操控基因，他的家族里近亲通婚的比例如此高，也无法避免会产下畸形儿。可是他刚才说，这个城市的居民拒绝使用一个可以自救的方法。

"我不会让我的家人亏欠一个怪物。"他说话的时候并没有看着她，手中忙着做某件事。钱币铿锵地掉落在荧幕下方的洞口内。"把你的钱拿走，然后离开。"

"外头的人一个一个地死亡，都是因为你们藏起所有的资讯。"她大叫，"你们愿意给那些奴隶贩子水晶链环，让他们去奴役别人，却不愿意帮助治疗那些瘸腿或身上有疤痕的病患。"

洁西的弟弟愤怒地皱眉看着她。"医生——"他停顿下来，视线越过舞蛇，看向她身后。他的表情突然变得很害怕。"你竟敢带着一个丑陋的小怪物来到这个地方？他们是不是把母亲和小孩一起驱逐出境？而你居然还在教训我，说我没有人性？"

"你在说什么？"

"你希望学会细胞再生的技术，但是你却不知道，你根本无法再改造畸形儿！结果都是一样的。"他歇斯底里地苦笑着，"回到你的故乡去，医生。我们不能再交谈了。"

当他的影像开始消失，舞蛇抓起一把钱币，丢向他。钱币铿锵地丢到荧幕上，有一个硬币卡在保护板上，机器发出一阵唧唧声，保护板无法全部合上。舞蛇心中升起一股奇异的满足感。

舞蛇转身背对荧幕与这个城市，正要去寻找梅莉莎，她的女儿却出现在她面前，两人正眼相对。眼泪浸湿了梅莉莎的双颊。她攥住舞蛇的双手，盲目地将她从门龛里拉出来。

"梅莉莎，我们必须去找个地方躲避——"舞蛇试着从门龛方向抽出身体，虽然还是早上，天色却几近一片昏暗。云层已经不再是灰色，而是黑色的了。舞蛇可以看到两道独立的旋风。

"我找到一个地方——"梅莉莎很困难地说着话，她仍然在哭泣。"我——我希望他们会让你进去，但是我又害怕他们不愿意。所以我就四处寻找庇护的地方。"

舞蛇跟在她后面，双眼被风沙吹得几乎看不见任何东西。旋风和松鼠不愿走过来，它们俯首，双耳低垂，梅莉莎带它们到突起的山壁一处低矮的壁缝里。已经开始起风了，狂风怒吼嚎哮，不断袭击她们的脸。

"它们吓坏了。"梅莉莎在哀鸣的风中呐喊，"遮住它们的眼睛——"她掀开头巾，眯起眼睛，用头巾蒙住松鼠的双眼。舞蛇也

| 第九章 |

同样对那匹灰色母马这样做。当她掀开捂住嘴巴和鼻子的头巾时，狂风几乎让她无法呼吸，她的眼睛流出眼泪，她屏住气领着马，跟在松鼠之后进入了洞穴。

一进入洞内，狂风猝然消失了。舞蛇几乎无法睁开眼，她觉得沙子好像吹进了她的肺里。马匹喷着鼻息，不停地喘气，舞蛇和梅莉莎则咳嗽不断，猛眨着眼，想让眼里的沙子流出来。她们轻拭头发及衣服上的风尘，并把嘴里的沙土吐出来。舞蛇用尽方法，搓揉、擦拭、咳嗽，终于摆脱那些令人浑身刺痛的微粒，泪水也洗净了她的双眼。

梅莉莎从松鼠眼睛上解开头巾，然后便啜泣起来，双手抱住它的颈子。

"都是我的错。"梅莉莎说，"他看见我了，所以他才叫你走开。"

"那扇大门上了锁，"舞蛇说，"就算他愿意，他也无法让我们进去。而且要不是因为你，我们现在早就迷失在暴风里了。"

"但是都是因为我，他们才不希望再看见你。"

"梅莉莎，他本来就决定不要帮助我们了。相信我。我提出的要求吓到他了。他们不了解我们。"

"但是我听到他说的话了。我看见他在看我。你请求他们帮助我，但他却叫你走。"

舞蛇多希望梅莉莎不明白那段对话的内容，因为她不愿她对可能永远不会发生的事抱持着希望。"他不知道你曾被大火烧伤，"舞蛇说，"他根本不在乎。他只是在找一个摆脱我的借口。"

梦 蛇
Dreamsnake

梅莉莎并未因此被说服。她一脸茫然地轻抚着松鼠的颈子，放开它的缰绳，并解开马鞍的腹带。

"如果说这真是某个人的错误，"舞蛇说，"那错误也是我一手造成的。是我把你们带来这里——"她们现在的处境，就好像风暴一样剧烈地打击着她。光虫微弱的光线照亮了这个她们困身其中的洞穴。舞蛇的声音嘶哑，语气充满着恐惧与挫败。"是我把你们带到这里来的，现在我们全都出不去了——"

梅莉莎转身离开松鼠，握起舞蛇的手。"舞蛇——舞蛇，我早就知道可能发生的情况了。你并没有强迫我跟着你。我也早就听说，这里的人很狡猾，很自私。每个跟他们做过生意的人都这样说。"她紧紧拥着舞蛇，安慰着，就像几天前舞蛇安慰自己一样。

就在一瞬间，她突然全身僵住了，马匹也开始嘶叫，舞蛇听到一只豹发出的凶猛嗥叫回响在洞穴里。旋风惊慌而逃，经过医生身旁时却将她撞倒在地。舞蛇双脚挣扎着爬起身，试着抓住缰绳，她瞥见了那只黑豹的身影，它在洞口处摆动着尾巴。梅莉莎抱着松鼠，像是在抱着小马，也像在抱个小孩，她抖着身体退到一处角落。那只黑豹朝着她们跃了过来。当它如风般经过的时候，舞蛇屏住气息，她的手触到了它光滑的毛皮。那只黑豹突然跳起来，高度将近四米，跃上了后面的山壁，然后消失在了一个狭窄的穴缝里。

梅莉莎从恐惧中解脱，松口气笑了出来，笑声里却打着战。旋风受到惊吓，喷出了鼻息，声音高亢响亮。

"谢天谢地。"舞蛇说。

"我听说——我听说野生动物也一样怕人类。"梅莉莎说，"但是我不会再相信这种话了。"

舞蛇从旋风的马鞍上解开了灯笼，然后高举它，照着那个穴缝，她想知道人类是否可以跟着那只黑豹的路径走。她爬上那匹惊魂未定的母马，试着稳稳地站在马鞍上。梅莉莎抓住旋风的缰绳，安抚着它。

"你在做什么？"

舞蛇倾身靠向穴壁，伸长了手，试着让灯笼里的光线照进那个通道里。

"我们不能待在这里，"她说，"我们会渴死饿死。也许那边有路通到城市。"她没办法看到通道深处，因为她站的高度太低了。但是那只黑豹已不见踪影。舞蛇听到自己的声音从通道里反复发出阵阵回音，好像在那个狭窄的穴缝中有许多密室。"或者会通到一个不知名的地方。"她转身，滑坐到马鞍上，然后下马，松开那匹灰色母马。

"舞蛇。"梅莉莎轻声说。

"怎么了？"

"你看——遮住灯笼——"梅莉莎指着洞穴入口处的岩石。舞蛇遮住了灯笼，那个模糊不清、发着光的形体动了起来，并朝她靠近。一阵凉意从她的背脊冒上来。她伸出灯笼，靠向那个东西。

"是一幅画！"她说。只是它看起来好像会移动罢了，画中有一个形似蜘蛛的动物在穴壁上爬行。虽然现在舞蛇很清楚那只不过是图画，但是它的确成功地造成了视觉假象，看起来就像它正朝向她爬行。

梦 蛇
Dreamsnake

"不知道为什么要画这样一幅画。"梅莉莎也靠着这面岩壁，悄声地说。

"也许这幅画可以告诉人们怎么离开这里——也许洞穴更深处真的别有洞天。"

"但是旋风跟松鼠怎么办呢？我们不能将它们放在这里。"

"要是我们找不到食物喂它们，"舞蛇温柔地说，"它们也会饿死的。"

梅莉莎仰望着那只黑豹消失的岩壁，鬼魅般的青光照着她留下疤痕的脸。

"梅莉莎，"舞蛇突然说，"你有没有听到什么声音？"似乎有些动静，但她听不出来那是什么声响。是那只黑豹在远处嗥叫吗？到底是谁在岩壁上画了这只蜘蛛？她的手指握住她皮带上小刀的刀柄。

"风停了！"梅莉莎说。她跑到洞穴入口。

舞蛇紧紧跟在她身后，随时准备将梅莉莎从剧烈的暴风拉回洞中。但是她女儿说得没错，她听到的并不是什么怪声音，只不过是她已经听惯的狂暴风声突然停止了。

什么事也没发生。洞外的空气一片静寂。低垂的沙暴已经横扫过沙漠，消失得无影无踪，只剩下阵阵的微风。湛蓝的天空中，环绕排列着高耸的雷雨云。舞蛇步出洞外，走进早晨奇异的光亮中，一阵冷风吹动着她脚踝上的长袍下摆。

下雨了。

舞蛇跑进雨中，将双手举向空中，像个孩子一样。松鼠跑过她身旁，然后突然开始奔跑。旋风受它的影响，也开始疾奔，它们就像小马一样雀跃跑跳。梅莉莎则静静站着，向空中仰望，让雨水洗净她的脸。

长而宽阔的云层缓缓飘过她们头顶上方，降下了雨水，一瞬间，从云缝间露出了一道灿烂的阳光。舞蛇和梅莉莎终于又回到洞内，她们全身湿淋淋的，冷得发颤，但却非常快乐。三道彩虹横跨天际。舞蛇轻叹口气，不自觉地盘坐在地上，观赏着彩虹。她全神贯注，赞叹地看着那些在彩虹上交替出现的色彩，当梅莉莎坐到她身旁的时候，她根本没注意到。本来她不在她身旁，现在她坐过来了，舞蛇的手臂环绕过她女儿的肩膀。这一次梅莉莎全身放松地靠着她，不再是那副想拒绝任何肢体接触的姿态。

云层飘走了，彩虹也褪色了，松鼠慢慢跑回舞蛇的身边，身体湿漉漉的，它身上的条纹和颜色显得非常鲜明。舞蛇挠挠它的耳后以及下巴，然后她向外看着沙漠的远方，这是她半小时来第一次眺望沙漠的另一端。

从云层飘来的方向望去，那些黑色的低矮沙丘上已经铺上一片淡淡的绿意。漠地植物生长速度之快，让舞蛇不禁想象着自己看见天际处有一波平静的潮水，跟随着雨水的路径，迅速地漫上来。

第十章

　　舞蛇很不情愿地意识到她不能进入中央城。尽管那些洞穴强烈地吸引着她，但花时间探索那些山壁里的洞穴，实在太危险了。也许这些洞穴最后会通到城市里，但它们也有可能让她和梅莉莎受困在罗密交织的甬道中一个不毛之地里。雨水让她们暂时获得舒缓。如果舞蛇再不接受这个办法，她和她的女儿，还有那些马儿和毒蛇，就没有第二次机会了。

　　不知怎的，舞蛇心里觉得有些不平衡。她回到山区的路途，居然就像在草地上旅行一样舒适愉快。下过雨后的沙漠完全变了一个样儿。一整天，马儿一边行走，一边攫取满嘴鲜嫩的枝叶，骑在马背上的人也采摘着花束，吸啜花朵里的花蜜。花粉厚厚地弥漫在空气中。舞蛇和梅莉莎一直走到夜色降临，北极光在夜空中跳动；沙漠变得明亮可见，马匹和旅人似乎都没有疲惫的感觉。舞蛇和梅莉莎随意地停歇，并吃些食物；行进的时候，她们就吃些干果或是肉干。黎明将至，她们扑倒睡卧在柔软青绿的草地上，几个小时以前，这里还是一块沙地。她们睡了一会儿，旭日东升时就醒了过来，觉得精神抖擞。

　　她们休息的那块草地上的植物已经含苞待放。还不到下午，五彩缤纷的花朵已覆满了沙丘。有一个沙丘遍地白花，另一个沙丘变成鲜艳的紫色，还有一个沙丘从顶峰到谷地，宛若彩带般遍生了五颜六色、各式各样的花丛。绽放的花朵调和了温度，天空是舞蛇前所未见的清朗。甚至连沙丘的形状也改变了。原本似浪涛柔和翻腾的沙丘，由于雨水的冲刷侵蚀，丘脊变得非常尖锐，从狭窄峡谷内流下的间歇性溪水流过沙丘，留下了水痕。

　　第三个早晨，沙漠风暴又开始在聚集。雨水已经渐渐渗干或蒸发掉了，植物已经尽可能获取它们所需的养分。此刻叶片已渐渐斑驳干枯，变成黄褐色，植物也正在枯萎死亡。它们的种子随着舞蛇行经时引起的旋风飘散四方。

　　沙漠广大的寂静包围住她，但是中央山脉东方的小山丘已经耸立在她面前，再次提醒着她她的失败。她并不想回家。

　　旋风隐约察觉到舞蛇的身体不情愿再往前走，它突然停下脚步。舞蛇并没有催促它前进。梅莉莎在她前方几步的地方勒起缰绳往回看。

　　"舞蛇？"

　　"喔，梅莉莎，我要带你到哪里去？"

　　"我们正要回家。"梅莉莎说，试着让她镇静。

　　"也许我不会再有家可回了。"

　　"他们绝不会赶你走的。他们不可能这么做。"

　　舞蛇猛力用袖子擦拭她的泪水，丝绸般光滑的布料触着脸颊。

无助和挫败的感觉无法为她带来安慰，也不能让她感到解脱。她倾身趴在旋风的颈子上，双拳紧握着那匹马长而黑的鬃毛。

"你说过那里是你的家，你也说他们是你的家人。他们怎么可能会赶你走呢？"

"他们是不会赶我走，"舞蛇轻声说，"但是要是他们说我不能再当医生，我又怎能继续待在那里呢？"

梅莉莎抬高了手，笨拙地轻拍着她。"一切都会没事的。我要如何才能让你不再难过？"

舞蛇长长地呼出了一口气。她抬起头，梅莉莎正目不转睛地注视着她，视线并没有回避。舞蛇转头亲吻梅莉莎的手。她的手覆在其上。

"你信任我，"她说，"也许那就是我现在最需要的。"

梅莉莎微微露出半个笑容，既感到难为情又觉得受到鼓励。她们又继续向前走，但是走不到几步路，舞蛇再次勒住旋风的缰绳。梅莉莎也停了下来，担心地看着她。

"无论发生了什么事，"舞蛇说，"无论我的老师做了什么决定，你仍然是他们的女儿，就好像你是我的女儿一样。你依旧可以成为一名医生。要是我非离开不可——"

"我会跟你一起离开。"

"梅莉莎——"

"我不在乎。反正我从来没想要成为医生，"梅莉莎的语气充满挑衅意味，"我想要当一名骑师。我不要跟那些赶走你的人待在一起生活。"

梅莉莎强烈的忠诚让她很烦恼。她从来没有认识一个会这样完全忘却自身利益的人。也许梅莉莎还不觉得自己有权利去追求她的梦想；也许她被夺走了太多的梦想，以致她不敢再奢求拥有它们。舞蛇希望她能想个办法将那些梦想还给她的女儿。

"好吧，"她说，"反正我们还没有到家。到那时我们再好好思考这个问题。"

梅莉莎坚决的表情稍微松懈，她们继续往前行进。

第三天尚未日落，这些微小的植物已经在马蹄下化为尘土了。沙漠中弥漫着一片褐色的细微尘埃。偶尔那群如羽毛般轻柔的种子，会飞进空中，四处飘散。风势强劲的时候，那些重一点的种子会如潮水般掠过沙地。夜色降临时，舞蛇和梅莉莎已经进入到丘陵地带，在她们身后的沙漠一片黑暗空荡。

她们又回到了山区。她们向西直行，那是到达安全之地最快捷的路径。比起遥远的北方山腰镇的陡峭崖壁，这里的丘陵山势较为和缓，非常容易攀登，但是从这里翻越山脉，却比北方的路径还要远得多。在她们抵达了第一个山脊，还未开始翻越下一个更高的山丘之前，梅莉莎勒住松鼠的缰绳，转头回望渐渐变暗的沙漠。过了一会儿，她朝舞蛇咧嘴一笑，"我们成功了。"她说。

梦 蛇
Dreamsnake

　　舞蛇迟迟地才回报她一个微笑。"你说得没错，"她说，"我们成功了。"她此刻对沙漠风暴极度地不安，山丘中干净冰凉的空气慢慢地消失了。云层低垂，给人一种压迫感，遮蔽了天空。直到下个春天，没有一个人可以看见一小块的晴空、星辰，或是月亮，无论他是沙漠商旅还是山区居民，太阳的光芒也会越来越黯淡。此刻太阳渐渐没入山巅之下，夕阳照着舞蛇，她的身影落在背后天色渐暗的平坦旷野中。远离了狂风的威胁，远离了沙漠稀少的水源与炙热，舞蛇催促着旋风向前，朝着他们共同归属的山林前进。

　　舞蛇一直留心寻找着扎营的地点。马匹还没往山下走得太远，她听见一个令人欣喜的潺潺流水声。那条山路经过了一个小山沟，就到了那个山涧溪水的源头。看起来好像有人曾在这个地方扎过营，不过应是很久以前的事了。水源附近滋养着一些矮小茂密的常生树木，还有一些马匹可食的牧草。在地面中央一块久经践踏的空地上，留有木炭的污迹，但是舞蛇并没有柴薪。她很清楚不要像那些旅人一样，试图去砍断那些常生树木，结果却徒劳无功，仅在粗糙树干上留下斧头的砍痕，现在将树干分成两半的砍痕又重新长回原状了。树皮之下的树干就像钢铁一样强韧。

　　想要在晚上的山区里赶路，就像在白天的沙漠中一样寸步难行。虽然从城市回程的路上轻松愉快，但却无法消除整趟旅程紧张的感觉。她们会在晚上停下来休息，到了天亮的时候——

　　到了天亮的时候，然后呢？这么多天以来，她都一直不停在赶路，匆忙赶赴治病，救人免于死亡，或是仓促逃离始终不平静的漠地。她非得要停下片刻，才能赫然了解到，她已经不再有任何需要赶路的理由了。没有任何人迫切地需要她从这头赶至那头,她也不用再只睡几个小时,然后在黎明或落日时分呵欠连连地醒来。她的故乡在等待着她,但她却一点也不确定,一旦她回到故乡,那里还会是她的家吗?除了失败、坏消息,和一条不知道有没有用处、性情猛烈的沙地蝮蛇外,她什么也带不回去。她解开毒蛇袋,轻轻地将它放在地面上。

梅莉莎按摩过马匹之后,就跪在行李旁,开始拿出食物和蜡制炉子。自从启程以来,这是她们第一次正式的扎营。舞蛇蹲在她女儿的身旁,帮忙弄着晚餐。

"这些事情我来做就好了,"梅莉莎说,"你去休息吧。"

"这样似乎不太公平。"舞蛇说。

"我不介意。"

"这不是重点。"

"我喜欢为你做事。"梅莉莎说。

舞蛇将双手搭在梅莉莎的肩膀上,没有强迫或促使她转身。"我知道。但是我也喜欢为你做事。"

梅莉莎的手指紧张地摸弄着扣环和皮带。"这样做不对,"她终于说,"你是个医生,而我——我在马厩里工作。我为你做事是理所当然的。"

"是哪个地方的人说,一个医生比一个马厩的工人享有更多的权利?你是我的女儿,而且我们还是彼此的好伙伴。"

梅莉莎猝然转身,紧紧地拥着舞蛇,她的头埋进她的衬衫里。舞蛇拥抱着她,在坚硬的土地上前后摇晃地安慰着梅莉莎,就好像

梦蛇
Dreamsnake

她是个年幼的稚儿，而她自己却没有机会再返回那个模样了。

过了几分钟，梅莉莎松开手臂，抽回身体，再次控制住自身的情绪，尴尬地看向别处。

"我不喜欢没事可做。"

"曾几何时你又有过这种机会试一试？"

梅莉莎耸耸肩。

"我们可以轮流做，"舞蛇说，"或是把每天的工作互相分配。你比较喜欢怎么做？"

梅莉莎与她正眼相对，迅速地露出一个放心的笑容。"把每天的工作互相分配。"她环顾四周，好像她这才第一次瞧见这个营地。"也许那边会有一些枯木。"她说，"而且我们也需要一些水。"她伸手拿走捆木头的带子和皮革水袋。

舞蛇从她手中拿回皮水袋。"再过几分钟，我们在这里会合。要是什么也没找到，不要继续花时间找下去。不管冬天有什么东西落下来，也许都被春天最先到达这里的旅人用光了，如果春天真有旅人会到这儿的话。"这个地方看起来不仅好像许多年没人来过，周遭还弥漫着一股无法言喻、荒废弃置的气息。

那条河水流湍急，流过营地，此刻已不复见旋风与松鼠喝水时踩在泥巴上的足印了。舞蛇仍沿着溪水往上游走了一小段路。在靠近河水源头的地方，她将水袋放在地上，爬上一个巨大的岩石，周遭的景象一览无遗。她没有看见其他人影、马匹、营地或是炊烟。舞蛇几乎终于要相信，那个疯子已经不见了，或是根本就不存在。她只是碰巧遇到了一个真正的疯子和一个误入歧途、手脚拙劣的小偷罢了。就算他们是同一个人，自从和他在街上打斗以来，她就没再看见过他的形迹。这件事不久前才刚发生，但感觉上似乎已经过了很久，不过也许真的是够久了。

舞蛇爬回水边，拿起放在银白色水面下的水袋。水已经灌满整个袋子，入口的地方还不断产生冰冷的气泡，急速地流向她的双手，并穿过她的指间。山里的水就是不一样。这个皮革水袋瞬间已经鼓起。舞蛇在袋子上绕了几圈绳结，然后将绳带甩向肩膀。

梅莉莎还没回到营地。舞蛇闲晃了几分钟，将干粮弄成一顿晚餐，虽然它们已经浸湿了，但看起来还是一样硬，味道尝起来也相同，不过稍微容易咀嚼。舞蛇摊开毯子。她打开毒蛇袋，但是白雾却待在里面不出来。长途旅行后，这条眼镜蛇时常都会待在幽暗的隔层里，此时如果被惊扰，就会变得性情猛烈。看不见梅莉莎，舞蛇觉得有些不安。她提醒自己，梅莉莎个性坚强独立，但她仍无法驱除心中不安的情绪。她没有打开狂沙的隔层，让那条响尾蛇出来，甚至也没有检查那条沙地蝮蛇，她并不喜欢这件工作。她反而关上袋子，然后起身呼唤她的女儿。突然间，旋风和松鼠变得惊慌不已，不断害怕地嘶叫，梅莉莎传来一声惊恐的喊叫，警告着她："舞蛇！小心！"山坡上猝然隆隆滚下一堆土石。

舞蛇朝那个打斗声响的地方跑去，皮带上的小刀已抽出一半。她绕过一块岩石，然后倏地停住脚步。

梅莉莎正试图奋力从一名身形高大消瘦、穿着沙漠长袍的男子的钳制里挣脱。他一只手捂住她的嘴，另一只手则箍住她，她的手臂动弹不得。她对他拳打脚踢，但是那个男人似乎一点也不痛，也

梦蛇
Dreamsnake

没有生气。

"叫她停下来，"他说，"我不会伤害她的。"他说话口齿不清，好像中了毒似的。他的袍子破了，而且非常肮脏，头发也蓬乱不堪。他的瞳孔似乎比他充满血丝的眼白还要惨白，使他看起来茫然无神，不像人类。在她还没有看见她在山区遭到攻击，划伤她额头的那枚戒指前，舞蛇就已经知道他就是那个疯子。

"放开她。"

"我想跟你做个买卖。"他说，"只是个买卖。"

"我们没什么钱财，不过现在那些都是你的了。你想要什么？"

"梦蛇，"他说，"我只要这个。"梅莉莎又再度挣扎，这个男人稍微变换姿势，更加残酷地紧紧抓着她。

"好吧。"舞蛇说，"看来我似乎没有选择。它在我的袋子里。"

他跟着她回到营地。旧的谜底已经解开，新的谜题却又产生。

舞蛇指指袋子。"就在最上面一层的袋子里。"她说。

那个疯子侧身靠近袋子，动作笨拙地拉着梅莉莎一起过去。他伸手接近扣环，却突然抽回手。他在发抖。

"你来开，"他对梅莉莎说，"对你不会有危险。"

梅莉莎没有看舞蛇，她伸手去解开扣环，脸色非常苍白。

"住手。"舞蛇说，"那里什么东西也没有。"

梅莉莎的手滑落到身侧，表情混杂着解脱与恐惧，看着舞蛇。

"放开她。"舞蛇又说了一次，"如果你想要的是梦蛇，那么我无能为力。在你找到我的营地之前，它就已经被杀死了。"

他眯起眼睛注视着她，然后转身去打开毒蛇袋。他轻轻拨开扣环，然后将袋子里的东西都踢出来。

那条古怪的沙地蝮蛇全身纠缠，它摇摇晃晃地开始蠕动爬行，还不断发出嘶嘶声。它瞬间昂起头，像是要为它被囚禁在袋子里采取报复行动。那个疯子和梅莉莎全都僵住了，站着一动也不动。那条蝮蛇蠕动绕圈，然后朝向石堆爬行。舞蛇跳上前去，将梅莉莎从那个疯子身边拉过来，他却根本没察觉到。

"你骗我！"他突然歇斯底里地纵声狂笑，双手举向空中。"那根本就不是我想要的东西！"他一下狂笑，一下哭嚎，泪水流过他的脸，他跌坐到地上。

舞蛇很快地跑到石堆去，但是沙地蝮蛇已经不见踪影了。她深锁着眉，握着刀柄，站到那个疯子身旁。蝮蛇在沙漠里非常稀有，更不可能在丘陵地区生存。现在她不但无法为亚瑞宾的族人制造血清，也没有什么可以带回去给她的老师了。

"起来！"她说，口气非常严厉。她瞥向梅莉莎："你还好吗？"

"嗯。"梅莉莎说，"他让那条蝮蛇逃走了。"

那个疯子仍曲着身体坐在地上，无声地哭泣着。

"他怎么了？"梅莉莎靠着舞蛇的手肘，往下觑着那个正在啜泣的男子。

"我不知道。"舞蛇用脚尖顶顶他的身侧，"不要哭！站起来！"

那个男子在她们的脚边无力地移动。他的手腕穿过破烂不堪的袖子，两只手就像枯槁的树枝。

"我本来不会被他抓住的。"梅莉莎口气里充满厌恶。

"他实际上比他看起来还有力。"舞蛇说，"看在老天的分上，停止那个鬼叫声。我们不会对你怎么样。"

"我已是死人一个了,"他细声说,"你是我最后的机会,所以我已经死了。"

"什么最后的机会?"

"快乐的最后机会。"

"你捣毁别人的财物,袭击别人,这种快乐也太卑鄙可恶了。"梅莉莎说。

他抬头看着她们,泪水划过他骨瘦如柴的脸颊,他的皮肤上刻着深深的皱纹。"你为什么要回来?我没办法再跟下去了。我本来想要回家等死,如果他们愿意让我回去。但是你却回来了,而且还进入了这座山丘。"他将脸埋进沙漠长袍破烂不堪的袖子里。他的头巾已经不见了,头发枯黄干燥。他不再啜泣了,但是肩膀却在发抖。

舞蛇跪下来,扶他起身。她支撑着他身子大部分的重量。梅莉莎谨慎地站在旁边,然后耸耸肩,过去帮忙。当她们迈步向前,舞蛇感觉到那个疯子衣服下有一个硬邦邦、方形的东西。她猛力将他扳过身,扯开他的袍子,双手在层层脏污的衣服里摸索。

"你在干什么?停下来!"他抗拒着她,挥动着干瘦的双臂,试着将衣服扯回来,遮住他瘦骨嶙峋的躯体。

舞蛇找到了一个暗袋。她一碰到那个隐藏在衣服下的形状,就知道那是她的日志。她抽出日志,然后放开那个疯子。他退后了一两步,全身颤抖地站着,慌乱地整理他的衣服。舞蛇不理会他,双手紧紧地抱着那本日志。

"那是什么?"梅莉莎问。

"我试炼期的日志。他从我的营地偷走的。"

"我本来想把它丢掉,"那个疯子说,"我忘记它还在我身上。"

舞蛇怒视着他。

"我以为那对我会有帮助,但是它一点用处也没有。"

舞蛇叹了口气。

回到营地之后,舞蛇和梅莉莎让那个疯子躺到地上,将他的头枕在马鞍上,他茫然地望着天空。每次当他一眨眼,一颗新的泪珠又从他的脸上滚落下来,在尘土上划下道道泪痕。舞蛇给了他一些水喝,然后蹲下来看着他,想着他说的那些奇怪的话。到头来他果真是个疯子,但并非天生就疯了。他是被绝望逼疯的。

"他并没有打算要伤害我们,对不对? "梅莉莎问。

"我想没有。"

"他害我丢下了那些木柴。"梅莉莎说。她忿忿不平地走向石堆。

"梅莉莎——"

她回头。

"我希望那条沙地蝮蛇就这样逃走了。但是它也许仍在附近。我们今晚最好不要生火。"

梅莉莎犹豫了很久,舞蛇以为她可能会说,她宁愿跟蝮蛇做伴,也不想要跟一个疯子待在一起。但是最后她只是耸耸肩,然后走到马匹那儿去。

她将水袋再次靠在那个疯子的嘴边。他只啜了一口,然后就让水从嘴角滴下去。水流过好几天没剃的胡子,在他身子下方的坚硬土地上形成一小摊水洼,水洼流出细小的水流。

梦 蛇
Dreamsnake

"你叫什么名字？"舞蛇等着，但他并没有回答。当他耸耸肩，故作无所谓状，舞蛇开始怀疑他是不是一名精神分裂症患者。

"你一定有个名字。"

"我想——"他舔着嘴唇，双手颤动。他眨了眨眼，然后又有两滴泪珠划过他脸上的尘土。"我想我一定曾经有过名字。"

"你说的那些关于快乐的话，是什么意思？为什么你想要我的梦蛇？你快死了吗？"

"我告诉过你，我已经死了。"

"为什么会死？"

"因为需要。"

舞蛇皱眉："需要什么？"

"需要梦蛇。"

舞蛇叹气。她的膝盖在痛。她变换了姿势，双腿盘坐，靠着这个疯子的肩膀。"你若不告诉我发生了什么事，我就无法帮助你。"

他突然坐起身，翻弄着他先前已整理好的袍子，拉扯着破烂不堪的衣服，直到扯破它为止。他抬起下巴，将衣服掀开至喉咙的高度。"你想知道的就是这个！"

舞蛇靠近一点看。在那个疯子杂乱丛生、粗糙无光泽的胡子下，她看见无数个细小的疤痕，每个疤痕都是两个一对，聚集在颈动脉附近。她震惊地往后退。毫无疑问，那些是梦蛇毒牙所留下的伤痕，但是她实在无法想象也想不出来，有哪一种疾病会剧痛到需要这么多的毒液去减轻痛苦，而到最后，罹患这种病的病人居然还存活了下来？这些疤痕形成的时间很长，且时间不一，因为有些旧的疤痕已经泛白，有些却是新的伤口，颜色嫩红鲜艳，那些疤痕在他第一次掠夺她的营地时，一定才刚刚结痂。

"你现在明白了吧？"

"不，"舞蛇说，"我不明白。发生了什么——"她突然不说话，深锁着眉头，"你该不会是医生吧？"但是那是不可能的。因为否则她应该会认识他，至少也会听说过有这么一个人。而且，梦蛇的毒液跟其他毒蛇的毒液一样，在医生体内都不会产生任何反应。

她想不透为什么会有人在这么长的一段时间内，使用这么多梦蛇的毒液。因为不论这个男人是谁，或是他的职业是什么，一般人的身体若感觉到了类似他的这种剧痛，老早就会痛死了。

那个疯子摇摇头，再次跌坐到地上："不，我不是医生……从来就不是。在破裂的圆顶里不需要医生。"

舞蛇不耐烦地等待着，但她不愿意贸然岔开他的心思。那个疯子舔舔嘴唇，又开始说话。

"请……给我水。"

舞蛇将水袋拿到他的嘴边，他就开始贪婪地喝着水，不像之前任水溢出，弄湿身体。他试着再次坐起身，但是他的手肘滑了一下，然后他就静静地躺着不动了，也不再试着开口说话。舞蛇的耐心用尽了。

"为什么你会这么频繁被梦蛇咬伤？"

他看着她，惨白、充满血丝的眼睛非常镇定。"因为我非常懂得如何向他们苦苦哀求，而且我带了许多财宝到破裂的圆顶去。所以我常常获得赏赐。"

梦蛇
Dreamsnake

　　"赏赐！"

　　他的表情变得温和。"喔，没错！"他的眼睛失去焦点，视线似乎穿透她，看向远方。"他们赐给我快乐、遗忘，还有真实的梦境。"

　　他闭起双眼，就算是舞蛇粗鲁地推他，他也不再说话。

　　她走向梅莉莎，梅莉莎已经在营地的另一端找到一些干枯的树枝，现在她坐在小小的火堆旁边，正等着看结果。

　　"有人有一条梦蛇。"舞蛇说，"他们把它的毒液当作迷幻药在使用。"

　　"那样做太愚蠢了，"梅莉莎说，"为什么他们不利用这附近生长的东西？还有一大堆不同的药材啊。"

　　"我不知道，"舞蛇说，"我自己都不晓得毒液发作起来是什么样的感觉。我想知道的是，他们在哪里找到梦蛇的？他们不是从医生那里拿到的，至少不会是医生主动送给他们的。"

　　梅莉莎搅拌着汤汁。火光将她的红发变成金黄色。

　　"舞蛇，"她最后说，"那晚你回到马厩的路上——就是在你跟他打斗过后——他还是有可能会把你杀了。今晚被他逮到机会的话，他本来也有可能杀了我。要是他还有一些狐群狗党，打算从医生身边抢走梦蛇……"

　　"我知道。"有人抢夺梦蛇，医生因此遭到杀害？这想法实在令人难以接受。舞蛇在地上用一块尖锐的石头随手画了一个无意义的交叉线条。"这大概是唯一说得过去的解释。"

　　他们吃着晚餐。那个疯子睡得太熟了，无法喂他吃饭，但他根

| 第十章 |

本就没有如他所言正濒临死亡。事实上，在那些灰尘和那堆烂布之下，他出乎意料地健康。他身材是很消瘦，但他的骨架却很结实，皮肤也没有一丝营养不良的征兆。毫无疑问，他仍相当健壮。

但是舞蛇却在思考：医生当初为何要带着梦蛇四处医病？它的毒液不会致命，但也不会使人起死回生。更确切的说法是，它的毒液只是用来缓和生死之间心境上的转换，帮助那些垂死的病患接受他们最终的命运。

若让他选择的话，不用怀疑，那个疯子一定非常乐意死掉。但是在她还没有找到他来自何处和事情的真相之前，舞蛇还不想让他实现他的愿望。她也不愿熬上大半个夜晚，和梅莉沙轮流看顾着他。她们两个都非常需要好好地睡上一觉。

那个疯子的手臂就跟他破烂的袍子一样虚弱无力。舞蛇将他的双手举过他的头部，然后用两条捆绑行李的绳子，将他的手腕绑在马鞍上。她没有将他绑得很紧，也不让他感到疼痛，她只是将他固定住，如果他试图逃跑，她可以听到动静。夜晚的温度让人冷得发颤，所以她拿了一条多余的毯子盖住他。然后她和梅莉莎就在坚硬的地面上，摊开她们自己的毯子，进入梦乡。

舞蛇再次醒来时是午夜时分。火堆里的火已经熄灭，整个营地一片漆黑。舞蛇躺着不动，等着听见那个疯子试图逃跑的声响。

梅莉莎在睡梦中叫出了声。舞蛇靠向她，在黑暗中摸索着，然后碰到她的肩膀。她坐到她身旁，轻轻抚摸着她的头发和脸。

"没事了，梅莉莎，"舞蛇轻声说，"醒醒，你只是在做噩梦。"

过了一会儿，梅莉莎猝然坐直身子。"怎么——"

"是我，舞蛇。你刚刚在做噩梦。"

梅莉莎的声音在发抖。"我以为我又回到山腰镇了。"她说，"我以为罗斯……"

舞蛇拥着她，仍在轻抚着她柔软卷曲的头发。"不要怕，你不用再回去了。"

她感觉到梅莉莎在点头。

"你希望我待在你身边吗？"舞蛇问，"还是这样又会使你做噩梦？"

梅莉莎迟疑着。"请你待在我身边。"她悄声地说。

舞蛇躺了下来，将毯子在她们身上盖好。夜晚气温寒冷，但是舞蛇还是很高兴她们离开了沙漠，回到一个白天的热气不会固执留在土地里的地方。梅莉莎蜷身靠着她。

四周一片阗黑，但是舞蛇仍可以从梅莉莎的气息判断，她又再次进入梦乡了。也许她根本没有真正醒来过。舞蛇好长一段时间都无法再入睡。她听得见在潺潺的流水声中，那个疯子含混的呼吸声像在打鼾，她还感觉到旋风和松鼠在夜间变换姿势时，马蹄踏在硬邦邦的土地上产生的振动。

在她肩膀和臀部下方的地上，杂草稀疏；而在她上方，没有一颗星斗，也没有一丝银白月色穿透夜空。

那个疯子大声地发着牢骚，远比他这个晚上之前的喧哗声音还大。

"让我起来，放开我。你是要对我严刑拷打吗？我想小便。我口渴了。"

舞蛇掀开毯子，坐起身。她本想让他先喝点水，但是觉得一大清早就在梦境中被吵醒，实在太不值得了。她起身，伸伸懒腰，打着呵欠，然后朝着梅莉莎招手，她正站在旋风和松鼠中间，而它们正轻咬着她，想要吃顿早饭。梅莉莎笑着，也跟她挥挥手。

那个疯子拉扯着绳子："喂？你到底要不要让我起来？"

"再过一分钟。"她使用完先前她们在草丛内挖掘的临时厕所，就走到小溪边，将水往脸上泼。她想洗个澡，但是那条小溪的水量没有那么丰沛，而且她也不想让那个疯子等太久。她回到营地，解开他手腕上的皮绳。他坐起身，搓揉着双手，一面还喃喃抱怨着，然后起身离开。

"我不想侵犯你的隐私，"舞蛇说，"但是不要离开我的视线。"

他大声胡乱地咆哮，别人根本听不懂他在说什么，但他并没有让草木天然的帷幕完全遮住他。他拖着步伐回到舞蛇身边，蹲下来一把抓过水袋。他饥渴地喝着水，然后用袖子擦干嘴巴，一面用饥肠辘辘的眼光东张西望。

"有早餐吗？"

"我以为你打算要去死。"

他哼了一声。

"每个待在我营地的人必须工作才有饭吃。"舞蛇说，"你可以说说你想做什么。"

那个男子看着地面，叹了口气。他黝黑浓密的眉毛遮住了他苍白的眼神。

"好吧。"他说。他盘坐地上，手臂搁在膝盖上，双手垂放。他的手指在发抖。

舞蛇等待着，他却不再说话。

过去几年里，有两个医生失踪了。想到他们的乳名，舞蛇仍然会想起他们，她总以那些乳名来称呼他们，一直到他们的试炼期到了，他们必须离开。她和菲利并没有很熟稔，但珍娜却是她最亲爱的姐姐，是三个她最亲近的人之一。她仍然能感觉到在珍娜试炼期那年的冬天与春天她心中的震惊，日子一天天过去，村庄里的人渐渐明白她不会再回来。他们从来不知道她到底发生了什么事。有时当一个医生死了，信差会把坏消息带回医生之域，有几次甚至还把毒蛇送回来。但是医生们从没有得到任何珍娜的消息。也许这个比舞蛇早先一步坐下的疯子，已在一处幽暗的山谷里袭击她，将她杀死，然后抢走梦蛇。

"怎么样？"舞蛇尖声地问。

那个疯子吓了一跳。"什么怎么样？"他斜视着她，努力地想要集中视线的焦点。

舞蛇控制住她的脾气。"你是从哪儿来的？"

"从南方来的。"

"哪一个城镇?"她的地图上有到南方的路径,但在上面却一个标示也没有。山区和沙漠里的居民都尽量避免到太过南方的地带。

他耸耸肩:"不是城镇。那里已经没有城镇了,只剩下那个破裂的圆顶。"

"你为什么想得到梦蛇?"

他又耸肩。

舞蛇跨步向前,一把抓住他肮脏的袍子。她扯得他起身,他领口处的布料在她拳头里皱成一团。"回答我!"

一颗泪珠孤零零地滑过他的脸。"我怎么可以告诉你?我又不了解你。我在哪儿得到它的?我从来就没有拥有过它。它们一直在那个地方,但不是我的。当我到那里的时候,它们就在那儿了;当我离开的时候,它们还是在那里。要是我自己有几条梦蛇的话,我怎么还会需要你的梦蛇?"舞蛇渐渐放开她的手指,那个疯子跌坐在地上。

"几条你自己的梦蛇?"

他伸出双手,将手高举,让袖子掉落到手肘上。他的上臂、手肘内侧、手腕,所有静脉突出的地方,也都布满了咬痕。

"当它们同时咬遍你全身上下的时候,那感觉是最棒的了。"他眼神迷离地说,"它咬住你的喉咙,动作又快又准,在紧急情况下或是为了要让你活下去,它就会咬那里。通常诺斯给的也就只有这样。但是若是你为他立了不寻常的汗马功劳,他就会赏赐你,让梦蛇咬遍你全身。"那个疯子拥着自己,好像感觉很冷似的摩擦着

梦 蛇
Dreamsnake

双臂。他的脸因兴奋而红润，摩擦的力道更强，速度也加快了。"然后你就会感觉到，你感觉到——周遭的一切突然都发亮了，你身上着了火，周遭的一切也是——然后就这样一直不停燃烧、燃烧……"

"不要再说了！"

他的手垂到地上，看着她，双眼茫然无神。"你说什么？"

"这个诺斯——他有梦蛇？"

那个疯子热切地点头，记忆再度令他兴奋。

"数量很多吗？"

"整个坑洞里都是。有时候他会带人走下那个洞里，他在报答他们——但是自从第一次以后，他就从来没带我下去过。"

舞蛇坐下来，注视着这个疯子，眼神却很缥缈，她想象着那些脆弱的生物困在一个坑洞内，暴露在狂风暴雨之下。

"他从哪里得到它们的？他是跟城市里的人交易得来的吗？还是他和那些外星人有来往？"

"得到它们？它们就在那里。诺斯拥有它们。"

舞蛇和那个疯子一样，身子剧烈颤动。她将手紧紧抱住膝盖，拉紧全身的肌肉，然后再慢慢地放松。她的双手不再抖动了。

"我惹他生气了，所以他把我赶走了，"那个疯子说，"我身体非常不舒服……然后我听说有个医生来了，所以我就去找你，但是你不在营地里，而且你也把梦蛇带走了——"他的音调提高，说话的速度加快了。"那里的人把我赶走了，但是我跟踪你，一直跟在你后头，直到你又进入沙漠。我没办法再跟下去了，我本想回家，但是我不能回去。所以我只好躺着等死，但是我又做不到。你已经没有梦蛇了，那你为什么还要自投罗网，回到我这里？为什么你不让我就这样死了算了？"

"你还不会死，"舞蛇说，"在你带我找到诺斯和梦蛇之前，你还要一直活下去。在那之后，你要死要活是你的事。"

那个疯子看着她："但是诺斯把我赶走了。"

"你不用再服从他了。"舞蛇说，"如果他不给你想要的东西，他就没有权再控制你。你唯一的机会就是帮我找到几条梦蛇。"

那个疯子良久地注视着她，眯着眼睛，皱着眉头沉思。突然间他豁然开朗，脸上变得宁静喜悦。他走向她，却不小心跌了一跤，他便匍匐爬向她。他跪在她身旁，握住她的双手。他的手脏兮兮的，长满了茧。那个划伤舞蛇额头的戒指，只剩下镶座，宝石已经不在了。

"你是说，你会帮我拿到一条属于我的梦蛇？"他微笑，"随时都可以使用？"

"是的。"舞蛇紧咬牙根说出口。当那个疯子俯身要亲吻她的手的时候，她马上将手抽出来。现在她已承诺了他，虽然她知道这是唯一能得到他协助的办法，她还是觉得自己好像犯下了一个可怕的罪行。

第十一章

月光朦胧地照在通往山腰镇平坦的道路上。亚瑞宾一直骑到夜幕低垂，他太沉浸在自己的思绪当中，完全没注意到夕阳已将天光烧成薄暮了。尽管医生之域在距离他好几天路程的北方，他依然没有碰见一个知道舞蛇下落的人。山腰镇是最后一个她可能会在的地方，因为山腰镇的南方就没有城镇了。亚瑞宾的地图上标示着一条牧者行走的山路，这一条古老荒废的山路贯穿过东部山脉后就终止了。在山区与在亚瑞宾家乡的旅人绝不会冒险深入更远的南方。

亚瑞宾试着不去想，要是他在山腰镇没有找到舞蛇，他下一步该怎么做。他还没有接近山峰，无法瞥见东部的沙漠，这让他有些高兴。如果他没看见暴风已经开始呼啸，他就可以想象这样稳定的天气会比平常持续得更久。

他转过一个弯，往上看，遮住他的灯笼，眯着眼。前方有灯光：柔和昏黄的煤气灯火。这个小镇就好像洒溢在斜坡上的一篮火花，所有的火光都在一块儿休憩，但也有一些零星的灯火分别散布在山谷上。

尽管亚瑞宾已经多了几次造访城镇的经验，入夜后城镇居民依旧繁忙，这还是让他觉得非常惊讶。他打算今晚继续骑到山腰镇，也许不到明天早上，他就可以打听到一些舞蛇的消息。他将袍子裹得更紧，以抵御夜晚的冰冷。

亚瑞宾不由自主地打起盹来，直到他坐骑的马蹄在圆石子路上踏出清亮的响声，他才醒了过来。这里尚未有人群活动，所以他继续骑下去，直到他到达酒馆林立，还有几处娱乐场所的镇中心。这里几乎和白天一样明亮，人声鼎沸，就好像从来没有夜晚降临。经过酒馆门口，他看见几个工人肩搭着肩在唱歌，女低音的声音有些平板乏味。酒馆和一间旅店相连，他停驻下马。泰德要他在旅店打听消息的建议还不错，不过到目前为止，亚瑞宾交谈过的旅店老板，都还没有一个人能够提供给他消息。

他进入酒馆内。工人仍旧在唱歌，伴随着角落里的吹笛手所吹奏的任何曲调，陶醉在音乐之中。乐手将乐器搁在膝盖上，拿起一个陶杯，啜饮着。亚瑞宾猜想那是啤酒。酵母令人欢愉的气味弥漫整个酒馆。

歌者开始唱起另一首歌，但是那位女低音却猝然闭起嘴巴，注视着亚瑞宾。有一个人朝她看去。当他和她其他的同伴随着她的视线看过去，这首歌就倏地中断了。笛声空荡荡地飘送着，曲调渐歇，然后也跟着停止了。酒馆内每个人的注意力都集中在亚瑞宾身上。

"你们好，"他拘谨地说，"如果可能的话，我想跟这里的老板说话。"

没有一个人移动。然后那个女低音突然跟跟跄跄地走出来，还绊倒了她的凳子。

"我——我看看能不能找到她。"她穿过一个挂着布幕的通道就不见了。

没有一个人说话,连酒保也是。亚瑞宾不知道该说什么。他觉得他身上的灰尘和脏污应该不至于让每个人都震惊到哑口无言,而且像这样的商业城镇,人们对他的衣着应该很习以为常才对。他想到的唯一办法就是回看着他们,然后等待。也许他们会再继续唱歌,喝他们的啤酒,或者问问他是否口渴了。

他们还是一动不动。亚瑞宾只好继续等待。

他感到有些荒谬。他往前踏出一步,假装一切毫无异状地行动,想要打破僵局。但是当他一移动,酒馆里的每个人似乎都屏住气息避开他。室内的紧张气氛不像在审视陌生人,反而像是一个对手在等待着他的敌人。有人在交头接耳,听不清楚他们在说什么,不过语气听起来充满敌意。

通道上的布幕掀开了,一个高大的身影停在阴影中。这个老板步入灯光下,目不转睛地看着亚瑞宾,没有丝毫恐惧。

"你有话想跟我说?"

她跟亚瑞宾一样高,动作优雅,表情严峻。她没有微笑。山区居民很快就会表达出他们的情绪,所以亚瑞宾想也许他不小心闯入了私人住宅,或者他触犯了他不知道的风俗习惯。

"是的,"他说,"我在找一个大夫,她叫舞蛇。我希望可以在这个镇里找到她。"

"你为什么以为你会在这里找到她?"

如果山腰镇的居民对所有的旅人说话都是这么无礼的话，亚瑞宾怀疑它怎么可能还这么繁荣。

"如果她不在这里，那她一定根本没到山腰镇——她一定还在西部沙漠里。风暴就要来了。"

"你为什么要找她？"

亚瑞宾容许自己微微皱眉，因为这个问题已经超过无礼的限度了。

"我看不出来这事与你有什么关系，"他说，"若在你的房子里不讲求一般礼貌，我会到别的地方去问。"

他转身，却几乎撞上两个领口上镶有徽章的人，他们手上带着脚链。

"请你跟我们走。"

"有任何理由吗？"

"涉嫌伤害他人。"另外一个人说。

亚瑞宾震惊不已地看着他："伤害他人？我到这个地方还不到几分钟！"

"这个我们自会判断。"第一个说话的人说。她抓住他的手腕，想用手铐锁住他。他抗拒着抽出他的手，但是她紧紧抓住他。他不断挣扎，那两个人同时靠上前去。他们不断向对方挥打着，酒吧内的群众也在一旁鼓噪。亚瑞宾打到了那两个对他不怀好意的人，重心一时摇晃，几乎跌倒。有个东西啪的一声往他的头部打去。他觉得膝盖一阵虚弱无力，接着他就倒下去了。

梦 蛇
Dreamsnake

　　亚瑞宾在一个狭小的房间内醒过来，房内唯一的窗户高挂在墙壁上。他的头剧烈疼痛。他不明白为什么事情会发展到这种地步，因为向他的族人买布料的商人都说山腰镇的居民非常友善。也许这个小镇只掠夺单独旅行的人，却独独善待过往的商旅。装着他的钱和小刀的皮带不见了。他不明白为何他没有奄奄一息地躺在某个巷弄里。至少他没有再被铐住。

　　他慢慢地坐起身，移动身体让他有些头晕目眩，他停顿下来，环顾四周。他听到回廊里有脚步声传来，他跳起来，身体摇摇晃晃的，他努力伸长脖子，从门上狭小窗口上的铁条缝隙向外看。脚步声渐传渐远，那个人在跑。

　　"这就是你们对待客人的方式吗？"亚瑞宾大喊。通常要有很强大的外力才能干扰他沉静的脾气，但他现在却感到非常愤怒。

　　没有人回答。他放开铁条，脚回到地面上。在他的牢房外，他只看得到另一面石墙。那扇窗户高得遥不可及，就算他搬动那张笨重的木床，站在上面，也碰不到它。室内唯一的光线，就是上方墙壁反射的模糊朦胧的方寸阳光。有人拿走了亚瑞宾的袍子和靴子，只留下他宽松的长马裤。

　　他的心情渐渐平静下来，他耐心地等待着。

从石头回廊里传来一阵不规律的脚步声——一个瘸子，还有一根拐杖。这一回亚瑞宾静静地等待。

钥匙孔里咔哒一声，然后门就被打开了。和昨晚攻击他的人戴着相同徽章的警卫首先谨慎地入内。一共有三名警卫，亚瑞宾觉得很奇怪，因为昨晚他连两个人都打不过。他没有多少打架的经验。在他的氏族里，大人们通常都会将扭打的小孩分开，然后试着用话语解决他们的纷争。

一个身材壮硕、黑发的男子在一个助手和拐杖的搀扶下走进牢房。亚瑞宾没有向他致意，也没有起身。他们四目相对，好几分钟都一直互看着对方。

"医生目前很安全，至少你无法在她身边伤害她。"这个大块头说。他的助手离开他片刻，从走廊拉来一张椅子。当那名男子坐下来时，亚瑞宾才明白他并非天生残疾，而是他的脚受伤了——他的右脚缠着厚厚一层绷带。

"她也医治过你，"亚瑞宾说，"那你为什么还要攻击那些想找到她的人？"

"你假装神志清醒，的确演技逼真。但是我想，一旦我们观察你几天，你又会开始胡言乱语了。"

"假如你继续把我关在这里，我不怀疑我会开始胡言乱语。"亚瑞宾说。

"你以为我们会放了你，让你再继续跟踪医生吗？"

"她在这里吗？"亚瑞宾急切地问，不再谨言慎行，"如果你见过她，那她一定是安全离开沙漠了。"

那个黑发男子注视了他片刻。"我很惊讶听到你关心着她的安危。"他说，"但是我想疯子的心思向来都是飘忽不定的。"

"疯子！"

"冷静一点。我们知道你攻击过她。"

"攻击——？她遭到攻击？她受伤了吗？她在哪里？"

"我想不告诉你答案对她来说比较安全。"

亚瑞宾将视线移开，找寻着一个集中他脑海里思绪的方法。他心中五味杂陈，既觉纷乱又感到松了一口气。至少舞蛇离开了沙漠。她一定很平安。

石块中一个缝隙露出了些许光线。亚瑞宾注视着那个光点，让自己冷静下来。

他往上看，几乎要露出一个笑容："这样争辩下去无济于事。如果你请她过来看我，她就会告诉你，我们是朋友。"

"真的吗？那我们应该怎样告诉她，想见她的人是何方神圣呢？"

"告诉她……就是那个她知道他的名字的人。"

那个大块头皱起眉："你们这些野蛮民族，还有你们的迷信——"

"她会知道我是谁。"亚瑞宾说，不愿屈服在他的愤怒中。

"你愿意和医生当面对质？"

"愿意！"

那个大块头靠回他的椅子内，瞥向他的助手："嗯，布莱恩，他说话的样子真的不太像是个疯子。"

"是不像，老爷。"那个老人说。

那个大块头看着亚瑞宾，但是他的视线焦点实际上是放在他身后牢房的墙壁上。"我在想盖伯尔会怎么——"他突然不说话，然后瞥一眼他的助手，"像类似的情况，他有时候会想到一些不错的办法。"他说话的声音听起来有些尴尬。

"是的，镇长，他的确有些好办法。"

室内一阵静默，气氛更紧张了。亚瑞宾知道，再过几分钟警卫、镇长还有那位叫布莱恩的老人就会起身，将他丢在这间狭窄迫人的牢房里。亚瑞宾感觉到一滴汗水滚过他的身体。

"嗯……"镇长说。

"先生——？"其中一名警卫迟疑地说。

镇长转向她："你要说什么就把它说出来。我不喜欢把无辜的人关起来，但是最近有太多的疯子逃掉了。"

"昨晚我们逮捕他的时候，他非常诧异。现在我相信他是真的很惊讶。舞蛇小姐曾跟那个疯子打斗过，镇长。她回来的时候，我有看到她。她打赢了，而且她有很严重的擦伤。可是这个人身上没有一点伤口。"

听到舞蛇受伤了，亚瑞宾必须克制自己，才能够不再问一次她是否安然无恙。但他不愿向这些人乞求。

"这倒是真的，你的确观察入微。"镇长对那名侍卫说，"你身上有伤吗？"他问亚瑞宾。

梦蛇
Dreamsnake

"没有。"

"恕我必须要你向我证明。"

亚瑞宾站起身，非常不喜欢在陌生人面前脱掉衣服。但是他解开他的长裤，让长裤落到他的脚踝上。他任镇长看遍他全身，然后慢慢地转过身。最后几分钟他突然想起昨晚他曾奋力对抗他们，也许会在身体某处留下明显的伤口。但是没有人说话，所以他再次转回身，然后将长裤穿上。

随后那个老人走向他。侍卫身体僵直，亚瑞宾站着不动。那些人也许又在想什么胁迫的办法。

"小心点，布莱恩。"镇长说。

布莱恩抬起亚瑞宾的手，看着手背，然后将他的手翻过来，盯着手心看，然后放下他的手。最后他回到镇长的身边。

"他没有戴戒指。我怀疑他根本没戴过戒指。他的手被太阳晒得非常黑，上面没有任何痕迹。医生说她的额头是被戒指刮伤的。"

镇长哼了一声："那你的看法如何呢？"

"正如您所言，老爷，他说话的样子不像疯子。而且，疯子不一定是傻子。穿着一身沙漠长袍，还来探问有关医生的事，实在是太傻了，除非他真的没有做过这件事——而且也不知道有这么一回事。我倾向于相信这个人说的话。"

镇长向上瞥一眼他的助手，然后又扫视那个侍卫。"我希望，"他说话的语气不全然是在开玩笑，"下一次你们如果有人想要代行我的职务，最好事先知会我。"他又看向亚瑞宾，"如果我们让你见医生，你愿意戴上脚链，直到她认出你为止吗？"

亚瑞宾仍然可以感觉得到昨晚那个锁住他的铁链，冷冰冰的感觉从他的皮肤一直沁到骨头里去。但是当他们建议铐住他时，舞蛇一定会嘲笑他们。这一回亚瑞宾真的露出了笑容。

"告诉医生我说的话，"他说，"然后你们再决定是否要给我戴上脚链。"

布莱恩搀扶着镇长站起身。镇长瞥向那个相信亚瑞宾是无辜的侍卫："随时待命。我会请他过来。"

她点点头："是的，老爷。"

◇→※←◇

那个侍卫和她的同伴带着脚链回来。亚瑞宾惊骇地看着那个铿锵作响的铁链。他本来希望下一个进来的人会是舞蛇。当那个侍卫走近他，他恍惚地站起身。

"我很抱歉。"她说。她用一个冷冰冰的金属皮带绑住他的腰部，铐住他的左手，然后将链条穿过腰带上的一个套环，再将他的右手铐住。他们带着他进入走道。

他知道舞蛇绝不会做出这种事。要是她做了，那个曾经存在他脑海中的人就从来不曾活在现实世界里。肉体真正的死亡，不论是她或是他死，都比舞蛇做了这种事让亚瑞宾更容易接受。

也许这些侍卫搞错了。也许传给他们的讯息交代不清，或者讯息交代得太快了，有人忘记告诉他们不须理会脚链。亚瑞宾决定用自尊和幽默感容忍这个羞辱他的错误。

侍卫们领着他走近白日的光亮之中，霎时他感到一阵目眩。然后他们又进到了室内，但是他还来不及适应黑暗。他盲目摸索着爬上阶梯，不时被绊倒。

他们带他去的房间同样几乎一片黑暗。他停在门口，仅能够辨识出一个裹着毯子的身影背对着他，坐在椅子上。

"医生，"其中一名侍卫说，"这个人自称是你的朋友。"

她没有说话也没有移动。

亚瑞宾心中一阵惊恐，他僵直地站着。要是有人攻击了她——要是她伤势严重，要是她不能再说话再走动，或是当他们建议要铐住他的时候，她无法纵声嘲笑他们——他担忧地朝她跨出一步，又向前了一步，他想要冲上前去告诉她，他会照顾她，又很想转身逃走，只愿记住她健康而坚强地活着的模样。

他看见她的手软弱无力地摆荡着。他跌跪在那个裹住毯子的身形旁边。

"舞蛇——"

手铐让他行动起来非常困难。他握起她的手，俯身亲吻它。

当他一碰到她，他甚至还没看见那个柔嫩、没有疤痕的皮肤，他就已经知道这不是舞蛇了。他猛地向后退避，绝望地吼叫一声。

"她在哪里？"

这个遮掩的形影突然抛开毯子，发出一声羞愧的哭嚎声。她跪在亚瑞宾面前，双手伸向他，泪水挂在她的脸颊上。"对不起。"她说，

"请你原谅我——"她跌坐在地，长发披散在美丽的面庞周围。

镇长跛着脚，从房间阴暗的角落里走出来。这一回布莱恩搀扶着他起身，刹那间，链条碰到地板，叮当地响着。

"我需要比擦伤和戒指更有力的证明。"镇长说，"我现在相信你了。"

亚瑞宾耳中听到有人在说话，但却没有听见他们在说什么。他知道舞蛇根本没在这个房间，也不在镇上其他地方。她不可能参与这场闹剧。

"她在哪里？"他轻声问。

"她走了。她到城市去了，到中央城。"

◇━◆━◇

亚瑞宾坐在镇长官邸客房内一张奢华的沙发上。这是舞蛇曾待过的同一个房间，但是不管亚瑞宾再怎么努力，也感觉不到她存在的气息。

窗帘是开着的，看得见外头的黑暗。自从站在窗前眺望过东部沙漠和暴风聚集翻腾的云层，亚瑞宾就再也没移动过。凌厉的暴风将尖锐的沙粒变成致命的武器。在暴风圈中，再厚实的布料也保护不了亚瑞宾，再多的勇气、再如何不顾一切同样也无法保护他。只要在沙漠中待上几分钟，他马上就会死；一个小时过后，只剩下

梦 蛇
Dreamsnake

骨头；到了春天，就一点残骸也不剩了。

要是舞蛇仍待在沙漠里，她一定已经死了。

他没有哭。当他知道她离开之后，他为她感到懊悔。但是他不相信她已经死了。他在想，他真的觉得自己能预知舞蛇是生是死，这样是不是很愚蠢？他也曾在心底反复思索，但从来不觉得自己是个傻瓜。当史达宾这个小家伙生病的时候，他较年长的父亲，也就是亚瑞宾的表哥曾有预感；结果他跟另一个牧人提早一个月回家。他跟史达宾之间没有直接的血缘关系，但他们同为一个家族，且互相关爱着彼此。亚瑞宾相信自己也有同样的感应能力。

有人敲了亚瑞宾的房门。

"进来。"他不太情愿地说。

莱莉走进房内，她就是之前假扮舞蛇的女仆。

"你还好吗？"

"是的。"

"你要不要吃点什么？"

"我以为她很平安，"亚瑞宾说，"但是她却已经到了沙漠，而且暴风季节已经开始了。"

"她还来得及赶到中央城，"莱莉说，"她有很充裕的时间。"

"我已听过太多有关那个城市的传闻，"亚瑞宾说，"那里的居民非常冷漠无情。他们会不会不让她进城？"

"她甚至还来得及赶回来。"

"但是她没回来。没有人看到她。她要是在这里，所有人都会晓得。"

他视莱莉的沉默为认可他的话，他们两个面色阴郁地望向窗外。

"也许——"莱莉突然中断，没有说下去。

"怎样？"

"也许你应该在这里停留然后等她，你已经找过了这么多地方——"

"你原本打算说的并不是这个。"

"对……"

"请告诉我。"

"还有一条路可以到南方。没有人再走那条路了。可是从那条路到中央城比较快。"

"你说得没错，"他慢慢地说，试图在脑海里详细地重现地图，"也许她走的就是那条路？"

"你一定听这些话听了很多遍了吧？"

"对。"

"对不起。"

"不，我仍要谢谢你。"亚瑞宾说，"当我再看一次地图的时候，也许我也曾看过它，或许我早就放弃希望了。我明天就会出发到城市去。"他耸肩，"我曾试过在这儿等她，但是发现我做不到。要是我再试一次，我就会变成你们惧怕的那个疯子了。我欠你一份情。"

她看向别处："这屋子里的每个人都欠你一份情，每个人却都还不起。"

"不用在意。"他说，"不会有人再记得这件事。"

这句话似乎让她有些安慰。亚瑞宾再次看向窗外。

"医生待我很好，而你又是她的朋友，"莱莉说，"有没有我帮得上忙的地方？"

"不，"亚瑞宾说，"没有。"

她迟疑地转过身离开。过了一会儿，亚瑞宾才察觉到他根本没听到关门的声音。他转头瞥了一眼，门就关起来了。

◇━❈━◇

这个疯子仍然不能，或许是不愿记得自己的名字。

或者，舞蛇想，他来自跟亚瑞宾类似的民族，他也不会告诉陌生人他的名字。

舞蛇无法想象这个疯子和亚瑞宾的族人待在一块儿。他的族人个个稳重自持，可是这个疯子依赖心重，且反复无常。前一刻他还在感谢舞蛇答应他，帮他找到梦蛇，下一刻他就哭天喊地，哀嚎着说他不如死了算了，反正诺斯还是会杀了他。叫他安静点也没有用。

舞蛇很高兴又回到山区，在这里他们可以白天赶路。清晨天气清凉，气氛阴森，山路狭窄，长满苔藓。马匹就好像水栖生物一样涉过晨雾，脚边的毛须旋转纷乱。舞蛇深深吸口气，直到冷空气刺痛她的肺部。她闻得到苔藓和肥沃腐土的味道，还有松脂淡淡刺鼻的气味。她周围的世界不是翠绿就是阴暗，因为遮天树木的树叶还没开始变色。在更高的山上，浓雾之后，那片阴暗的常绿树林看来更黯淡了。

梅莉莎骑在她旁边，她沉默不语，提高警觉。除非必要，她不愿再靠近疯子。她们听得到他的声音，但却看不到他的人影，因为他落在她们后面。他的老马跟不太上旋风与松鼠的速度，但至少舞蛇无须再忍受两人共乘一匹马。

他的声音越来越遥远模糊。舞蛇不耐烦地勒住旋风，好让他跟上来。梅莉莎很不情愿地停下来。那个疯子不愿骑其他体能更好的动物；他认为只有这匹老马才算得上平稳。舞蛇强迫那匹马的主人们收下报酬，她觉得那个年轻的牧人试着拒绝卖这匹马给她，不是因为他们不想卖掉它，也不是因为他们想要更高的价钱。琼和凯夫感到很不好意思。呃，舞蛇也一样难为情。

那匹马在雾中踉跄而行，眼皮低垂，双耳懒洋洋地垂下来，那个疯子哼着不成调的曲子。

"现在这条路你认得了吗？"

那个疯子笑着看她。"在我眼中，这些路看起来都一样。"他说，然后狂笑。

对他大吼大叫，哄骗他，威胁他，都没有用。他似乎不再觉得痛苦，也不再需要别人关心，自从舞蛇承诺给他一条梦蛇后，好像期待就足以支持他活下去。他心满意足地哼着歌，喃喃自语，说一些别人无法理解的笑话，有时候抬头挺胸，左顾右盼，大声说着："更接近南方了！"然后又继续哼着那些荒腔走板的歌。舞蛇叹了一口气，让疯子那匹年老力衰的老马超过她们，好让他领路。

"舞蛇，我觉得他并没有要带我们到南方，"梅莉莎说，"我觉得他只是带着我们绕圈子，好让我们非得照顾他不可。我们应该现在就离开他，然后到别的地方去。"

那个疯子突然僵住了。他慢慢地转过身。那匹老马也停了下来。舞蛇很惊讶地看到有颗眼泪从那个疯子的眼睛里溢出来，流过他的脸颊。

"不要离开我。"他说。他的表情和声音都可怜兮兮的。在此之前，他表现得好像无法关心任何事情。他注视着梅莉莎，眨着睫毛稀疏的眼皮。"你不相信我是对的，小家伙。"他说，"但是请不要丢下我不管。"他的眼睛失去焦点，声音从很遥远的地方传来。"陪我一起到那个破裂的圆顶去，然后我们两个都能得到属于自己的梦蛇。你的小姐一定会给你一条蛇的。"他倾身靠向她，伸出手，手指弯曲得就像爪子一样。"你会忘记所有不愉快的记忆和痛苦，你也会忘记你的疤——"

梅莉莎倏地缩回身体，既惊讶又愤怒，口中语无伦次地咒骂着。她的双脚夹紧松鼠的腹部，让这匹马从停驻状态倏地疾奔起来。她倾身靠向它的颈背，头也不回地离开了。瞬间树林遮住了他们的身影，只能听见松鼠砰砰的马蹄声。

舞蛇看着那个疯子："这种话你怎么说得出口？"

他眨着眼，感到困惑不已："我做错了什么事吗？"

"你紧跟着我们，明白吗？不要走离这条山路。我去找她，我们会在前面等你。"她的足跟碰触旋风的腹部，让马儿慢跑去找梅莉莎。那个疯子不谅解的声音从她身后传了过来。

"但是为什么她要这么做？"

舞蛇并不担心梅莉莎和松鼠的安危。她的女儿可以在这些山里的任何一匹马上骑一整天，也不会让她或她的坐骑置身险境。坐在那匹可靠的虎纹小马上，她更是加倍地安全。但是那个疯子的话伤到了她，此刻舞蛇不想让她独自一人。

她不需走得太远。当山路又开始向上，转上一个斜坡，也就是另一座山时，梅莉莎站在松鼠身旁，拥着它的脖子，它用鼻子磨蹭着她的肩膀。听到旋风靠近的声音，梅莉莎用袖子擦干她的脸，然后转过头。舞蛇下马，走近她。

"我很担心你会跑得太远。"她说，"我很高兴你没有。"

"你不能期望一匹跛脚的马跑上坡。"梅莉莎用陈述事实的口吻说着，但是语气却带着恼怒。

舞蛇将旋风的缰绳交给她："如果你想痛快地骑上一会儿，你可以骑旋风。"

梅莉莎注视着她，想从她的表情里发现她口气中没出现的嘲讽意味。但她并没找到。

"不要，"梅莉莎说，"没关系了。也许这样会好过一点，但是我已经没事了。我只是——我不想忘记过去。至少不是像那样忘记。"

舞蛇点头："我明白。"

梅莉莎突然自然而然地拥抱她。舞蛇拥着她，轻轻拍着她的肩膀。"他真的疯了。"

"对啊。"梅莉莎慢慢地抽出身体，"我知道他可以帮助你。我很抱歉，我就是无法不讨厌他。我试过了。"

"我也是。"舞蛇说。

梦 蛇
Dreamsnake

她们坐下来，等着那个疯子用他缓慢的步调跟上她们。

◇→※←◇

那个疯子还没认出这片林野或是山路，舞蛇就已经看到那个破裂的圆顶了。她对着那个笨重的形状看了好几分钟，才惊讶地了解到那就是圆屋。起初它看起来就像另一座山脉的顶峰；是它的颜色吸引了舞蛇的注意，它是灰色而不是黑色的。她原本期待会看到一个普通的半球体，而不是一个庞大、不规则的建筑物表面，它宛如一个静止的变形虫横躺在山腰上。午后的阳光为主色——半透明的灰色——添加了红色和一些彩色的条纹。这个圆顶是否之前就建成不规则的形状，还是起初是圆形的塑胶泡泡，后来遭受这个星球早先的文明破坏，使它融化变形，舞蛇无法判断。但是很久很久以前它就是现在这个形状了。土石覆盖在它表面的破洞和凹陷处上，树木草丛就在隐蔽的凹地里茂密丛生。

舞蛇默默地骑了一两分钟，几乎不敢相信她终于抵达目的地了。她摸摸梅莉莎的肩膀，那个孩子凝视着松鼠脖子上不确定的一点，她突然抬起头来。舞蛇指着圆顶，梅莉莎看见它，轻轻地惊叫一声，然后兴奋欣慰地微笑。舞蛇也报以她一个笑容。

那个疯子在她们后头唱着歌，完全不知道他们已经到达了目的地。破裂的圆顶。将这些字放在一起，实在非常奇怪。圆顶没有破碎，它们也没有因风吹雨打而破损，更没有任何改变。它们就是一直神秘莫测地存在着。

舞蛇停下来等着那个疯子。当那匹老马拖着蹒跚的步伐跟上来，停在她的身旁，她向上指着。那个疯子随着她的手往上看。他眨着眼，好像不太相信他看到的东西。

"就是这个吗？"舞蛇问。

"还没到，"那个疯子说，"不是，还没到。我还没准备好。"

"我们要怎么上去？我们可以骑马吗？"

"诺斯会看到我们……"

舞蛇耸肩，然后下马。往圆顶的路非常陡峭，她也看不见有路可以通到那里。"那么我们就步行。"她解开那匹母马的马鞍腹带。"梅莉莎——"

"不！"梅莉莎尖声地说，"我不要待在这里，让你单独跟那个疯子上去。松鼠和旋风不会有事，也没有人会理会那个袋子。除非还有其他的疯子，他们会得到他们应得的下场。"

舞蛇开始了解为什么当她在梅莉莎这个年纪的时候，自己顽强的意图常常会惹恼那些年长的医生。但是在医生之域里，从没有那么多可怕的危险，所以他们还可以纵容她。

舞蛇坐在一根倒下的树干上，示意她的女儿坐到她身边。梅莉莎照做了，但她没有抬头看舞蛇，肩膀倔强地摆着。

"我需要你帮助我。"舞蛇说，"没有你，我会无法成功。要是我发生了什么事——"

"那样不叫作成功！"

梦 蛇
Dreamsnake

"换个角度来看，我的确是成功了。梅莉莎……医生需要梦蛇。在那个圆顶里面，他们的梦蛇多到足以让他们把它们当玩具玩。我必须知道他们是如何得到它们的。但是要是我没做到，要是我没有回来，你是唯一的机会，这样其他的医生才能够知道我发生了什么事，还有为什么会发生。你是他们了解梦蛇唯一的途径。"

梅莉莎盯着地面，用一只手的手指甲摩擦着另一只手的关节。"这对你来说非常重要，对不对？"

"对。"

梅莉莎叹口气。她的双手握成拳头。"好吧。"她说，"你要我做什么？"

舞蛇拥抱她。"要是我，喔，在两天之内没回来，你就带着旋风和松鼠往北方骑，一直骑过山城和中途区。这路程很长，但是袋子里有很多钱。你知道要怎样安全地抵达目的地。"

"我有薪水。"梅莉莎说。

"好吧，但是袋子里的钱跟你的钱一样多。你不需要打开白雾和狂沙的袋子。在你到家以前，它们都还可以活下去。"她第一次确切考虑到梅莉莎也许真的可能会独自一人踏上这趟旅程，"反正狂沙有点太肥了。"她强迫自己挤出一个笑容。

"但是——"梅莉莎突然不再说下去。

"怎么了？"

"要是你发生了什么事，要是我去了医生之域，来不及回来救你……"

"要是我没有自己回来，那就不会有任何办法可以救得了我。

你千万不要一个人来找我。求求你。我需要知道你不会。"

"要是你三天之内都没回来，我会去告诉你的族人梦蛇的事。"

舞蛇愿意让她再多等一天，事实上她充满感激。"谢谢你，梅莉莎。"

她们松开那匹虎纹小马和那匹母马，放在一块靠近山路的林间空地上。但它们没有奔向草地，在地上打滚，反而紧张警戒地紧紧靠在一起，转动着耳朵，鼻翼张开。那个疯子的老马孤零零地站在阴影之中，低着头。梅莉莎看着它们，紧闭着嘴唇。

那个疯子站在他下马的地方，看着舞蛇，眼睛盈满泪水。

"梅莉莎，"舞蛇说，"如果你独自回家，记住告诉他们我领养你了。那么——那么他们就会知道你也是他们的女儿。"

"我不想当他们的女儿。我只要当你的女儿。"

"不论发生什么事，你都是我的女儿！"她深吸一口气，然后再缓缓吐气。"有路可以上去吗？"她问那个疯子，"怎么上去最快？"

"没有路……路就在我面前出现，然后在我身后消失。"

舞蛇感觉得到梅莉莎极力克制自己不要说出讥讽的言语。"那我们走吧。"她说，"看看你的魔法在两个人身上是否也能够成功。"

她最后一次拥抱梅莉莎。梅莉莎紧紧地拥着她，不愿放开。

"一切都会没事的。"舞蛇说，"不要担心。"

梦 蛇
Dreamsnake

令人讶异的是那个疯子爬得非常快，好像真的有一条路在他面前出现一样，而且也只有他看得见。舞蛇必须很努力才能跟上他，汗水流进她的眼睛里。她攀爬过一块几米高的粗糙的黑色石头，然后一把抓住他的袍子。"不要走这么快。"

他的呼吸非常急促，但是是由于兴奋的关系，而不是因为费力。"梦蛇就在眼前了。"他说。他从她的手里扯回他的袍子，仓促慌张地爬过一块陡直的岩石。舞蛇用袖子擦拭她的额头，然后跟着爬上去。

她再次赶上他的时候，她一把抓住他的肩膀，让他跌坐在一块岩壁突出的平台上，才放开他。

"我们在这里休息一下，"她说，"然后我们再继续走下去，速度再慢一点，动作轻一些。要不然我们还没准备好，你的朋友们就会发现我们来了。"

"那些梦蛇——"

"诺斯挡在我们和梦蛇之间。要是他发现了你，他还会让你继续前进吗？"

"你真的会给我一条梦蛇？我专属的梦蛇？不会像诺斯那样？"

"不会像诺斯那样。"舞蛇说。她坐在狭小阴影的前端，头往后靠在火山岩壁上。在下方的山谷里，从幽暗的常绿树林枝丫间，露出了一块草原的边缘，但是旋风和松鼠都没有出现在那一块空地。

从这个距离来看，那块空地就像一小块天鹅绒的碎布。舞蛇突然觉得既孤单又寂寞。

在她身旁的岩石并不像从下方看来那样贫瘠。到处都铺着一小块的苔藓，微小的厚叶多浆植物在阴暗的夹缝间栖息。舞蛇倾身往前，更近地看着一株多浆植物。这株植物背向着黑色岩块，在阴影之中看不清楚它的颜色。

她猝然坐回去。

舞蛇拿开一小片碎岩，她再度向前，跪在这棵短而厚、蓝绿色的植物旁边。她戳了一下它的叶子。霎时它的叶子紧紧闭上。

舞蛇想，这棵植物是从破裂的圆顶里冒出来的。

她早该料到会出现像这样的植物，她早该清楚会发现不属于地球上的生物。她又从同一个方向戳了它一次，它的确是在移动。如果她不管它的话，它就会一直继续长到山下去。她伸手滑入它下方的岩石里，从缝隙里拔出这棵植物，从根部倒着拿它。除了它中央部位的刺毛外，其他部分看起来并没有什么不同，鲜艳的青绿叶子在打转，想要找到可附着其上的地方。舞蛇从来没有见过这种植物，但是她曾见过类似的生物，那种植物——他们无法将它适当地分类——会在一夜之间占据一片土地，然后在农地上释出毒素，结果再也没有其他的植物可以生长。几年前的一个夏天，她和其他的医生曾合力烧掉附近农地里一大块那种植物。它们是没有再群聚生长，但是偶尔还是会出现一小块它的领地，一旦曾有它们生长过，这块土地就再也长不出东西了。

她很想烧掉这棵植物，但是她此刻不能冒险生火。她将它从阴影中推到阳光底下，它的叶子瞬间紧紧关闭。这时舞蛇才注意到，到处都是其他爬地植物枯萎的枝叶。它们都已经死了，被阳光晒得焦黄，也被这块贫瘠的悬崖击垮了。

"走了。"舞蛇说，对着那个疯子说，更像在对自己说。

她在悬崖边探头看着破裂圆顶的那个破洞。这个地方的怪异景象让舞蛇震撼不已，仿佛往她身上猛烈一击。在这个坍陷一半的巨大建筑物的地基上，四周都长满了外星植物，几乎快长到悬崖上了，根本就没有路可走。这种覆盖整片地面的植物，完全不像任何一种舞蛇所知的生物，它不是草地，不是丛林，也不是灌木树丛。它是一片不断扩展，平坦鲜红的叶子。舞蛇更靠近一点细看，她才明白那不只是一片巨大的叶片；每个叶群大概都是她身高的两倍高，形状不一，纠缠的触须将邻近的叶片连接在一起。无论哪一个地方有两片以上的叶子接触，交接处就会有一片脆弱的叶子，向上生长好几个手掌的高度。无论哪一个地方岩石出现了缝隙，就会有一株青绿色的爬地植物，从覆盖地面的那种鲜红植物分支，仔细搜寻阴影，就好像那片红叶仔细寻找光线一样。总有一天，那块暴露了悬崖地表的长长斜坡上，很快就会被几株爬地植物占据，然后爬遍下方的山谷；总有一天，当天气变化和热胀冷缩，使得岩石间裂开了更多可供庇荫的缝隙时，这一切就会成真。

圆顶表面上的凹地里，仍长有一些普通的植物，因为地衣植物可再生的触须无法扩展到那里。如果这种植物的习性类似舞蛇曾见过的那一种植物，它就不会生出种子。但是还有其他的外星植物已长到了圆顶顶端，那些植物塞住了那些熔掉的破洞，有些植物是普通的绿色，有些则是不自然的鲜艳色彩，在被烧得焦熔、高悬在地面之上的凹沟里，各种色彩争奇斗艳，不分轩轻。

在半透明的圆顶内，有一些高大的形体，就像奇形怪状、模糊的影子一样，若隐若现。悬崖边缘和圆顶之间没有东西遮蔽，也没有其他路径。舞蛇痛苦地发觉自己的位置相当引人注目，因为她所站立的地方，背景就是一大片天空。

那个疯子在她身旁向上攀爬。"我们走这一条路。"他说，指向那些平坦的叶子之间，但那里并没有路。不只一群的地衣阴暗的叶脉切断了他所指的那条路。

她向前跨一步，小心翼翼地将靴子放在一片平坦叶片的叶缘。什么事也没发生，和踩在一片普通叶子上一样。叶子下方的地面，感觉起来就像岩石一样坚硬。

那个疯子超过她，大步朝那个圆顶迈进。舞蛇抓住他的肩膀。

"你说过要给我一条梦蛇的！"他大喊。

"难道你忘记诺斯把你赶走了吗？要是你可以这样大摇大摆地回来，你为什么还要找上我？"

那个疯子盯着地面看。"他讨厌看到我。"他轻声说。

"待在我身边。"她说，"一切都会没事的。"

舞蛇走向那个非常柔软的叶片，谨慎地将脚放上去，以免这些宽阔的红叶里隐藏着一个青绿色爬地植物尚未占据的裂缝。那个疯子跟着她。

"诺斯喜欢新人，"他说，"他喜欢他们求他，求他让他们做个美梦。"他的声音变得非常渴望，"也许他会再喜欢我。"

舞蛇的靴子在鲜红平坦的叶片上留下脚印，横越这些占据破裂圆顶的植物。她只回头看过一次，她的脚印从这里一直到悬崖边，在红叶上留下深紫色的刮痕。那个疯子的脚印就模糊多了。他缓慢地走在她后面，偏向一边，好让自己能总是看得见圆顶。比起对诺斯这个人的惧怕，梦蛇对他有更强的吸引力。

这个椭圆形的泡泡，比她从悬崖上看起来更庞大。半透明的侧壁高高地耸立着，平缓地弯向高出舞蛇许多倍的表面顶端。她正接近的这一侧有许多五颜六色的叶脉条纹。它们并没有褪色变成普通的灰色，除非它们到达了圆顶的另一端，那里距离舞蛇的右边还有很长的距离。在她的左边，那些条纹越靠近这个建筑物狭窄的尽头，颜色就变得越鲜艳。

舞蛇抵达了圆顶。沿着圆顶墙壁生长的平叶，已经长到她膝盖的高度了，但是上方的塑胶墙壁上还未受污染。舞蛇的脸贴着墙壁，用双手挡住光线，从一株橘色和紫色爬地植物之间往圆顶内看，但是里面那些影子仍然模糊诡异。没有植物躲开。

她循着颜色更鲜艳的植物群落继续走下去。

当她转过狭窄的尽头，她霎时明白了为什么这里叫作破裂的圆顶。舞蛇无法理解是什么力量使圆屋表面熔化了，因为它在舞蛇原先认为坚不可摧的物质上也炸出了一个洞。七彩光线从这个弯曲变形的塑胶洞口内散射出来。剧烈的高温一定使建造墙壁的这种物质结晶了，因为洞口整个被炸开，只留下一个边缘参差不齐的巨大入口。整个地面到处都是一块块塑胶荧光的色彩，在外星植物的叶片间闪闪发光。

舞蛇小心翼翼地接近这个洞口。那个疯子又开始不成调地在旁边鬼叫。

"嘘！"舞蛇没有转头，但是他安静下来了。

舞蛇深受吸引，她爬进那个洞里。她感觉到那些尖锐的边缘刺着她的手掌心，但是她并没有真的注意到。就在这个洞口内侧墙壁上，一整片完整无损、勉强超过舞蛇身高的塑胶物质整个弯曲凹陷下去，形成了类似屋檐的形状。塑胶物质曾四处奔流滴落，从屋顶到地面布满了许多丝线，舞蛇伸出手，轻轻地碰了其中一条塑胶线。它就像一个巨大的竖琴般发出了声响，她很快地抓住它，停住那个声音。

洞里泛着阴森诡异的红光。舞蛇不断地眨着眼睛，试着看得更清楚。不是她的视力有毛病，而是她没办法相信眼前这个怪异的景象。这个圆顶外面被外星丛林包围，现在里面的景象更怪异荒诞了，不只爬地植物和平坦叶子，还有更多种类的植物密集地生长在这块土地上。有一种茎梗巨大的藤蔓遍布其中，它的茎梗比任何舞蛇见过的攀爬在墙上的藤蔓都还要粗，庞大的分支爬上现在已脆弱不堪的塑胶墙壁，不断蔓延，穿过圆顶，附着在墙壁外一个不确定之处。那个藤蔓蔓生，覆盖了整个天花板，浅蓝色的叶子小巧可爱，花朵很大，不过却是由成千上万个比叶子还要小的花瓣所组成的。

舞蛇探向更里处，看着塑胶熔化得不是很严重，天花板也没有凹陷的地方。到处都有藤蔓穿破墙壁，然后在一处非常厚实光滑、穿不破也无法附着的塑胶墙壁上掉回到地面。越过藤蔓，就是一片树林，或是一种比树木还高的植物。有一棵立在附近的山丘上，类似树干或者枝丫的分支纠结在一块，在舞蛇头部上方盘旋扭曲，渐渐延伸上升，形成一个圆锥体的形状。

想起那个疯子不清不楚的描述，舞蛇指着一片位于中央，几乎要碰到那片人工天空的山丘。"就是那个方向吗？"她发现自己竟悄声说话。

那个疯子蹲在她身边，喃喃地发出一个像是肯定的声音。舞蛇前进，经过那些纠结树枝的网状阴影下方，偶然穿过了一处散射出彩色光芒的地带，圆顶破洞照进七彩光线，滤掉了阳光。舞蛇边走路边仔细地听着有没有人声，有没有袋子里的毒蛇微弱的嘶嘶声，听着有没有任何动静。但是就连空气都静寂无声。

地面开始上升。他们到达了一个山丘底部。到处都可见到黑色的火山岩石穿透地表，舞蛇很清楚地知道那是外星土壤。它看起来很寻常，但是在这种土壤上生长的植物就不平常了。这里的地面看起来就像是覆盖了一层美丽的褐色头发，感觉也很光滑。那个疯子在前面带路，走上一条根本不是路的路。舞蛇困难地在他身后跋涉而行。山腰地势更为陡峭，她额头上冒出点点汗珠。她的膝盖又开始痛了。她小声地咒骂一声。当她踏上那层似毛发的植物，下面有块圆石在滚动，她脚上的靴子滑了一下。舞蛇及时抓住一旁的杂草，才不至于跌倒。她花了一段时间才稳住自己，但是当她再次站起身的时候，她抓了一把细瘦的茎梗，每一个茎梗都有纤细的须根，仿佛就像是真的毛发。

他们爬得更高了，但是仍然没有人制止他们。舞蛇额头上的汗珠干了，空气变得有些凉意。那个疯子咧嘴在笑，自言自语，愈加焦急地爬着。凉意就像流水一样，轻轻往山下飘动。舞蛇原本以为到了山丘顶端，也就是圆屋顶端的正下方，会有股温暖的热气。但是她爬得越高，风势却变得更冷也更强劲。

他们经过了山丘那片草地，然后又进入了另一片树林。这里的树木和山丘下方的很类似，树枝一样纠结缠绕，树根紧密扭曲，微小的树叶不断摆动着。不过这里的树木只能长到几米高，三三两两的小树丛群簇在一块，破坏了彼此的和谐关系。森林越来越浓密。经过了扭曲的树干，终于出现了一条小路。当树林在她上方紧靠在一块时，舞蛇赶上那个疯子，然后拦下他。

"从现在开始，你走在我后面，好吗？"

他点头，没有看她。

圆顶让阳光变得很柔和，所以任何东西都不会出现影子，光线仅足以穿透上方那些纠结扭曲的枝丫。冷飕飕的微风穿过林中缝隙，微小的树叶在冷风中颤抖。舞蛇继续前进。她靴子下的岩块已经让位给腐土和落叶形成的柔软小路了。

她的右边，有一块巨大的岩石和缓地突出在山腰上，形成了一个石台，在上面可以俯瞰大部分的圆顶。舞蛇考虑要爬上去，但是这样就会让她暴露行踪了。她不希望让诺斯和他的部下可以指控她偷窥他们，也不希望在她踏入他们营地之前，就让他们知道她的存在。她继续向前逼近，身体在发抖，因为微风已经变成冷风了。

她左右张望，想确定那个疯子跟得上她。当她知道他跟上来了，他很快跑向那个石台，挥动着双臂。舞蛇非常震惊，但她迟疑着，没有向前。她第一个念头是，他已经决定不要性命了。就在那一瞬间，梅莉莎撞向他的背。

"诺斯！"他大喊。梅莉莎抱住他的膝盖，用肩膀撞着他，将他击倒。舞蛇跑向他们，梅莉莎努力不让他起身，然后他不再试图站起来，只想要挣脱。他大叫一声，回音响彻四方，且不断缭绕。回音从墙壁上反射回来，然后在圆顶的弧壁内渐渐消散。梅莉莎奋力与那个疯子扭打，半个身体和他瘦弱的四肢、宽大的袍子缠在一起。她摸索着寻找她的小刀，设法以某种方法紧紧抓住他的脚。

舞蛇尽可能轻柔地将梅莉莎从他身上拉开。那个疯子到处晃来晃去，正准备又发出尖叫，舞蛇抽出她的小刀，将刀子抵着他的下巴。她另一只手紧握成拳头。她缓缓地松开手，强迫自己不要生气。

"你为什么要这样做？为什么？我们有过协议。"

"诺斯——"他小声说，"诺斯会对我生气。但是要是我带新人来……"他的声音渐歇。

舞蛇看着梅莉莎，梅莉莎看着地面。

"我并没有答应你不跟上来，"她说，"我非常确定。我知道有点欺骗了你，但是……"她抬起头，正视舞蛇的目光，"你不太了解人情世故，你太相信别人了。当然我明白我也不是什么事都知道，但是这是两回事。"

"没关系，"舞蛇说，"你说得没错，我太相信他了。谢谢你阻止了他。"

梅莉莎耸耸肩："我的确帮了你不少倒忙。不论他们藏在哪里，现在他们都知道有人来了。"

那个疯子又开始发出咯咯的笑声，前后不停地摆动着他的双臂：

"诺斯又会喜欢我了。"

"喔,闭嘴。"舞蛇说。她将小刀滑入刀鞘里,"梅莉莎,趁现在还没有人来,你赶快离开这个圆顶。"

"求求你跟我一起离开这里,"梅莉莎说,"待在这里没有意义。"

"必须有人告诉我的族人这个地方。"

"我才不管你的族人!我只在乎你!我怎么能去他们那里,然后告诉他们我让你被一个疯子杀死了?"

"梅莉莎,求求你,现在不是争论的时候。"

梅莉莎的手指捻着头巾两端,她将头巾向前拉,好遮住她半边脸上的疤。当她们离开沙漠之后,舞蛇就换回平常的衣服,但是梅莉莎却没有换装。

"你应该让我跟你待在一起。"她说。她转过身,垂下肩膀,开始走下山路。

"你的愿望会实现的,小家伙!"这个声音低沉有礼。

有一刻舞蛇还以为是那个疯子在用正常的腔调说话,但是他却畏缩着躲在她旁边一块裸露的岩石后面。有一个人伫立在山路上。梅莉莎猝然停下脚步,抬头看着他,然后往后退。

"诺斯!"那个疯子大叫,"诺斯,我带新的人进来了。我告诉你,我可没有让她们偷偷摸摸地接近你喔!你听到我说的话了吗?"

"我听到了,"诺斯说,"我还以为你不服从我,跑了回来。"

"我想你会喜欢这些人。"

"就这样?"

"当然！"

"你确定？"声调依然很有礼貌，但是却隐隐有一丝乐在嘲讽的快感。这个男人的微笑显露出的残酷比仁慈还多。微光中他的身材非常怪异，因为他非常高，在树叶拱成的隧道里，他还必须弯腰。这种高度不太正常。脑下垂体分泌异常，舞蛇默想。他的消瘦更加凸显了他身材的不对称。他穿着一身白衣，他也是个白化变种，头发、眉毛和睫毛都是白色的，眼睛是非常淡的蓝色。

"是的，诺斯。"那个疯子说，"就这样。"

诺斯的存在极具压迫感，整个树林静寂无声。舞蛇以为她能看见林间其他的动静，但是她无法确定，那些树木似乎长得太过稠密了，人根本不能藏在里面。也许在那片幽暗的外星森林里，树枝要解开或交缠，就像情人紧握住手一样容易。舞蛇不禁发抖。

"求求你，诺斯——让我回来吧。我给你带了两个追随者来——"舞蛇碰触那个疯子的肩膀。他陷入沉默。

"你们为什么在这里？"

在过去的这几个礼拜，舞蛇已经变得非常谨慎，她并没有马上告诉诺斯她是医生。"就像其他人一样，"她说，"我是为梦蛇而来。"

"你看起来不像是那种会到这儿来找梦蛇的人。"他在微光中向她迫近。他的视线从她移到那个疯子身上，然后再到梅莉莎。他锐利的眼神瞬间变得柔和。"啊，我明白了，你是为她而来。"

梅莉沙几乎要厉声反驳。舞蛇看到她愤怒、震惊，强迫自己保持冷静。

"我们三个一起来的。"舞蛇说，"全都为了同一个理由。"

她察觉到那个疯子身体在动，好像想冲向诺斯，扑倒在他跟前。她的手紧紧夹住他肩膀顶端的骨头，他再次无力地跌坐在地。

"既然你们想加入我们的行列，那你们带了什么东西来？"

"我不懂。"

诺斯短暂深锁的眉头很快被一阵笑声取代。"我就知道这个可怜的傻瓜会做出这种事。他把你们带来，却没有跟你们解释我们的习惯。"

"但是我带她们来了啊，诺斯，这是特地带来献给你的。"

"而她们特地带你来献给我？这报酬根本不够。"

"报酬可以再安排。"舞蛇说，"在我们达成协议之后。"那个诺斯将自己当作一个小神一样，索求着贡品，运用梦蛇的力量来增强他的权威，他这么做激怒了舞蛇，就像其他她听说过的传闻一样，让舞蛇非常愤怒。或者更确切地说，他冒犯了她。舞蛇从小就被教导，而且深信，为了增强自己的地位而操弄医生毒蛇的行为是非常不道德且不可原谅的。她在拜访其他民族的时候，听到了许多的童话故事，故事里的大坏蛋或是悲剧英雄，都是因为使用了神奇的能力，而使自己变成了暴君，他们总是没有好下场。但是医生之间没有流传这样的故事。并不是恐惧让他们不任意滥用他们所拥有的能力，而是因为他们的自尊。

诺斯蹒跚向前几步。"我亲爱的孩子，你不明白。一旦你加入我的阵营，除非我确信你对我忠心耿耿，你不可能再踏出这里。刚开始，你会不愿离开。到后来，当我把人赶走的时候，就证明了我对他的信任。这是一种光荣。"

梦 蛇
Dreamsnake

舞蛇用头指向那个疯子："那他呢？"

诺斯的笑声里没有喜悦："我没有赶他走。我是将他驱逐出境。"

"我知道他们带了什么东西来给你，诺斯！"那个疯子从舞蛇手中挣脱，这一次，她嫌恶地放开他。"你不需要她们，有我就够了。"他跪了下来，双手抱住诺斯的脚。"所有的东西都在山谷里，我们只需要去把它拿来就好了。"

当诺斯的视线从疯子身上移向她，舞蛇耸耸肩："东西藏得好好的。他可以带你到我放行李的地方，但是你没办法拿走它。"她仍然没有告诉他她的职业。

诺斯从那个疯子的手中挣脱。"我并不强壮，"他说，"我走不到山谷。"

一个笨重的小袋子落到诺斯脚边。他和舞蛇都看向梅莉莎。

"你要钱，就要找对人要。"梅莉莎挑衅地说，"钱就在那儿。"

诺斯痛苦地弯下腰，捡起放着梅莉莎工资的袋子。他打开袋子，将钱币倒在他手中。就算是在森林幽暗的光线中，金币仍在闪闪发亮。他上下摇晃着那些金子，像在沉思着什么。

"好，这些钱可以当作一开始的酬劳。当然你们得把武器丢掉，然后再走到我家去。"

舞蛇从皮带里抽出小刀，然后将它丢到地上。

"舞蛇——"梅莉莎轻声说。她往上看着她，一脸挫败的表情，很明显是在想为什么她刚刚做出那件事。她的手指紧握住她小刀的刀柄。

　　"如果我们希望他信任我们，我们就必须相信他。"舞蛇说。不过她并不相信他，她也不打算相信他。只是若是要对付一群人，小刀根本没有用，而且她想诺斯绝不是一个人到这里来的。

　　我亲爱的女儿啊，舞蛇在心中默想，我从来没说过这是个轻松的旅程。

　　当诺斯朝她前进一步，梅莉莎向后退缩。他的关节也是白色的。

　　"不要怕我，小家伙。但也不要试着耍什么小聪明。我的法宝比你想象的还多。"

　　梅莉莎看着地上，慢慢地抽出她的小刀，然后让它落在脚边。

　　诺斯的头突然迅速地抬了一下，命令那个疯子到梅莉莎身边。"搜她的身。"

　　舞蛇将手放在梅莉莎肩膀上。这个孩子全身紧绷，且在发抖。"他不要搜她的身。我愿向你保证，梅莉莎身上没有其他的武器。"舞蛇察觉到梅莉莎已经快到她忍耐的极限了。她对那个疯子的厌恶与排斥，让她更无法冷静。

　　"虽然我们有很充足的理由搜她的身，"诺斯说，"不过，我们也不太热衷对一件事了解得太透彻。你愿意先来吗？"

　　"好。"舞蛇说。她举起双手，但是诺斯却推了她一下，让她转过身，身体向前倾，逼得她伸手去抓住一棵树上扭曲的枝干。要是她不是那么担心梅莉莎，她一定早被这戏剧性的场景逗得哈哈大笑。

　　诺斯这一看似乎看了好久。舞蛇开始又转回身，但是诺斯用一根苍白的指尖抚摸她手上刚形成不久，鲜艳的毒牙伤痕。"啊，"他非常温柔地说，他距离她非常近，她感觉得到他温暖但令人不太

梦 蛇
Dreamsnake

舒服的气息，"你是个医生。"

就在箭射入舞蛇肩膀的那一刹那，她听见弓弩发出的声音，剧痛像波浪一样传遍她全身。她的膝盖摇摇晃晃，但是她却倒不下来。那支箭的力道在扭曲的树干上传散，使得她的身体上下剧烈震荡。梅莉莎愤怒地尖叫。舞蛇可以听到她身后其他人的声音。温热的鲜血从她肩膀上的伤口流下来，流到她的胸膛。她用左手紧张地摸索着那根细瘦的箭柄，它刺穿她的肌肉，并且深入树干。但是她的手指滑了下来，箭梢已插在她这个肉做的树干上。梅莉莎在她身旁，尽可能搀扶着她。旁人说话的声音交织成一幅织锦画，在她身后嗡嗡作响。

有人抓住箭梢，猛力扭转，从肌肉中将它抽出来。木头在骨头上摩擦的声音，让她倒抽一口气。那个冰冷光滑的金属尖端从伤口滑出来。

"现在杀死她。"那个疯子说。他兴奋而迅速地脱口说出这句话。"杀了她，把她丢在这里，当作一个警告。"

舞蛇的心脏抽送着温暖的血液，流到她的肩膀。她的身体摇摇晃晃，她想稳住自己，但膝盖又跪了下来。那个力道冲击着她的背部，伴随着疼痛而震动，她试着忍耐，但仍无法避开剧痛，就好像脊椎骨被切断的可怜小青草，不断地在蠕动一样。

梅莉莎站在她前面，没有遮住布满疤痕的脸和红发，她正笨拙地试图像对马儿那样轻声安慰她，视线被泪水掩盖，一片模糊。她将头巾缠在伤口上。

舞蛇在心中默想，不过是这么细小的一支箭，居然流出这么多的血。

她昏倒了。

舞蛇最先是被寒意冻醒的。虽然恢复了意识，舞蛇还是很惊讶她有知觉。当诺斯发现她的职业的时候，他口气中的憎恨就已经让她不抱希望了。她的肩膀剧烈地疼痛，但是已经不再像被箭刺伤那一瞬间，痛到以为自己就要丢掉性命。她试着弯曲右手关节，她的手软弱无力，但是还能动。

她费尽力气起身，颤抖不已，不断眨着双眼，她的视线非常模糊。

"梅莉莎？"她轻声叫道。

诺斯在她身旁发出笑声："因为她还不是医生，所以她没有受伤。"

寒冷的空气围绕在她身旁。舞蛇摇摇头，扯掉蒙在眼睛上的她的衣服袖子。她的视线倏地变得清晰。她费力坐起身时，冒了一身的汗，现在空气把汗水吹干了，变得非常冰冷。诺斯微笑着坐在她面前，左右两边站着他的手下，他们在她四周紧紧围成一圈人墙。除了刚从伤口流出的鲜血外，她衬衫上的血迹已变成了暗褐色。她一定已经昏迷了一段时间。

"她在哪里？"

"她没事。"诺斯说,"她可以待在这里,你不须担心。她在这里会很快乐。"

"她本来就不想到这里来。她不要这种快乐。让她回家。"

"正如我之前说过的,我没理由阻止她。"

"那你有什么理由阻止医生离开?"

诺斯目不转睛地看着她好长一段时间:"我觉得那个理由应该非常明显。"

"对不起。"舞蛇说,"我们也许可以让你有能力形成黑色素,但是我们不是魔术师。"寒冷的空气从她后方的洞穴里飘过来,在她四周翻涌,她的手臂上起了鸡皮疙瘩。她的靴子不见了,冰冷的石头从她赤裸的脚底吸走热力。但是它却也麻痹了她肩膀上的疼痛。她突然剧烈地颤抖,一阵比之前还猛烈的痛苦袭上来。她深吸一口气,闭上眼睛片刻,然后静静地坐在她内在的黑暗里,深深地呼吸,不让自己感觉到伤口的存在。背上的伤口又在流血了,手很难碰到那里。她希望梅莉莎身在一个比较温暖的地方。她也在想梦蛇在哪里,因为它们必须在温暖的环境下才能够存活。舞蛇睁开眼睛。

"还有你的身高——"

诺斯苦笑着:"在我对医生的评论当中,我可从没说过他们反应迟钝!"

"什么?"舞蛇困惑地问。她因为失血过多,觉得头昏眼花,而且又要答复诺斯。

"若我们早点见到你,也许我们可以治疗你。在还没有人带你去看医生之前,你一定就已经长得很高了——"

诺斯苍白的面孔因愤怒发红。"闭嘴!"他一跃而起,拉扯着舞蛇起身。她将右手臂往身边抱。

"你以为我希望听到这些话吗?你以为我想要一直听到别人告诉我,我'本来'可以很正常吗?"他将她推向那个洞穴。她摇摇欲坠,蹒跚着步入风中,但是他又将她拉起来。"你们这些医生!当我需要你们的时候,你们在哪里?我会让你明白我的感受——"

"诺斯,求求你,诺斯!"那个袭击舞蛇的疯子侧身穿过诺斯消瘦憔悴的追随者,走了出来,舞蛇现在看到的只是一个模糊的形体。"她曾帮助过我,诺斯,我愿意代替她。"他扯着诺斯的袖子,不断呻吟乞求着。诺斯推开他,他摔了一跤,然后躺着不能动了。

"是你的脑袋坏了,"诺斯说,"还是你认为我的脑袋不灵光了?"

熊熊的火把产生微微的光亮,洞穴里的火光闪烁不定,穴壁上嵌着冰层,宛如有瑕疵的宝石。火炬上方的穴壁上被烟熏成了一个黑色大圆块。融化的冰水一滴一滴,滴成一个个的水池,水池的雪水漫过了地面,奔流汇聚成一条小溪流。冰水在四处滴落,掉下的时候发出了结晶体冰冷清澈的响声。舞蛇每踏出一步,她的肩膀就再次剧烈疼痛,她也不再有力气强迫自己不要去感觉。空气里弥漫着火把燃烧的浓厚气味。渐渐地,她感觉到有个机器在嗡嗡作响。她没有听到,而是感觉到那个响声。那个声音爬进她的身体,深入她的骨头。

前方渐渐变得明亮,然后隧道突然就到了尽头,一个宛如火山口的山顶坑洞在眼前展开,但这个洼地很明显是人挖的。舞蛇站在

梦 蛇
Dreamsnake

冰冻的隧道出口，眨着眼睛，愚蠢地四处张望。其他洞穴里，对对
黑色的眼睛回瞪着她。圆顶在上空形成了一片无法辨识出方位的灰
色苍穹。冰冷的空气从她对面那个最大的隧道里飘出来，浓密到几
乎要变成一个可以触碰到的湖泊，那些较小的隧道吸光了寒气。诺
斯又将舞蛇推向前。她看得见也可以感觉到，但是就是没有反应。
她没办法做出任何反应。

"爬下去。"诺斯将一团绳索和一堆木头踢下去，底下传来噼
啪的声响，它掉落到这个坑洞中央一块岩石深深的裂缝中。那团纠
结在一块的东西解开了，是一个绳梯。舞蛇看得见坑洞顶端，但再
下方的尽头是一片黑暗。

"爬下去，"诺斯又说了一次，"要不然就丢你下去。"

"诺斯，求求你。"那个疯子哀求着，舞蛇突然明白她要被送
到何处。她笑了出来，诺斯瞪着她。她觉得有股从风和土里吸取的
力气注入了她体内。

"这就是你折磨医生的方式吗？"她说。她翻进那个坑洞内，
动作笨拙，但是非常急切。她单手一步一步爬下那个冰冷的黑暗里，
赤裸的双脚紧紧抓住每个阶梯，然后将梯子往外拉，这样她才有支
撑点。她听见上方那个疯子爆出一阵无助的啜泣声。

"到早上，我们就会知道你感觉如何了。"诺斯说。

那个疯子因为害怕，音调变得很高："她会杀了所有的梦蛇，
诺斯！诺斯，那就是她到这里来的原因。"

"我很乐意看到这件事发生，"诺斯说，"一个医生将梦蛇
杀死。"

　　从那个梯子碰到坑洞岩壁的回音判断，舞蛇知道她就快到底部
了。里面并不很暗，但是她的眼睛适应得很缓慢。她汗水淋漓，再
次发抖，她必须停下来休息。那个梯子紧紧贴着岩壁，她将额头靠
着冰冷的石头。她的脚趾和左手的关节都擦伤了。

　　就在那时候，她终于听见小毒蛇微弱窸窣的滑动声响。舞蛇紧
捉住绳索，靠在石壁上，斜着眼看着下方的幽暗处。一道狭长的光
线往下射入裂缝中央。

　　一条梦蛇平滑地从一端的黑暗爬向另一端的黑暗。

　　舞蛇急忙继续走完最后的几米，尽可能小心地踏到地面。她用
麻痹的赤足感觉四周，直到她确定没有东西在她脚下移动。她跪下
来。尖锐的冷冰冰的石块刺进她的膝盖，唯一的温度就是从她肩膀
流出的鲜血。但是她在岩石碎屑里伸出手摸索，仔细地去感觉。当
一条毒蛇寂然无声地滑过，她的指尖轻轻掠过它光滑的鳞片。她再
次伸出手，这一次准备妥当，然后就将她碰到的下一条蛇抓起来。
她的手被两个细小的毒牙蛰到。她微笑，然后从头部后面轻轻地握
住这条梦蛇，习惯使然，她抑制住它的毒液。她将它拿得更近，好
看到它。这条野生的梦蛇不像青草一样柔顺温和。它不断蠕动，缠
住她的手。它小巧，三叉状的蛇信朝她轻弹，同时也是为了再次闻
她的气味。但是它没有嘶嘶作响，青草也从来没叫过。

　　当她的眼睛越来越适应这黑暗时，她慢慢地去感觉这个裂缝的
其他部分和其他的梦蛇，有的梦蛇孤零零的，有的则群聚纠结在一
块儿，大小都相同，这里的梦蛇比舞蛇一辈子见过的还多，也比她
的族人将医生之域里的所有毒蛇聚集起来的数量还多，如果所有的

医生同时将他们的毒蛇带回家的话。

她握着的那条梦蛇在她手中微弱的温度下静止不动了。每个它咬过的伤口汇聚了一滴血，但是毒液刺痛的感觉，只持续了仅仅一秒钟。舞蛇蹲坐下来，轻轻摸着那条梦蛇的头。她再一次笑了出来。她知道她必须控制住自己。与其说是喜悦，这感觉更像是歇斯底里。但是在那一刻，她却放声大笑。

"继续笑吧，医生。"石壁上回荡着诺斯阴沉的声音，"我们倒要看看你能笑多久。"

"你这个傻瓜。"她高兴得大喊，她的手里、四周，到处都是梦蛇。她嘲笑着这个惩罚所带来的欢乐，就好像一个童话故事美梦成真一样。她一直笑到哭出来，但是那一秒钟的眼泪是真的。她知道当这个惩罚没办法伤害到她，诺斯还会找到另一个折磨她的方法。她猛力吸气，突然噎住，不住地咳嗽。她用袖子末端擦干脸。至少她还有一点时间。

然后，她看到了梅莉莎。

她的女儿躺在这个裂缝尽头一个破裂的石头上。舞蛇小心地朝她移动，试着不去伤到她脚下的蛇，也不想惊动那些缠绕在梅莉莎手上，或是蜷曲在她身体上的毒蛇。它们在她鲜艳的红发上，缠绕成一团绿色的藤蔓。

舞蛇跪在梅莉莎身边，然后小心翼翼、轻柔地扯开那些野生的毒蛇。诺斯的手下拿走了梅莉莎的袍子，把她的长裤从膝盖处割断。她的手赤裸在外，她的靴子跟舞蛇的一样，也不见了。绳子捆着她的手和脚，她手腕之前挣扎摩擦的地方，皮肤正在发炎。她赤裸的手臂和双脚上有一些正在流血、小小的咬伤，手和脚血迹斑斑。有一条梦蛇突然咬了舞蛇一下，它的毒牙刺进舞蛇的肉里，那条蛇迅速抽回，动作快得几乎看不清。她紧咬着牙。舞蛇想起那个疯子说过的话："要是它们一次咬遍你全身，那感觉是最棒了……"

舞蛇的身体挡住了梅莉莎的视线，使她不会看见那些毒蛇，然后左手摸索着解开她手腕上的结。梅莉莎的皮肤冰冷干燥。舞蛇用左手拥着她，轻轻地摇晃着，那些野生的梦蛇爬过她赤裸的双脚和脚踝。她不禁再一次想，这些毒蛇怎么能在如此寒冷的环境下存活？像这样的温度，她从来不敢将青草放出来。就算是在袋子里也太冷了；她会将它拿出来，放在手中温暖它，然后任由它缠在她的脖子上。

梅莉莎的手无力地滑落到石头上。从那些咬伤处流出来的血，变成了条条的血痕，伤口的皮肤摩擦着布料和石头。舞蛇想办法让梅莉莎坐到她的大腿上，离开那个冷冰冰的地面。她的脉搏有力且缓慢地跳动着，呼吸非常深沉。但是每个呼吸之间相隔时间非常长，舞蛇很担心她的呼吸会就这样停止。

冰冷的空气环绕在她们四周，压迫着她们，迫使舞蛇肩膀又开始痛了，她的体力开始再次消耗。保持清醒，她在心里想。保持清醒。梅莉莎也许会停止呼吸，她的心脏也许会因为这么多的毒液而停止跳动，那时她会需要有人救她。虽然心中这么想，舞蛇的眼睛还是不由自主失去了焦点，眼皮开始低垂。每当她开始打盹，她就会突然惊醒过来。她脑海中隐隐有个乐观的想法进来：没有人死于梦蛇的毒。他们都活了下来，不然就是气数已尽，然后安详地死在病中。

梦 蛇
Dreamsnake

睡觉吧，不会有事的，她不会死。但是舞蛇从不知道有哪一个人曾被注入这么多的毒液，况且梅莉莎只是个孩子。

一条细小的梦蛇在她的脚和石壁中间滑行。她伸出麻痹的右手，惊讶不已地捡起它。它蜷曲在她的手掌心，用没有眼皮的眼睛朝着她看，三叉状的蛇信闻着空气的气味。它的样子有点不太寻常。舞蛇靠得更近，看着它。

它是刚破卵而出的小蛇，因为就像其他种类的毒蛇孵化出来的小蛇一样，它的嘴巴也有个硬邦邦的组织。她终于知道诺斯如何得到这些梦蛇了。并不是外星人给他的，也不是他复制出来的，而是他拥有的这些梦蛇都有繁衍能力。在这个坑洞里，有大大小小、各个年纪的梦蛇，有刚从蛋壳里出来的幼蛇，还有成熟的大蛇，体型比舞蛇曾见过的梦蛇都还要大。

她转身要将这条幼蛇放在身后，但是手却碰到了岩壁，那条梦蛇受到惊吓，咬了她。被锐利的细小毒牙咬了，舞蛇不觉缩了一下。那条蛇从她的手上滑到地面，然后滑入阴影中。

"诺斯！"舞蛇的声音粗嘎嘶哑。她清清干哑的喉咙，又试着叫了一次："诺斯！"

他的身影出现在洞口边缘。由他脸上惬意的笑容来看，舞蛇知道他在期待她乞求放她出去。他向下看着她，仔细地观察在梅莉莎和那些毒蛇之间的她中毒的情况。

"如果你愿意的话，她可以获得自由。"他说，"不要让她离开我的蛇。"

"你的蛇都白白浪费了，诺斯。"舞蛇说，"你应该带它们到外面的世界，所有的人都会尊敬你，特别是那些医生。"

"我在这里也很受尊敬。"诺斯说。

"但是在这里生活一定非常艰困。你可以活得舒服自在——"

"对我来说，没有什么舒不舒服。"诺斯说，"你们这些人都应该要明白这个道理。睡在地上，还是裹在羽毛被里睡，对我来说都是一样的。"

"你让这些梦蛇都能生育。"舞蛇说。她低头看着梅莉莎。有几条蛇蜿蜒滑行经过舞蛇身边。在其中一条蛇快碰到她女儿赤裸的手臂之前，她抓住了它。那条毒蛇攻击她，并将她咬伤了。她用她刺痛的手，将它和其他的毒蛇放在她身后，不理会它们的毒牙。"不管你是如何办到的，你应该将这些知识带到外面去，传授给其他人。"

"那你在这个计划中，又扮演什么角色呢？我是不是应该放了你，让你为我通风报信？那么你就可以欢欣鼓舞地到每一个陌生的城镇，告诉他们我要来了。"

"我承认我不在乎就死在这里。"

诺斯刺耳地放声狂笑。

"你可以帮助这么多的人。当你需要的时候，没有一个医生来救你，那是因为我们没有足够的梦蛇。你可以帮助像你一样的人。"

"我只帮助那些来投靠我的人。"诺斯说，"那些才是像我一样的人。我只需要这群人。"他转身离开。

"诺斯！"

"你还要什么？"

"至少给我一条毯子让梅莉莎盖。要是我不能让她保持温暖，

梦 蛇
Dreamsnake

她就会死。"

"她死不了的。"诺斯说,"只要你不让她离开我的蛇。"他的身影消失了。

舞蛇将梅莉莎拥得更紧,经由这个孩子的身体,感觉她每一次缓慢沉重的心跳。她觉得非常寒冷和疲倦,她无暇再多想了。睡眠可以帮助她的伤口开始愈合,但是她必须保持清醒,为了梅莉莎,也为了她自己。她心里只顽固地存着一个想法:违抗诺斯。她知道,一旦她们服从了他,她和她的女儿就都沉沦了。

舞蛇缓缓地动着身体,好让她的肩膀不再那么痛苦,她将梅莉莎的手握在她手中,摩擦着她的手,试着让血液通畅并保持温暖。梦蛇咬伤的伤口上的血已经干了,其中一条蛇绕在舞蛇脚踝上。她扭动她的脚趾,弯曲她的脚踝,希望那条梦蛇会爬开。她的脚已经冻得察觉不到那条蛇将毒牙刺进她的足背。她一直摩擦着梅莉莎的双手。她在她的手上吹气,并亲吻它们。她的气息就在她面前吹拂。天色渐渐变得更昏暗了。舞蛇往上看,从裂缝的边缘可以看到一片灰色的圆顶,夜色聚集之下,它几乎变成了黑色。舞蛇的心里涌起一阵不可抗拒的忧伤。洁西死的那晚,天空就像今晚一样,黑压压的一片,一颗星星都没有,围绕在她四周的岩石也像这里一样陡峭,寒冷的天气就像沙漠的炙热同样让她筋疲力尽。舞蛇将梅莉莎拥得更紧,俯下身抱着她,保护她不受黑暗的伤害。因为梦蛇,她无法救洁西;因为梦蛇,她也救不了梅莉莎。

一大群梦蛇正滑向她,鳞片滑行在雾气潟湿的石头上,发出的窸窣声渐渐包围住了她——舞蛇猝然从这个梦境中惊醒。

"舞蛇？"她梦中听到的那个粗哑的窸窣声响，原来是梅莉莎在说话。

"我在这里。"她仅看得到她女儿的脸。最后仅剩的一丝光线隐约照亮了她的鬈发和粗糙僵硬的疤痕。她的眼神茫然恍惚。

"我梦见——"她的声音拖长渐歇，"他是对的！"她突然愤怒地狂叫，"该死，他说对了！"她扑向舞蛇，手臂抱着舞蛇的脖子，将脸埋在她怀中。她说话的声音模糊不清："我竟然忘记了。但是我不会再忘记了。我不会……"

"梅莉莎——"梅莉莎听到她的语气，身体变得僵硬，"我不知道接下来还会有什么事发生。诺斯说他不会伤害你。"梅莉莎打着哆嗦，或是在颤抖，"如果你说你想投靠他——"

"不要！"

"梅莉莎——"

"不！我不要！我不在乎。"她的声音尖锐僵硬，"结果又会像跟着罗斯一样……"

"梅莉莎，亲爱的，你现在必须去一个地方。就是我们之前说过的那个地方。我们的族人需要知道这个地方的事。你必须给自己一个逃出去的机会。"

梅莉莎默默不语，全身缩在她怀中。

"我把白雾和狂沙丢在那里，"她终于说话，"我没有照你说的做，现在它们可能已经快饿死了。"

舞蛇轻抚她的头发："只是一会儿，它们不会有事的。"

"我很害怕。"梅莉莎轻声说，"我发过誓不要再害怕了。但

梦 蛇
Dreamsnake

是我现在真的害怕。舞蛇，假如我说我要投靠他，他又让蛇咬了我，到那时我真的不知道该怎么做。我不想失去自我……但是我曾经短暂忘记过，而且……"她触摸她眼睛附近厚厚的疤痕。舞蛇从没见她这么做过。"这个消失了。不再有痛苦。再过不久，我也许会为此做出任何事。"梅莉莎闭起双眼。

舞蛇抓起一条梦蛇，然后用力丢开它，她从来不相信她会这么粗暴地抓着梦蛇。

"难道你宁愿死吗？"她严厉地问。

"我不知道。"梅莉莎虚弱地说，声音不太稳定。她的手臂从舞蛇的脖子上滑下来，松垮无力地放着，"我不知道。也许我愿意。"

"梅莉莎，对不起。我不是这个意思——"

但是梅莉莎又再次失去知觉，昏睡过去了。最后一丝光线消失了，舞蛇拥着她。她听到梦蛇的鳞片滑行在潮湿光滑的岩石上的声音。她又想象着那些毒蛇聚集在一起，充满挑衅意味，正朝她逼近。她有生以来第一次感觉到害怕毒蛇。当那些窸窣的骚动声似乎更靠近的时候，为了让自己确定，她伸出手摸索着光秃秃的石地。她的手猛然插进那一群光滑蠕动的鳞片中。她迅速抽回手，被螯咬的小点就像天上的星群一样布满了她的手臂。这些梦蛇在寻找一个温暖的地方，要是她让它们发现它们正在找寻的温度，那它们也会发现她的女儿。她缩回裂缝里狭窄的尽头。她麻木的手不自觉地握住一块沉重尖锐的火山岩块。她费力着举起它，准备好要砸在那些野生的梦蛇身上。

舞蛇垂下她的手，决定放开手指。那块石块噼啪一声，掉在其他石块之中。一条梦蛇滑过她的手腕。她没办法杀死它们，就像她无法轻轻松松地离开裂缝里冰冷厚重的空气一样。就算是为了梅莉莎也不行。一颗温热的眼泪滚落她的脸颊，到了下巴的时候，那泪水已感觉像冰一样冷。梦蛇太多了，根本无法完全保护到梅莉莎。而且诺斯说对了，她根本下不了手杀死它们。

她感到非常绝望，她的脚用力蹬地，推着地面，以岩壁作支撑点，将自己挤进那个狭窄的空间里。以梅莉莎这样的年纪，她的体型算小，而且依然很瘦，但是此刻她轻盈的重量却似乎非常沉重。舞蛇的双手麻木，无法紧握，她几乎感觉不到她赤足下的石块。但是她却感觉得到那些梦蛇在她的脚踝缠绕。梅莉莎在她怀中滑了一下，舞蛇马上用右手及时抓住她。一阵疼痛穿透她的肩膀，在脊椎骨来回震荡。舞蛇设法在快要密合相连的岩壁之间支撑住自己，紧紧抱着梅莉莎，远离地面，远离那些毒蛇。

第十二章

　　到了亚瑞宾向南方走的第三天黄昏，山腰镇的耕地和坚固的房子已远远躺在他身后。他正在一条山路上，这条山路沿着绵延不断的山脉起起伏伏，有时他还在轻松惬意地经过一个令人愉悦的谷地，下一刻他又走在一道险象环生的碎石陡坡。地势越来越高，景色也越来越偏僻荒凉。亚瑞宾的马不太敏捷，沉重地拖着步伐。

　　一整天，无论是往哪个方向，都没有人超过他。任何一个要往南方的旅人都可以轻易地超越他；任何一个比他更熟这条山路、有明确目的地的人，都一定可以赶上他，走在他前面。但是他还是孤单一个人骑行在这条路上。山里的空气让他打着寒战，陡峭的山壁和幽暗参天的森林在他四周合围，让他倍感压迫。他能感受乡野的优美，但是他所习惯的美丽是他家乡贫瘠荒芜的平地和高原。他很想家，但是他无法回家。他已经亲眼证明了，东部沙漠的风暴比西部的风暴威力更为惊人。但是它们的差异只在于量的不同，并不代表西部风暴比较仁慈。西部风暴吹拂二十次阵风，就能杀死来不及躲避的生物；东部风暴只要吹拂十次阵风就可以做到。他必须待在山区里，直到春天来临。

他无法在医生之域或是山腰镇坐着枯等。要是他只是痴痴地等，他的想象力会击溃他坚信舞蛇还活着的想法。一旦他相信她已经死了，不仅表示他对自己的判断力产生动摇，他对舞蛇的判断力也开始存疑了，这是非常危险的。亚瑞宾知道舞蛇跟他一样，都不具有神奇的魔力，虽然她的医术有时会很像魔法，但是他不敢想象舞蛇会死。

她也许安全置身在一个隐秘的城市里，吸收着新的知识，好弥补亚瑞宾的表哥所犯下的错误行为。亚瑞宾觉得史达宾较年轻的父亲真是太幸运了，他不须为他的恐惧付出代价。他是很幸运，但却造成舞蛇的不幸。亚瑞宾多希望他找到她的时候，能带给她好消息。但是他却只能说："我解释过了，我试着让你的族人了解我的族人的恐惧，但是他们没有给我任何回答。他们想要见你。他们希望你回家。"

在一处草原的边缘，他觉得好像听到了什么声音，他停下马。周遭一片寂静，和沙漠里的阒静无声有微妙的差异。

莫非我现在开始有幻听的症状了吗？就好像在夜里梦见她的抚摸一样？他想。

然后他再次听见动物脚蹄的振动声从前面的树林传来。一小群娇弱的山鹿出现在他眼前，跑过前面的林间空地，它们纤细的双脚闪耀着白影，纤长柔弱的颈子高高地拱起。跟亚瑞宾家人饲养的庞大麝香牛比起来，这些脆弱的鹿就像玩具一样。它们几近无声地跑过，惊动他的声音是鹿群牧人们的马匹。他的马渴望见到同类，开

梦 蛇
Dreamsnake

始嘶鸣。

那些牧人挥着手，骑马慢跑靠近他，他们勒马停住的时候，动作极尽华丽夸张。这两个牧人都很年轻，皮肤被阳光晒成了古铜色，有着淡金色的短发，从五官看来，应该是亲戚。亚瑞宾曾发觉在山区不太适合穿他的沙漠长袍，但是那是由于山腰镇居民误认为他是疯子。在他让他们明白他的来意之后，他也没想过有换装的必要。但是此刻，那两个小朋友看了他一会儿，面面相觑，然后咧嘴微笑。他开始想，他是否老早就应该买另一套新衣。但是他的钱不多，而且他也不希望把钱花在不必要的消费上。

"你已经偏离商队路线好一大段距离了喔。"那个较年长的牧人说，口气并没有挑衅的意味，只是单纯陈述事实，"需要帮忙吗？"

"不，"亚瑞宾说，"不过还是谢谢你。"他们的鹿群在他周围兜着圈子，它们发出微小的声音，在跟同伴沟通，比较像是小鸟，而不太像是有蹄类动物。那个年纪较小的牧人突然高声呼叫，挥动她的手。那些鹿向四处奔散。这又是这些牲畜和亚瑞宾饲养的动物之间另一个不同之处：麝香牛对一个坐在马上、挥舞手臂的人的反应是朝他漫步过去，看看有什么好玩的事。

"老天，琼，你会吓得所有的动物都从这里跑到山腰镇去。"但是他似乎并没有在烦恼那些鹿，事实上，它们又在这条路上稍微过去一点的地方，重新聚集在一块儿。亚瑞宾再次因为这个地区的人民如此乐意透露他们的私人姓名而感到无比震惊。不过他想他最好要赶快习惯。

"跟碍手碍脚的小动物，就是无法沟通。"她说，然后对着亚

336

瑞宾微笑，"走过了一大段只能看见树木、鹿群，还有我哥哥的山路之后，能够再看到另一张人脸，实在令人很高兴。"

"也就是说，你们在这条路上没有见到其他人了？"这句话比较像在陈述事实，而不太像是个问句。如果舞蛇已经从中央城回来，而这些牧人又赶上她，那他们应该会一起结伴同行才对。

"为什么这么问？你在找人吗？"那个年轻男子一副怀疑的语气，也或许只是谨慎。他有没有可能已经见过舞蛇？为了保护一个医生，亚瑞宾也有可能会问出类似陌生人常常鲁莽无礼提出的问题。为了舞蛇，他会做出远比这个举动更鲁莽的行为。

"是的，"他说，"我在找一个医生，她是我的朋友。她的马是灰色的，她还有一匹虎纹小马，有个小孩跟着她。她也许朝着北方走，刚从沙漠地区离开。"

"可惜她不是。"

"琼。"

琼对着她的哥哥皱眉："凯夫，他看起来不像会伤害她的人。也许他需要她为某个病人治病。"

"也许他是那个疯子的朋友。"她哥哥说，"你找她做什么？"

"我是医生的朋友。"亚瑞宾紧张地说，"你们看到那个疯子了吗？舞蛇是不是平安无事？"

"这个人是个好人。"琼对凯夫说。

"他没有回答我的问题。"

"他说他是她的朋友。也许你不该插手管这件事。"

"不，你哥哥有权询问我，"亚瑞宾说，"也许这还是他的责任。

我找舞蛇，是因为我告诉了她我的名字。"

"你叫什么名字？"

"凯夫！"琼很震惊地说。

自从遇见这两兄妹，亚瑞宾头一次露出笑容。他已经渐渐习惯这种莽撞的习俗了。"我不会回答你们其中任何一个人这种私人问题。"他愉快地说。

凯夫尴尴尬恼怒地皱起眉头。

"这样我们就比较了解了，"琼说，"只不过这一次我们真的是远离人烟了。"

"舞蛇要回来了。"亚瑞宾说，他的声音因为兴奋和喜悦，有一点紧张，"你们看到她了。多久以前？"

"就在昨天。"凯夫说，"但是她并不是往这个方向前进。"

"她朝着南方走。"琼说。

"南方！"

琼点头："我们到山上来，因为我们想让鹿群在下雪之前离开这里。我们是在从高山草原上下来的时候见到她的。她买下了一匹驮马给那个疯子骑。"

"但是她为什么会跟那个疯子在一起？他曾经袭击过她！你确定不是他强迫她跟他一起走？"

琼笑了出来："不是，是舞蛇在控制他。这是毋庸置疑的。"

亚瑞宾并不怀疑她，所以他可以将他最害怕的事放在一旁了。但是他仍然感到不安。"南方，"他说，"有什么村落在南方吗？我还以为那里没有城镇了。"

"的确没有。我们就像其他人一样兜着圈子走。我们很讶异会看到她。几乎没有人再使用这条山路了，就算从城市过来，也不会走这条路。但是她没有说她要去哪里。"

"从来没有人像我们走到这么远的南边，"凯夫说，"这里很危险。"

"为什么？"

凯夫耸耸肩。

"你要去找她吗？"琼说。

"对。"

"好。但是现在该是扎营的时候了。你想跟我们一起在这儿休息吗？"

亚瑞宾越过他们，看向南方。事实上，山区里的暮色已渐渐移向林间空地，也朝着他靠近。

"说真的，你今晚也无法走多远。"凯夫说。

"而且我们骑了大半天，这是最适合扎营的地方了。"

亚瑞宾叹口气。"好吧。"他说，"谢谢你们。我今晚在这里扎营。"

亚瑞宾很高兴地迎接营地中央噼啪作响的温暖火堆。燃烧中的

木头散发着香气，闪烁着火花。山鹿聚在草原中央，形成晃动的暗影，非常安静，但是马匹却偶尔踩踏着马蹄。它们吃草的声音很嘈杂，牙齿撕扯着柔软的青草。凯夫已经将自己裹在毯子里了，他在火堆旁微微地发出鼾声。琼坐在亚瑞宾的对面，膝盖环抱在胸前，火光将她的脸照得红通通的。她打着呵欠。

"我想我该去睡了。"她说，"那你呢？"

"好的。我再等一下。"

"有任何需要我帮忙的地方吗？"她问。

亚瑞宾往上瞥了一下。"你已经帮我很多了。"他说。

她奇怪地看着他："我并不是真的指那个意思。"

她的语气中并没有很生气的意味，显得比较温和，但是口气上的转变已足以让亚瑞宾察觉到事情不太对劲。

"我不明白你真正想说什么。"

"那你的族人是怎样表达的呢？我觉得你很迷人。我是在问你，你今晚是否愿意和我同床共枕？"

亚瑞宾面无表情地看着琼，但是他有些难为情。他认为——他希望——他没有脸红。但是泰德和莱莉也曾问过他一模一样的问题，他那时并不明白。他立即拒绝了他们，他们一定觉得他非常无礼。亚瑞宾希望他们能够了解那时他并不懂他们的意思，也希望他们知道他的习俗和他们不同。

"我很健康，如果你是在担心这个的话，"琼有些尖酸地说，"我控制生殖力的技术也很优秀。"

"我很抱歉，"亚瑞宾说，"我刚刚完全不明白你的意思。你邀请我，我感到很荣幸，我也没有怀疑你的健康或是你控制生殖力的技术。你也不需要怀疑我的健康。但是如果这样说不会冒犯到你，我必须拒绝你。"

"没关系。"琼说，"我只是随便想想。"

亚瑞宾察觉得出来她有些受到伤害。在不自觉地断然拒绝了泰德和莱莉之后，亚瑞宾觉得对琼有种亏欠的感觉，至少他欠她一个解释。他不太确定该如何表达他的感觉，因为连他自己都不太确定他了解自己的心情。

"我也觉得你非常迷人，"亚瑞宾说，"我不希望你对我有误会。若要你与我同床共枕，对你来说并不公平。我的心思在……别的地方。"

琼的视线穿过火堆腾腾上升的热气看着他："如果你想的话，我可以叫醒凯夫。"

亚瑞宾摇摇头："谢谢你。但是我的意思是说，我的心思不在这个营地里，在别的地方。"

"喔，"她恍然大悟地说，"我现在明白了。我不会怪你。希望你很快就能找到她。"

"希望我没有让你不高兴。"

"没有关系。"琼有些阴郁地说，"我想如果我告诉你，我并不寻求一段恒久的关系，也不渴望今晚过后有其他的发展，大概情况还是不会改变吧？"

"是的，"亚瑞宾说，"对不起。不会改变。"

"好吧。"她捡起她的毛毯，走到火堆旁，"好好睡。"

过了不久，他躺在他的铺盖里，毛毯无法完全隔离寒意，亚瑞宾想着睡在另一个人身边会有多舒服多温暖。他这一生中，曾与他氏族或邻近氏族里的几个人泛泛交往，但是直到他遇见舞蛇，他就再也没遇见一个他认为能够和他同床共枕的人。自从遇见了她，他就不再对其他人有任何感觉。更奇怪的是，他完全没注意到再也没有其他的人能够吸引他。他躺在坚硬的土地上，彻底地想着这件事情，试着提醒自己除了一个短暂的肉体接触，还有一些模糊的话语外，他完全没有其他东西可以证明舞蛇对他的感觉不只是短暂的互相吸引而已，但他可以默默地期望。

◇→✦←◇

舞蛇好长一段时间都一动也不动；事实上，她不觉得她动得了。她一直期待着黎明到来，但夜晚却仍继续停留。也许诺斯的手下遮住了这个坑洞，好让它一直陷在黑暗之中，但是舞蛇也知道这太荒唐可笑了，因为也许诺斯希望能够看见她，并且嘲笑她。

当她想着这片黑暗的时候，上方有光线隐隐闪动。她往上看，但是上方仅是一片模糊的影子，和越来越大声的奇怪喧哗。绳子和木头摩擦着穴壁，正当舞蛇以为又有一个可怜的瘸子发现了诺斯的避难所时，有一个放在滑轮车里的平台缓缓地下降，她看见诺斯竟亲自下来了。她无法将梅莉莎拥得更紧，也无法将她藏起来，她甚至站不起来，为她奋战。诺斯的灯火照亮了整个坑缝，舞蛇一阵目眩。

当滑车的绳子降落到滑车的四周时，他步出了平台。两名追随者拿着灯笼，立在他的两侧，两对影子在穴壁上婆娑晃动。

当诺斯靠得够近，灯火包围住她们两个人，舞蛇看得见他的脸。他正朝她微笑。

"我的梦蛇喜欢你。"他说，朝她的脚点点头，那些毒蛇已缠绕上她的双腿，距离膝盖只剩下一半的距离，"但是你不应该自私地独享它们。"

"梅莉莎不想要它们。"舞蛇说。

"我不得不说，"他说，"我没有想到你的头脑居然还这么清醒。"

"我是医生。"

诺斯微微皱眉，迟疑着。"啊，我明白了。没错，我早就应该考虑到这一点。你应该具有抵抗力，或者，你没有。"他朝着他的手下点头，然后他们就放下灯笼，朝着舞蛇走来。灯火从下方照亮了诺斯的面孔，他如白纸苍白的皮肤上出现了奇形怪状的阴影。舞蛇逃避着他的手下，但是岩壁抵住了她的背，她无处可逃。那两个追随者轻轻地走到那些突出的石块和梦蛇之间。不像舞蛇赤裸着双脚，他们穿着厚厚的鞋子。其中一个追随者伸手要将梅莉莎从她身边夺走。舞蛇感觉到那些毒蛇从她的脚踝松脱，然后她听见它们滑过了岩石。

"走开！"舞蛇大喊，但是有一只消瘦的手试图从她手里小心地移动梅莉莎。舞蛇向前冲，咬了那只手。这是她唯一想到她能做的事。她感觉到那个冰冷的肌肉在她的齿缝间下陷，直到她咬到了骨头。她尝到一丝温暖的鲜血。她多希望她的牙齿能够更锐利，尖锐的牙齿里还有毒腺。既然她已经咬伤他，现在她仅能做的就是祈祷那个伤口会感染。

诺斯的追随者狂叫一声往后抽身，扯回他的手，舞蛇吐出他的血。诺斯和另外两个人抓住她的头发、手臂和衣服，当他们带走梅莉莎时，他们也紧紧抓着她，现场一阵混乱。诺斯修长的手指揪住她的头发，抓着她的头，紧贴着岩壁，好让她不能再咬人。他们强迫她离开那个狭窄的尽头。她抵抗着他们，有个人带着梅莉莎转身走向那个平台，她摇摇晃晃地站起来。诺斯又揪住她的头发，把她拉回来。她的膝盖跪了下来。她试图站起来，但是她没有力气再抵抗他们了，她无力再战胜疲惫和伤口。她的左手抱着右肩膀，鲜血滴过她的指间。她趴倒在地上。

诺斯放开舞蛇的头发，走向梅莉莎，他看着她的眼睛，感觉着她的脉搏。他回头瞥着舞蛇。

"我不是告诉过你，不要让她离开我的蛇吗？"

舞蛇抬起头："你为什么试图杀死她？"

"杀死她！你以为你懂，但你连十分之一都不知道。是你让她陷入险境。"他离开梅莉莎，走回舞蛇身边，弯腰抓了几条蛇。他将它们放在一个篮子里，小心翼翼地抓住它们，防止它们咬人。

舞蛇怀疑他是否说中了她的傲慢；如果他说中了，那么关于梅莉莎，关于所有的事，他也许都是对的。她无法正常地思考和与他争辩。"善待她。"她轻声说。

"不用担心。"诺斯说，"她跟我在一起会很快乐。"他朝着两个追随者点点头。当他们朝着舞蛇走过来，她试着起身，预备做最后一次防御。她单膝跪着，那个被她咬伤的人抓住她的右手臂，将她拉扯起来，她的肩膀又扭伤了。另一个追随者从另外一边将她抬起来。

诺斯笼罩着她，抓着一条梦蛇。"你真的很肯定你有免疫力吗，医生？你对你的免疫力也很骄傲，是不是？"

他其中一个手下迫使舞蛇的头向后仰，露出她的喉咙。诺斯非常高，舞蛇仍能看见他将梦蛇放下来。

毒牙刺进了她的颈动脉。什么事也没发生。她知道什么事也不会发生。她多希望诺斯明白这一点，然后放开她，让她躺在这些冰冷尖锐的岩块上睡觉，就算她不会再醒来。她已疲惫不堪，无法再奋力抵抗，甚至当诺斯的追随者不再抱着她，她也疲倦得无法反抗。鲜血从她的脖子滴到锁骨。诺斯捡起另一条梦蛇，抓着它，对准她的喉咙。

当第二条梦蛇咬了她，她突然感到一阵剧痛，疼痛从她的喉咙传散到她全身。当阵痛消退的时候，她大口喘着气，不停颤抖。

"啊哈，"诺斯说，"这个医生开始了解我们了。"他迟疑了片刻，看着她。"也许再来一次。"他说，"好。"

他再次俯身笼罩着她，他的脸笼罩在阴影底下，苍白细致的头发上形成了一圈光晕，在他手中，第三条梦蛇是个无声的黑影。舞蛇往后退，诺斯的追随者抓住她手臂的力道未曾改变。抓着她的人就好像被那条毒蛇黑色的目光催眠了。舞蛇猛然前冲，获得片刻的自由，但是他们的手指就像利爪一样刺入她的肉里，那个被她咬伤的人愤怒地咆哮着。他用力将她拖回来，一只手扭转她的右手，另一只手的指甲掐进她受伤的肩膀。

从混战中退开的诺斯又走上前来。"为什么要抵抗呢，医生？让你自己好好享受我的蛇带来的快乐吧。"他将第三条梦蛇对准她的喉咙。

它咬了下去。

这一次的痛苦也像之前一样扩散到她全身，但是当痛苦消退的时候，紧接着又有另一波的剧痛伴随着她的脉搏传来。她叫出了声。

"哈，"她听见诺斯说，"现在她真的了解了。"

"不……"她轻声说。

她不让自己出一点声。她不会让诺斯从她的痛苦里得到满足。

那两个追随者松开她，她便往前倒下，她试图用左手支撑着自己。这一次痛苦的强度没有消退。痛苦不断增强，在她身体里的峡谷不停回荡，产生共鸣。每一次心跳，舞蛇就一阵颤抖。阵阵的痉挛让她痛得几乎没办法呼吸，她倒在冰冷坚硬的岩石上。

◇→※◆※←◇

阳光射进了裂缝中。舞蛇倒下之后就一直躺着，她将一只手抛向面前，破烂不堪的袖子边缘结了一层银白色的霜。厚厚一层冰冷的白色结晶覆盖了地面上崩落的岩石碎片，也爬上了一面穴壁。舞蛇深深着迷于这些花边图案，她让自己的心思徘徊在这些形状似叶、精细脆弱的霜上。当她凝视着它们，它们仿佛变成了三度空间。她宛如身在一个满是苔藓和蕨类植物的史前森林里，放眼望去，不是黑色就是白色。

融化的水滴割破了那些网状的霜，猝然又让它们回到二度空间，形成了另一幅更残酷的图案。那些如石头般深黑的水痕，看起来就像是梦蛇滑行过的痕迹，但是舞蛇很清楚不能期待会有毒蛇在这种温度下继续活动，它们无法滑过冰霜覆盖的地面。也许诺斯为了保护它们，已经将它们移到更温暖的地方了。

当她暗自期待她的想法是正确的时候，她听见了石头上一阵微弱的鳞片窸窣声。至少，有一条蛇被留了下来。她觉得有些安慰，因为那表示她不是全然的孤单。

这一条蛇一定非常强壮，她想。

也许是那条咬了她的大蛇，它的体型大到可以保暖。她睁开眼睛，试着伸手探向那个声音的源头。在她的手可以动之前——如果她的手真的动得了——她看见了那群毒蛇。

因为不只一条毒蛇被留了下来。两条，不，是三条梦蛇互相缠绕在一起，离她只有一个手臂的距离。每一条蛇体型都不大，每一条都只比青草大一些。它们缠卷在一起，不停蠕动，在霜上留下一些深色的象形文字，舞蛇看不懂这种文字。但是她确定那些形状一定有某种含意，要是她能辨识出来的话。从她这个角度，她只能看到一部分的文字，所以她缓慢地拖着僵硬的身体，转头去追踪连绵不断的痕迹。那些梦蛇停留在她视野的边缘，互相摩擦，身体形成了三条线组成的螺旋体。

那些毒蛇快要冻死了，一定是这样子的，没错，她必须想个办法呼唤诺斯，要他救救它们。舞蛇用两只手肘撑起自己，但是她无法移得更远了。她努力地试着要说话，但是一阵恶心反胃的感觉击溃了她。诺斯和他的蛇，舞蛇呕着，但却吐不出来，因为她的胃里根本没有东西可吐。毒液仍在她体内起着作用。

那个剧烈的刺痛消退成深沉有规律的悸痛，她抵抗着那个悸痛，强迫自己越来越不去感觉到它，但是她无法一直维持足够的体力去抗拒。痛苦淹没了她，她再次昏了过去。

$\diamond\!\!\rightarrow\!\!\ast\!\!\ast\!\!\ast\!\!\leftarrow\!\!\diamond$

舞蛇从睡眠中醒来，而非从无意识的状态下清醒。她的感觉仍然很痛苦，但是她知道当她抵抗着一次又一次的悸痛，她确实成功制止了痛楚扩散，也不继续阵痛下去了。她依然是自由的，诺斯无法用梦蛇奴役她。那个疯子曾经描述过狂喜时的感受，所以那个毒液并没有像影响诺斯的追随者一样影响到舞蛇。她不知道那是不是因为医生免疫力的关系，或是她的意志力成功抵抗了毒液的效用。但这并不是那么重要。

她明白了为什么诺斯会这么确定梅莉莎不会冻死。舞蛇能感觉寒意仍在，但是她却觉得很温暖，甚至非常热。舞蛇体内的新陈代谢已经增强了，但是能维持多久，她不知道，但是她觉得她全身热血沸腾，她知道她无须再害怕会冻伤了。

她想到那些梦蛇，在结霜的地面上，它们仍能够活动，真是不可思议。

那一定只是个梦，她想。

但是她环顾四周，在那些毒蛇蠕动造成的那些神秘难解的象形文字之上，三条细小的毒蛇缠卷在一起。她看到另外三条毒蛇也缠在一起，然后又是另外三条蛇，突然间她惊喜万分，赫然明白了这个地方，还有这些生物试图传递给她的讯息。她就好像是世代以来所有医生的代表，上天有意安排她到这里，以接受它们所赐予的礼物。

甚至当她还在思索自己花了多久时间才发现梦蛇的秘密时，她就全然明白了所有的前因后果。她已经成功抵抗毒液的影响，也了解了那些象形文字在诉说什么。她看见了更多的三条梦蛇缠在一块儿，在冰冷的岩石上交配。

就像地球上其他的族群一样，她的族人太以自我为中心，不知道自我反省。也许那是无可避免的，因为他们被迫离群索居，与世隔绝。但是结果却造成了医生的目光短浅。为了保护梦蛇，他们一直不让它们继续长大。那也是可以理解的，因为梦蛇太珍贵太脆弱了，不能冒险在它们身上做任何实验。比起迫害他们已经拥有的梦蛇的性命，依赖细胞核移植技术复制出几条新的梦蛇比较保险。

对于这么简单明了的答案，舞蛇不禁莞尔。医生的梦蛇当然会长不大，因为在它们发育的某个阶段，它们必须处在这样天寒地冻的温度之下。它们当然也很难得交配，就算是几条自然成熟的梦蛇也一样；低温才能启动繁殖能力。结果到最后，因为希望那些成熟的毒蛇能够交配，所以医生遵循了冗长乏味的计划步骤，将它们……两条蛇配对放在一块儿。

与新知识隔绝的医生们已经明白了他们的梦蛇是外星生物，但是他们一直无法明白它们到底有多特殊。

两条蛇配对。舞蛇无声地笑了出来。

她回想起在训练期间，在课堂上，在用餐时，她与其他医生激烈争辩着梦蛇到底有两对染色体，还是有六对染色体，因为细胞核的数量让这两个论点都有可能存在。但是在那些激辩中，却没有一个人曾经触碰到事实。梦蛇有三对染色体，而且它们交配的时候是三条蛇配对，而不是两条蛇。舞蛇心中的笑声渐渐消退成一个悲哀的笑容，为这么多年来她和她的族人所犯下的错误感到遗憾。由于缺少正确的资讯，缺少足够的机器和技术来支援生物可能性实验的探究，还有他们的民族优越意识，再加上地理上被迫与世隔绝，太多的民族自动将自己和其他民族区隔开来，让他们一直无法进步。她的族人已经犯下了错误，他们的成就，竟是建立在他们对梦蛇的误解上。

现在舞蛇全明白了，不过也许为时已晚。

　　舞蛇感觉温暖宁静，昏昏欲睡。她无法入眠是因为她口渴了。接着她开始回忆。这大概是这个裂缝最明亮的一次，舞蛇躺的那块石块非常干燥。她动动她的手，感觉到热气从黑色的岩块中渗入她的手里。

　　她轻轻地坐起身，判断着自己的身体状况。她的膝盖在痛，但是并没有发肿。肩膀仅在微微疼痛。她不知道她睡了多久，但是伤口已经开始在愈合了。

　　水滴成一条涓涓细流，穿过了裂缝的另一端。舞蛇站起来，靠着岩壁支撑着自己，走向那条水流。她觉得自己颤抖摇晃，就好像突然变得非常老了。但是她仍有一些体力，她觉得她的精力又慢慢回来了。她跪在小溪边，手掬起水，谨慎地试喝着。水的味道干净冰冷。她相信自己的决定，深深地喝了一口。要让一个医生中毒是非常困难的，但是她现在不太在乎冒险再让她的身体承受更多的毒素。

　　几近结冰的水让她空腹的胃一阵疼痛。她抛开想吃东西的念头，在这个裂缝的中心站起来。她慢慢地旋转，审视着白天的洞穴。穴壁粗糙不平，但是没有一丝缝隙，她看不到一个手或脚可以攀爬的支撑点。就算她没受伤，洞穴边缘的高度比她能跃起的高度也要高上三倍。但是她必须想个法子出去。她必须找到梅莉莎，然后逃离这里。

　　舞蛇觉得头昏眼花。她很害怕自己会惊慌失措，她深深而缓慢地呼吸了几次，一直闭着眼睛。她很难专心一意，因为她知道诺斯也许下一刻就会回来。当她醒着时，他会想要幸灾乐祸地俯瞰她，因为他已经成功击垮了她的免疫力，让毒液在她身体产生作用。他心中的憎恨一定让他非常希望看到她像那个疯子一样，趴倒在他面前，对他卑躬屈膝，苦苦向他求饶，直到他愿意施恩于她，让她在每一次被蛇咬过之后，变得越来越软弱。她不禁颤抖着睁开双眼。一旦他了解到毒液对她真正的影响是什么，如果可以的话，他就会利用这个方法杀死她。

舞蛇坐下来，然后从肩膀上解开梅莉莎的头巾。那块布上已经沾满了厚厚的一层血迹，变得很僵硬，她必须浸湿紧贴着她皮肤的那一块布，才能将布料拿开。但是伤口上的痂非常厚，而且并没有流出血来。那个伤口并不是很干净，将来那道疤痕里会满是泥土和沙粒，除非她尽快处理它。但是它并不会受到感染，此刻她也没有办法挪出时间处理那个伤口。她从那块方布的一边撕了两条细长的布条，然后用布料的剩余部分组合成一个临时的袋子。有四条大梦蛇无精打采地躺在舞蛇触手可及的岩块上。她捉住它们，将它们放在袋子里，然后继续寻找其他的梦蛇。从体型判断，她抓到的那些梦蛇，无疑地一定已经发育成熟，也许有一两条蛇甚至已经在形成能够生出小蛇的蛋了。她又捉到了三条蛇，但是其他的梦蛇都不见了。她更加小心地走过那些石块，寻找着梦蛇可疑的藏匿之处，但是却一无所获。

她怀疑那些交配的场景是不是她的幻觉或是梦境。但是那画面非常真实……

| 第十二章 |

无论她是不是在做梦，这个裂缝里的确曾经存在过为数众多的梦蛇。也许是它们的巢穴太过隐秘，没有经过仔细搜寻是无法找到的。或是诺斯早已经把其他的毒蛇都带走了。

一个绿色的形影闪过她的眼角，她转过身来。她伸出手去捉那条梦蛇，但它却攻击她。她猝然抽回手，很高兴地发现在经历过这一切之后，她的反射动作仍然能迅速躲开它的毒牙。她不怕另一条毒蛇再咬她，现在她对毒液可能已经具有极强的免疫力。她每接触到毒液一次，下一回就需要有更多的毒液才能影响她。但她不想再有下一次了。

她捕捉到最后一条大梦蛇，然后将它放在袋子里，用一条长布条束起那块布料，然后将整个袋子用另一条布条绑在她的皮带上，拖成一条长长的包袱。

舞蛇只能看到一个逃脱的方法。嗯，是还有另外一个办法，但是她怀疑她有那么充裕的时间将碎石建成一个缓坡，然后再悠闲地逃出去吗？她回到裂缝遥远的一端，回到岩壁几近相连的那个狭窄空间，她曾在那里紧紧拥着梅莉莎。

她赤裸的双足突然一阵瘙痒。她往下看，看见一条刚孵化出来的小蛇正从她脚下滑走。她弯腰轻轻捡起它，不让它受惊吓。它嘴上粗硬的组织已经掉了，硬皮下的鳞片在嘴巴周围形成了淡淡的粉红色。假以时日，那里的鳞片就会变成一片深红。这条细小的毒蛇用它三叉状的蛇信尝着空气的味道，它的鼻子碰撞着她的手掌，然后垂挂在她的拇指上。她让它滑入她破烂不堪的衬衫胸前的口袋，仅隔着一块布，她能察觉得到它在不断扭动。它很幼小，还可以训练它。她温暖的身体哄得它入眠。

舞蛇置身在这个狭小的空间内，她往后靠，肩膀和脊椎抵着一面岩壁。伤口还没开始疼痛，但是她不知道她能忍受多大的压力。她让自己不去感觉那个伤口，但是疲倦和饥饿让她很难专注。舞蛇用她的右脚抵着对面的石壁，然后开始施力，撑住自己。她谨慎地将另一只脚也放到石壁上，然后悬撑在裂缝中的两面石壁之间。她双脚用力推，肩膀向上滑动，她的双手也上下来回地推着岩壁。她的脚往高一点的地方滑动，然后再次用力推，向上爬行。

有块小圆石在她脚下松落，她的脚不由得滑了一下，整个身体斜向了一边。她抓着石壁，急忙挣扎着让自己稳固住位置。她的手肘和背部都被岩石刮伤了。她突然砰地一跌，重重地掉落到地上。舞蛇大口呼吸着，她本想试着爬起来，后来却躺着一动也不动。她整个人头下脚上，像个倒影一样。当一切都稳定下来，她深吸了一口气，又用力推着让自己站起身。她那不太健康的膝盖因为扭到而微微发抖。

至少，她没有压到那条梦蛇。她把手放到口袋上，毫不费力地就察觉到那个小家伙在蠕动。

舞蛇咬紧牙根，往后斜靠着石壁。她再次将自己往上推挤，移动的时候更加谨慎，她先去感觉松动的石块，然后才在一个新的定点施压。岩石刮伤了她的背，她的双手因为汗水而变得滑溜溜的。舞蛇继续向上爬。她想象着她能够查看她囚牢的边缘，想象着那坚硬的地表和岩层。

她听到一个声音，身体倏地僵住。

没事，她想。不过是一块碎石撞到了另一块碎石。当火山岩石相撞的时候，声音听起来非常像是生物的声响。

她的大腿因为紧绷用力，肌肉不停抖动。她的眼睛刺痛，由于汗水的关系，视野非常闪亮。

舞蛇几乎要挫败地啜泣起来，她开始往下滑动，回到裂缝里。向下移动同样困难，她似乎花了无止境的时间，才能够直接跳下来。她的背部、手脚都被石头刮伤了。她在这个封闭的空间制造出了很大的声响，她确定诺斯可以听得到。当一块岩石从裂缝一边掉下来，舞蛇马上扑倒在地，身体蜷缩，环住那个装着梦蛇的袋子。她躺在那里一动也不动，全凭意志力隐藏住因疲倦产生的抖动。她极想喘息，她强迫自己缓缓地呼气，好像她仍在睡觉。她几乎要闭起双眼，但是她看到了那个笼罩她的身影。

"医生！"

舞蛇没有动。

"医生，醒醒！"

她听到靴子摩擦着石砾，拖地行走的声音。一阵碎石像大雨般落在她的身上。

"她还在睡，诺斯。"攻击过舞蛇的那个疯子说，"就像其他人一样，除了你跟我。我们去睡觉吧，诺斯。求求你让我睡觉。"

"闭嘴。毒液已经一滴不剩了。那些毒蛇都累了。"

"它们仅能再咬一口。还是让我下去抓另外一条蛇上来吧，一条又大又好的蛇。我也可以顺便确定医生是不是真的在睡觉。"

"她是不是真的在睡觉，关我什么事？"

"你不能相信她，诺斯。她很狡猾。她耍了我，她叫我带她来找你……"

随着那个疯子和诺斯渐行渐远的脚步声，他说话的声音也渐渐消失。舞蛇听到诺斯不想理会他，也没有回应他的话。

当他们一走开，舞蛇就把手移动到刚好可以够到衬衫的口袋上。这个初生之犊，不知怎的，仍然一切安好。她可以感觉得到它在她手指下缓慢平静地移动。她开始相信如果她能活着离开这个裂缝，那么这条小梦蛇也可以。或许次序颠倒过来才对。她的手在发抖。她将手抽开，不让她颤抖的手吓到她的蛇。她的背慢慢地转过来，她看着天空。这个裂缝的顶端离她似乎好远好远，每次她试着测量石壁，它们的高度好像又再度升高。一颗滚烫的泪水从她的眼角滴进她的头发。

舞蛇突然坐直身子。她站起来的动作更加缓慢笨重，但是她终于在岩壁间这个狭窄的空间里重新站了起来，她直直地向上看着岩壁。她背上刮伤的地方贴着石壁，她肩膀上的伤口又快要裂开了。舞蛇不再往上看，她将一只脚放在石壁上，支撑住自己，用另一只脚将自己嵌进去，然后再次向上仰视。

当她爬得越来越高，她感觉到她的衬衫在她肩后撕成一块碎布。那个打了结的头巾从地面升高，向上摩擦着她身后的岩壁。那个袋子开始摆荡起来了，它的重量刚好足以扰乱她的平衡。她停下来，就像一座悬挂的桥，只不过桥的两边什么都没有。她等待着，直到下方的这座钟摆振幅渐渐缩短。她脚上的肌肉又更加紧绷了，她几乎感觉不到她脚下踩着的那块石壁。她不知道她距离顶端有多近，她不愿向上看。

她比前一次爬到的地方更高了。裂缝石壁在这里有些分开，让她更难以支撑。她在石壁上每占据一小步，她的腿就必须伸得更长。现在她仅用肩膀、双手和脚趾下缘用力推着岩壁，支撑着自己。她无法再继续爬上去了。她右手下方的石头由于沾上了鲜血，变得一片湿润。她强迫自己最后一次往上爬。突然她的头在裂缝边缘往后滑了出去，然后她就看见了地面、山丘，还有天空。这突如其来的改变，几乎让她无法保持平衡。她将左手臂挥出洞口，手肘撑在裂缝边，然后再改用手掌撑住。她转过身体，用右手攥住地面。肩膀上的伤口传来一阵刺痛，从脊椎扩散到指尖。她的指甲掘进地面，突然滑开了一下，她又紧紧扣住。她的双脚挣扎摸索着立足点，不知怎的就找到了一个地方。她在石壁上悬挂了一会儿，喘着气，她察觉到之前她摔到石头上时，着地的臀骨上的擦伤隐隐作痛。她胸前的口袋里，那条刚出生的梦蛇受到了压迫，但并没有被挤碎，它不太高兴地扭动着。

舞蛇用她手臂的最后一点力气，将自己抬过洞缘，然后在水平的地面上撑住，气喘吁吁，她的脚和腿仍然在摆荡。最后的路程她是爬着出去的。那个破烂的头巾摩擦着石壁，拉长了布料，有些磨损。舞蛇轻轻地拉着那个临时拼凑的袋子，直到袋子躺在她身旁。她一只手放在那些毒蛇上面，另一只手几乎是在爱抚着坚实的地面，此时她才能环顾四周，确定没有人看到她爬了出来。终于，在这一刻，她自由了。

她解开口袋的纽扣，看着那条幼蛇，难以相信它竟然毫发无伤。

她再次将她的口袋扣起来，从裂缝旁边的柴堆上拿了一个篮子，然后把那些成熟的蛇放在里面。舞蛇将篮子甩到肩后，双脚颤抖着站起来，然后开始走向环绕在这个坑洞周围的那些隧道。

但是围绕着她的这些隧道就好像无数的倒影一样，她已记不得她是从哪一条隧道进来的。她只记得那个隧道是在那个宛如巨大冰库的坑洞的对面，但是那个坑洞这么大，这三个出口中，任何一个都有可能是她想找的那一条隧道。

也许这样反而更好，舞蛇想。也许他们总是在同一条隧道出入，我可以走他们弃置不用的那一个。

或者，也许不管我选择了哪一个隧道，我都会遇见别人。或许，其他的通道尽头都堵住了。

舞蛇随便选择，进入了她左手边的隧道。隧道里看起来不太一样，但是那是因为霜已经融化了。这个隧道里也有火炬悬挂着，所以诺斯的手下一定利用这条隧道进行着某件工作。但是大部分的火炬都已经快烧到尽头了，舞蛇在黑暗中缓慢爬行，从一个模糊闪烁的火把到下一个摇曳不定的火把，她的手放在穴壁上拖行，要是这个隧道无法通到外面世界的话，她还能够回得来。每一个新的光点都有可能是这个隧道的出口，但是每一次她发现的还是另一支快燃尽的火炬。这个甬道继续向前延伸。无论她从前如何苦恼，现在如何疲倦，她很清楚她第一次走过的隧道并没有这么长。

还有一个光点，她想。那么那是——？

黑烟缭绕在她周围，这里甚至无法看见一丝流动的气流，告诉她该往哪里走。她停在火炬下，然后转身。她身后只有一片黑暗。

其他的火光都已经熄灭了，不然就是她转过了一个弯，将火光挡在她的视野之外。她无法照原来的路回去。

她穿过了一大段的黑暗，才看见下一个光点。她希望那是白昼的天光，她跟自己谈判打赌，那一定是阳光，但是在她还没到达那个光源以前，她就知道那只是另一支火把。它几乎快熄灭了，明灭不定的火光变成了余烬。她闻得到火焰熄灭后那种刺鼻的烟味。

舞蛇怀疑她是否正赶向另一个裂缝，而它在黑暗中默默地等待着她。从那个时候起，她走路更加谨慎小心，她保持着重心，先将一只脚滑向前，等到确定那是块坚实的土地，她才踏出去。

当下一个火炬出现的时候，她几乎没有注意到。它投射出的光线并不足以帮助她看清楚路。那个篮子越来越重了，前一个事件的后遗症开始一一出现。她的膝盖痛得很厉害，她的肩膀痛到她必须让手滑落到皮带下方，靠着身体环抱住她的臂膀。她沿着这条不可信赖的路径拖着步伐前行，就算她心中的预警系统已经默许，她没想到她的脚居然还可以抬得起来。

突然间她就站在一个山腰上，置身白昼下一片奇异扭曲的树林之中。她脑袋一片空白，四处张望，然后伸出手，抚摸着粗糙的树干。她用一片磨损破裂的指甲触碰着一片脆弱的叶子。

舞蛇想要坐下来休息，高声大笑，然后恬然进入梦乡。相反地，她却绕着这个山腰右转，希望这个隧道没有将她带到诺斯营地半途上的山丘或是圆顶。她多希望诺斯或是那个疯子曾说过他们将梅莉莎藏在哪里。

树林突然到了尽头。舞蛇猝然停住脚步，抽身回到阴暗的角落。

梦 蛇
Dreamsnake

她差一点就走进了那块空地里。叶片厚实且呈圆形的低矮树丛铺在
深红色的茂密草原上。在那片天然床垫上躺着一些她曾见过跟在诺
斯身边的人，还有其他的人。舞蛇推想他们全都在睡觉，而且还正
做着美梦。大部分的人都面朝上平躺着，他们的头向后仰，露出了
喉咙，在众多成对的疤痕之中，显现着毒牙咬的伤口和微微的血滴。
舞蛇看着每一个人，她一个都不认识，直到她的视线探向了空地的
另一端。那个疯子正躺在那里睡觉，一棵外星树木的影子触到了他。
他的睡姿跟其他人都不一样。他的脸朝下，衣服剥至腰际，手臂向
前摊直，好像在哀求着什么。他赤着脚，双腿也裸露在外。舞蛇沿
着空地边缘靠近那个疯子，她看见他手臂内侧和膝盖后面有许多毒
牙咬痕。这么说诺斯还真的找到了一条毒液尚未枯竭的毒蛇，而那
个疯子也总算如愿以偿了。

但是诺斯并没有在那片空地上，梅莉莎也不在这里。

有一条经常使用的山路深入到森林里。舞蛇谨慎地跟随着这条
路走，只要一有动静，随时准备躲进树林之间。但是什么事也没
发生。当她赤足悄声走在坚硬的地面上时，她甚至听得见小动物或
是小鸟，甚或是某种难以描述的外星野兽所发出的窸窣声响。

这条山路的尽头刚好位于她第一次走进的那个隧道入口上方。
就在这里，诺斯独自一人坐在一个大篮子旁边，手中还握着一条梦蛇。

舞蛇好奇地看着他。他握着那条毒蛇的方式很安全——握着头
部后面，这样它就无法攻击了。他另一只手轻抚着它光滑的绿色鳞片。
舞蛇先前就注意到诺斯喉咙上并没有疤痕，她原先猜想他自己享用
毒液的方法更缓慢，而且更令人欢愉。但是现在他长袍的袖子掉落

到他身后，她可以很清楚地看到他苍白的手臂上也没有疤痕。

舞蛇皱眉。她并没有看见梅莉莎。如果诺斯又将她放回洞穴里，那么舞蛇可能会徒劳无功地找上好几天，却仍找不到她。她没有力气再去花一段很长的时间找寻了。她走出去，走进那块空地里。

"你为什么不让它咬你？"她说。

诺斯非常惊讶地跳起身，但是并没有松开那条毒蛇。他看着舞蛇，表情是全然的困惑。他迅速扫视着空地四周，好像第一次注意到他的手下没有在他附近。

"诺斯，他们全部都在睡觉。"舞蛇说，"还做着美梦呢。就连那个把我带到这个地方的人也一样。"

"过来！"诺斯大叫，但是舞蛇并没有服从他充满权威的语气，而且根本也没有人回应他。

"你是怎么逃出来的？"诺斯轻声说，"我曾经把医生杀死——他们并不具有魔力。杀死他们就像杀死其他的生物一样容易。"

"梅莉莎在哪里？"

"你到底是怎么逃出来的？"他尖声叫嚣着。

舞蛇接近他，但她并不知道她该怎么做。诺斯的确没有那么强壮，但是他坐在地上，却仍然几乎和她站着一样高，况且现在她也不强壮。她停在他面前。

诺斯猛然将梦蛇推向她，好像这么做会吓到她，或是想用欲望驱使她服从他的意志。舞蛇靠得很近，她伸出手，用指尖轻抚着那条毒蛇。

"梅莉莎在哪里？"

梦 蛇
Dreamsnake

"她是我的，"他说，"她不属于外面的世界。她属于这里。"

但是他苍白的眼睛不断眨着转向一旁，他的眼神出卖了他。舞蛇追随着他的视线，他的目光移向了一个巨大的篮子，它几乎有她的身高那么长，深度则将近她身长的一半。舞蛇跑向那个篮子，然后小心翼翼地掀开它的盖子。她不由自主地往后退了一步，愤怒地深深吸了一口气。那个篮子里几乎装满了一大群密密麻麻的梦蛇。她转向诺斯，感到非常愤怒。

"你怎能做得出这种事？"

"那正是她所需要的。"

舞蛇转过身，背对着他，然后开始慢慢地、小心翼翼地从篮子里举起梦蛇。它们数量太多了，她根本看不见梅莉莎，就连一个模糊的身形都看不到。她一对一对地将梦蛇从篮子里拿出来，一旦它们不能够再碰到她的女儿，她就将它们丢到地上。第一条梦蛇滑上她的脚，然后缠绕在她的脚踝上，但是第二条梦蛇却迅速地滑向树林里。

诺斯急忙跑了上来。"你在做什么？你不能——"他追着那些已经被释放的毒蛇，但是有一条蛇昂起身攻击他，诺斯往后退缩。舞蛇又丢了两条毒蛇到地上。诺斯又再试一次，想捉住一条梦蛇，但是它咬向他，他为了避开，几乎跌倒。诺斯放弃追逐那些毒蛇，他扑向舞蛇，利用他的身高威胁她，但是她握着一条梦蛇，将它放在他面前，他就不再靠近了。

"你很怕它们，对不对？诺斯？"她朝他踏出一步。他试图站着不动，但是当舞蛇踏出第二步，他猝然向后退去。

"你不愿接受你自己提出的建议吗？"她从来没有这么愤怒过。她脑袋里神志清醒的那一部分正在深深的底层运作着，它震惊地看着她竟因为能让他惊慌失措而感到非常高兴。

"走开——"

舞蛇不断地接近他，他往后跌了一跤。他在地上摸索挣扎，将自己移开，当他试着起身时，又再度绊倒。舞蛇近得可以闻到他身上发霉干燥的气味——完全不像人类的味道。他就像一头受困的野兽，气喘吁吁。他停止后退，面对着她，当她将梦蛇又靠得更近，他握紧拳头，准备攻击。

"不要。"他说，"不要这么做——"

舞蛇想到了梅莉莎，她没有回答他。

诺斯盯着梦蛇，宛如受它催眠似的动弹不得。"不——"他声音嘶哑，"求求你——"

"你想要我可怜你吗？"舞蛇兴奋地尖叫，她知道她会像他对她女儿一样残酷地对他。

突然间诺斯的拳头松开了，他俯向她，双手伸向她，露出他手腕上纤细的青蓝色静脉。

"不，"他说，"我想要和你和平相处。"当他等待着梦蛇咬他，他明显在发抖。

舞蛇震惊地抽回手。

"求求你。"诺斯再次哀嚎，"老天，不要玩弄我！"

舞蛇看着那条毒蛇，然后再看向诺斯。她对他投降的喜悦突然变成厌恶。难道她跟他竟是如此类似吗？她也想要操控其他人类吗？

也许世人对他的指控都是对的。光荣和他人的服从使她快乐，就像它们也使他快乐一样。但她的确为她的自大深感内疚，她一直都在自责着她的傲慢。也许她跟诺斯的差异不在有没有仁慈之心，仅在程度上有差别。舞蛇不太肯定，但是她知道如果现在在他无助的情况下，她强迫让这条梦蛇咬了他，不管他们之间有什么不同，都没有太大的意义了。她往后退，将梦蛇丢到地上。

"不要靠近我。"她的声音也在发抖，"我要带走我的女儿，然后回家。"

"救救我，"他轻声说，"是我发现了这个地方。我用这里的生物帮助了别人，难道我不该得到一些帮助吗？"他可怜兮兮地看着舞蛇，但是她并没有移动。

突然之间，他哀嚎一声，然后冲向那条梦蛇，单手抓住它，然后迫使它咬向他另一只手腕。他啜泣着，毒牙刺进去了一次，又再刺进去一次。

舞蛇从他身边退开，但是他不再注意她。她转身走向那个巨大的篮子。

那些梦蛇已经自动逃走了。有条梦蛇滑行在篮子上，然后轻轻砰的一声，掉到地上。有更多条蛇探了出来，渐渐地它们整群的重量溢出了这个编篮，篮身稍稍倾斜。篮子翻了过去，那些毒蛇堆叠在一起，局促不安地蠕动着。

但是梅莉莎并不在里面。

诺斯匆匆经过舞蛇身边，似乎忘了她是谁，然后将他苍白且血迹斑斑的双手插进那一堆梦蛇之中。

舞蛇抓住他，将他转过身："她在哪里？"

"什么——"他虚弱无力地努力走向那些毒蛇。他半透明的眼睛就像玻璃一样。

"梅莉莎——她在哪里？"

"她那时在做梦……"他凝视着那些梦蛇，"跟它们一起。"

梅莉莎逃走了。不知怎的，她的意志力击败了诺斯、毒液，还有失忆的诱惑。舞蛇环顾这个营地，再次搜寻，但是就是没有看到她想看到的人影。

诺斯挫败地呜咽着，舞蛇放开了他。他抓住那些脱逃的毒蛇，它们正滑进森林。他的手臂上有一大片流着血的针刺伤口，每次他又捉回另一条蛇，他就强迫它咬他。

"梅莉莎！"舞蛇呼唤着，但是没有人回答。

突然诺斯咕哝了一声。然后，过了不久，他发出一个怪异的呜咽呻吟声。舞蛇越过肩膀看过去。诺斯慢慢地起身，他满是血迹的手中握着一条梦蛇，一条细小的血流从他喉咙上的一个咬痕流下来。他全身僵硬，那条梦蛇不停蠕动着。诺斯跪了下来，然后就一直僵在那里。他摇晃着向前倒下，一动也不动地躺着，他的权力已经渐渐从他身上消失了，就像那些外星梦蛇逃回了它们的外星森林一样。

舞蛇不由自主地走向他。他呼吸均匀，没有受伤，这样轻微的摔跤不会让人受伤。舞蛇怀疑毒液会像侵袭他的追随者那样侵袭着他。但是就算不会，就算他的恐惧让他反应激烈，她也无力帮助他。

那条他仍抓在手中的梦蛇不断地蠕动着，在他的手中拍击着自己。舞蛇屏住气息，陷入回忆之中，感到一阵悲伤。它的脊椎断掉了。

梦 蛇
Dreamsnake

舞蛇跪到它旁边杀死它，就像她杀死青草的方法一样，了结它的痛苦。

她的嘴唇尝到了它冰冷咸湿的鲜血，她摸索着寻找她那小小编篮的绳带，然后将它搭在肩膀上。除了走下这座山丘的山路，朝圆顶那个缺口前进，她没有想过要到别处寻找梅莉莎。

这些纠结的树木投射出比舞蛇最初经过时更深沉幽暗的影子，穿越树林的通道也更加狭窄低矮。她的背上袭来一阵阵寒意，舞蛇逼着自己尽可能地快速前进。这座包围她的外星森林可能栖息着各式各样的生物，从梦蛇到安静的肉食动物都可能栖息在这里。梅莉莎完全没有任何防备。她甚至连小刀都没有了。

当舞蛇开始相信她走错了路时，她突然走到了当初那个疯子背叛她的那块岩石边。这个石台距离诺斯的营地有好长一段距离，舞蛇怀疑梅莉莎能够走到这么远。

舞蛇想也许她脱逃了，然后藏在某处。也许她仍在诺斯的营地内，沉睡着，或是做着美梦……然后逐渐死去。

她继续走了几步路，起初有点犹豫不决，但还是决定往前冲。

她在山路上匍匐前进，手指陷进土地里，又将她往前方拉了一些，梅莉莎就昏倒在下一个转弯处。舞蛇摇摇晃晃地跑向她，然后跪倒在她身旁。

舞蛇轻轻地将她的女儿转过身。梅莉莎没有动，她非常虚弱，身体冰冷。舞蛇寻找着她的脉搏，上一刻认为就在这里，下一刻又确定不在这里。梅莉莎陷入深深的休克当中，舞蛇没办法在这里救她。

她默想，梅莉莎，我的女儿，你如此努力想遵守你对我的承诺，而你几乎成功了。我也曾对你许下承诺，但我却一个也没做到。请你再给我一次机会。

　　舞蛇笨拙地强行使用她几近残废的右手，将梅莉莎瘦小的身躯扛在她的左肩膀上。她摇摇晃晃地站起来，差一点失去重心。要是她跌倒了，她不认为她能够再站起来。山路在她面前绵延伸展，而她很清楚这段路程非常遥远。

第十三章

　　当舞蛇跋涉过那些平坦的叶片，经过一个长满了蓝青色爬地植物的隙缝时，她跌了一跤，刚下过雨的地面湿湿滑滑的。梅莉莎一直没有动。舞蛇不敢放她下来，她继续走着。

　　她再次想，在山上我没办法救她，然后就专注一意地爬下山。

　　梅莉莎的身体非常冰冷，但是舞蛇不敢信任她的感觉。她逼自己不要有任何感觉。她像个机器一样沉重缓慢地前进。她从远处看着她的身体，知道她能够走下山，却又随时准备好要挫败地狂叫，因为她的身体移动得如此缓慢。她麻木前行，踏出一步又一步，但却无法走得更快了。

　　从山上看下去，这个峭壁看起来比她当初爬上来时还要陡峻。站在峭壁边缘，她甚至想不起来她是怎么爬到山顶的。但是山下的森林和草原，那可爱的绿荫，让她又有了信心。

　　舞蛇坐在悬崖边上，缓慢小心地移动。刚开始她稍微滑了一下，她用她疼痛的赤足止住滑动，设法保持重心。她的身体跟石头碰撞着，那个编篮跟在她后头不停弹跳着。但是快到悬崖底端的时候，她的速度突然加快，梅莉莎的重量让她失去了平衡，她滑了一跤，往侧边滑行。她努力试着不要变成滚动，她成功了，但她的背部和手肘上的皮肤也付出了代价。她终于停在悬崖底部，身后跟着一阵撒落下来的土石。她静静地躺了一会儿，梅莉莎松垮垮地靠着她，那个连续冲撞过后的编篮在她的肩膀下嘎吱嘎吱地响着。那些梦蛇在其他蛇的身上滑动，但是没有发现大到可以爬出去的破洞。舞蛇将手放在胸前的口袋上，感觉到那条初生的小梦蛇在她手指下移动。

只剩下一点距离了，她想。我几乎要看到那片草原了。要是我悄悄地躺下来，我就可以听见松鼠在吃草的声音……

"松鼠！"她等了一会儿，然后吹着口哨，召唤着它。她又呼唤了一次，觉得好像听到了它在嘶鸣，但是不太肯定。要是它就在这附近，它应该会跑过来追随着她，但是只有当它心情愉快的时候，别人叫着它或吹口哨，它才会回应。此刻它似乎心情不是很好。

舞蛇叹口气，转过身，膝盖努力站稳。梅莉莎苍白冰冷地躺在她胸前，她的手臂和双脚上都是干掉的血痕。舞蛇将梅莉莎抬至肩膀，她的右手臂几乎无法使力。舞蛇鼓足力气，逼着自己站起来。那个篮子的绳子滑了下来，挂在她的手臂上。她向前跨出了一步。篮子碰撞着她的腿。她的膝盖正在发抖。她又踏出了一步，她害怕梅莉莎将要丢掉性命，她的视野一片模糊。

当她步履蹒跚地到达那片草原的时候，她又再次呼唤了她的小马。她听到了蹄声，但却看不见松鼠和旋风，只看见那个疯子的老驮马在草地里，嘴巴挂着嘴套，躺在地上死了。

梦 蛇
Dreamsnake

$$\diamond\!\!\!\rightarrow\!\!\!\ggg\!\!\!\leftarrow\!\!\!\diamond$$

　　亚瑞宾麝香牛毛料制的袍子既可免于沙漠热气和风沙的侵袭，也同样可以避雨。他骑着马，走在大雨过后清新的阳光下，轻掠过头顶上方的树枝，还悬在树上的水滴散落了他一身。到目前为止，他还没有发现舞蛇的任何行踪，可是这里只有这一条路。

　　他的马昂起头，大声地嘶鸣着。从茂密的树林间传来一声回应。亚瑞宾听到马蹄踏在坚硬潮湿的地上的砰砰声响，沿着那条蜿蜒的山路，一匹灰马和那匹虎纹小马松鼠赫然奔入前方视野。松鼠滑行着停下脚步，颈子拱起，昂首阔步地靠近。那匹灰色母马则奔过了它，它旋转着回过身，玩耍似的跑了几步，然后再度停下来。三匹马互相向对方喷着鼻息，打着招呼，亚瑞宾下马，挠挠松鼠的耳朵。这两匹舞蛇的马状况都非常好，神采奕奕。要是舞蛇遭受埋伏，那匹灰马和虎纹小马现在不可能还是安然无恙，它们太脆弱了。就算遭受袭击的时候这些马逃过一劫，它们也应该仍佩着马鞍和缰绳。舞蛇一定平安无事。

　　亚瑞宾开始呼唤着她的名字，但是最后一刻突然改变了主意。他可能太多疑了，但是有了前车之鉴，他觉得谨慎行事还是明智的选择。再多等几分钟，也不会要他的命。

　　他往上看着那道斜坡，斜坡再上去就变成了岩石遍布的峭壁，然后是另一座山峰，低矮的草木，爬地植物……还有圆顶。

　　当他明白那是什么之后，他不了解为什么他没有马上就看到它。

这是唯一一栋他见过的有破损迹象的建筑物。难怪他会没有发现。但毫无疑问，那是前代遗留下的其中一个圆顶，也是他见过或听过的最大的一个。亚瑞宾确信舞蛇是在山上的某处。而圆顶是唯一有可能的地方。

他催促着他的马向前，循着另两匹马深深的蹄印泥痕。他觉得他好像听到了什么声音。他停了下来。那并不是他的想象。那些马也在竖耳聆听。他又听到了那个叫唤声，想要大声回应，但话语却哽在他的喉咙里。他的双脚猝然夹紧马腹，那匹原本静静站立的野兽跃然疾奔，奔向医生的呼唤，奔向舞蛇。

❖→✳❧◆❖

一匹黑色的马紧跟在那匹虎纹小马和灰色母马的后头，出现在草原遥远的另一端。舞蛇霎时愤怒地咒骂着，诺斯的手下竟会在这种时候回来。

然后她看见了亚瑞宾。

她震惊得无法走向他，也说不出话来。他的马还在疾奔，他就从马上跃了下来。他跑向舞蛇，他的袍子在他身旁不停飘动。她看着他，仿佛他是幽灵一样，因为她确信他一定是，就算他已经在她触手可及的地方停下来。

"亚瑞宾？"

"发生了什么事？是谁伤害了你？那个疯子——"

"他跟其他人在圆顶里。"她说，"他们现在不会对我们造成危险。梅莉莎昏迷了。我必须带她回到营地去……亚瑞宾，你真的是亚瑞宾吗？"

他从她的肩膀上扛起了梅莉莎；一只手臂抱着舞蛇的女儿，另一只手则搀扶着舞蛇。

"对，我真的是亚瑞宾。我来了。"

他扶着她穿越了那片草原。当他们到达堆放着她行李的营地，亚瑞宾转身将梅莉莎放下来。舞蛇跪在她的毒蛇袋旁，紧张地摸索着袋子的盖子。她颤抖着打开了放置药品的那一层。

亚瑞宾将手放在她未受伤的那个肩膀上，他的触碰非常温柔。

"让我看看你的伤。"他说。

"我没事，"她说，"我不会有事的。是梅莉莎——"她抬起目光看着他，然后就在他的注视下定住了。

"医生，"他说，"舞蛇，我的朋友——"

她试着站起来。他却试着制止她。

"没有用了。"

"没有用——"她挣扎着起身。

"你受伤了。"亚瑞宾绝望地说，"这种时刻治疗这个孩子只会让你伤得更重。"

"喔，老天。"舞蛇说。亚瑞宾仍试着让她坐下来。"放开我！"她大喊。亚瑞宾惊讶地退后几步。舞蛇并没有道歉。她不能容许任何人保护她，就连他也不行。那种生活太安逸，也太充满诱惑了。

　　梅莉莎躺在一棵松树幽暗的影子下。舞蛇跪在一层厚厚的褐色松针铺成的垫子上。在她身后，亚瑞宾依然站着。舞蛇拾起梅莉莎冰冷苍白的手。那个孩子完全没有反应。由于她在地上匍匐前行，她指甲下的嫩肉都裂开了。她曾经那么努力想遵守诺言……比起舞蛇，她守信用得多了。舞蛇倾身，不断将她的红发从那骇人的疤痕上拨开。舞蛇的泪水落到梅莉莎的脸颊上。

　　"一切都为时已晚，"亚瑞宾又说了一次，"她已经没有脉搏。"

　　"嘘。"舞蛇悄声说，仍旧在梅莉莎的手腕、喉咙处寻找着脉搏，一下子觉得她找到了，一会儿又确定不是。

　　"舞蛇，不要这样折磨自己。她已经死了！她的身体这么冰冷！"

　　"她还活着。"她知道他以为她因为过度悲伤而心神错乱。他没有走开，但是悲哀地向下注视着她。她转向他："帮帮我，亚瑞宾。相信我。我曾梦见你，我想我是爱你的。但是梅莉莎是我的女儿，也是我的朋友。我必须想办法救她。"

　　那个幽灵似的脉搏微微地碰触着她的手指。梅莉莎被咬了这么多次……毒液曾经增强了新陈代谢的功能，现在毒液的影响已经停止了，但是新陈代谢的功能并没有回复正常，反而剧烈消退，仅让人一息尚存。舞蛇希望她也仍意识清醒。要是无法及时就医，梅莉莎可能会死于精力耗尽，会死于体温过低，就好像她是因为风吹雨淋而死。

　　"我该怎么做？"他心灰意冷，听天由命地说。

　　"帮我移动她。"

　　舞蛇将毯子放在一块整天吸收日晒，宽阔平坦的岩石上。她做每件事都显得非常笨拙。亚瑞宾抬起梅莉莎，然后让她躺在温暖的毯子上。舞蛇离开她女儿一会儿，将她囊袋里的东西全撒在地上。她将水壶、蜡炉、锅子推向亚瑞宾，他眼神困惑地看着她。她几乎抽不出空看他一眼。

"请你烧一些水，亚瑞宾，不用太多。"她将双手掬在一起，示意他需要的水量。她从毒蛇袋放着药品的那一层里抓出了一包糖。

舞蛇又回到梅莉莎的身旁，试着将她唤醒。脉搏突然出现了一会儿，然后又消失了，一直断断续续，反复不定。

她还有脉搏，舞蛇告诉自己。并不是我的幻觉。

她将一小撮的糖撒到梅莉莎的舌头上，期望她嘴里有足够的湿度将糖溶解。舞蛇不敢灌她喝水，要是水流进了她的肺里，她也许会噎到。时间很紧迫，但是如果舞蛇匆匆忙忙地行事，她肯定会像诺斯一样杀死她的女儿。她等待着亚瑞宾，每隔几分钟，她就再喂梅莉莎一些糖。

亚瑞宾默默无语地端来滚烫的热水。舞蛇又将一撮糖放到梅莉莎的舌头上，然后将糖袋递给亚瑞宾。"把这袋子里的糖溶解成糖水，能溶多少就溶多少。"她摩擦着梅莉莎的手，轻轻拍打她的脸颊。"梅莉莎，亲爱的，醒醒。只要一秒钟也好。我的女儿，求求你。"

梅莉莎没有反应。但是舞蛇察觉到脉搏跳动了一次，然后又是一次，这一次脉搏的强度让她更加确定。"糖水准备好了吗？"

亚瑞宾将热水倒在平底锅里。他有些急躁，热水溅到他的手上。他吓了一跳，看着舞蛇。

"没事的。那是糖。"舞蛇从他身边拿走那个锅子。

"糖！"他在草地上擦拭她的手指。

"梅莉莎！醒醒，亲爱的。"梅莉莎的眼皮翻动了一下。舞蛇屏住气息，心中的大石终于落下。

"梅莉莎！你需要喝下这个。"

梅莉莎的嘴唇微微张开。

"现在还不要说话。"舞蛇将那个小金属容器放到她女儿的嘴边，然后让那个浓稠的液体一点一点慢慢地流进去，等到她确定梅莉莎已经吞下了每一口的刺激物，她才继续喂她。

"老天……"亚瑞宾惊讶地说。

"舞蛇？"梅莉莎轻声说。

"我在这里，梅莉莎。我们安全了。你现在不会有事了。"她觉得既想哭又想笑。

"我好冷。"

"我知道。"她用毯子裹住梅莉莎的肩膀。她不会有危险，因为现在梅莉莎肚子里已经有温暖的糖水，它会促使血液产生能量。

"我并不想将你丢在那里，但是我答应过你……我很害怕那个疯子会抢走松鼠，我也很害怕白雾和狂沙会死……"

舞蛇最后的一丝恐惧终于消失了，她小心缓慢地将梅莉莎移到那个温暖的岩石上。梅莉莎的话语中显示她没有伤到脑部。她全身而退。

"松鼠跟我们在一起，还有白雾和狂沙。你继续睡觉吧。当你醒过来的时候，一切就都会很美好。"这一两天梅莉莎的头可能会有些疼痛，要看她对这个刺激物会不会敏感。但是她活下来了，她没事了。

"我试着逃走，"梅莉莎说，并没有睁开眼睛，"我一直走一直走，但是……"

"我以你为荣。没有勇气和体力的人是没办法做到的。"

梅莉莎没有疤痕的那半边脸，嘴角弯曲成微微的笑容，然后她就睡着了。舞蛇用毯子的一角盖住了她的脸。

"我原本要以性命发誓，说她死了。"亚瑞宾说。

"她没事了。"舞蛇说，不太像是在对亚瑞宾说话，反倒像是在自言自语。"谢天谢地，她没事了。"

曾经占据她心神的迫切和肾上腺素带来的瞬间的力气，已经不知不觉地慢慢退去了。她的身体无法移动，连再次坐下也办不到了。她的膝盖僵住了，她只能跌坐下来。她也无法判断是她在晃动，还是她的眼睛蒙骗了她，因为她眼前的景物似乎是飘忽不定、任意移动的。

亚瑞宾触碰她左边肩膀。他的手就像她记忆中的一样温柔强壮。

"医生，"他说，"这孩子已经脱离险境，现在你该照顾自己了。"他的声音非常平静。

"她经历了太多事情。"舞蛇轻声说，很困难地将话语说出来，"她可能会怕你……"

他没有回答，她不禁颤抖。亚瑞宾扶着她，轻轻地让她坐到地面上。他的头发松开了，散落在他脸庞四周，看起来就像她最后一次见到他的模样。

他将他的热水瓶放到她干燥的嘴唇边，她喝着温水，水里有酒香。

"是谁伤害了你？"他问，"你还有危险吗？"

她根本没想过当诺斯和他的手下清醒之后，还会发生什么事。"现在不会，但是也许在不久之后，明天——"她突然挣扎着起身，"要是我睡着了，我就无法及时醒过来——"

他安抚着她："休息吧。我会一直守到天亮。然后我们就可以移到一个更安全的地方。"

在他的保证之下，舞蛇可以安心地休息了。他离开她一会儿，然后她在地上躺了下来，手指伸展，抓着地面，就好像这个地面吸住了她，又回报她以礼物，地面的冰冷帮助她减轻了那个箭伤重新带来的痛苦。她听见亚瑞宾跪在她身边，然后将一条冰凉湿润的布料盖在她的肩膀上，以濡湿那个已经磨损的布料和干掉的血迹。她透过他的睫毛看着他，再一次赞叹着他的双手，和他身体修长的线条。但是他触碰她的时候，就像他说话的语气一样平静。

"你怎么找到我们的？"她问，"我以为我在做梦。"

"我去了医生之域，"他说，"我试着使你的族人了解发生过的事，解释说那是我族人做错了事，不是你的错。"他盯着她，然后又悲伤地转开，"我想我失败了。你的老师说只有你回家，才能厘清这件事。"

之前亚瑞宾来不及回应她对他说过的话，她说她梦到他，还说她爱他。但是现在他表现得就好像她从来没说过那些话，好像他一切的行为，都只是出于道义和责任。舞蛇心里感觉很空虚，也很

梦 蛇
Dreamsnake

后悔，她怀疑是否她误解了他的感情。她不想有再多的感激和罪恶感了。

"但是你真的在这儿。"她说。她用手肘撑着自己起身，有些费力地面对他坐着，"你并不需要来找我，如果你觉得对我有任何责任的话，那责任到了我的家乡也就结束了。"

他迎向她的视线。"我……也梦见了你。"他倾身向她，手臂搁在她的膝盖上，双手摊开，"我从来没跟另一个人交换过名字。"

舞蛇感到很高兴，她慢慢地用她肮脏、留有疤痕的左手圈住他干净、深褐色的右手。

他往上看着她："在发生了这些事之后——"

舞蛇现在更加希望她没有受伤，她松开他的手，然后探向她的口袋。那条刚出生的梦蛇缠绕在她的手指上。她将它拿出来，给亚瑞宾看。她朝着那个编篮点点头，她说："那里还有更多，而且我知道怎么样让它们繁殖了。"

他惊讶不已地看着那条小毒蛇，然后再看着她："你真的到城市里了？他们接受了你？"

"不。"她说。她瞥向那个破裂的圆顶，"我是在那上面找到梦蛇的。还有一整个它们生活的外星世界。"她让那条幼蛇回到她的口袋里。它已经渐渐习惯她了，它会成为一条优秀的医生的蛇。"城市的人赶我走，但是他们还没看到最后一个医生。他们还是亏欠着我。"

"我的族人对你也有亏欠。"亚瑞宾说，"我却无力偿还。"

"你帮我救回了我女儿的一条命！你以为那一文不值吗？"然

后，舞蛇稍微冷静下来，说："亚瑞宾，我很希望青草仍然活着。我无法假装我不希望。但是由于我的疏忽，它死了，就是这样。我的想法一直只是这样。"

"我的族人，"亚瑞宾说，"和我表哥的伴侣——"

"等等。若是青草没死，我不可能在那个时候回家。"

亚瑞宾淡淡地微笑。

"如果我没在那个时候回家，"舞蛇说，"我就不会去中央城，我也不会发现梅莉莎的存在。我不会碰见那个疯子，也不会听说有关破裂圆顶的传说。你的族人就好像催化剂一样。如果不是因为你们，我们还要继续向城市的居民乞求梦蛇，而他们也会继续拒绝我们。医生会一直没有改变，直到世界上再也没有梦蛇，也不再有医生。但是现在一切都不同了。所以也许我欠你的，跟你觉得你亏欠我的还一样多呢。"

他看了她好一会儿："我觉得你在帮我的族人找借口。"

舞蛇握紧拳头："难道存在于我们之间的只有罪恶感吗？"

"不是！"亚瑞宾尖声地说。好像对他自己突然爆发的语气非常惊讶，他稍微平静地说："至少我曾祈求过更多。"

舞蛇温和地握着他的手。"我也是。"她亲吻他的手心。

亚瑞宾慢慢地笑了。他倾身靠得更近，瞬间他们拥抱着彼此。

"要是我们互相亏欠，又互相偿还，我们的族人就可以成为朋友。"亚瑞宾说，"也许你和我已经挣得了你曾说过的我们需要的时间。"

"我们的确做到了。"

梦 蛇
Dreamsnake

亚瑞宾将她纠结的头发轻轻地从额头拨开。"自从我到山区之后，我就学会了许多新的习俗。"他说，"在你肩膀伤口的复原期间，我想要照顾你。等到你康复了，我会问你，你还需要我为你做什么。"

舞蛇回报着她的微笑，她知道他们相互了解。"那也是我想要问你的问题。"她说，然后她咧嘴一笑，"你也知道，医生复原的速度向来很快。"